KB146664

NANDA
DEVI

First edition published in the United States of America in 2000
by The Mountaineers Books, Seattle WA

First edition, 2000

난다데비

초판 1쇄 2010년 12월 10일

지은이 존 로스켈리
옮긴이 조성민
펴낸이 유동범
펴낸곳 도서출판 토파즈

출판등록 2006년 6월 26일 제313-2006-000137호
주소 서울시 마포구 합정동 387-10번지 2층
전화 02-323-8105
팩스 02-323-8109
이메일 topazbook@hanmail.net

ISBN 978-89-92512-27-5 (03840)

잘못 만들어진 책은 구입처에서 교환해드립니다.

난다데비

눈물의 원정

존 로스켈리 지음 ― 조성민 옮김

토파즈

내 꿈을 찾아나설 수 있도록
지지해준 조이스에게

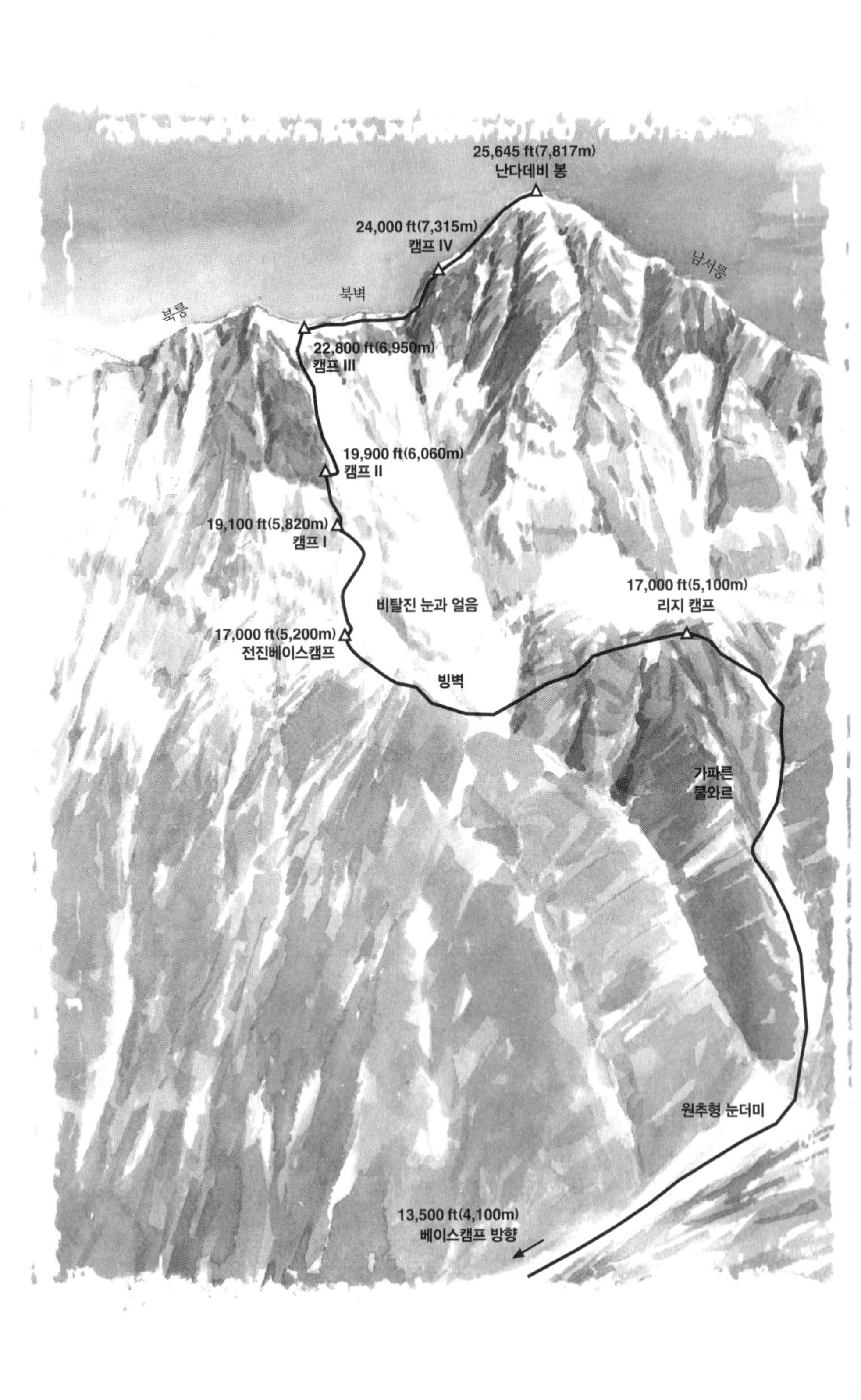

25,645 ft(7,817m)
난다데비 봉
24,000 ft(7,315m)
캠프 IV
남서릉
북벽
북릉
22,800 ft(6,950m)
캠프 III
19,900 ft(6,060m)
캠프 II
19,100 ft(5,820m)
캠프 I
17,000 ft(5,100m)
리지 캠프
비탈진 눈과 얼음
17,000 ft(5,200m)
전진베이스캠프
빙벽
가파른
쿨와르
원추형 눈더미
13,500 ft(4,100m)
베이스캠프 방향

| 추천의 글 |

인도 가르왈 히말라야의 난다데비(7,817미터)는 빼어난 산악미로 영국 탐험가와 측량기사들 사이에 잘 알려져 있었다. 게다가 난다데비는 현지인들에게 그 이름대로 '축복을 내려주는 여신'의 안식처로 인식되어온 만큼 매혹적인 산이다.

1934년 영국의 젊은 산악탐험가 두 명이 난다데비 주봉을 둘러싼 6,000미터 이상의 봉우리와, 이를 잇는 환상(環狀) 능선을 넘어서는 등반 루트를 발견하기 전까지 난다데비는 전인미답이었다. 난다데비 주봉은 약 3킬로미터의 좁은 빙벽 능선으로 연결된 난다데비 동봉(7,434미터)과 함께 위용을 자랑한다.

에릭 십튼과 빌 틸먼이 리시강가(Rishi Ganga) 협곡을 따라 난다데비 성소로 진입한 고전적 등정은 수많은 산악인들에게 고산 등정의 순수한 시도를 촉발하는 전설이 되었다. 그들은 정상으로 가는 유력한 루트라고 판단한 난다데비 남릉을 6,248미터까지 탐사했다.

십튼과 틸먼이 난다데비 등반 루트를 개척한 지 2년 후인 1936년, 영미연합대는 남릉을 올라 난다데비를 초등했다. 고산에서 상한 쇠고기 통조림만 아니었으면 정상을 밟았을 뻔했던 찰리 휴스턴 대신 틸먼과 노엘 오델이 처음으로 정상에 오른 초등자 2인이 되었다. 십튼 역시 그 자리에 있을 수 있었지만 대규모 에베레스트 원정 준비로 그러지 못했다. 팀 내 또 한 명의 미국 대원은 H. 아담스 카터였다.

1951년 로저 뒤플라가 이끄는 프랑스 팀은 1936년의 루트를 따라가려 했을 뿐만 아니라 난다데비 주봉과 동봉을 잇는 험난한 능선을 횡단하는 더블 트래버스를 시도하려 했다. 하지만 안타깝게도 뒤플라와 동반 산악인 길베르 비뉴는 주봉의 정상 부근에서 마지막으로 목격되었을 뿐 흔적도 없이 사라져버렸다. 그로부터 14년 후에야 인도 팀이 초등 루트를 따라 공식적인 두 번째 정복에 성공했다.

난다데비 성소 지역이 순수한 등반 시도의 영역만은 아니었다. 1960년대 중반에는 미국 CIA가 난다데비 북쪽 티베트 지역에서 중국의 미사일 탄도를 감시하기 위해 난다데비 주봉에 핵연료를 장착한 탐지기를 설치하려 했다. 그 당시 지구궤도 위성은 아직 부정확했기 때문에 산악인을 고용해야 했다. '난다데비 케이퍼 꽃'이라고 알려진 이러한 시도에 대해 미국 정부는 결코 인정하지 않았다. 하지만 1970년대 후반, 이 작전계획에 대한 뉴스가 보도되자 인도 총리는 공식적으로 인도 정부의 전폭적인 지지와 양해 하에 작전계획이 이루어졌음을 시인했다. 그는 이 핵연료 장비가 난다데비 상부 능선에서 눈사태로

유실되었다고 말했지만, 그로 인한 갠지스 강 상류지역의 핵 오염 가능성은 부인했다. 이어 그는 이 장비가 나중에 인접 봉우리에 설치되어 상당 기간 사용된 후 제거되었다고 덧붙였다. 비록 미국 산악인들이 난다데비에서 전략적인 목표를 달성하지는 못했지만 그들 중 누군가 단독으로 정상공격을 했다는, 공식적으로 인정받지는 못하지만 주목할 만한 성과를 거두었다고 할 수 있다.

1976년 미국-인도 연합 난다데비 원정대의 시작은, 수년 전부터 준비되어 1976년 여름 난다데비에서 운명적으로 펼쳐질 수밖에 없는 한 편의 드라마와도 같았다. 1949년 미국의 젊은 산악인 윌리 언솔드는 히말라야 산자락에서 남쪽에 자리한 난다데비를 보게 되었는데, 그 빼어난 아름다움에 감동한 나머지 훗날 딸을 낳게 되면 꼭 '난다데비'로 이름 짓겠다고 결심했다. 결국 윌리는 졸린과 결혼한 후 네 명의 아이를 낳았는데, 그 중 첫딸의 이름을 '난다데비'라고 지었다. 그녀가 자라 산악인이 되었을 때 자기 이름에 관심을 갖는 것은 필연적일 수밖에 없었다. 사실 데비 언솔드가 등반기술을 갈고 닦은 이후였기에 1976년 원정을 계획하게 된 실질적인 이유는 그녀였다고 할 수 있다.

산악인으로서 데비의 재능은 천부적이었다. 그녀의 아버지 윌리는 미국 산악인이 이루어낸 중요한 히말라야 등정 중 두 개를 주도했다. 1960년 파키스탄 카라코람 지역의 마셔브룸(카슈미르 북부, 카라코람 산맥의 발토로 빙하 남쪽, 마셔브룸 산맥 중에 솟아 있는 결정질암結晶質岩의 고봉으로 높이는 7,821미터다 – 옮긴이) 초등은 3년 뒤에 있었던 히말라야 등반의 전주에 불과했다. 윌리 언솔드와 톰 혼바인 조는 에베레스트 북벽의 새 루트로 험난하게 올라 사우스콜로 귀환함으로써 에베레스트 등반 사상 최초로 에베레스트 트래버스 등정이라는 위업을 달성했다. 같은 날 남동릉 루트를 올랐던 저스태드와 비숍을 만나 함께 8,534미터 지점에서 텐트 없이 비박하고 생환한 것은 전설로 남게 되었다.

난다데비를 등정하겠다는 데비 언솔드의 결심에 고무되었을 뿐만 아니라 난다데비 초등 40주년을 기념하기 위해 미국 산악계의 전설인 두 사람, H. 아담스 카터와 윌리 언솔드가 1976년 미국-인도 연합원정대의 공동대장을 맡았다. 혹독하게 어려운 새 루트를 개척하겠다는 야심찬 목표를 세우고 미국-인도 연합팀은 6,700미터 북쪽 능선 정상을 확보하기 위해 우선 가파르고 위험한 난다데비 북서벽을 오르기로 했다. 북쪽 능선 정상부터는 암벽과 빙벽이 300미터 이상 이어져 정상 도전을 어렵게 하고, 수직에 가까운 정상의 북쪽 부벽을 만나게 될 것이었다. 성공하기만 한다면 히말라야 산악지역에서 처음으로 이루어지는, 가장 난이도 높은 기술이 요구되는 등반 중 하나로 기록될 것이었다.

애드 카터의 참여가 난다데비 초등과 관련해 흥미를 돋우었을 뿐만 아니라 난다데비 언솔드의 참여로 당시 원정이 화제가 되었음은 두말할 나위도 없었다. 카터와 두 명의 언솔드 외에도 향후 히말라야 등반사에서 주목받을 만한 젊은 산악인들이 대거 참여했다는 점도 당시 원정의 성격을 잘 대변해주었다.

원정대의 젊은 산악인들 중 존 로스켈리와 루 라이차트는 1978년 K2 등정 때 나의 팀 동료이기도 했다. 그보다 5년 전, 이 두 사람은 뛰어난 등반기술과 경쟁심 등을 바탕으로 세계에서 일곱 번째로 높은 다울라기리 봉(8,167미터 - 옮긴이)을 처음으로 등정한 미국 산악인이 되었다. 만약 그들이 K2 원정에 참여해 핵심적인 역할을 해주지 않았다면 우리는 K2에서 성공하지 못했을 것이라고 나는 확신한다.

다른 대규모 원정과 마찬가지로 당시 난다데비 원정도 까다로운 상황에 직면했다. 등반대는 소위 'A팀'과 'B팀'으로 나눠지게 되었다. A팀은 다소 힘겨운 새 루트를 개척해 정상에 도달하는 데 전력 집중하는 산악인들로 구성된 반면 B팀은 고산 등정 경험을 쌓으면서 '좋은 시간을 보내며' 여러 명이 함께 가기를 원하는 사람들로 이루어졌다. 존 로스켈리는 자신이 A팀에 속하게 되었음을 태연하게 인정한다. 이러한 동상이몽은 히말라야 등반 과정에서, 특히 대규모 원정대의 경우 자주 나타난다.

이 원정을 통해 새 루트를 개척하려 했고 결국은 성공한 것에 대한 A팀, 존 로스켈리의 변명에는 아무런 문제가 없다. 그는 당시 원정 과정에서 '좋았던 점'과 '나빴던 점'을 모두 다 말했다는 점에서 잔인할 정도로 솔직하다고 할 수 있다. 그런 면에서 등정 후 11년 만에 처음 출판된 이 책은 '스포캔 출신의 발끈하는 강경론자'라는 로스켈리에 대한 평판을 드러내준다. 물론 여덟 번의 원정을 함께했고 아주 가까운 친구로 지내왔기 때문에 그러한 평판이 과장되었음은 잘 알고 있다. 다만 존은 그러한 것들을 주저하지 않고 있는 그대로 이야기할 뿐이다.

난다데비 원정과 2년 뒤의 K2 원정을 마친 뒤 존은 미국의 어느 히말라야 산악인도 넘볼 수 없는 기록들을 갱신해나갔다. 1980년 마칼루의 서쪽 필라(기둥 모양의 바위 – 옮긴이)를 험난한 프랑스 루트로 등정하는(정상까지의 마지막 150미터는 독주했다) 작은 팀을 이끌기도 했지만 로스켈리는 다른 산악인들처럼 8,000미터 이상의 봉우리 등정에 집착하지 않았다.

대신 그는 낮지만 기술적으로 훨씬 어려운 히말라야 봉우리들에 끝없는 애정을 쏟아부었다. 널리 알려지진 않았지만 세계에서 가장 어렵다고 하는 암봉과 빙벽인 그레이트 트랑고 타워(Great Trango Tower, 파키스탄의 발토로 빙하 북부에 위치한 암봉 무리 중 최고봉으로 높이는 6,286미터다 – 옮긴이), 울리 비아호(Uli Biaho, 파키스탄 북부지역의 트랑고 타워와 발토로 빙하 부근에 솟은 봉우리로 높이는 6,109미터다 – 옮긴이), 가우리상카르(Gaurishankar, 네팔 히말라야 산맥 북동부에 있는 봉우리로 높이는 7,145미터다 – 옮긴이), 촐라체(Cholatse, 네팔 동부의 쿰부 지방에 있는 산으로 높이는 6,440미터다 – 옮긴이), 타보체(Taboche, 네팔 동부의 쿰부 지방에 있는 산으로 높이는 6,542미터다 – 옮긴이) 등이 그것이다.

그렇다고 존 로스켈리가 외곬 산악인만은 아니었다. 1993년 에베레스트 산 6,000미터 부근에서 뇌부종을 일으킨 중국인 빙하학자를 구하기 위해 단호하게 행동하는 그를 보고 나는 놀라지 않을 수 없었다. 환자에게 구급약을 투약하고 응급조치를 취하기 위해 고지적응도 되지 않은 몸으로 밤새 환자가 있는 곳까지 등반을 강행한 것이었다.

난다데비 등정은 존 로스켈리의 본모습이 드러나는 결정적인 순간으로 기록된 듯싶다. 난다데비 정상 부근에서 난다데비 언솔드에게 일어난 비극적 드라마가 이 원정의 주요 내용이지만 존 로스켈리와 그의 마음씨 착한 동료들이 원대한 목적을 이루기 위해 혹독한 역경을 극복해나가는 과정 또한 반드시 인지해줘야 하는 부분이다.

그리고 한 가지 분명한 점은, 북쪽 부벽에서 존 로스켈리가 매 피치마다 선등하며 탁월한 등반 능력을 보여주지 못했다면 당시 원정은 성공하지 못했을 것이다. 어느 누구도 그만큼 해내지 못했을 것이다. 하지만 존 로스켈리는 등반 성공이 자신보다 팀 전체의 성과였다고 맨 먼저 주장할 것이고, 그렇기에 그의 능력이 제대로 평가받지 못했을 것이다.

2000년 4월 워싱턴 주 시애틀에서
짐 위크와이어

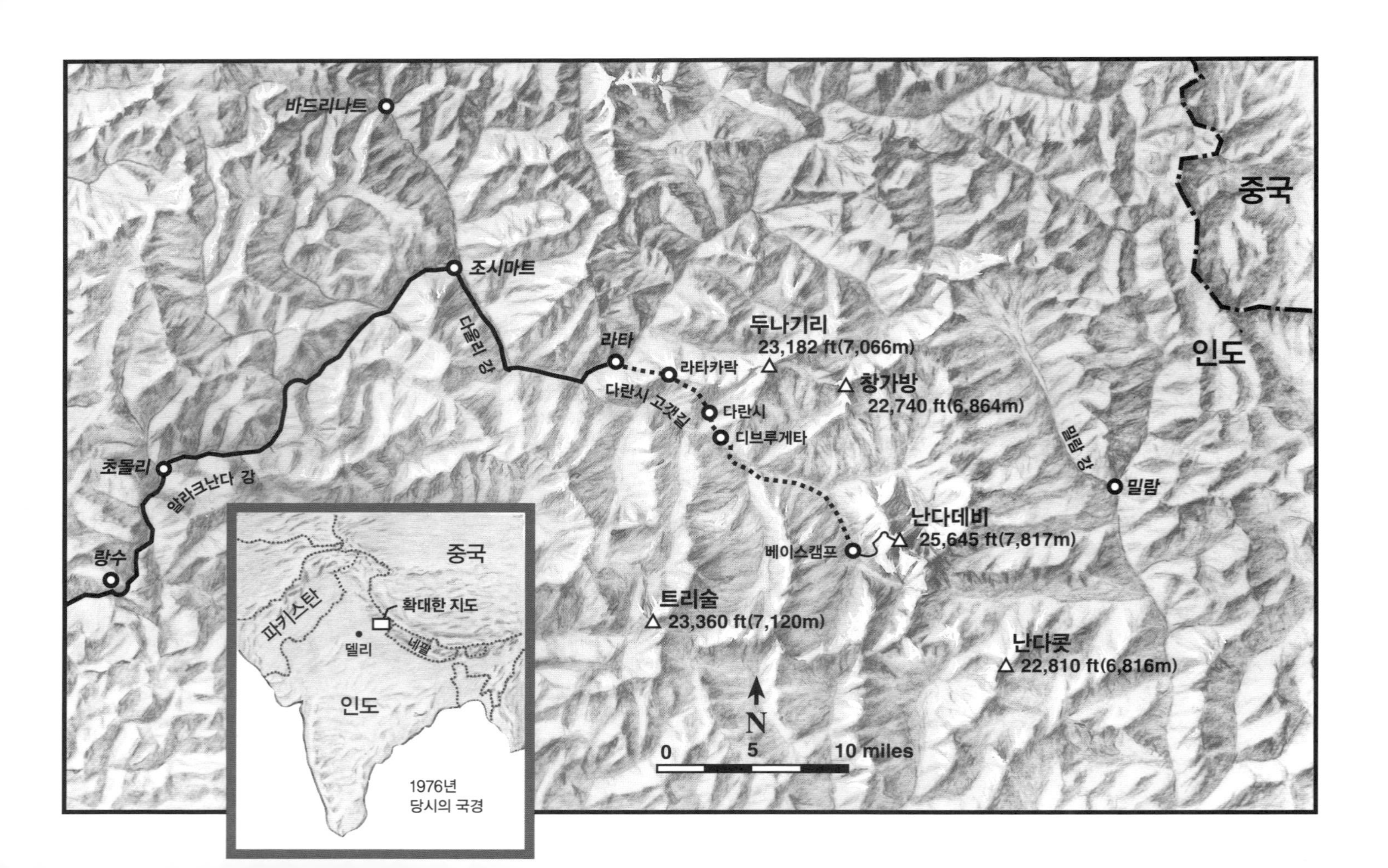
중국
인도
바드리나트
조시마트
다울리 강
라타
라타카락
다란시 고갯길
다란시
디브루게타
두나기리
23,182 ft(7,066m)
창가방
22,740 ft(6,864m)
밀람 강
밀람
난다데비
25,645 ft(7,817m)
베이스캠프
트리술
23,360 ft(7,120m)
난다콧
22,810 ft(6,816m)
초몰리
알라크난다 강
랑수
N
0
5
10 miles
중국
파키스탄
확대한 지도
델리
네팔
인도
1976년
당시의 국경

| 서문 |

7,817미터의 난다데비 – 힌두교 신화에서 '축복의 여신'을 뜻한다 – 는 인도 히말라야에서 세 번째로 높은 봉우리다. 다른 보석들에 둘러싸여 찬란하게 빛나는 다이아몬드처럼 난다데비 주봉은 5,400~6,700미터급의 봉우리에 둘러싸여 있다. 산 아래 4,200미터 주변에는 빙하 잔해와 빙벽에서 풀과 꽃이 자라는 약간 평평한 분지 – 성소라 불린다 – 가 있어 히말라야 푸른양들이 살고 있다. 둘러싸고 있는 날카로운 봉우리들을 뚫고 성소 내부로 들어가는 유일한 입구는 약 16킬로미터에 이르는, 깊은 V자형 계곡인 리시 협곡뿐이다.

1949년 인도 북부를 트레킹하며 지나갈 때 미국의 산악인 윌리 언솔드는 능선 너머로 난다데비를 보았다. 그 산의 자태에 푹 빠져 한참을 바라보던 윌리는 자신이 딸을 낳게 된다면 이 웅장한 봉우리의 이름을 주겠다고 마음먹었다. 마치 신비주의자처럼 윌리는 난다데비를 바라보면서 그 산이 자신의 미래에 중대한 의미를 갖게 될 거라고 생각했다.

시간이 흘러 어느덧 딸을 낳게 된 윌리는 딸에게 그 이름과 함께 자신의 모든 경험, 그리고 필연적으로 자신의 삶에서 사라지게 될 미래의 희망까지 전해주었다. 데비는 아버지의 기대대로 성장했고, 그녀에게 이름을 준 산을 직접 보기 위해 난다데비 원정대를 조직하게 되었다.

데비는 내가 참여했던 1976년의 미국-인도 연합 난다데비 등반대의 복잡다단함을 이해하려 했을 때 느꼈던 실망감을 완화시켜주었다. 나는 등반을 완수하고자 하는 희망과 내 능력에 대한 확신 등과 같은 지나친 야망과 의욕으로 등반을 시작했던 것 같다. 하지만 열세 명의 남녀가 난다데비 정상 등정을 시도한 것은 전적으로 데비의 희망 때문이었으며, 지금의 나에게 그녀의 이름은 침착한 강인함과 확신을 떠올리게 한다. 난다데비에서 기쁨이 아닌 눈물을 얻게 된 것은 데비만이 이해할 수 있는 운명 자체인 것이다.

난다데비 정상을 향한 나의 여정은 세계에서 일곱 번째로 높은 네팔의 다울라기리 봉을 등정했을 당시(1973년)의 정상공격조 파트너였던 루 라이차트로부터 1975년에 짧은 편지 한 통을 받으면서 시작되었다. 그 당시 등반대원 열여섯 명 중 루와 나만 정상에 오른 미국 대원이었다. 그렇긴 해도 사실 나는 그를 잘 몰랐다. 나처럼 루도 말이 많은 사람이 아니었다. 당시 서른네 살이었던 루는 노트를 적고 있었는데, 하버드 의과대학에서 아인슈타인적 상대성 조화를 연구하는 생물물리학자였다. 서먹했던 그는 강풍이나 추위, 형편없는 음식, 심지어 쥐가 나도 불평 한마디 없었다. 그는 매일 짐을 운반했는데, 항상 다른 사람보다 많은 양이었다. 그는 언제나 무거운 검은 테 안경 너머로 조심스럽게 쳐다보거나 듣기만 했다. 그가 말하면 사람들은 경청했다. 특히 그는 다울라기리 봉에서 아주 열정적이었고, 가끔 불편할 정도로 소리를 내지 않으면서 침묵에 빠졌다. 아마도 루는 1969년 다울라기리에서 죽은 여섯 명의 동료를 기리기 위해 완등을 목적으로 원정대에 참여했을 것이다. 안개 속에서 눈사태가 밀려왔을 때 루는 유일한 생존자였다.

그의 편지는 직설적이었다.

'존, 내년 여름 난다데비를 등정하고자 하는 애드 카터의 원정대에 널 초대하려고 해. 갈 수 있어? 빨리 연락해줘. 루.'

1936년의 초등 이야기를 간략하게 실은, 등반기 모음집 『세계의 정상에서』에 수록된 7,817미터의 난다데비 주봉 사진 한 장을 떠올렸다. 그 사진은 성소의 바닥면에서 약 3,600미터나 솟아 있는 난다데비 주봉을 보여주었다. 흰 눈을 정상에 이고, 경사가 심하고, 믿을 수 없을 정도로 길고 날카로운 능선을 거느리고 있어 인근 260제곱킬로미터 이내의 어떤 봉우리도 따라오지 못하는 위엄을 드러내고 있었다. 그런 오지로 대규모 원정을 떠나려면 많은 어려움을 감수해야 하므로 그 당시 나는 걱정과 조심스러움을 먼저 느꼈다. 하지만 나는 또 다른 원정대의 일원이 되기 위해서라면 세계 어느 곳이든 갈 각오가 되어 있었다. 등반 원정은 나에게 달콤한 사탕과도 같았다. 등반하고 싶은 욕구를 억누를 수가 없었다. 어떤 산이든 얼마나 높든 나는 개의치 않았다.

루의 편지를 받았을 당시 나는 11년째 등반을 하고 있었다. 1973년 나는 루와 함께 다울라기리 봉을 정복했고, 1974년 러시아에 들어간 최초의 미국 산악원정대 대원이었으며 러시아에서 돌아오는 길에 아이거(스위스 베른 칸톤에 있는 산으로 높이는 3,970미터다 – 옮긴이) 북벽을 완등했다 – 나와 크리스 코프친스키는 완등한 최초의 미국 팀이었다.

(미국의 산악인 존 할린도 북벽을 올랐지만 독일인과 함께였다.) 또한 볼리비아의 와이나 포토시(볼리비아 라파즈 시 북쪽 25킬로미터 지점에 있는 산으로 높이는 6,088미터다 – 옮긴이)에서는 중요한 초등 루트를 개척했고 미국과 캐나다에 있는 난이도 5와 6의 여러 봉우리를 올랐다.

비록 근육이 있긴 해도 키가 177센티미터인 나를 인상적인 체격이라고 말할 사람은 없겠지만 나는 세계에서 아주 어렵다는 등정을 몇 차례 해냄으로써 강인한 체력과 불굴의 의지를 보여주었다. 물론 등반에 참여하는 다른 사람들도 마찬가지였다. 하지만 그들과 달리 나는 실패를 몰랐다.

애드 카터가 나를 원정대에 초대한 것은 산악인으로서 나에 대한 평판이 좋았기 때문인 것 같았다. 물론 권위에 곧잘 도전하는 나에 대해 루가 애드에게 잘 설명했을 것이다.

"북쪽의 새 등반 루트를 개척하려고 해. 아마도 6,400미터에서 북쪽 능선을 만나 그 능선을 타고 정상까지 가야 할 거야. 우리가 갖고 있는 정상부 1,500미터의 사진은 너무 흐릿하고, 특히 성소에서 찍은 사진은 한 장도 없어."

루가 전화로 설명해주었다.

"등정 가능한 루트가 있다는 건 어떻게 알죠?"

"애드가 적어도 능선까지는 북서쪽이 괜찮아 보였다고 기억하는 것 같은데."

"다른 대원들은 누구누구예요?"

"윌리 언솔드와 애드가 공동대장이야."

1976년 애드 카터는 보스턴에 있는 사립학교의 어학 교사였다. 그는 1936년 난다데비 초등팀의 대원이었고 1976년의 원정대를 조직하고 공동으로 팀을 이끌고자 했다. 아무리 힘든 상황에서도 '젠장' 이라는 말 정도밖에 쓸 줄 모르는 보스턴 출신의 출중한 산악인인 그는 등반 경험이 풍부하기에 어떤 원정이든 꼭 필요한 존재였다. 예순 둘의 나이에도 애드는 세계 곳곳의 산악지대로 트레킹을 감행하곤 했다. 나와 그의 만남은 그가 몇 년간 발간해온 〈미국 알파인 저널〉을 통해서였다. 원고와 관련해 의견을 주고받으면서 내 눈에 비친 그는 요령 있고 결단력이 있어 보였다.

당시 마흔아홉 살이었던 윌리 언솔드는 명성이 자자한 미국의 산악인이었다. 그는 산악계의 전설이었고, 워싱턴의 에버그린 주립대학 종교학과 교수였다. 나는 1963년에 있었던 그와 혼바인의 에베레스트 서릉 등정에 관한 책들을 읽고 그들의 위업에 압도되었다. 윌리는 태평하고 온화하다고 알려져 있었지만, 그의 등정은 강철 같은 의지를 드러내주었다.

나는 미국 내의 여러 봉우리를 윌리의 초등 루트를 따라 올라보았는데, 윌리의 루트는 경치가 아름다웠지만 험난했다. 그는 정말 철저한 만능 산악인이었다.

"와, 정말 환상적인 대장님들인데요. 다른 사람은요?"

내가 묻자 루가 대답했다.

"이번 원정의 주선자라고 할 수 있는, 윌리의 딸 데비와 윌리의 아들인 크래그."

"그들도 높은 산에 오른 적이 있어요?"

"네팔에 사는 동안, 약간."

"등반 경험은 많아요?"

루가 잠시 멈칫했다.

"글쎄…… 윌리와 함께 티턴 산이나 캐스케이드 산에 가본 정도일 거야."

그리고 루는 다른 원정에서의 인연 등으로 내가 잘 아는 몇몇 산악인의 이름을 말해주었다.

"왠지 전문적인 등반가 몇 명이 더 필요할 것 같은데…… 루, 또 누가 함께 갈 건가요?"

"어, 존 에반스 알지? 그는 아내가 출산한 다음 합류할 거야."

러시아 파미르 원정 때 나는 존 에반스가 힘이 세고 집요하다는 사실을 알게 되었다. 그는 미국, 러시아, 남극, 알래스카 등지의 주요 봉우리를 완등했다. 그 당시 에반스는 서른일곱 살이었고 콜로라도 아웃워드 바운드 학교(모험적 훈련을 통해 청소년들의 협동심을 기르는 학교 - 옮긴이)의 프로그램 책임자였다. 체격이 큰 에반스는 헤라클레스 같은 힘을 지닌 사나이로, 몇 시간 동안 지치지 않고 아주 무거운 짐들을 나르곤 했다. 원정 때 가장 빛난 그의 능력은 리더십이었다. 나는 그가 얼마 지나지 않아 원정대의 등반대장이 될 거라고 예상했다.

"애드가 남미에서 함께 등반했던 엘리엇 피셔에게도 참여해달라고 했대."

루가 계속 말했다. 스물세 살의 호리호리하고 키 큰 의대생이었던 엘리엇은 페루의 코르디예라 지역에 있는 여러 봉우리를 초등했다. 그는 유머감각이 뛰어났으며 주요 등반 원정에 열심히 참여했다. 애드는 페루에서 엘리엇이 보여준 등반 능력을 높이 평가했고, 당시 원정에도 함께 갈 수 있게 되어 기분 좋아했다.

그런데 루는 또 한 명의 여자 대원이 합류하는 것에 대해 조금 걱정하고 있었다. 원정대원인 피터 레브가 강인한 산악인이자 자신의 동거녀인 마티 휴이도 원정대에 참여할 수 있는지 대장들에게 물어보았는데, 윌리는 아주 훌륭한 조합이라며 무척이나 반겼다. 하지만 루는 탐탁지 않아 했으며, 그 얘기를 처음 들었을 때 나 역시 별로였다. 러시아 파미르 원정 때 마티가 보여준 실력은 남자 대원 못지않을 정도로 강인했지만, 루와 나는 피터와 마티처럼 같이 사는 두 사람을 팀에 합류시키지 않는 것이 옳다고 판단했다. 등반 도중 두 사람의 행동이 자칫 팀 전체의 단합과 집중력을 흐트러뜨릴 수 있기 때문이었다. 루는 애드에게 우리의 의견을 전할 생각이었다.

루는 나에게 원정에 참여할 수 있는 의사를 추천해달라고 했고, 나는 곧바로 짐 스테이츠를 떠올렸다. 우리 두 사람이 함께했던 등반은, 마친 지 2주도 안 된 볼리비아에서의 등정을 포함해 모두 다 주요 초등이었다. 짐은 억제할 수 없는 에너지를 지닌 듯했다. 스포캔 지역의 메타돈 치료 프로그램(모르핀이나 헤로인 등의 중독 치료에 메타돈을 사용하는 치료법 – 옮긴이) 책임자로 주중에 장시간 고된 일을 하면서도 그는 주말마다 초대형 배낭을 메고 최대한 멀리까지 빠르게 등산을 했다. 곱실거리는 빨간 머리와 턱수염 사이에, 주위 사람들까지 편안하게 해주는 친절함과 유머감각이 묻어나는 반짝이는 눈동자와 따뜻한 미소가 있었다. 그가 내 제안을 받아들이는 데는 오래 걸리지 않았고, 1주일 뒤 짐은 원정대의 공식 대원이 되었다.

난다데비 원정은 난다데비 언솔드가 보스턴에 있는 애드 카터 부부의 집을 방문했을 때 착안되었다. 데비는 새 루트로 정상을 정복하자는 것과, 1936년의 성공적인 원정에 애드가 참여한 지 40년이 지났음을 기념하기 위해 애드가 지휘할 것을 제안했다. 그 당시에 난다데비 주봉은 인간이 오른 봉우리 중 가장 높았으며, 그 후 14년 동안 이 기록은 깨지지 않았다. 1936년 원정에서 애드는 중요한 역할을 했고, 데비는 그 이름을 따왔기에 계획은 곧바로 실행되었다. 윌리 언솔드가 공동대장으로 추대되었다.

이러한 원정을 계획하고 실천하는 데 애드 카터는 적임자였다. 그는 히말라야 등반엔 이상적이지 않지만 학교 방학기간과 맞아떨어지는 몬순과 몬순 직후 시즌에 등반하겠다는 허가를 인도 정부에 즉시 신청했다. 우리 원정대도 1936년 8월 29일 정상 정복에 성공한 원정대와 같은 시간표에 맞춰 움직일 예정이었다. 1936년 팀의 경우 비가 많이 내렸지만 그런 대로 견딜 만한 등반 여건이었다고 하는데, 우리도 그럴 것이라고 예상했다.

애드와 윌리는 팀 규모를 우선 미국인 10~12명으로 정했다. 애드는 한편으로 인도 당국과 인도의 정예 산악인 두 명 정도가 참여하는 문제를 협상 중이었다. 그는 인도 정부와 신뢰를 쌓고 인도에서의 원정 관련 일이 잘 처리되기를 바랐다. 다행히도 협상은 원만히 진행되고 있었다.

등반 허가가 떨어질 것으로 판단했고 예정 장비 선적 일자가 6개월 정도밖에 남지 않았기에 애드는 원정기금을 모금하고 음식과 장비를 지원할 기업체들을 접촉하기 시작했다. 보스턴이나 보스턴 근교에 사는 원정대원 루, 엘리엇, 앤디 하버드가 애드를 도왔고 윌리와 짐 스테이츠, 그리고 나는 서부 해안 쪽을 맡았다.

기금을 마련하기 위해 대원들은 자기 자신과 원정에 대해 적극적으로 홍보했다. 언솔드와 카터 같은 거물들이 앞장서는 원정에 참여하길 거부하는 기업체는 거의 없었다. 얼마 지나지 않아 난다데비 원정대는 히말라야 고봉을 등정하고자 하는, 가장 잘 갖추어진 미국 팀이 되었다.

1975년 9월 하순 윌리는 내게 전화를 걸어 저녁식사를 하면서 등반 관련 일을 상의하자고 했다. 때마침 나는 무역전시회에 참석하느라 시애틀에 있었고, 이참에 크래그와 데비를 만날 수 있겠다고 생각했다. 차를 몰고 가는 길은 편안했고 올림피아 서쪽에 있는 언솔드의 집을 쉽게 찾았다. 윌리는 문가에서 인사를 하고 들어오라고 했다. 놀랍게도 피터 레브가 거실에 와 있었다.

나는 피터와 두 개의 원정 – 네팔 등정과, 1974년의 러시아 파미르 등정 – 을 함께했다. 피터는 티턴 산에서 엑섬 등산학교 가이드로 일한 16년 동안의 경험과 캐나다 로키 산맥, 알래스카, 아시아 등지로의 산악여행을 하면서 산악 등반 지식을 쌓아왔다. 다른 사람을 편안하게 해주고 늘 쾌활한 피터는 그동안 많은 산악인들의 처녀 등정도 잘 이끌어왔다. 피터는 무리하게 서두르지 않기 때문에 전진해야 한다는 강박관념 없이 몇 시간이고 며칠이고 휴식을 취하곤 했는데, 이는 원정 등반에서 귀중한 자산이다. 그때 피터는 서른다섯 살밖에 되지 않았지만, 머리와 턱에 새치가 나 있어 강인한 회색 눈동자를 더욱 돋보이게 했다. 피터는 뛰어난 산악인이자 1976년 당시 아주 귀한 눈사태 전문가로 수년간 미국 산림경비대의 훈련을 돕기도 했다.

윌리와 피터는 오랫동안 나를 긴장시키지 않았다. 마티 휴이의 팀 합류 문제가 곧바로 제기되었다. 마티는 팀 합류를 허락받았지만 나와 루가 반대한다는 말을 듣고 나서 참여하지 않겠다고 결정했던 것이다.

사실 나는 그녀가 함께 가지 않기를 바랐고 그렇게 말했다. 남녀의 경우 상당한 시간이 걸리는 대규모 등정에서 함께 효과적으로 등반하지 못할 수도 있다. 예를 들어 등반조를 구성할 때 커플이 서로 떨어지기 싫어하거나 둘의 경쟁심이 지나치면 감정이 표면화되어 작은 문제도 걷잡을 수 없이 돌변하는 히말라야 고산지대에서 아주 위험해질 수 있기 때문이다.

그 문제에 대해 우리는 한참 동안 토론했지만 만족스런 결론을 내리지 못했다. 내가 가장 염려하는 문제로 피터와 나는 대립각을 세웠다.

"만약 등반 직전이나 등반 중에 마티와 불화가 생기면 어떡할 거예요? 그렇게 된다면 원정에 큰 지장을 주지 않겠어요?"

내가 묻자 피터는 낄낄거리며 자기와 마티는 절대 떼어놓을 수 없다고 대답했다. 그런데 마지막 방어책이라고 믿었던 윌리는 우리가 전혀 생각지 못한 논리로 결론을 맺었다.

"남자와 여자가 아무런 문제 없이 고산 등반도 함께할 수 있음을 이번에 우리 팀이 보여주도록 합시다."

갑자기 내가 위대한 미국 산악 실험의 대상이 된 듯한 기분이 들어 마지못해 인정하고 말았다.

"젠장, 지금까지 한 번도 안 됐잖아요. 무엇 때문에 이번엔 잘될 거라고 생각하는 거죠?"

그러나 그걸로 끝이 아니었다. 그 뒤 30분 동안 윌리는 마티에게 전화를 걸어 다시 한 번 생각해볼 것을 부탁해보라고 나를 집요하게 물고 늘어졌다.

우리 셋은 그 전달 동안 갑자기 나타난 의견 차이에 대해서도 의논했다. 나는 등정 스타일, 고정로프의 사용 여부, 음식 등에 관한 입장이 서로 크게 다르다는 사실을 알고 내심 놀랐다. 피터는 최소한의 장비와 음식을 가지고 단기간에 알파인 스타일로 난다데비를 오르고 싶어하는 것 같았다. 윌리도 알파인 스타일을 좋아하는 것 같은데 음식과 장비는 다양하게 사용하길 바랐다. 우리 팀의 규모나 아직은 알 수 없는 루트 – 우리는 정확한 사진도 없었다 – 등을 감안할 때, 나는 캠프를 구축하고 장비나 짐 등을 나르기 편하도록 로프를 고정하는 전통적인 히말라야 등정 스타일을 염두에 두고 있었다. 우리는 12월에 워싱턴 주 이사쿠아에서 있을 팀 회의에서 결정하기로 했다.

저녁식사를 하기 전에 데비가 에버그린 주립대학 친구들과 분명히 격렬했을 축구경기를 한 뒤 폭풍처럼 들이닥쳤다. 편안한 외모와 따뜻한 미소가 보기 좋았다. 그녀는 적극적이고 자신감에 차 있었다. 하지만 밤이 깊어가고 원정 이야기가 진지해질수록 그녀의 자신감이 오히려 나를 혼란스럽게 했다. 어린 시절 7년 동안 네팔에서 지낸 데비는 네팔어를 능숙하게 구사할 수 있었다. 산악인으로서의 경험은 부족했다. 그녀는, 산이라는 것은 발로 터벅터벅 오르는 게 아니라 가슴으로 느끼거나 눈으로 보는 것이라고 믿고 있었다. 주요 논쟁거리에 대한 그녀의 의견은 등반 경험이 아닌 이상적인 생각에서 비롯된 것이었다. 그렇지만 나는 그녀가 좋았다. 그녀는 참신하고 원기왕성한 데다 생기가 넘쳐 원정대에 활기를 불어넣을 것 같았다.

그와 달리 크래그는 불친절하다고 느낄 정도로 조심스럽고 차분했다. 그는 마치 이방인 – 그때는 나 – 으로부터 자기 영역을 지키고 있는 듯했다. 그는 이번 원정이 가족 트레킹이고 새로운 루트 개척의 기회라고 자신의 입장에서 원정 목적을 설계하는 듯했다. 등반 자체는 별로 중요하지 않다고 생각하는 것 같아서 믿을 수가 없었다. 우리 중 누구도 서로 다시는 이야기하지 않았기 때문에 오직 정상에 오르기 위해 원정에 참여한 나의 관심은 오히려 크래그를 화나게 한 것 같았다. 훗날 난다데비에 있을 때, 윌리는 짐 스테이츠에게 이때의 대화 때문에 크래그가 원정에 참여하지 않기로 결정했다고 털어놓았다.

나는 처음으로 이번 원정의 성격이 무엇인지 의심하면서 차를 몰아 호텔로 돌아왔다. 이번 원정이 정말 가족 스타일의 원정인가? 팀원 선발은 원정에서 가장 중요한 부분이다. 각각의 산은 다양한 성격과 기술이 필요한 어려움과 도전, 위험과 문제점을 가지고 있다. 팀을 선택할 때 나는 등반 루트부터 분석한다. 각각의 루트는 독특하면서도 복잡하다. 등반 루트의 복잡다단함을 알고 나면 나는 그런 문제점을 해결할 수 있는 팀을 고른다. 각각의 등반대원은 3차원 퍼즐의 한 조각이 된다. 각자는 변화하는 환경에 재빠르게 적응해야 한다. 각자의 능력은 등반 루트의 성격에 따라 폭넓게 잘 다듬어져야 한다. 난다데비 팀은 필요에 따라 선발된 것이 아니라 관계에 따라 선발되었다. 이러한 방법, 즉 무엇을 할 줄 아느냐가 아니라 누구를 아느냐에 따라 선발하는 경우는 산악등반계에서 아주 흔하지만 원정대의 성공 확률을 떨어뜨리는 요인이 되기도 한다.

윌리와 피터에게 말한 대로 나는 마티에게 전화를 걸었다. 그녀는 반쯤 잠든 듯했다. 마티는 아무도 자신을 원치 않는다고 확신하고 있었기에 비유적으로 말해, 내가 거의 무릎이 다 닳도록 간청한 끝에 원정에 합류하겠다는 동의를 받아냈다.

윌리에게 마티를 설득하지 못했다고 전화하지 않아도 되었기에 나는 무심코 계속 떠들었다.

"피터와는 잘 지내죠?"

내가 물었다.

"글쎄요……. 존, 지금으로선 그가 가슴 아프지 않게 천천히 헤어지려 하고 있어요. 스스로 혼자 서고 싶어요."

내가 가장 걱정했던 부분이 현실로 나타난 것이었다. 나는 피터가 마티와는 '떼어놓을 수 없는 관계'라고 확신하던 모습을 떠올렸다. 사랑에 빠져 있는 피터에게 마티와의 결별은 원정에서 그를 거의 쓸모없는 지경까지 침몰시킬 것이다. 마티가 피터를 너무 고통스럽지 않게 침몰시키기만 바랄 뿐이었다.

공식적인 첫 번째 팀 회의는 12월 워싱턴 주 이사쿠아에서, 1975년 전미 알파인 클럽 연례회의 개최 중에 열렸다. 우리 다섯 명과 몇몇 친구, 가족 등이 참석했다. 애드는 윌리, 데비, 엘리엇, 그리고 나에게 우리의 예정 루트가 담긴 흐릿한 사진과 그 지역 지도를 돌렸다. 성소의 여러 봉우리 중 하나인 창가방(Changabang, 인도 우타라칸드의 가르왈 히말라야에 있는 봉우리로 높이는 6,864미터다 – 옮긴이)에서 크리스 보닝턴이 찍은 사진은 루트의 상부 1킬로미터를 담고 있었는데, 먼 거리에서 찍은 것이라 소용이 없었다. 그나마 사진에서 명확한 것이 있다면, 해발 6,700~7,300미터에 칼날 능선 정상에서 거의 수직으로 솟은 험악한 암반 부벽이 있다는 것이었다. 그 정도의 고도에서는 매우 어렵지만 정면으로 맞서는 수밖에 없는 것 같았다. 우리가 예정하고 있는 등반 루트 아래쪽 2,400미터는 전혀 모르는 상태였다.

가능한 한 많은 부분의 등반 루트를 결정하고 나자 다음은 장비 등 짐 수송과 여정이 문제였다. 즉시 원정대가 두 갈래로 갈라져 있음이 분명해졌다. 난다데비를 알파인 스타일로 등정하고 싶은 쪽과, 열세 명의 대원을 감안해 전통적인 히말라야 등정 스타일이 더 낫겠다고 생각하는 부류.

피터, 윌리, 마티, 그리고 데비는 알파인 스타일 등정을 강력히 주장했다. 히말라야 등정에서 알파인 스타일이 점점 더 늘어나는 추세였는데, 이는 비슷한 등반 능력을 갖춘 2~4명의 전문 산악인으로 구성된 팀에서 주로 사용되었다. 저고도 지역에 설치된 캠프에서 정상에 도달할 때까지 며칠이든 계속 등반하는 알파인 스타일은 모든 장비와 짐을 직접 운반하면서 단숨에 올라야 한다. 등반 위험도 분명해진다. 강력한 돌풍이 불어 며칠, 심지어 몇 주 동안 철수하지 못할 수도 있다. 고산병도 여분의 산소통이 없는 경우 치명적일 수 있다. 누가 다치거나 아픈 경우, 다행히 동반자가 아주 건강해서 도와주지 않으면 구조가 거의 불가능할 수 있다. 알파인 스타일의 장점은 고산에서 머무는 시간을 줄일 수 있고 낙석이나 눈사태 지역의 경사로에 최소 인원이 노출되는 등의 장점이 있는데, 탯줄과도 같은 공급선에 덜 의존하므로 비교적 깔끔한 스타일의 등반이다.

이와 달리 전통적인 히말라야 등정 스타일은 조금 불편하고 속도가 느리지만 성공 가능성은 더 높다. 캠프를 차례차례 구축해 상위 캠프를 위한 장비와 식량을 축적하는 것이다. 캠프 사이를 로프로 고정 연결해 등반대원이 매일 필요한 짐을 나를 때나 철수할 때 생명선으로 확보해놓는다. 정상 정복은 마지막 캠프에서 고지적응이 잘된 등반대원이 시도하게 된다. 이러한 등정은 위험을 감지하기 힘들다. 등반대원들은 오랫동안 눈사태, 낙빙, 낙석 등 잠재적 위험에 노출된다. 알파인 스타일 등정에서는 대수롭지 않은 기침, 감기, 설사, 고산 무감각증 등과 같이 가벼운 질병도 고산 체류시간이 길어지면 심각해질 수 있고, 심지어 치명적일 수도 있다. 보통의 경우 알파인 스타일 등정을 주장했던 루, 짐, 그리고 나는 팀원이 열세 명이나 되는데다 고산 등반 비숙련자도 끼어 있는 등 등반 능력이 천차만별이라 이번 원정은 전통적인 방법으로 진행하기를 희망했다. 하지만 루, 짐, 그리고 나만 원정을 간다면 분명히 알파인 스타일 등정을 선택했을 것이었다.

고정로프를 얼마나 가져가느냐가 양측의 핵심 논쟁거리가 되었다. 어느 쪽도 쉽게 물러서지 않았다. 전통적인 방법은 고정로프가 많이 필요하지만 알파인 스타일은 그렇지 않다. 우리가 임시로 이번 원정에서는 11밀리 선등용 로프를 포함해 1,200미터를 가져가자고 동의하자 결론이 내려졌다. 루와 나는 이번 원정대의 규모로 볼 때 필요한 양의 절반밖에 안 된다고 계산했다.

이어 로프에서 식량으로 옮겨가자 긴장감이 한층 줄어들었다. 식량은 워싱턴의 캐스케이드 산맥을 오르든 아시아의 히말라야 산을 오르든, 어느 등반에서나 가장 중요한 품목이다. 특히 등반대원들이 산에서 온갖 일상의 불편을 참으며 몇 달씩 보내야 하는 장기원정의 경우 매우 중요하다. 모든 등반대원은 원정 때 먹는 음식이 영양가가 풍부할 뿐만 아니라 맛있기를 바란다.

제각기 어느 음식을 얼마나 가져가야 하는지 서로 목소리를 높였다. 피터는 등반 중에 인도 음식만 먹기를 원했다(그가 주장한 알파인 스타일 등정이었다면 양배추, 생염소고기, 이스트를 안 넣은 빵 등을 운반하느라 힘들었을 것이었다). 나는 트레킹해서 들어갈 때와 등반할 때면 동결건조식품을 택했다(비록 동결건조식품을 먹으면 불쾌한 가스가 생기지만). 애드는 '1936년에 우리가 그랬던 것처럼' 오트밀 같은 기본적인 음식을 먹고자 했다. 결국 트레킹 때는 인도 음식을 먹고, 등반할 때는 동결건조식품을 먹기로 했다. 애드가 메뉴와 음식량을 책임지기로 했다. 가끔 애드가 필수적인 음식을 제대로 챙기지 못한다고 알려져 있었지만, 그가 잘해낼 거라는 믿음은 굳건했다. 그런데 공교롭게도 그가 빠뜨린 품목 중 하나가 바로 오트밀이었다.

회의는 오후 늦게야 끝났다. 출발일부터 화장지 추가까지 모든 것이 회의에서 결정되었다. (화장지에 대해서는 논란이 많았다. 환경주의자로 나고 자란 데비는 원정대가 화장지를 가져가는 것을 터무니없다고 생각했다. 나는 데비의 주장이 받아들여질 경우를 대비해 6롤 화장지를 내 여행가방에 넣어야지 하고 마음먹고 있었다.)

이런 상황임에도 우리는 많은 것을 결정했고 서로에게 좋은 감정을 느끼며 헤어졌다. 아직도 매듭지어야 할 일이 많았지만 우리는 출발 전 7개월 동안 모두 해결될 거라고 생각했다. 나는 등반 경험이 풍부한 윌리가 왜 몇 가지 의견에서 데비와 피터를 편들고 나섰는지 선뜻 이해되지 않았다. 하지만 한 가지만은 명확해졌다. 인도로 출발하기 전에 두 팀이 어떤 형태로든 반드시 서로를 이해해야 했다.

그 후 두세 달간 대원들은 각자 맡은 책임에 대한 애드의 통보부터 기증받은 장비에 대한 나의 보고에 이르기까지 편지를 주고받았다. 1976년 3월 초, 루 부부와 애드 부부는 애드의 집 지하실에 쌓인 2톤 가량의 장비를 꾸리기 시작했다.

일상적인 짐 꾸리기는 루가 말했던 것처럼 조금 혼란스러웠고 일손이 부족했다. 루는 애드가 팀에 필요한 음식량을 너무 적게 책정하는 바람에 넉넉히 챙기지 못했다고 걱정스러워했다. 그는 애드를 자극하고 싶지 않았지만 상황이 심각하다고 여겼다. 그래서 애드가 전화를 받고 간단한 심부름을 하러 지하실에서 나간 사이에 루와 그의 아내 캐시는 반쯤 담긴 박스에 동결건조식품과 음료 믹스를 넣어 완전히 봉해버린 다음 포장된 짐들과 함께 쌓아놓았다. 애드가 돌아왔을 때 루 부부는 가져가기로 한 장비들을 새 박스에 담고 있었다. 이러한 '눈 가리고 아옹' 하는 작업이 잘 이뤄진 덕분에 루는 고정로프 부족분도 채울 수 있었다. 팀 내 불협화음을 일으켰던 문제가 마침내 모두 해결된 것이다.

그런데 우리가 출발하기 직전, 루가 암벽 등반 도중 떨어져 양어깨의 인대를 다쳤다. 수술을 해야 했기에 루는 애드에게 난다데비에 못 갈 것 같다고 알렸다. 하지만 윌리는 너무 쉽게 포기하지 말라고 당부했다. 곧 루는 수술 대신 물리치료를 받기 시작했고, 다행히도 그는 빨리 회복되어 몇 주 늦게 인도에서 합류했다.

1976년 7월 5일 마티, 윌리, 그리고 나는 일정대로 시애틀에서 뉴욕 케네디 공항행 대륙횡단 비행기에 올랐다. 우리는 뉴욕에서 몇몇 대원을 만났고, 나머지 대원들은 인도에서 만나기로 했다. 내 머릿속에서 마티와의 즐거웠던 순간이 생생하게 떠올랐다. 레이니어 산(미국 워싱턴 주 캐스케이드 산맥의 최고봉 – 옮긴이) 가이드인 그녀는 다리에 철심을 박기도 했고, 얼굴이 햇볕에 타 매력적으로 보이기도 했다. 어찌됐든 결국 그녀가 가게 되어 나는 기뻤다.

윌리는 마음이 편안해 보였고 열성적이었다. 윌리와 나는 우리 둘이 함께 전문가적 증언을 하고 있는 산악 등반 관련 소송에 대해 얘기했다. 우리는 지난 6개월간 꽤 명확해진 상황에 대한 상반된 견해를 취해보며 서로 웃기도 하고 농담도 주고받았다.

뉴욕은 한여름 열기로 숨이 막힐 지경이었다. 경비를 아끼기 위해 우리는 무거운 배낭과 짐을 어깨에 메고 몇 블록 떨어진 국제터미널 건물까지 걸어갔다. 우리가 맨 처음 도착했고 얼마 지나지 않아 다른 일행도 도착했다. 약 36킬로그램의 의료기기에다 개인장비까지 싸들고 짐 스테이츠가 바로 인도항공 라운지로 들어왔다.

짐은 믿을 수 없을 정도로 행복해했다. 그는 몇 년 만에 처음으로 온 가족과 함께 피츠버그에서 3일간 휴가를 보내고 오는 길이었다. 그는 예전에 몰랐던 친밀감을 자기 아버지와 누이들에게서 느꼈고, 그래서 막상 원정을 떠나야 할 때가 되자 힘들게 느껴졌다. 이제 그는 일생일대의 모험을 앞두게 된 것이다.

피터와 팀 동료인 앤디 하버드는 몇 분 차이로 속속 도착했다. 피터는 다시 한 번 원정을 떠나게 되었다는 흥분에 전율하면서 짐을 챙겨 위층 라운지로 마티를 만나러 갔다.

스물일곱 살의 법대생 앤디 하버드는 신중하고 조심스러운 산악인이자 모험가였다. 앤디는 1973년 다울라기리 원정대의 멤버였고, 여러 차례 알래스카와 남미에서 등반한 베테랑이었다. 과묵하고 인내심 강한 그가 낮고 깊은 목소리로 의견을 개진할 때면 사람들의 주의를 끌었다. 앤디는 어떤 상황에서도 호리호리한 180센티미터대의 덩치를 편안하게 할 수 있는 것 같았다. 그는 검은 턱수염과 덥수룩한 머리에 잘 탄 얼굴이었다. 나는 종종 그가 짙은 갈색 눈동자로 꿈꾸는 듯한 표정을 짓고 있는 모습을 보았다. 그의 해외여행 목적이 등반인데다 비록 등반기술이 부족하지만 경험이 풍부하기 때문에 그동안 앤디는 여러 원정팀에 합류할 수 있었다.

앤디는 매우 과묵해 보였고, 다울라기리 원정 때 3개월간 함께 지냈지만 나는 그를 잘 알지 못했다. 비행기 출발 직전에 앤디와 나는 라운지에서 맥주를 한 잔씩 마셨다. 평소처럼 그는 진지했다. 그는 이번 원정에 가고 싶지 않은 듯했고, 그곳에 가는 이유에 대해 확신하지 못하고 있었다. 앤디는 자신이 너무나 사랑했던 여자와 막 헤어졌고 아직 평정심을 되찾지 못하고 있다고 털어놓았다. 탑승을 알리는 방송 때문에 우리의 대화는 갑자기 끝나버렸다.

인도항공 747기에 올라 자리를 잡고 앉자 나는 몇 달 만에 처음으로 평온함과 안도감을 맛보았다. 그동안 원정대를 조직하면서 맞닥뜨렸던 여러 가지 문제가 기억 저편으로 아스라이 사라졌다. 이제는 우리의 공통 목표 – 난다데비 등정 – 를 향해 나아갈 때였다.

2

뉴델리 국제공항에 도착했을 때 태양은 동쪽에서 낮게 떠오르고 있었다. 이른 아침이었지만 비행기 문이 열리자 기내로 후덥지근한 열대계절풍이 밀려들어왔다. 셔틀버스가 피곤한 다른 여행자들과 우리 일행을 인도세관이 있는 터미널 건물로 데려다주었다. 머리 위에서 느릿느릿 돌아가는 큰 프로펠러 선풍기는 무관심에 비효율적인 인도 관료제도의 전형인 듯했다. 세관원은 힌디어를 조금 할 줄 아는 윌리를 두 번 쳐다보지도 않고 통과시켰다. 하지만 다른 세관원 한 명이 우리 일행의 비자 서류에 하자가 있음을 발견하고 한 사람씩 분리한 뒤 여권을 가져갔다. 그들은 개인 수하물 검색도 요구했다. 이전에도 나는 이런 일을 자주 겪었는데 한결같이 세관원은 미국 스파이를 잡았다고 생각한다. 뭐 때문에 내가 피톤(암벽 등반용 쇠못 – 옮긴이)이나 카라비너(등산할 때 사용하는 타원 또는 D자형 강철 고리 – 옮긴이), 주마(톱니와 공이가 있어 로프를 오를 때 사용하는 기구 – 옮긴이) 같은 것을 갖고 다닌다고 생각할까?

입국 수속 감독관이 마침내 자기 임무를 다했다는 듯 미소를 지으며 내 여권에 입국 승인 도장을 찍어주었다. 나는 34킬로그램이나 나가는 장비를 배낭에 대충 쑤셔넣었고, 나머지는 어깨에 멘 채 출구 쪽으로 나아갔다. 밖으로 나가자 파리떼와 함께 짐을 날라주고 돈을 받는 아이들이 여기저기서 달려들었다. 인도에 도착한 것이다.

애드와 그의 아내 앤, 데비, 그리고 엘리엇이 수하물 찾는 곳에서 우리를 기다리고 있었다. 강한 팀워크를 불러일으키는 개인적인 노력의 일환이라고 할 수 있었다. 짐을 대원들에게 소개해주었고, 나머지 사람들도 서로 따뜻하게 인사를 나누었다. 애드가 인도산악연맹(IMF)과 함께 이룬 성과에 대해 자세히 말해주었다. 이어 그가 계속 말했다.

"뛰어난 인도 산악인 두 명이 함께 가기로 했어요. 보닝턴의 창가방 원정에 참여했던 키란 쿠마르 대위와 등반교관인 니르말 싱 상사가 합류할 겁니다. 쿠마르는 오후에 보게 될 거고, 니르말은 조시마트에서 만나게 될 겁니다."

이것은 여러 가지로 환영할 만한 뉴스였다. 우선 인도 등반대원은 연락관 역할을 할 수 있기 때문이었다. 연락관은 보통 인도 정부가 선임하여 베이스캠프에서 원정이 끝날 때까지 원정대원들을 수행하는 공무원으로, 경비와 장비는 원정대가 부담한다. 만약 연락관이 서식에 따른 절차를 준수하라고 요구하면 꽤나 성가시다. 원정대가 등반루트나 출발일을 변경하는 경우 연락관의 허락을 받아야 하기 때문이다. 대부분의 연락관은 산에서 생활하기보다 뉴델리 사무실에서 근무하기를 원했다. 그러나 키란과 니르말은 능력 있고 경험 많은 히말라야 산악인으로 명성이 자자했다. 게다가 키란은 1974년 창가방 원정대의 연락관으로 근무했는데, 그 당시 루트를 따라 우리도 트레킹할 예정이었다.

두 번째로 인도산악연맹은 우리가 각자 원정대에 냈던 금액만큼 인도 대원 1인당 1,500달러를 기부하기로 했고 고산 짐꾼 역할을 할 수 있는 인도산악연맹 수습대원 몇 명을 지원해주기로 했는데, 그 중 한 사람은 우리의 요리사가 되었다. 원정대는 수습대원의 장비와 통상임금을 지원하기로 했다.

공항에서부터 택시운전사는 신성시하는 소를 에워가고 남루한 길거리 아이들을 피하느라, 수도권에서 그나마 현대적인 호텔이라고 할 수 있는 YMCA까지의 길을 누비듯이 달렸다. 뉴델리에 몰아치고 있는 습기 찬 37.7도의 열풍은 몇 주 뒤에 시작될 계절풍의 전주였다.

방은 두 사람씩 예약되어 있었다. 짐과 나는 체크인을 하고, 장비 등을 들고 위층으로 걸어 올라가 이틀간의 여행 축적물을 씻어냈다. 나는 일상으로 돌아온 듯한 기분이 들었다. YMCA 식당에서 간단한 점심을 먹고 나자 애드가 자기 방에서 회의를 하자며 모두를 호출했다.

"인도산악연맹에서 군용 무전기와 무전병 두 명을 베이스캠프에서 사용할 생각이 있는지 물어왔어요. 혹시 필요하다고 생각하는 분이 있나요?"

그가 말했다. 사람들의 반응은 만장일치로 부정적이었다. 그 후 애드가 여행허가서와 비자 연장 서류를 나눠주었다. 짐은 우리가 트레킹해 들어갈 때와 고산 등반 도중 나타날 수 있는 각종 의학적 문제에 대해 설명했는데, 그동안 우리는 그 서류를 작성했다. 그러면서 과연 원정이란 10퍼센트만 육체적인 운동이고, 나머지 90퍼센트는 비즈

니스라는 점을 깨달았다.

대부분의 주요 원정에서 환자나 부상자에게 의사가 다가갈 수 없는 경우가 빈번하므로 의학정보의 전달과 지시는 반드시 선행되어야 한다. 현장에 같이 있는 동료 등반대원이 즉각적으로 부상자나 환자를 치료하고 간호해야 하는 것이다. 그래서 등반대원이라면 폐부종이나 뇌부종, 급성 고산병 등과 같이 고도에서 나타나는 질병의 증상과 그에 따른 치료법을 알고 있어야 한다. 비록 아마추어일지라도 고산에서 발병 초기에 적절히 대처한다면 환자나 부상자의 목숨을 구할 수 있다.

"어떤 질병이라도 확산되지 않게 하려면 우리 모두 철저히 위생규칙에 따라야 합니다. 우선 컵과 식기, 물병을 따로 사용하고 이질을 막기 위해 요오드를 물에 넣어 마셔야 해요. 모두 동의하시죠?"

짐이 말하자 뒷맛이 씁쓸한 요오드에 대한 불평을 털어놓긴 했지만 모두 동의했다.

애드가 4월에 보스턴에서 화물선으로 선적된 장비들이 뉴델리에 도착해 YMCA로 이송되기 시작했다고 알려주었다. 7월 9일 밤에 뉴델리를 떠날 예정이었기 때문에 이틀 동안 재포장작업을 진행할 수 있었다.

그날 저녁식사 시간에 인도 육군 최정예 사단의 낙하산부대 장교인 서른한 살의 키란 인데르 쿠마르 대위가 소개되었다. 쿠마르 대위는 정부 규정과 운송문제를 감독하고, 짐꾼을 고용하고, 음식을 구매하는 등 마치 군대 행렬처럼 북인도를 거쳐 난다데비 하단부까지 원정대를 이동시킬 예정이었다. 그보다 나은 적임자는 없는 듯했다. 10여 년간 엄격한 군대에서 훈련을 받은 키란은 섬세하게 키워진 왕의 풍

채와 레슬러의 근육을 갖고 있었다. 키란은 네 번의 주요 원정에 참여했고, 1973년 인도-부탄 연합 공가산(중국 쓰촨 성에 있는 산으로 높이는 7,556미터다 – 옮긴이) 원정을 지휘하기도 했다. 1974년 보닝턴과 함께 한 창가방 원정이 가장 최근에 지휘한 원정이었는데, 그는 추락사고로 어깨를 다쳐 정상공격에 참여할 수 없었다. 어깨에 대한 불안감은 여전했지만 그는 난다데비 원정에 최선을 다하기로 마음먹고 있었다. 그의 목소리는 맑고 종소리 같은 테너 톤으로, 말할 때마다 주위 사람들의 관심을 끌었다. 무성하고 짙은 카이저 콧수염 아래로 짧고 억센 턱수염이 막 자라기 시작했고, 짙은 갈색 눈동자는 늘 웃음기를 띠고 있었다.

이튿날 아침부터 곧바로 우리는 장비 재포장작업에 돌입했다. 애드가 YMCA의 폐쇄된 뒤뜰을 사용해도 좋다는 허락을 받아 막 도착한 장비상자를 빌딩처럼 쌓아놓았다. 각 상자의 내용물 목록을 갖고 있는 엘리엇이 대원들을 작업 내역에 따라 팀별로 구분하려고 했다. 각 짐꾼의 짐은 27킬로그램 이하여야 하고 짐을 잃어버리거나 도난당하거나 트레킹 도중 강에 빠뜨릴 수 있기 때문에 어느 품목이든 전체 분량이 한군데에 담겨서도 안 되었다. 1936년 난다데비 원정 당시 한 짐꾼이 리시 협곡을 가로질러갈 때 미끄러지면서 자신의 짐을 협곡 아래 강으로 떨어뜨리고 말았는데, 그 짐 속에 전 대원의 아이젠이 들어 있었다. 다행히도 대원들이 등산용 부츠에 삼각 징을 달고 있어 깊은 몬순 눈 속에서 아이젠을 대체할 수 있었다.

우리는 박스를 열어 장비들을 따로 구분해 쌓고, 상하기 쉬운 음식과 옷가지는 비닐봉지에 담아 재포장하고, 포장이 끝난 짐의 무게를 재어 다시 쌓아놓았다. 차가운 코카콜라와 인도 청량음료인 림카가

원정대가 델리의 YMCA에서 다시 짐을 꾸리고 있다.

갈증을 달래주었지만 뜨거운 태양 아래선 소용이 없었다. 몇몇 대원은 작업의 고삐를 죄기 위해 끈질기게 달라붙는 이들을 남겨둔 채 몇 시간씩 자리를 비웠다. 그러면서 팀별 작업은 흐지부지해져버렸다.

가장 지루하고 성가신 작업은 독일에서 선적할 때 상자가 터져 엉켜버린 180미터짜리 로프 타래를 푸는 것이었다. 몇 시간이고 실마리를 찾아 잡아당기고 총 3킬로미터나 되는 로프를 감아야 했다. 각각의 180미터짜리 로프를 반으로 자른 다음 동그랗게 말아 포장해버렸다. 알파인 스타일을 고집하는 대원들 때문에 짐, 애드, 그리고 내가 더 이상 짐 속에 몰래 넣지 못한 수백 미터의 로프는 포장하지 않은 채 뉴델리에 남겨놓았다.

그 다음날인 7월 9일 아침에도 그날 저녁 출발 전에 재포장해야 하는 산더미 같은 장비들 속에서 모두가 분주했다. 뒤뜰의 꼼짝도 하지 않는 공기 때문에 사우나에 온 듯했다. 내 이마에서 땀줄기가 연신 포장박스의 방수지 위에 떨어졌고, 거의 삶는 더위였다. 대원들은 한 사람씩 태양을 피해 자기 방으로 들어가버렸다. 박스 내용물 목록을 마구잡이로 휘갈겨 쓰기 시작해서 결국 쓸모없어져버렸다. 뉴델리 길거리의 소똥보다 지독한 냄새가 난다는 듯이 달려드는 파리떼 소리 때문에 나는 목소리를 높여야 했다. 파리떼가 얼마나 무자비하게 달려드는지 하루해가 저물 무렵에는 펀치에 맞은 듯 녹다운될 지경이었다.

데비는 무더위와 끈질기게 달라붙는 벌레가 아무렇지 않은 듯했다. 데비는 마치 '피곤해요, 존?' 하고 말하는 것처럼 쳐다보며 한 번 웃어 보이고는 27킬로그램짜리 박스 한 개를 머리 위로 들어올려 상자더미 꼭대기에 쌓았다. 데비는 인도에, 그것도 자신의 이름을 가진 산 가까이에 있기 때문에 생기 있고 활기차며 행복한 것 같았다. 뉴델리에 머무는 동안 그녀는, 등반에 참여한 이유로 인도 뉴스매체로부터 큰 관심을 받고 있었다. 그녀는 〈인디안 타임스〉 기자와의 인터뷰에서 이렇게 말했다.

"저는 난다데비 산에 굉장한 친밀감을 느끼고 있어요. 어떻게 설명할 수는 없지만 태어날 때부터 이 산에 대한 뭔가가 제 안에 있었어요."

그녀의 꿈은 자기 아버지처럼 난다데비 정상에 오르는 것이었다.

그녀가 휴식을 취하거나, 심지어 숨을 한 번 고르기나 했는지 의심될 정도였다. 그녀는 몇 주 전 네팔에 있을 때 엘리엇과 함께 감기에 걸려 시작된 목쉰 기침만 해댈 뿐이었다. 당분간 기침은 계속될 듯했다.

원정대장들은 대개 원정기간 동안 각자의 역할을 정하는 것은 대원들 자신에게 달렸다고 말한다. 내 생각에 이 말은 원정대장이 직접 명령을 내리거나 어떤 일을 하라고 지시하고 싶어하지 않는다는 것이다. 즉 각자에게 책임이 있다는 것이다. 몇몇 대원은 이러한 점을 잘 받아들인다. 단체정신은 산 속이든 산 아래든 어려움을 함께 극복해 나가면서 길러진다. 대규모 원정대가 성공하려면 단체정신이 관건인데, 몇 가지 면에서 당시 델리에서는 그러한 단체정신을 찾아볼 수 없었다.

190여 킬로미터 북동쪽에 있는 리시케시까지 원정대를 데려다주기 위해 렌트한 열은 녹색 트럭이 그날 밤 9시에 정확히 도착했다. 한 사람씩 대원 모두 2톤이나 되는 장비를 고물디젤 타타 트럭에 싣기 위해 뒤뜰로 모여들었다. 나머지 그룹장비와 개인용구는 나중에 원정가이드가 잘 모아 보관할 수 있도록 호텔방에 남겨두었다. 친구들과 성공을 기원하는 사람들이 모여들었고 우리 모두 안녕과 행운을 빌었다. 애드는 등을 다쳐 베이스캠프까지 동행하지 못하는 아내 앤과 마지막으로 포옹을 했다. 키란의 젊은 아내 라마는 집게손가락으로 우리 모두의 앞이마에 행운을 기원하는 붉은색 틸라크를 그려주었다. 대원들이 트럭에 올라 이틀 동안 지낼 자리를 잡는 동안 키란의 두 아들이 빵을 나눠주었다.

나는 방수포, 예비타이어, 공구상자, 그리스(윤활유 – 옮긴이) 등이 있는 객실 뒤칸으로 머뭇거리며 올라갔다. 한낮의 무더위가 물러가고 다가올 폭풍의 전주인 듯 시원한 바람이 불었다. 데비와 짐, 엘리엇은 트럭 짐칸을 둘러싸고 있는 울타리처럼 생긴 레일에 팽팽하게 매어진 방수포 위에 드러누웠다. 짐은 방수포 한쪽 끝을 당겨 그들 위로 담요처럼 두른 다음 잠을 자더라도 굴러떨어지지 않도록 그들 셋 모두를 로프로 묶었다.

따뜻한 스콜이 짧게 주기적으로 내려 어둠 속을 달리는 트럭의 디젤 매연과 흙먼지로 덮인 우리의 얼굴을 씻어주곤 했다. 점점 빈번해지고 까다로워지는 검문소에 이를 때마다 키란이 나섰다. 졸음이 조금씩 몰려오는 가운데 헌병들이 꼬치꼬치 캐묻자 키란은 더 이상 참지 못하겠다는 듯 힌디어 목소리 톤이 점점 높아졌다. 나는 그의 인내력이 대단하다고 생각했다.

우리는 신성한 도시 하르드와르를 거쳐 갠지스 강의 둑을 따라 이동했다. 동틀 무렵 우리는 히말라야 산맥 기슭으로 들어섰다. 일상에 바쁜 사람들로 가득 찬 리시케시의 거리에선 하품과 졸음이 가득한 눈길만 느낄 수 있었다. 우리는 도시 밖으로 몇 킬로미터를 더 이동한 뒤 다른 트럭을 기다렸다. 거의 모든 대원이 잠을 자는 동안 키란은 트럭 운행 상황을 체크하러 리시케시로 돌아갔다. 짐과 나는 프리스비를 날리고 있었고, 흥미로워하는 인도 아이 한 명을 게임에 끌어들였다.

한 시간쯤 후 키란이 되돌아와 우리가 실수했다고 알려주었다. 트럭이 리시케시 시내에서 기다리고 있었던 것이다. 우리는 트럭에 마구 올라탔고 곧장 리시케시로 돌아갔다. 우리는 꽤 오랫동안 먹지도 못하고 물 한 모금 마실 수도 없었는데, 근처에 과일 행상 몇 명이 보였다. 여섯 살짜리 여자아이에게 귤을 몇 개 샀는데, 마치 귀중한 보석이라도 되는 양 남루한 옷으로 열심히 닦아주었다.

그 지방의 의료행위에 관심 있던 짐은 그림표시판이 붙어 있는 작은 방으로 머리를 숙이며 들어섰다. 내가 뒤따라가자 짐은 '제 인턴인 로스켈리입니다'라고 나를 소개했다. 헐렁한 흰색 바지를 입은, 의료 전문가 같은 신사가 우리 카메라를 보더니 물물교환을 하자고 했다. 제안을 받아들이지 않자 그 사람은 우리를 외래환자 진료실로 데려갔다. 그 '의료행위자'는 짐에게 몇 가지 약초로 만들어 중한 병에도 잘 듣는 영약에 대해 언급하기 시작했고, 우리는 그의 조제약을 정중히 거절한 뒤 밖으로 나왔다.

대원들 중 몇 명이 트레킹용 바지로 입기 위해 거리의 재단사에게 인도의 뜨거운 기후에 알맞은 헐렁한 파자마를 맞추고 있었다. 그들이 바지를 만드는 동안 짐과 나는 전 대원을 위한 우산과 산에서 사용할 눈삽 두 개를 사려고 돌아다녔다. 아이 네 명이 거래를 하러 다가왔다.

"이번에 난다데비에 오른다면서요?"

한 아이가 미소를 지으며 알아들을 수 있는 영어로 물었다.

"왜, 응…… 글쎄, 그러려고 하는데……. 어떻게 알았니?"

짐이 되물었다. 그들 중 한 아이가 뒤춤에서 〈인디안 타임스〉를 휙 꺼내들자 그들 모두 까르르 웃었다. 그 신문에는 원정대의 흑백사진과 관련 기사가 실려 있었다. 그 아이는 사진 속에서 우리를 찾아냈다.

짐은 낄낄거리면서, 우리가 벌써 인도 북부 오지에서도 유명인사가 되었다는 것을 믿을 수 없어했다. 우리는 구입한 물품을 모아 새 운송수단인, 범퍼와 객실에 녹색 꽃이 그려져 있고 노란색과 빨간색으로 밝게 칠한 트럭으로 돌아왔다.

여러 개의 허가사무소와 군 검문소를 거쳐 우리는 계속 나아갔다. 우리가 탄 트럭은 평탄하고 황량한 인도의 농지를 뒤로하고 갠지스 강을 따라 숲이 우거진 협곡과 날카로운 산기슭의 능선을 향해 천천

트럭 짐칸에 타고 조시마트로 향하고 있는 원정대의 모습.

히 올라갔다. 협곡을 따라 난 실낱같은 굽이굽이 고갯길을 뱀처럼 돌아 올라가는 트럭운전사의 노련함은 정말 대단했다. 길가 표석이나 절벽에는 노란 페인트 바탕에 빨간색으로 경고 문구가 적혀 있었다. 영어와 힌디어로 '경적을 울려주세요' 또는 '천천히!'라고. 모퉁이를 돌면 바위에 '감사합니다'라고 쓰여 있을 듯했다. 트럭 맨 꼭대기의 내 자리에서는 저 아래 갠지스 강의 둑을 따라 줄지어선 힌두교 사원과 아시람 – 순례자들의 숙박소 – 을 조망할 수 있었다.

리시케시에서 48킬로미터를 달려와 우리는 두 개의 큰 강, 바기라티와 알라크난다가 합류해 갠지스 강을 이룬 뒤 바다까지 2,400여 킬로미터를 흘러가는 데브프라야그로 들어섰다. 고행 높은 현인 수백여 명이 두 강으로 내려가는 목욕 장소에 모여 있었는데, 대부분 목욕 도중 강한 물살에 떠내려가지 않으려고 쇠사슬로 몸을 고정하고 있었다. 잡역부들은 핏대 선 목과 억센 다리근육을 드러낸 채 80킬로그램이나 되는 아타(atta, 인도 밀가루) 자루를 시장으로 나르고 있었다.

바기라티강가로 내려오면서 트럭운전사는 기어를 혹사했고, 최근에 건설된 듯한 다리를 건너 알라크난다 강의 북쪽 유역을 따라갔다. 완만한 계단 형태의 언덕과 남아시아 긴꼬리원숭이가 사는 빽빽한 숲을 누비듯 지나치면서 우리는 빠르게 고도를 높여갔다. 진흙과 흙더미 등으로 대부분의 길이 엉망진창이었고, 우리는 미국 같았으면 기계로 한두 시간 만에 손보았을 정도의 구간을 손으로 일일이 며칠씩 작업하고 있는 노동자들을 돌아갈 수밖에 없었다.

서서히 우리는 리시케시를 출발한 뒤 변변한 음식이나 물 공급 없이 오랫동안 여정을 이어온 충격을 느끼기 시작했다. 드디어 작은 촌락인 스리니가르에서 저녁식사를 하기 위해 저녁 늦게야 정차 명령이 내려졌다. 거의 모든 대원이 코카콜라와 고기튀김, 빵과 밥을 주문했고 데비와 윌리만 초록색 파리가 잔뜩 덮인, 기름지고 찬 음식을 먹어치울 수 있었다. 몇 입 먹어보고 나서 나는 길을 건너 현지 여행자들의 주된 먹을거리인 히말라야표 설탕과자를 조금 샀다. 윌리는 자기 몫을 다 먹고 다른 사람이 남긴 것까지 해치우고 있었다.

"아니, 왜들 그래? 최근에 내가 먹은 음식 중 최고구먼."

윌리가 눈웃음을 치며 말했다.

대원들 모두 속이 뒤집어진다는 표정으로 서로를 쳐다볼 뿐이었다. 짐이 속을 진정시키며 뭐라고 불평을 했다. 마티는 음식과 차를 거부한 채 트럭에 남아 있었는데, 그 당시에는 그게 아주 적절한 행동이었다. 그녀를 비롯해 몇 사람이 차멀미 증상을 보이기 시작했다. 너무 자고 싶어서 계속 가고 싶지가 않았다.

다시 출발해 계속 달려갈 때, 나는 방수포 아래에서 평평한 자리를 찾아냈지만 성가실 정도로 계속 덜컹거렸고 디젤 매연 때문에 메스껍기까지 했다. 거의 30시간 동안 한숨도 자지 않은 상태라 새벽 2시경에는 녹초가 되었다. 감각도 멍해졌다. 이런 논스톱 여행은 미친 짓이었다. 팀 전체가 체력적으로 지쳐가고 있는데다 몇몇 대원이 아프기 시작했지만, 어느 누구도 '강인한 척하는' 태도를 잃지 않았다. 나는 미리미리 해결해야 하는 이런 문제로 소동을 일으키고 싶지 않았지만 누군가 윌리의 주의를 환기시켜야 했다. 잠을 자거나 식사를 하기 위해 정차하지 않음으로써 전 대원의 건강을 해치고 있었던 것이다. 트럭 뒤편으로 기어가자 윌리를 찾을 수 있었다.

"윌리! 저기요, 윌리!"

"어, 존. 왜 그러지?"

졸음에 겨워하며 윌리가 대답했다.

"아, 정말…… 윌리, 잠도 안 자고 이대로 계속 갈 거에요? 지금 당장 이 트럭을 세워놓고 전부 쉬어야 할 것 같은데요. 등반을 시작하기도 전에 전부 지쳐 쓰러지겠어요. 지금 당장 길가에 트럭을 세우라고 제가 얘기할게요."

"알았어, 알았다고. 진정해. 내가 나가서 운전사에게 다음 서야 할 곳에서 길가에 세우라고 말할게."

차가 멈춘 후 우리는 안도의 한숨을 내쉬었다. 다섯 시간 동안이나 우리 모두는 디젤 매연, 흔들림, 먼지, 시끄러운 기어소리 없이 잠을 잤다. 배가 고팠지만 아침에 모두 기력을 되찾았다. 동틀 무렵 초몰리를 통과했고, 오전 10시 전에 우타르프라데시의 '군청소재지'라고 할 수 있는 조시마트에 도착했다.

슬레이트 지붕을 이고, 흰색 건물이 날카로운 계단형으로 마을을 형성하고 있는 조시마트는 알라크난다 강의 급류로부터 약 600미터 위쪽에 자리하고 있었다. 키란이 마을에서 새 건물 축에 드는 히말라얀 호텔에 숙박용 방을 여러 개 잡았다. 해발 1,800미터의 신선한 공기에 기운을 차려, 다들 트럭에서 자신의 장비를 내렸다. 키란은 애드와 윌리를 데리고 어딘가로 사라졌다. 여권을 처리하고, 트레킹 허가를 받고, 음식물을 구매하고, 인도인 동료 니르말 싱을 찾아야 했던 것이다. 니르말은 짐꾼을 고용하려고 조시마트에 먼저 와 있었다.

우리는 시원하게 샤워를 하고, 옷을 빨고, 일기를 쓰느라 정신이 없었다. 짐과 나는 이곳 가르왈 지방의 활기찬 모습을 찍으려고 어깨에 카메라를 메고 거리를 어슬렁거렸다. 그러자 새로 배운 외국어로 말을 걸어보려 하는 교복 차림의 학생들이 우리를 에워쌌다.

"지금 몇 시예요?"

흠잡을 데 없는 영어로 소리치듯 말하고는 내 대답을 못 알아듣자 시계를 직접 보겠다고 달려들었다. 장난을 치느라 디지털시계를 내밀었는데, 문자판이 없는 시계를 보고 당황하는 모습이 재미있었다. 내가 버튼을 눌러 시각이 표시되자 '아' 하고 숨을 쉬면서 돌려주었다. 그러는 사이 짐은 멋진 인물사진 몇 장을 찍고 있었다.

오후 늦게 호텔로 걸어 돌아오자 팀원들 대부분이 히말라얀 호텔 식당에서 저녁식사를 주문해놓은 채 기다리고 있었다. 영화배우 오마 샤리프를 닮은 시크교도 한 사람이 녹색 터번을 두르고 키란의 저녁 식탁 옆자리에 앉아 있었다.

윌리가 짐과 나에게 인도 육군 고산전투 교관인 니르말 싱 상사를 소개해주었다. 니르말은 운송·보급, 고산 짐꾼 등을 책임지고 키란과 함께 원정대를 베이스캠프까지 인도해 난다데비 등정을 도와줄 예정이었다.

서른두 살인 니르말은 15년간 군복무를 했으며 최정예 등반교관으로 평가받고 있었다. 니르말은 카슈미르 원정에 참여했는데, 당시 그는 해발 5,452미터의 콜라호이 산(인도 북부 인더스 강과 수트레즈 강 사이의 서부 히말라야에 있는 산 – 옮긴이)을 등정했다. 군복무를 마친 그는 농장에서 일하며 결혼도 하고 두 아이도 얻었다. 그는 영어를 잘 못하는데다 자주 사용하지 않았는데, 그래도 우리가 힌디어를 구사하는 것보다는 훨씬 나았다.

나는 곧바로 니르말의 장난기에 끌렸다. 만난 지 10분 만에 그는 나를 거울 앞에 세우더니 자신의 터번을 씌워 주위에 있는 인도인들을 웃기기 시작했다. 그들이 말하는 것처럼 등반기술이 훌륭하다면 함께 정상 정복에 나서고 싶은 사람이라고 생각했다. 이 사람이 합류함으로써 원정대가 든든하게 보강된 것 같아 기분이 무척 좋았다.

스리니가르에서처럼 히말라얀 호텔의 음식도 느글거렸다. 차고 구린내 나는 계란볶음밥에 파리가 잔뜩 몰려 있었다. 뜨거운 차를 주전자째로 여러 번 마셨는데도 설사기가 있어 나는 그날 저녁을 아주 조금 먹었다. 식사 후 나는 무심코 부엌에 들어갔는데, 그것은 크나큰 실수였다. 먼지가 깔리고 연기가 가득 찬 부엌에서는 건물을 통과해 흐르는 마을 공동 개울물을 바닥 수로에서 받아 쓰고 있었다. 그 물은 각 집들이 마시는 물뿐만 아니라 청소용으로, 심지어 하수로도 사용하는 마을 위쪽에서 흘러오고 있었다. 개들이 바닥에 버린 음식 찌꺼기를 게걸스럽게 먹고 있었으며 개 한 마리가 야채 사이를 어슬렁거리고 있었다. 요리사는 거지처럼 지저분해 보였고, 노인 두 명이 간이침대 같은 데 앉아 있는 것으로 보아 그날 밤을 보내려고 가족들을 데려온 게 분명했다. 그들 모두 가르왈 지방에서 매우 흔한, 지독한 기침을 하고 있었고 코도 흘리고 있었다. 굴뚝 없는 화덕에서 나오는 연기는 그 좁은 공간을 가득 뒤덮고 있었다. 눈이 아파오고 모두 다 둘러보았을 때는 눈물까지 흘러 몸을 구부정하게 해서 좁은 문으로 나와버렸다.

다른 사람들의 식욕까지 떨어뜨릴까봐 나는 부엌에서 본 광경을 차마 얘기할 수 없었다. 그리고 다음 음식이 계속 나오는 동안, 마을에 놀러나갔을 때 너무 많이 사먹어 배가 부른 척했다.

식사 후 방으로 올라왔는데, 침대가 사람 수보다 하나 부족했다. 친절하게도 엘리엇이 바닥에서 자겠다고 했다. 나는 엘리엇에게 솜털이 숭숭 난 다리를 가진 거미들이 바로 머리 위에 엄청 많다고 알려주었다.

"엘리엇, 저놈들 눈을 좀 봐. 널 보고 있는 것 같은데……."

"맞아, 엘리엇. 저기 저 위에 있는 놈은 자기 침대에서 자는 사람을 싫어하는 것 같은데……."

앤디가 거들었다.

"뭐, 그놈도 참고 견뎌야지…… 별수 있겠어요."

엘리엇이 그렇게 대꾸하고는 불을 껐다.

그리고 5분쯤 어둠 속에서 농담을 주고받는데, 갑자기 엘리엇이 다시 불을 켰다. 놀랍게도 그 거미가 벽을 타고 내려와 엘리엇의 침낭에서 30센티미터밖에 안 떨어진 곳까지 와 있었다. '휙' 하는 엘리엇의 테니스화 소리와 함께 그놈의 거미는 벽지 무늬가 되어버렸다. 이후 우리는 평화로이 깊은 잠에 빠져들 수 있었다.

다음날인 7월 12일 아침, 나는 입식 화장실에서 물 내리는 소리에 깼다. 짐과 나를 비롯해 팀 내 많은 사람들이 설사 증상으로 고생하고 있었는데, 현지 음식을 먹은 사람은 더 심했다. 이유야 어찌됐든 화장지는 원정 전에 신경도 안 썼던 사람들에게 더욱 필요한 품목이 되었다.

그럼에도 짐과 마티, 그리고 나는 마을 구석구석을 돌아보았다. 마을 중심에서 거무스름한 알칼리성 하수 찌꺼기가 질금질금 수렁을 따라 흐르는 거리에 너무나 흔한 생활쓰레기 냄새가 진동했다. 우리는 마을 끝에서, 강의 긴 협곡을 따라 따뜻해진 공기로 인한 상승기류를 타고 유유히 날고 있는 히말라야 검독수리를 보려고 암반 돌출부로 올라섰다. 한 마리가 가장자리를 따라 가볍게 솟아올라 따뜻해진 기류를 타고 가끔씩 돌면서 오르내리더니, 결국 먹잇감을 찾아 모두 날아가버렸다. 한참 후 짐은 자신이 치료해야 할 짐꾼들의 질병에 대해 알아보기 위해 마을 병원에 가보고 싶어했다. 마티도 유별나게 가보고 싶어해, 우리는 독수리 구경을 접고 좁다란 길 위의 표석에 그려진 적십자 표시를 따라 걸었다.

우리는 본 사무실 앞에 도착했고 보좌관과 특징적인 단어 몇 마디를 나눈 뒤 육군 지휘관 사무실로 안내되었다. 그는 마땅찮아하는 표정을 지으며 의심쩍은 눈빛으로 우리를 쳐다보았다. 짐이 의학적인 질문을 던지자 그는 왜 이 사람들이 군병원을 찾아와 그런 정보를 물어볼까 의아해하면서 무척 방어적인 자세를 취했다. 결국 짐이 상황을 눈치챘고, 우리는 냉랭한 작별인사를 하고 나왔다.

오후 5시까지 마을에서 할 일을 마친 우리는 개인장비를 트럭에 신고, 불과 19킬로미터밖에 되지 않지만 몇 시간이나 걸리는 라타로 출발했다. 800미터쯤 마을로 들어가 짐꾼들과 트레킹 때 먹을 음식, 즉 아타, 달(daal, 껍질을 벗겨 말리고 반으로 쪼갠 렌즈콩 – 옮긴이), 쌀, 설탕, 차, 기(ghee, 물소 따위의 젖으로 만든 버터를 녹인 다음 체로 걸러 만드는 인도의 주요 식용유. 냉장하지 않아도 오랫동안 보관할 수 있다 – 옮긴이), 여러 가지 양념, 그리고 짐꾼들에게 줄 담배를 잔뜩 실었다. 니르말이 고산에서 짐꾼 역할을 할 인도산악연맹 수습대원 두 명 – 자텐드라와 수렌드라 – 을 데려왔고, 그들은 일을 주겠다고 약속하고 데려온 인도인 몇 명과 함께 짐을 잔뜩 실은 트럭 위로 올라탔다.

키란은 마을에서 반경 1.6킬로미터 안에 세 개나 있는 검문소를 통과하기 위해 분주히 움직였다. 얼마 지나지 않아 우리는 신축 철교를 건너 가파른 언덕을 오르기 위해 오른쪽으로 돌았는데, 짐을 잔뜩 실은 디젤 트럭이 오르막길을 올라가지 못했다. 우리는 뛰어내렸고 트럭운전사가 뒤로 조금 물러나 헐떡거리는 엔진을 가다듬은 뒤 냅다 달렸다. 그렇게 해서 거의 오를 뻔했지만 실패하고 말았다.

우리는 80킬로그램짜리 식량자루를 차에서 내려 언덕 위까지 날랐다. 니르말은 각자 자루 하나씩 나르자고 고집했고 우리 미국 대원들은 서로 협력하면 덜 힘들 거라고 판단했다. 나는 니르말의 말대로 아타 자루 하나를 등에 지고 언덕 위로 단번에 뛰어 올라갔다. '와!' 하는 동료들의 환호성이 들렸지만 다리가 후들거리고 짐이 머리 위로 쏠리는 등 결코 쉽지만은 않았다. 거친 자루에 긁힌 귀와 등의 상처보다 내 자존심이 더 상했다. 반쯤 짐을 내린 트럭은 아슬아슬하게 언덕을 넘었고, 우리는 다시 아무렇게나 짐을 던져 실은 뒤 계속 나아갔다.

레니를 통과할 땐 밤이 깊어, 마을을 지나 5~6킬로미터를 더 간 뒤

비좁은 길 한쪽에 잠시 정차했다. 윌리, 애드, 그리고 키란이 그곳에서 밤을 보낼지, 3킬로미터쯤 더 갈지를 놓고 언쟁을 벌였고 그사이 우리는 잠을 잤다. 10여 분 후 그들은 별다른 이유도 없이 계속 가자고 결정했다. 짜증이 났지만 우리는 대충 짐을 정리했고, 다시 소음과 매연을 내뿜으며 이동했다. 마침내 라타에 도착하기 직전에야 트럭이 멈추었다. 윌리와 마티는 트럭에서 잤고, 나머지는 키란을 따라 라타의 학교 건물로 향했다.

나는 실망했다. 우리가 한 팀이라는 느낌이 전혀 들지 않았기 때문이었다. 짐을 재포장할 때와 뉴델리에 머무는 동안 몇몇 대원에게서 책임의식을 엿볼 수 없었으며, 두 명의 대장 또한 책임감 있는 행동을 보여주지 않았다. 뉴델리에서 이곳 라타까지의 여정은 식사나 휴식을 취하기 위해 정차하지 않았기 때문에 대원들을 신체적으로나 정신적으로 매우 지치게 했다. 내가 생각하기에 이러한 것들은 원정대의 대장인 윌리와 애드가 당연히 결정해야 하는 문제였다. 우리는 열세 명의 대원으로부터 다양한 의견을 모아 하나의 목표 아래 일치단결하게 하고 완벽하게 이끌어나갈 수 있는 사람이 필요했다.

나는 잠이 오지 않아 지난 며칠간의 여정을 곰곰이 생각해보았다. 그리고 달빛 아래 누워 내일 아침 전체회의에서 반드시 논의해야 할 사항을 머릿속에 떠오르는 대로 적어 내려갔다.

다음날 아침 일찍 나는 윌리에게 다가갔다. 그는 여전히 트럭 안에 있었지만 이른 아침의 비스듬한 햇살을 받으며 움직이기 시작했다.

"윌리, 전체회의를 했으면 하는데요."

"좋아. 학교에서 대원들이 모두 돌아오면 곧바로 하자고. 그건 그렇고…… 정말 좋은 아침이야. 그렇지 않나?"

잠시 뒤 원정대원 모두 트럭 앞에 반원형으로 모였고, 윌리와 애드는 녹이 슨 트럭 범퍼에 기대어 앉았다. 나는 조심스레 말문을 열었다.

"이 회의로 우리 팀이 하나가 되길 바랍니다. 우리 팀의 기강이 너무 느슨해서 지금 향하고 있는 난다데비 같은 산을 등정하지 못할 정도입니다. 우리 모두를 한 팀으로 묶을 수 있는 책임감을 각자 가져야 한다고 생각합니다. 윌리, 그리고 애드."

나는 더욱 조심스럽게 말을 이어나갔다.

"내가 보기에 대장은 한 사람만 있으면 될 것 같아요. 두 분은 서로 맞서는 걸 싫어해서 토론만 할 뿐 결론을 내리지 못하고 있거든요. 윌리, 당신은 미국에 있을 때 '우리 팀은 머리가 두 개 달린 – 내가 서쪽 머리, 애드가 동쪽 머리 – 괴물이야'라고 말했잖아요. 이제는 바꿔야 할 때인 것 같습니다. 우리를 한 팀으로 이끌어줄 리더 한 사람이 필요한 것 같습니다."

윌리와 애드는 곧바로 방어적인 자세를 취하면서 내 말이 도를 넘어 자신들의 권위를 모욕한다고까지 생각했다. 두 사람은 내가 진정으로 말하려는 바를 들으려 하지 않았다. 하지만 데비가 맞장구를 쳐주었다.

"아빠, 진정해요. 아빠는 지금 폭발할 것처럼 존을 쳐다보고 있어요. 존은 이 원정이 좀더 부드럽게 진행되도록 도우려는 것뿐이에요."

나는 방금 들은 말이 쉽게 믿기지 않았다. 비록 세련되지 못한 말투로 다른 형태의 리더십이 필요하다고 넌지시 내비쳤지만, 이 문제만큼은 자기 아버지를 두둔할 거라고 생각했던 데비가 내가 말하려는 바를 흔쾌히 받아들인 것이었다.

나는 예를 들어 계속 이야기했다.

"지난 몇 달을 한번 돌아보세요, 윌리. 우리는 여전히 얼마나 많은 장비를 가져가야 하고, 어떤 음식을 가져가야 하는지 확신하지 못하고 있어요. 루 라이차트가 오고 있는지, 아니면 존 에반스가 합류할 수 있는지 어느 누구도 알아보려 하지 않았어요. 우리는 휴식을 취하거나 음식을 먹기 위해 차를 세우지도 않았어요. 지저분한 식당에서 식사를 하면서 건강을 해치고 있었고요. 짧게 말한다면, 특히 당신이나 애드, 어느 누구도 확고한 결정을 내리거나 결정한 대로 따르는 모습을 본 적이 없다는 겁니다."

애드는 약간 화가 나 변명을 하고 싶어하는 듯했다. 그는 이번 원정을 조직했고 잘 되었다고 주장했다. 나는 그의 주장을 반박할 수 없었지만, 팀이 일단 구성되면 조직하는 일은 떨어져 나가게 마련이다.

윌리가 조금 진정되자 자신의 생각을 말하기 시작했다.

"내 생각에는 이번처럼 숙련된 사람들로 팀이 구성되면 강력한 리더십이 꼭 필요하진 않을 것 같네. 우리는 엄마를 찾는 두 살배기 애가 아니라 스스로 결정해나가는 어른들이지 않나. 손놓고 명령을 기다릴 필요는 없을 것 같은데……."

그는 너무 위압적인 리더십 때문에 갈등을 겪었던 1963년 에베레스트 등정 당시를 떠올렸다.

"저도 손놓고 명령을 기다리고 싶진 않습니다, 윌리. 그렇다고 리더십 없이 우왕좌왕하는 원정대를 보고 싶지도 않습니다. 제가 말하려는 것은 각자에게 약간의 책임감을 심어주자는 것입니다. 즉 점심을 준비하고, 야외화장실을 만들고, 끓인 물을 마실 수 있게 하고, 텐트를 세우는 등 건강하고 여유로운 원정에 필수적인 일을 책임지고 나눠서 하자는 말입니다."

내 말에 나머지 대원들도 약간은 전략적이지만 동의했다. 30분쯤 후에는 대부분 트레킹 동안 각자 감독할 일을 나누는 데 동의했다.

윌리는 델리에서 작성한 장비 목록을 마지막으로 점검하면서 화가 난 듯 나에게 거침없이 행동했다. 그 목록은 정말 엉성했다. 박스를 모두 열어 내용물을 확인한 다음 다시 정확하게 적어야 했고, 부패하기 쉬운 것들은 비에 젖지 않도록 비닐봉지에 담아야 했다.

"존, 자네는 재포장작업 때 대부분 그 자리에 있었고 예전엔 원정대에 참여한 적도 있는데, 왜 작업이 제대로 이루어지는지 체크하지 않은 건가?"

윌리는 씨근거리며 화를 냈다.

그가 옳았다. 다른 원정에 참여해본 적이 있기에 나는 다른 사람들보다 더 잘 알고 있었다. 나는 재포장작업이 형편없이 이루어졌음을 알고도 책임을 지려 하지 않았던 것이다. 그래서 나는 윌리에게 '그렇네요'라고 말한 뒤 재포장작업을 하면서 그 일에 책임을 지겠다고 얘기했다. 우리는 흩어져 열심히 짐을 재포장했고, 아침식사를 준비하고 물을 끓이는 등 하나의 팀으로 움직였다.

하루가 순조롭게 지나고 오후쯤 우리는 다음날 아침 일찍 트레킹을 시작하기 위해 해야 하는 일을 모두 끝마쳤다. 키란이 원정대의 짐을 운반할 짐꾼 80명과, 짐꾼들의 음식을 나를 염소 120마리를 준비해 놓았다. 현지 염소치기인 바크라왈라스는 촘촘히 짜서 만든, 염소 잔등에 매는 가방에 15킬로그램 상당의 아타를 부지런히 채워넣었고 달, 쌀, 심지어 우리의 로프까지 그 가방에 집어넣었다.

오후 늦게 짐, 피터, 앤디, 엘리엇, 그리고 나는 다올리 강으로 내려가 손발이 시린 얼음물에 목욕을 했다. 프리스비 게임을 한판 즐긴 뒤,

연녹색 야생 마리화나 밭을 지나 새로 임명된 인도산악연맹 출신 요리사인 수렌드라가 감자카레, 차파티(뜨거운 철판 위에 기름을 쓰지 않고 구워낸 인도식 통밀빵 – 옮긴이), 달 등을 차려놓고 우리를 기다리고 있는 학교 건물로 돌아갔다. 수렌드라는 나중에 관례적인 뜨거운 차, '셰르파차' – 약간의 차와, 같은 양의 설탕 · 크림 · 물을 넣은 – 를 끓여주었다. 우리 모두는 가르왈 히말라야로 깊숙이 들어가는 트레킹의 시작과 다음날 아침을 고대하고 있었다.

비구름이 몰려와 숲과, 계단처럼 경사진 들판을 뒤덮을 때 우리는 학교 건물의 슬레이트 처마 밑에 웅크리고 있었다. 보슬비 사이로 수렌드라가 귀리가 부족해 묽게 쑨, 김이 나는 옥수수죽을 찌그러진 알루미늄 양동이에 담아 들고 나타났다. 자텐드라는 엄청나게 단 셰르파 차를 흘리지 않으려고 조심스런 발걸음으로 수렌드라의 뒤를 따라왔다.

우리는 해발 1,950미터에서 해발 3,600미터의 라타카락('라타의 고원'이라는 의미다)까지 하루 만에 전진하기 위해 아침 일찍 일어나 짐을 꾸렸다. 우리는 산양과 가르왈의 검독수리에게나 맞는 수직 벽으로 에워싸인, 강이 지난 자리처럼 길이 없는 리시 협곡의 하단부 6.5킬로미터를 피해서 성소까지 갈 계획이었다.

라타 출신의 수석 짐꾼인 자갓싱*은 짐을 배분하느라 바쁘게 움직이고 있었다. 그는 부락 촌장이 차려입듯 베이지색 새 스웨터에 깨끗한 심성색 면바지, 군데군데 낡은 테니스화를 신고 있었다. 그는 크게 손짓해가며 옮겨야 할 짐과 짐꾼들 주변을 활보했다. 날카롭고 변덕스럽게, 그는 힌디어로 시켜야 할 일에 따라 소리를 치거나 중얼거렸다. 인부들은 짐의 무게에 따라 다르게 반응했는데, 그들은 항상 한도가 넘었다고 주장했다. 한결같이, '조금 과하게' 짐이 배정된 인부는 다른 짐꾼을 불러 짐을 비교해보고 나서 부당함을 호소했다. 연락담당관인 키란은 저울을 꺼내들고 짐의 무게를 잰 뒤, 결과에 따라 짐을 줄여주거나 의기양양하게 사라져버리곤 했다. 키란은 자갓싱의 뒤를 따라다니며 짐꾼에게 짐을 배분할 때 자신이 갖고 있는 급료 장부에 인부의 이름과 급료를 적었다. 짐꾼 1인당 하루에 15루피(약 1달러 25센트)가 지급될 예정이었다.

짐꾼들은 인도의 시골 사람이라기보다 뉴욕의 떠돌이 노동자처럼 남루하게 차려입은 몰골이었다. 그 중 몇 명은 눈이 작고 피부가 짙은 갈색인 티베트 출신이었는데, 다리는 짧지만 골격이 크고 근육질이었다. 다른 인부들은 마르고 흰 피부에 왜소했으며, 밝은 갈색에서 검은색까지의 곱슬머리였다. 우리는 그들이 산을 얼마나 높이 올라갈지 결코 확신할 수 없었다.

이번 원정 전까지 나는 단 한 번도 인부들을 감독해본 적이 없었다. 1973년 다울라기리 원정 때도 그 일은 셰르파의 몫이었다. 등산길에서 짐꾼들은 마치 주말에 캠핑 나온 한 무리의 보이스카우트 같았다 – 쾌활하고, 웃고, 담배 피우고. 대부분 나이가 어렸는데, 심지어

---

* 자갓싱(Jagatsingh)처럼 시크교도인 북인도인은 이름에 '싱(singh)'을 붙인다. 니르말 싱도 떨어진 이름처럼 붙였지만, '싱'을 사용하고 있어 전통적인 시크교도임을 알 수 있다.

열여섯 살짜리도 있었다. 나는 그들과 재미있게 지냈고 사진도 찍었다. 하지만 얼마 지나지 않아 그들은, 특히 돈을 더 요구하거나 짐을 옮기려 하지 않을 때 격해지는 내 성격을 알게 되었다.

나이와 상관없이 각자 한 개의 짐으로 포장할 수 있는 27킬로그램 정도를 운반했다. 몇 개나 되는 면셔츠, 스웨터, 트위드 또는 무늬 없는 울재킷을 겹쳐 입었는데 어느 누구도 해진 옷을 벗으려 하지 않았다. 원래 옷감보다 덧대거나 기운 부분이 더 많았다.

바지의 앞지퍼가 희귀한 것처럼 단추도 희귀품이었는데, 비용 대비 편했기 때문인 듯했다. 양모바지는 앉는 부분과 무릎, 주머니를 덧대었다. 속옷을 입는 사람이 있을지 몰라도 거의 입지 않았다. 양말은 거의 신발 같았는데, 아버지나 삼촌에게서 물려받은 듯 잘 맞지 않았다. 맨발로 짐을 나르려 하는 네팔 출신 짐꾼들과 달리 대부분의 가르왈 출신은 검정 고무 옥스퍼드 단화나, 유복한 경우 난다데비의 진흙길에 최적이라고 알려진 인도군 '테니스화'를, 많이 닳았지만 신고 있었다.

나는 마치 가벼운 배낭을 멘 것처럼 무거운 짐을 운반하는 짐꾼들을 보고 놀랐다. 그들은 스펀지같이 부드러운 것이 들어간 어깨끈 대신 4분의 1인치 마닐라 로프나 길고 가는 면으로 된 천을 사용했다. 그리고 비상시에 짐을 재빨리 풀 수 있도록 '짐꾼 묶음'이라는 매듭으로 겨드랑이 밑에다 끝부분을 묶었다. 트레킹을 하는 내내 짐꾼들은 가파른 비탈에서 미끄러져 떨어질 수 있기에 나는 이 안전조치의 진가를 알 수 있었다.

짐꾼들 중 대부분은 질병이나 피부질환을 앓고 있었고 손과 발에 상처가 그득했다. 모두가 밭은 마른기침을 했고 가래침을 연신 뱉었다. 미국 산악인들은 짐꾼들의 빨지 않은 옷 솔기에서 벌레들이 옮을까봐 옷이나 침낭 등을 그들에게 좀처럼 빌려주려 하지 않았다.

하지만 여러 면에서 오히려 짐꾼들이 우리보다 더 건강에 신경 쓰고 있었다. 그들은 우리처럼 병이나 컵에 절대로 입술을 대지 않았고, 와인 플라스크에 디캔팅할 때처럼 거리를 두고 내용물을 부어 마셨다. 악수를 불결한 행위로 여기기 때문에 우리가 당황해서 손을 내미는 경우 외에는 악수조차 꺼려했다.

길 위에 앉아 있는 동안 짐꾼들을 유심히 바라보다가 아래쪽의 비에 젖은 경치를 사진으로 찍었다. 사힙(나리. 인도에서 유럽 남성이나 고관대작을 부르는 말)들이 검은 우산을 쓰고, 선두 짐꾼이 언덕을 기어올라 길 안내하기를 기다리며 서성이고 있었다.

"존, 출발하죠."

짐이 아래쪽에서 불렀다. 우리는 36킬로그램의 약상자를 들고 있는 밝은 색 옷차림의 짐꾼을 발견하고 그를 따라 등산로를 오르기 시작했다.

나와 짐은 더 깨끗한 물이 또 있겠지 하면서 등산로 위쪽에 있는 시냇물에서 물병을 채우려 하지 않았다. 라타를 통해 흘러내려가는 찐득한 액체는 불쾌한 냄새와 느낌이 났다. 등산로를 조금 더 올라가자 운 좋게도 곧바로 흐르는 물줄기를 만날 수 있어서 이질에 안 걸릴 수 있었다.

안개비에 흠뻑 젖은 마티는 라타카락까지의 1,650미터 등반이 시작되자 우리 뒤편으로 끼어들었다. 우리가 길을 안내한다고 생각한 짐꾼은 길을 돌아 라타로 들어가버렸는데, 분명히 앞으로 2주 동안 못 먹을 마지막 아침을 집에서 먹으려는 속셈인 것 같았다. 등산로는 꽤 명확해서 큰 어려움 없이 우리는 계속 전진했다.

내 우산을 찢어먹은 가시덤불이 드리워진 널찍하고 돌 많은 등산로는 구불구불 오르막이었다가, 초여름인데 황록색을 띤 계단형 보리밭을 따라 가로질러가고 있었다. 한 시간쯤 올라가자 우리는 시냇물이 졸졸 흐르고 주변 나뭇잎이 무성해서 그림자가 드리워진 개울 바닥에 도착했다. 짐이 물병을 들고 방금 지나간 수백 마리 염소떼가 남겨놓은 배설물을 피해 조금 위쪽의 관목 덤불 속으로 사라졌다. 마티와 나는 비를 피해 검댕투성이 동굴로 들어가 차파티를 먹으면서 짐을 기다렸는데, 흠뻑 젖은 채 짐이 곧 돌아왔다.

우리를 뒤쫓아온 사힙들을 만나라고 마티를 남겨두고, 짐과 나는 계속 올라갔다. 개울 바닥을 벗어나 계속 올라가자 큰 소나무 아래서 바크라왈라스가 서성이고 있었다. 염소들의 잔등에 매어놓은 짐을 풀고 염소치기들이 피운 모닥불 옆에 안장가방들을 가지런히 쌓아놓았다. 마치 우리가 그들의 말을 이해하기라도 하는 듯, 염소치기들은 하늘과 안장가방을 가리키며 힌디어로 말하기 시작했다. 곧 그들은 이곳에서 하룻밤을 보내려 한다는 뜻을 분명하게 전달했다. 아직 오전 9시밖에 안 되었는데 말이다.

"짐, 비가 너무 많이 온다는 의미인가?"

내가 묻자 짐이 대답했다.

"키란이 움직이게 하겠죠 뭐. 계속 가죠."

저 아래에서 들려오는 다올리 강의 잔물결소리가 우리가 강에서 700~800미터는 올라왔음을 알려주었지만 안개구름에 가려 지나온 길을 볼 수는 없었다. 곧 넓은 잎사귀에 듣는 빗방울소리와 테니스화 밑에서 나는 진흙 철벅이는 소리만 우리의 조용한 등반을 증명해주고 있었다. 가끔 안개가 걷혀 저 멀리 경사진 숲과, 풀이 조금 자란 가파른 능선들을 드러내주었다.

"존, 다른 사람들을 기다려야 할까요? 길을 잘못 든 것 같기도 하고요."

짐이 물었다.

그랬다. 비가 그치자 등산로가 저 너머에서 염소길이 되어 점점 없어지고 있었다.

대부분의 원정대원은 우리가 쉬고 있는 곳까지 뿔뿔이 흩어져 등산로를 따라 올라왔다. 애드가 점심을 먹기 위해 쉬라고 명했고 원정대의 음식을 운반하는 사람들이 캔에 담긴 치즈와 땅콩, 차파티를 내놓았다. 나머지 대원들을 찾아 데비가 등산로를 되짚어 뛰어 내려가는 동안 우리는 한 시간여를 기다렸다. 키란이 염소치기들에게 오늘은 더 이상 비가 안 올 거라며 계속 전진하라고 설득했다. 우리가 우려했던 것처럼 짐꾼들과 나머지 대원들은 훨씬 더 뒤에서 올바른 등산로를 택했고, 지금은 우리보다 조금 앞쪽에서 가파른 골짜기를 올라가고 있었다.

우리는 두 등산로가 만나는 지점에서 맨 마지막으로 가는 짐꾼을 따라잡았고 애드를 따라 골짜기로 들어섰다.

"나 때문에 올라가는 게 더뎌지고 있나?"

애드가 계속 물었다.

"걱정하지 마세요, 애드. 딱 좋은 속도예요."

우리는 그를 안심시켰다.

나이가 예순둘이지만 불룩 솟아오른 다리근육을 봤을 땐 마흔 살로밖에 안 보였다. 상당히 가벼운 배낭을 메고, 애드는 매일 다른 사힙보다 먼저 캠프에 도착했다. 전날 애드는 짐에게 자신이 필요한 것 같지도 않으니까 함께 들어가지 않아도 될 것 같다고 말했다.

꾸준히 오르면서 시간을 벌려면 더욱 힘을 내야 했다. 휴식을 취하는 짐꾼, 50도 경사의 등산로로 열심히 짐을 나르는 짐꾼 등을 하나하나 제치고 얼마 지나지 않아 능선을 넘어 꽃과 잡초가 무성한 풀밭에 올랐다. 짐이 바로 뒤따라왔다.

비록 지쳤지만 우리는 목이 너무 말라 곧바로 쉴 수가 없었다. 선두 짐꾼을 따라 바로 아래쪽에 있는 오리나무와 자작나무 수풀 속으로 들어갔다. 짐꾼이 물이 조금씩 솟아날 때까지 땅바닥에 구멍을 팠다. 큰 잎사귀로 깔때기 모양의 대롱을 만들고 나자 100여 명이나 되는 사힙과 짐꾼들이 실컷 마실 만큼 서서히 계속 물이 나왔다.

30분이 채 지나지 않아 다른 대원들도 비에 젖고 지친 모습으로 도착했다. 짐꾼들이 캠프로 흩어져 들어간 후 나는 그들이 내 발치께에 내려놓고 간 짐들을 쌓아놓았다. 몹시 찾고 있던 상자들의 목록을 들고 엘리엇이 마지막으로 나타났다. 우리는 재빨리 4인용 텐트 세 개를 설치한 뒤 저녁을 준비하고 야간장비를 챙겼다.

다른 원정대원들이 각자 자신의 장비를 세우는 동안 데비는 짐꾼들에게 애드가 가져온 구식 4인용 비숍 텐트 치는 법을 가르쳐주었다. 데비는 참을성 있게 알루미늄 폴들을 연결하면서, 힌디어가 안 통하면 네팔어를 섞어가며 말했다. 나는 그녀를 도와 막대기로 낡은 구식 플라이(비바람막이 – 옮긴이)를 나일론 텐트에서 조금 떨어지게 설치해 짐꾼들이 비를 피할 수 있게 해주었다. 데비는 사힙들로부터 여분의 폼매트를 가져와 짐꾼들이 땅바닥에서 편안하게 잘 수 있도록 깔아주었다. 저녁식사 시간에 데비가 특별한 치즈 혼합물을 수렌드라가 조리한 국수와 수프, 고기에 넣자 아주 훌륭한 음식이 되었다. 데비의 에너지는 끝이 없는 것 같았다.

마티, 앤디, 엘리엇, 피터, 그리고 내가 4인용 텐트에 정어리 통조림처럼 빽빽하게 자리를 잡았고, 여섯 명의 사힙이 근처에 있는 두 번째 텐트를 차지했다. 나는 조심스럽게 문 바로 옆에 자리를 잡았는데, 밤중에 쉽게 빠져나올 수 있을 뿐만 아니라 다섯 명의 사힙이 현지 음식을 먹고 만들어낼 불쾌한 가스를 - 가급적 많이 - 피할 수 있기 때문이었다. 텐트를 가볍게 두들기는 보슬비 때문에 우리 모두는 곧바로 잠들어버렸다.

비록 밤새 내린 비로 출발할 수 없을지도 모른다고 생각했지만 우리 모두는 새벽 5시 30분에 일어나 장비를 챙겼다. 키란이 염소치기들의 캠프에서 돌아와 그들이 다시 비를 맞으며 이동하려 하지 않는다고 알려주었다.

"아타가 더 젖으면 상할 거라며 고집을 피우네요."

키란이 어쩔 수 없다는 듯 어깨를 으쓱하며 말했다. 자루에 담긴 아타는 쌀, 달과 함께 염소들의 잔등에 매여 운반되고 있었다.

"우리가 비닐봉지를 주면 되지 않을까?"

윌리가 물었다.

"아타를 비닐봉지에 담아 양털자루에 넣는다면, 꼼짝할 수 없다는 구실을 더 이상 내세울 수 없을 겁니다."

사힙들은 염소치기들이 아타를 다시 담을 수 있도록 하루 더 묵어가기로 결정했다. 우리 모두 내일은 비가 그치기를 바랐다. 데비가 팬플루트를 꺼내들고 윌리가 하모니카로 캠핑송을 연주하기 시작하자 우리 모두는 염소치기들이 포장하는 동안 노래를 따라 불렀다.

나중에 우리는 바크라왈라스에게 속았음을 알게 되었다. 짐이 짐꾼들 중 한 사람에게서 자루 바로 안쪽의 아타만 젖을 뿐 오히려 젖은 아타가 더 이상 습기가 스며들지 못하게 한다는 사실을 알아낸 것이다. 하지만 우리가 그런 사실을 알게 된 것은 염소치기들이 비닐봉지 수백 개와 여분의 일당을 챙기고 난 뒤였다.

어느새 안개 같은 이슬비로 바뀌어 있었다. 나와 짐은 이 지역에서 피어나는 꽃의 아름다움을 담아보려고 삼각대와 카메라를 들고 다녔다. 짐꾼들은 언제나처럼 의식이나 축하할 만한 핑계를 대고 어린 염소를 잡았다. 가죽을 벗기고 토막을 낸 뒤 먹어치웠다. 염소의 피는 튀겨서 주전부리로 모두에게 나눠주었다. 대부분의 사힙은 마지못해 한 입씩 맛을 보았다.

나는 아직 원정대에 합류하지 못한 루 라이차트와 존 에반스에 대해 짐과 얘기를 나누었는데, 내 생각에 그 두 사람 없이 기술적으로 새 루트를 개척하기란 어림도 없는 일이었다. 라이차트와 에반스는 무엇을 해야 하는지, 예상되는 상황은 무엇인지, 관련된 위험은 무엇인지 잘 알고 있으며 로프 고정 때의 필수 작업 등을 이해하는, 그리고 지칠 때까지 매일매일 작업을 하는 노련한 베테랑이기 때문이었다. 그들이 없다면 우리 팀은 체력적으로 평범하고 등반기술 면에서 숙련도가 떨어진다고 할 수밖에 없었다. 하지만 원정대의 다른 사람들은 그들 없이도 아무런 문제 없이 새 루트를 개척할 수 있다고 생각했다.

연령차와 다양한 동기가 출발부터 우리를 가로막고 있었다. 체력적으로 얼마나 강한지 알 수 없는 나이 든 대원도 있고, 검증되지 않은데다 경험이 부족한 젊은 대원도 있었다. 엄밀히 말해 나는 애드를 팀 구성원 – 베이스캠프 요원쯤으로 생각했다. 윌리는 나이와 약간 절룩거

데비와 앤디가 라타카락에서 짐꾼들이 염소를 잡아 발라내고 있는 모습을 지켜보고 있다.

리는 다리가 걸림돌이었다(비록 첫인상보다 훨씬 더 강하고 확고함을 보여주었지만). 그 다음에 엘리엇, 피터, 앤디, 그리고 데비가 있었다. 엘리엇에 대해서는 잘 몰랐다. 등반 경험이 많지는 않았다. 피터는 마티와 헤어진 지 얼마 되지 않아 멍한 상태였고, 앤디 역시 뉴욕 공항에서 처음 만났을 때 내게 한 말 때문에 불안정해 보였다. 내가 아는 데비는 경험이 턱없이 부족한데도 사람들에게 많은 영향을 주고 있었다. 다른 사람들로 하여금 인도 음식을 먹게 하고, 고정로프를 포기하게 하고, 화장지 논란을 끝내게 했다. 그녀의 생각이 나에겐 너무 급진적이었다. 강인한 산악인인 마티는 고정로프 없는 알파인 스타일 등정을 원했지만 이 정도 규모의 원정대로는 회의적이었다. 설상가상으로 인도 대원들이 무슨 생각을 하는지는 정말 알다가도 모를 지경이었다.

짐 스테이츠는 안정적이었다. 그는 체력적으로 강인하고 단호했다. 기술적으로 어려운 난코스에서 앞서나갈 수 있지만 등반속도와 효율성을 위해 기꺼이 나에게 선두를 양보하는 성격이었다. 그는 믿음직했다.

그날은 해가 저물기 전에 날씨가 좋아지고 있었다. 염소고기가 얼마나 좋은지(몇몇 대원은 불쾌해했다) 짧게 얘기한 뒤 일찍 잠자리에 들었다. 텐트 저편에서 마티와 앤디는 평소보다 더 뒤척이는 것 같았다. 나는 수면제를 먹어 어렵지 않게 잠을 잘 수 있었다.

7월 16일 아침은 예상대로 쾌청하고 선선했다. 흰 눈을 인 난다군티 산(난다데비 성소 외곽에 있는 산으로, 높이는 6,309미터다 – 옮긴이)이 다가서는 구름과 우리를 둘러싼 작은 봉우리를 떨친 듯 솟아 있었다.

마티, 앤디, 그리고 짐은 심한 오한과 설사에 구토 증세를 보이며 끙끙 앓았다. 짐은 밤새도록 텐트를 들락날락했고, 우리 텐트에서 마티와 앤디가 뒤척인 것은 분명히 오한 때문이었다. 피터도 마찬가지였다. 마티는 약을 먹기 위해 자신의 증상을 짐에게 얘기했고, 짐은 설사를 멎게 하려고 테트라사이클린과 로모틸을 조금 주었다. 그리고 이런 질병에 걸렸을 때 매번 그러듯이, 특히 고산에서는 물을 자주 마시는 것이 좋다고 짐이 그녀에게 권했다.

앤디는 운송하기 위해 텐트를 걷기 직전에야 겨우 텐트에서 나와 자신의 증상을 말하려고 짐을 찾았다. 그는 마티와 함께 라타카락에 하루 더 머물고 싶어했다. 짐도 동의했지만 텐트와 난로, 음식까지 모두 챙겨 언덕 위로 옮겨버린 뒤였다. 그럼에도 앤디는 윌리와 얘기하고 싶어했다.

내가 앉아서 아침을 먹고 있을 때 앤디가 윌리에게 다가가 마티와 자신을 위해 텐트 한 개와 약간의 음식, 그리고 짐꾼들을 남겨달라고 말했다. 하지만 윌리는 앤디가 너무 늦게 요청했다고 생각했다. 두 사람이 얘기하는 동안 짐꾼들은 장비를 챙겨 산 너머로 사라지고 있었다. 앤디를 가만히 쳐다보며 윌리가 물었다.

"뭐가 잘못된 거야? 못 가겠어?"

"윌리, 그 문제가 아니잖아요. 그것보다는…… 굳이 위험을 무릅쓸 필요가 있나요?"

앤디가 방어적인 자세를 취하며 대답했다.

윌리가 우세했다. 대화는 조용히 끝났고 앤디는 자기 배낭이 있는 곳으로 돌아갔다. 짐 역시 둘 다 조금 더 올라갈 수 있다고 판단했다. 1년 전 짐도 볼리비아의 4,800미터 고지에서 아메바성 이질에 걸렸지만 계속 올라 6,000미터가 넘는 와이나 포토시 봉을 신루트로 등정한 적이 있었다. 그러한 경험에다 장비들이 이미 올라가버렸기 때문에 짐은 마티와 앤디가 그날 짧은 트레킹은 가능할 거라고 생각했다.

나는 짐의 장비를 내 배낭에 담아 아주 천천히 짐을 따라 언덕을 올랐다. 힘이 전혀 없는데도 도움을 거절하던 마티는 실랑이를 조금 벌인 후에야 짐꾼에게 자신의 짐을 맡겼다. 또 다른 짐꾼은 앤디의 배낭을 날랐다.

건강한 사힙들이 환자를 한 사람씩 맡아 그날 하루 동안 같이 휴식도 취해주고 등반을 도와주었다. 짐과 나는 짐꾼을 따라 판석 능선 꼭대기를 지나, 실낱같은 염소길을 따라 가로질러갔다. 우리가 느리게 가니까 짐꾼들은 한참 앞에 있고 다른 사힙들은 조금 뒤처져 있었는데, 짐은 계속되는 설사 때문에 물을 마시고 로모틸을 먹기 위해 자주 멈추면서 비틀비틀 힘없이 걸었다. 나는 그의 후들거리는 걸음걸이를 보면서 뒤따라갔고, 물이나 화장지 등을 건네주거나 그를 놀리며 웃곤 했다.

얼마 지나지 않아 우리는 돌무덤이 마마 자국처럼 군데군데 쌓여 있는 다란시 고갯길에 선뜻 올라섰고 암반이랑을 따라 가로질러가면서 고도를 높여갔다. 4,200미터 부근에서 우리를 추위에 떨게 했던 스콜을 주기적으로 뿌리면서 구름이 골짜기에서 솟아올랐다. 한 무리의 짐꾼들과 함께 애드와 엘리엇은 암반 골짜기 바로 아래에서 우리를 따라잡고는 짧은 인사를 한 뒤 휘몰아치는 안개 속으로 사라졌다. 두런거리는 목소리가 마치 유령처럼 우리에게까지 밀려 내려왔다. 그들은 곧 완전히 사라졌다. 골짜기를 길게 가로질러 벗어나자 야영하기 좋은, 너른 풀밭이 나타났다.

니르말과 키란, 그리고 내가 텐트 하나를 치고 애드와 엘리엇이 다른 텐트들을 급히 치는 것을 돕고 있는 동안 짐은 쉬고 있었다. 수렌드라는 벌써 물을 끓이고 저녁을 하느라 바빴고, 나는 조그만 언덕 쪽으로 내려가 아픈 사람들이 자주 들락거릴 것을 감안해 훌륭한 야외화장실을 만들었다.

다른 대원들은 두세 명씩 짝을 지어 두 시간쯤 후에 도착했다. 마티는 정말 엉망이었다. 짐꾼 둘이 양쪽에서 그녀의 팔을 목에 둘러메고 나타난 것이었다. 반혼수상태였다. 말 그대로 그녀를 질질 끌어 캠프로 데려온 것이다.

하루종일 마티를 돌보고 있던 데비는 조금 먼저 도착해 자신의 침낭을 꺼냈다. 침낭 안쪽에 마티를 잘 눕힌 다음 데비도 마티의 경련을 가라앉히려고 침낭 속으로 기어들어갔다.

라타카락에서 트레킹을 해오는 동안 마티는 짐이 준 약을 계속해서 먹을 수 없었고, 심지어 물조차 마실 수 없었다. 그녀는 조금씩 오를 때마다 계속 악화되어 자꾸 주저앉으면서 '더 이상 못 가겠어요'라고 말했다. 다른 대원들이 설득하고 결국에는 그녀를 부축해 간신히 캠프까지 데려올 수 있었다.

마티가 캠프에 도착했을 때와 저녁식사 후, 그리고 비 오는 밤 내내 짐이 여러 차례 체크했지만 더 이상 어찌해볼 도리가 없었다. 데비는 밤새 마티를 간호했다.

7월 17일인 다음날 아침 일찍 별다른 이상이 없는 대원들이 모여 회의를 한 후, 캠프를 정리하고 마티를 옮기기 전에 정오까지 기다리기로 했다. 짐은 그녀를 옮기기 전에 우선 수분을 섭취시켜야 한다고 생각했다. 30분쯤 지나 짐이 마티를 진찰한 뒤 내게 다가와 말했다.

"존, 마티가 정말 안 좋아 보여요. 기회가 되면 눈을 한번 보세요."

'환자' 텐트에서 데비의 도움을 받아 일어난 마티는 텐트 밖으로 나오기 위해 안간힘을 쓰고 있었다. 그런 마티와 눈이 마주치는 순간 나는 심각한 상태임을 알아차렸다. 그녀의 눈동자는 불투명하고 멍했으며 힘없이 움직이고 있었다. 그녀는 분명하게 말하려 했지만 혀가 부자연스럽고 무거워 보였으며 마른 입술이 아주 천천히 움직이고 있었다. 그녀는 주위를 인식하지 못하는 것 같았다. 나는 제시간에 그녀를 산 아래로 이송할 수 없을 것 같다는 느낌이 들었다. 비가 여전히 싸늘하게 퍼붓고 있기 때문이었다.

짐은 그날 아침 일찍 그녀의 증상은 이질, 수분과 전해질 결핍, 저체온증과 메스꺼움이라고 얘기했는데 지금 당장 시급한 일은 수분 섭취라고 판단했다. 아침 점검을 한 후 짐은 계속되는 구토와 설사 때문에 그녀에게 수분을 섭취하게 할 방법이 없음을 깨달았다. 정맥 수액을 놓고 가라고 압력을 받았던 것을 기억해내자 짐의 짜증은 더욱 심해지기 시작했다. 나는 '환자' 텐트에서 나와 야외화장실에서 캠프로 올라오고 있는 윌리를 향해 똑바로 다가갔다.

"윌리, 지금 당장 마티를 낮은 곳으로 이송해야 합니다."

내가 단숨에 퍼붓자 윌리는 반박하려 했다. 하지만 나는 그의 말을 자르고 방금 본 상황을 얘기했다. 다행히 매우 위험한 마티의 상황을 윌리가 받아들인 듯했고, 우리 둘은 텐트로 돌아가 그녀의 철수 스케줄을 잡았다. 니르말이 마티를 이송하기 위해 세 명의 힘센 짐꾼을 뽑았고, 원정대는 그녀를 600미터 아래쪽에 있는 다음 행선지 디브루게타로 이송시키기로 결정했다.

매듭과 로프 다루기의 달인인 윌리가 등반로프를 이용해 마티를 업어 나를 수 있는 의자 모양의 멜빵을 만들었다. 데비는 그녀에게 방수옷을 입혔다. 혼자 일어설 수 없는 그녀를 들어서 니르말의 등에 태웠다. 윌리, 나, 그리고 세 명의 짐꾼이 니르말을 에워싸고 미끄러운 진흙 속에서 중심을 잡도록 도와주었다. 나머지 대원들은 가능한 한 빨리 캠프를 정리하고 우리를 쫓아 디브루게타로 오기로 했다.

우리는 너른 초원 분지를 가로질러 짐꾼들이 만들어놓은 돌 아치길로 정상 부근이 장식된 4,200미터 고갯길을 가로질러갔다. 평소의 짐 정도만 진 우리에게도 그 지형은 불안했다. 다람싱이 그 다음으로 마티를 건네받았는데, 가르왈 지방에서 일생을 보낸 사람답게 미끄러운 자갈길에서 끈적끈적한 진흙길로 조심스럽게 건너고 있었다.

우리는 짐꾼을 교체하고 마티도 쉴 겸 자주 쉬어가면서 또 하나의

디브루게타로 이송되는 도중에 마티와 짐꾼들이 잠시 휴식을 취하고 있다.

넓게 펼쳐진 초원을 횡단했다. 쉴 때마다 마티는 폐를 끼쳐 미안하다고 헛소리처럼 사과했다. 그녀는 느릿느릿 말하곤 했다.

"미안해요. 제가 걸어볼게요. 폐를 끼치고 싶지 않아요."

"마티, 전혀 그렇지 않으니까 편하게 있어요. 진정하고, 아프거나 쉬고 싶으면 알려줘요."

나는 눈물을 감추기 위해 몸을 돌리며 말하곤 했다.

엘리엇과 짐꾼 몇 명이 먼저 도착해 캠프를 설치하려고 서둘러 우리를 스쳐지나갔다. 마티는 점점 악화되고 있었다.

"존, 약상자를 갖고 있는 짐꾼을 따라잡아서 곁에 가까이 붙어 있으라고 말해주게나."

윌리가 나지막하게 말했다.

나는 짐꾼을 좇아 위험한 비탈을 좀더 빨리 내려가려고 배낭을 내려놓았다. 나는 절망적으로 소리쳤다.

"엘리엇, 엘리엇! 약상자 좀 세워줘."

나는 거칠고 가파른 비탈을 따라 마티를 막 이송하고 있는 짐꾼을 돕기 위해 협곡의 가장자리 위로 금방 다시 뛰어 올라갔다.

"지금은 어때요, 마티?"

나는 그녀가 알아들을 수 있게 천천히 말했다. 혀가 불편한 듯 그녀는 겨우 대답했다.

"오, 존……. 정말 기운이 하나도 없어요. 미안해요."

"마티, 물을 좀 마셔봐. 조금이라도 마셔야 해."

윌리가 말하자 그녀는 물을 조금 마셨지만 바로 토해버렸다.

"다시 출발해야 해. 준비됐지, 마티?"

윌리가 묻자 그녀가 대답했다.

"정말 너무 안 좋아요. 조금만 더 있다가 가도 되죠?"

그때까지도 마티는 하이킹 때 사용하던 스키 폴을 놓으려 하지 않았지만, 우리는 그녀에게 폴을 버리고 두 명의 짐꾼을 잘 잡고 있으라고 거듭 말해주었다. 그녀는 지금 59킬로그램의 뭉치에 불과했다. 비에 흠뻑 젖은 짐꾼들도 아주 재빠르게 움직이는 것으로 봐서 그녀를 낮은 고도로 이송하는 것이 그녀를 살리는 길임을 알고 있는 듯했다. 혼자서는 도저히 불가능했다. 진흙길과 자갈길을 내려오려면 두 사람이 양쪽에서 마티를 잡아야 했다. 나는 그녀 앞에 서서 뒷걸음질로 내려오면서 그녀가 조금이라도 스스로 설 수 있도록 그녀의 발을 잡아주었다.

비는 잦아들었지만 땅은 더 엉망진창이었다. 다 내려와 샛강의 바닥을 건넜다. 마티가 쉬는 동안 우리는 다리와 옷에 달라붙은 진흙을 떼어내려고 잠시 멈추었다. 짐이 우리를 따라와선 마티의 상태를 체크한 뒤 의료텐트를 설치하려고 먼저 출발했다.

마티를 시냇물 위 돌판 위로 끌어올리기 위해 여섯 명 모두 힘을 써야 했고, 꽃이 핀 초원을 지나 졸졸 흐르는 냇가에 있는 울창한 숲 사이 빈터인 디브루게타에 들어섰다.

미리 준비해놓은 텐트로 마티를 데려가 젖은 옷을 벗긴 후 두꺼운 오리털 침낭에 눕혔다. 짐이 그녀를 진찰하기 시작했고 구토를 멎게 하려고 메스꺼움을 가라앉히는 약과 좌약을 주었다. 즉각적인 효과는 없었다. 짐은 이러다가 그녀를 잃는 건 아닐까 걱정되었다.

이제 겨우 이른 오후였다. 우리 모두 마티의 증세가 심각함을 깨닫게 되자 윌리와 짐이 마티 곁을 지켰다. 짐은 수분 섭취량과 배출량을 정확히 기록하기 시작했다. 염분과 수분 섭취를 위해 15분마다 반컵 분량의 탱(Tang, 큰 해조류의 일종 – 옮긴이)을 먹였다.

모든 것이 암담해 보이기 시작할 때쯤인 오후 6시경, 루 라이차트가 캠프에 도착했다. 루와 그의 짐꾼은 저 아래 라타카락부터 이틀 반이 걸리는 여정을 하루 만에 올라와버린 것이다. 루는 지칠 줄 모르는 강인한 체력의 과학자였다. 최근 2년간 만나지 못했지만, 그를 보자마자 나는 그의 눈빛과 강인한 악수에서 난다데비를 오르고자 하는 의지가 나만큼 확고함을 느낄 수 있었다. 이제야 새로운 루트 개척의 가능성이 보였다. 루가 모두에게 따뜻하게 인사를 했다.

마티의 상황에 루는 일종의 구원이랄 수 있었다. 하버드 의과대학의 생물물리학자인 루는 두뇌연구에 적극적으로 참여하고 있었다.

지금부터 마티에 관한 모든 결정은 전문가의 손으로 넘어간 셈이었다. 루의 전문영역은 두뇌였고, 분명히 마티는 두뇌에 문제가 있는 상태였다.

오후 6시 30분에 전체회의가 짧게 열렸다. 짐이 마티의 병세와 의학적으로 취해야 한다고 생각하는 최선의 조치들을 개략적으로 설명했다. 두 명씩 짝을 지어 두 시간 단위로 밤새 마티를 간호하기로 했다. 짐과 윌리가 먼저 맡기로 했고, 나와 키란이 두 번째로 마티 곁을 지키기로 했다. 그렇게 회의를 마쳤지만 내가 불편한 듯 아무 소리도 하지 않고 있음을 짐이 알아챈 듯했다.

“존, 뭔가 감추고 있는 게 있죠?”

“내가 보기에 마티는 매우 심각한 상태이고, 그래서 철수시켜야 한다고 생각합니다.”

“또 다른 의견이 있는 분 있나요?”

짐이 물었지만 아무도 다른 의견을 내놓지 않았다.

그날 오후 데비는 캠프에서 열심히 일했고 오후 늦게 우리를 위해 감자에 얹어 먹을 치즈소스를 만들어주었는데, 그 요리는 대원들이 가장 좋아하는 음식이 되었다. 전체회의에서 그녀는 훌륭한 판단과 깊은 동정심을 드러냈다. 그녀는 젊고 이상적이었지만 경륜을 존중했다. 그녀는 뭐든지 배우는 데 아주 열심이었다. 나는 그녀의 에너지와 다른 사람, 특히 마티를 도우려 하는 의지에 깜짝 놀랐다. 데비가 여전히 나를 남성우월주의자로 여기고 있다는 느낌을 받았지만, 완고하고 외곬으로 비쳤던 그녀의 첫인상은 분명 바뀌고 있었다.

앤디와 피터는 캠프에 도착하자마자 곯아떨어졌다. 그들은 이제 막 회복되기 시작했기에 휴식이 필요했다. 루, 키란, 니르말과 나는 우리 텐드에서 잠시 동안 이야기를 나누었다.

잠을 잘 수가 없었다. 그날 저녁 루와 나는 뇌 속에 물이 고이는 뇌부종 증상에 대해 얘기했다. 나는 각각의 증상을 되새겨보며 마티의 상태와 연관지어보았다. 루에게 한마디도 하지 않고 텐트에서 빠져나와 어둠 속을 비틀거리며 마티의 텐트까지 갔는데, 그곳에는 짐과 윌리가 계속 지키고 있었다.

텐트자락을 열면서 나는 조용히 말했다.

"내가 보기에 마티에게 뇌부종 증상이 나타나고 있는 것 같습니다. 빨리 산소를 공급해줘야 하지 않을까요?"

놀랍게도, 짐과 윌리는 서로를 쳐다보았다.

"마침 우리도 그 문제를 논의하고 있었거든요."

짐이 말했다. 나는 엘리엇을 깨워 목록을 달라고 했고, 마스크와 산소통에 맞는 호흡조절기를 찾았다.

윌리가 호르바인식 산소공급장치를 설치했고 분당 5리터의 최대 공급치로 마티에게 산소를 공급했다. 약이나 산소 때문인지, 시간이 지나서인지, 아니면 순수한 의지인지 몰라도 마티는 거의 곧바로 정신을 차려 수분을 섭취하기 시작했다. 세 시간 동안 산소가 공급되자 그제야 마티는 사리를 분간했다. 우리는 그녀를 좀더 자게 했고, 때때로 그녀가 소변을 보고 탱을 마시도록 도와주었다. 새벽 4시 30분경에는 로모틸과 탱 한 컵을 혼자서 먹었고 눈에 띄게 이성을 되찾았다.

7월 18일 아침 일찍, 짐이 그녀를 꼼꼼히 진찰했는데 그녀의 상태가 심각하지 않음을 알아냈다. 아침 7시 회의에서 짐은 마티를 철수시키자고 제안했지만, 정오에 최종 결정을 내리겠다고 했다. 윌리가 말했다.

"짐이 처리하도록 합시다. 그는 자신이 하고 있는 일과 언제 해답을 다시 가져와야 할지 잘 알고 있으니까요. 이상."

우리 모두 동의했다. 짐은 주위 상황과 자신의 결정이 무엇을 의미하는지 판단할 시간이 필요했다. 짐과 루, 그리고 나는 시냇가로 물러나 한 시간여 동안 목욕을 하고 긴장을 풀었다. 루는 마티가 건망증, 경련, 혀꼬임, 눈동자의 불규칙한 움직임 등 뇌신경학적 증상을 나타내고 있기 때문에 더 높이 등산을 하기 전에 좀더 검사를 받아야 한다고 말했다.

우리가 캠프로 돌아왔을 때는 데비가 마티를 씻기려고 시냇가로 데려간 뒤였다. 짐을 제외하고 모두들 기뻐했다. 몇 사람은 마티가 정말 눈에 띄게 좋아졌다며 다행스런 표정으로 말했다. 대원들 중 대다수는 다음 회의 때 짐이 분명히 마티가 계속 등반해도 된다고 말할 거라고 예상했다.

"그녀가 지금 당장 그럴 필요는 없어요."

짐이 나에게 속삭였다.

전날 밤을 보낸 뒤 마티가 서 있기까지 한다는 것은 충격이었다.

짐은 나에게, 그가 내릴 결정을 검토하는 동안 마티의 병세에 대한 자신의 생각을 적어달라고 부탁했다. 그가 말하기 시작했다.

"양극단을 생각해볼 수 있습니다. 우선 마티가 완전히 회복한 다음 팀에 복귀해 자기 역할을 하고 100여 명의 원정대원 모두가 한 명의 의사 없이도 안전하게 베이스캠프까지 가는 데 성공하는 경우와, 그녀가 죽거나 의사 부족 상태로 계속 나아가야 하는 100여 명의 생명이 위험해지는 경우가 있을 수 있죠."

짐이 계속 얘기했다.

"우리가 여기서 지금 당면한 현실은 생명이 위급한 상황에 처한 한 사람입니다. 마티는 진단이 불명확한 뇌 쪽에 문제를 갖고 있어요. 저는 의학적으로 추가적인 확진을 할 준비가 되어 있지 않습니다."

이번엔 그가 예를 들어 말했다.

"축구선수가 경기 중에 실신했다면, 감독은 또 다른 상해가 발생했는지 알아보기 위해 두뇌 스캔이나 뇌전도(EEG) 검사 같은 추가 검사를 하지 않고는 그 선수를 다시 경기장으로 내보내려 하지 않을 것입니다. 이게 바로 우리가 직면하고 있는 상황입니다. 본질적으로 저는 문제가 있음을 보여주는 최소한의 자료만 갖고 있을 뿐이고, 무엇보다도 제가 마티의 뇌에 어떤 문제가 생겼는지 정확히 모른다는 겁니다."

짐은 마티뿐만 아니라 팀 전체의 안녕까지 고려해야 했다. 도대체 그녀를 후송시키거나, 그녀가 회복하는 데 걸리는 시간 등이 원정대에 어떤 의미일까? 우리 모두 마티를 좋아했다. 사실 피터는 – 어쩌면 앤디도 – 그녀에게, 너무나 사랑해서 푹 빠져 있었다. 심지어 피터는 그녀가 회복될 때까지 팀 전체가 2주 정도 기다려주기를 바랐다. 때때로 피터, 앤디, 그리고 엘리엇은 그녀를 데리고 산을 내려가는 것에 대해 이야기했다. 만약 그들이 떠났다면 앤디만 돌아왔을 것이었다. 원정 자체가 위태로워질 수도 있었다.

우리는 짐꾼들의 음식 공급도 걱정해야 했다. 우리에게는 짐꾼들에게 줄 8일치 식량만 남아 있었는데, 베이스캠프까지 5일치를 사용하고 3일치는 짐꾼들이 돌아가는 길에 사용해야 했다. 갑자기 비가 더 내리거나 환자가 생겨 쉬어가기라도 한다면, 짐꾼들이 라타로 되돌아가 남은 여정 동안의 음식을 더 가져올 때까지 기다려야 할지도 몰랐다.

마티가 자신의 텐트로 돌아가자마자 정오 회의가 시작되었다. 짐이 마티의 병세와, 회복 또는 악화 가능성에 대한 최종 진단을 내렸다.

"지금까지의 소견으로 판단컨대, 가능한 한 빨리 마티를 후송 조치해야 합니다."

그렇게 짐의 무거운 결정이 내려지자 긴 침묵이 흘렀다. 대원들 대부분이 기대하던 결론이 아니었다.

"우리가 짐의 어깨를 가볍게 해줘야 할 것 같군. 의사이기 때문에 필연적으로 일어날 가능성이 높은 결과보다는 최악의 경우를 떠올리는 경향이 있다고 할 수 있지. 진단만으로 확실하다고 할 수는 없고, 우리 모두는 운명에 맡기고 이곳에 왔으니까."

윌리의 말에 짐은 깜짝 놀랐다. 원정대가 전적으로 짐의 의학적 결정을 받아들인 것은 그날 아침뿐이었다. 짐이 계속 말했다.

"이해를 해주셔야 되는데요, 저도 여러분만큼이나 그녀가 남아 있길 원합니다. 하지만 머리나 혈액 응고와 관련된 심각한 합병증을 불러올 수 있어요. 반드시 더 검사한 후에 결정해야 합니다."

피터는 마티를 철수시키는 결정이 오히려 감정적으로 상처를 줄 수 있다고 주장했다. 루와 나는 그의 주장이 옳지 않다고 판단했다.

대원들 모두 후속 조치를 취해야 했다. 윌리는 마티를 좀더 쉬게 하여 회복시킨 다음 산을 더 올라가 합류시키자는 주장을 밀어붙였다. 앤디, 피터, 데비, 엘리엇에게 그의 주장은 마치 어머니가 해주는 애플파이와 아이스크림처럼 자애롭고 훌륭한 방안으로 받아들여졌다. 하지만 마티에게는 두뇌집중검사와 휴식, 적합한 음식, 그리고 낮은 고도의 환경이 필요했다. 머물면서 회복되기를 기다리다가 자칫 영구적인 충격을 줄 수도 있었다.

윌리는 뇌손상은 신체의 다른 부위 손상보다 심각하다는 루의 판단에 의문을 제기했다. 윌리는 비록 1963년 에베레스트 등정 때 정신적인 예민함의 대부분을 잃었음을 인정하지만, 그렇다고 삶의 풍성함이 감소했다고 생각하지는 않았다.

앤디는 자신은 의사의 결정을 존중해왔고 우리도 반드시 따라야 한다고 말한 적이 있는데, 철저히 침묵했다.

애드는 의사의 소견이 그러하다면 마티를 철수시켜야 한다고 생각했지만 회의 내내 짐의 주장을 받아들이려 하지 않았다. 그는 루에게 '전문가적 증언'을 해달라고 계속 요구했다. 루는 마티를 철수시켜야 한다고 거듭 말했다.

나는 마티의 증세가 심각하다고 확신했기에 짐의 결정을 강력히 지지했다.

키란은 논점에서 조금 벗어나 자신이 어깨를 다쳤던 1974년 창가방 원정 당시의 실망스런 경험을 반복 인용했다. 혼자 로프를 잡을 수 없어서 팀 전체의 성공 가능성을 약화시킬 거라고 다른 원정대원들이 걱정했기에 결국 그는 정상공격을 허락받지 못했다.

"지금까지의 결정을 요약해보면 이렇게 되겠지. 마티의 징후에 대해 확신하지 못하는 상황에서 의학적으로 판단할 권한이 과연 우리에게 있는가? 짐은 예상되는 결과를 단정하고 있을 뿐이잖아."

의사와 그들의 진단에 대한 윌리의 견해는 너무나 분명했다. 평화봉사단의 의료봉사팀 지도자로 네팔에서 수년간 활동했던 윌리는 의사의 역할은 어느 정도 제한되어야 한다고 생각했다. 회의는 철학적 논쟁으로 변하고 말았다. 짐이 계속 주장했다.

"지난 48시간의 상황에 따라 판단해야 합니다. 마티를 더 이상 정신적 외상에 노출시켜선 안 된다고 생각합니다. 40시간이나 반혼수 상태였고, 헛소리를 하는 등 심한 뇌신경학적 증상을 보였습니다. 단지 마티가 좋아지고 있는 것처럼 보인다고 이러한 증상들을 무시할 수 있을까요? 현장에 있는 의사로서 제게 책임이 있는 겁니다."

어떤 결정이 내려지든 짐은 자신의 의학적 판단이 반영될 것임을 알고 있었다. 만약 마티에게 계속 등반하도록 한 뒤 뇌부종이나 혈액응고에 따른 뇌혈관 폐쇄 같은 합병증으로 죽기라도 한다면 짐은 산악계뿐만 아니라 의학계에서도 사형선고를 받게 될 것이었다. 그는 전문가로서 자신이 선택할 수 있는 유일한 길을 선택할 수밖에 없었다. 윌리가 제안했다.

"그럼 마티는 어떻게 생각하는지 물어봅시다. 모두 동의한다면, 나와 그녀 둘이서 얘기해봤으면 하는데……."

나는 그런 시도가 옳지 않다고 생각했다. 윌리가 설득력 있게 말할 수 있기 때문이었다.

"아뇨, 전 다른 사람이 그녀와 얘기해야 한다고 생각합니다."

나는 모두에게 말했다. 나는 시시하게 대처하고 싶지 않았고, 윌리가 마치 그만 해답을 갖고 있는 것처럼 원정대를 할아버지마냥 안심시키는 것을 보고 싶지 않았다. 윌리는 많은 사람들에게 인품 있는 지도자였으며 '진정한 산악인'이었고 설득의 대가였다. 그의 철학이 받아들여질 만한 시간과 장소였던 것이다. 나는 진심으로 마티가 상처받지 않기를 바랐다.

"윌리, 당신은 정말 그녀가 남고 싶다고 말하게 할 수 있을 정도로 설득력이 너무 뛰어나니까요."

내가 말하자 윌리가 친근한 목소리로 말했다.

"존, 그것 때문에 내가 직접 그녀와 얘기하겠다는 게 아냐. 난 단지 그녀가 이 문제에 대해 직접 말하게 하고 싶을 뿐이야. 이건 바로 그녀 자신의 일이니까. 어느 한쪽을 선택하도록 마티에게 권하진 않을 걸세."

마지못해 나는 그의 제안을 받아들였다. 그렇게 회의가 갑자기 끝나버렸고 모두 잠시 쉬었다. 오후 3시에 다시 만나 토의하기로 했다. 내가 우리 텐트로 들어갔을 때 키란과 니르말은 휴식을 취하고 있었다. 키란이 내게 말했다.

"니르말과 나는 마티를 후송시키자는 당신 의견에 동의합니다. 니르말은 마티 자신보다도 원정대를 위해 그녀를 후송시켜야 한다고 생각하고 있어요."

"아, 정말…… 키란, 그럼 아까 사람들 앞에서 말했어야죠. 뒤에서 심정적으로만 짐을 지지하지 말고 그 자리에서 분명하게 말했어야죠."

다음 회의 때까지 휴식하는 중에 나는 마티에게 갔다.

"마티, 더 좋아 보이는데요. 잠깐 동안이지만, 당신을 못 볼 줄 알았어요."

그녀가 말했다.

"존, 말해봐요. 내가 정말 철수해야 한다고 생각해요? 그 정도로 아픈가요?"

"마티, 난 당신이 죽는 줄 알았다니까요. 운 좋게 살아난 거라고요."

나는 마티 곁을 떠나 숲 속에서 이 모든 논쟁이 원정대의 사기에 어떤 영향을 미칠까 고민하면서 산책을 했다. 짐과 나는 회의 사이 휴식 시간에 서로 이야기하지 말자고 정했다. 대원들 중 몇 명은 내가 짐을 강력히 지지하는 것을 싫어했고, 심지어 짐의 판단에 영향력을 행사하고 있다고 생각하는 것이 명백했다. 어떻게 해야 짐을 지지하면서도 그를 조종했다고 비난받지 않을 수 있을까? 그리고 짐이 의사이고 마티를 후송시켜야 하는 책임을 져야 했던 상황에서 왜 내가 '권력다툼'에서 튕겨져 나온 거지? 나 역시 마티가 계속 등반하기를 바랐는데, 왜 원정대원들은 그런 점을 간과하는 거지?

오후 회의는 캠프 한쪽 구석에 있는 다른 텐트에서 열렸다. 우리는 줄지어서 텐트로 들어가 텐트 벽에 기대앉았다.

윌리가 먼저 입을 뗐다.

"내가 마티에게 지난 회의 내용과 짐의 결정을 설명해주었어요. 마티의 판단입니다. 그녀의 첫 번째 선택은 이곳에 며칠 묵으면서 건강을 회복한 후 베이스캠프까지 전진하고 그 다음에 더 높이 등반해보겠다는 겁니다. 하지만 팀원들 중 누구라도 극구 반대한다면 기꺼이 미국으로 돌아가겠대요."

짐이 재차 의학적 소견과 진단 결과를 원정대원들에게 각인시켜주었다. 짐이 마지막으로 검사했을 때도 그녀는 여전히 불분명하게 말하는데다 어지러워했고 시각적 정확성이 떨어져 있었으며 신체 균형을 유지하는 데 어려움을 겪고 있었다. 짐은 자신의 결정이 더욱 확고해졌다.

"윌리, 세 명은 회복했는데 마티만 회복하지 못하는 건 기운을 차리기 위해 먹어야 하는 음식이나 수분을 섭취하지 않으려 하기 때문이에요. 약 복용도 거부하고 있어요. 마티가 베이스캠프까지 가더라도 분명히 똑같은 상황이 벌어질 겁니다."

내가 고집스럽게 말하자 윌리가 대답했다.

"마티에게 제대로 먹겠다는 약속만 받아내면 되겠군. 그거야말로 문제도 아니지."

마티가 의사는 명령하는 게 아니라 제안할 수 있을 뿐이라고 주장하면서 환자로서 짐의 조언을 거절할 수 있는 권리가 있다고 앤디는 생각했다. 해수면 정도로 낮은 곳이라면 어느 누가 이 의견에 동의하지 않겠는가. 윌리는 앤디 편을 들었다. 원정대가 마티에게서 전문가의 조언을 받아들이거나 거절할 수 있는 권리를 빼앗을 수는 없다는 것이었다. 데비도 앤디의 의견에 동의했다.

그렇게 앤디가 말하고 있을 때 마티가 확연히 야윈 모습으로 텐트 문가에 나타났다. 어느 누구도 말 한마디 하지 않았다. 마티가 분명치 않은 발음으로 말했다.

"들어보고 싶어서요. 더 이상 말다툼하지 마세요. 나 때문에 조금이라도 불편해진다면 저는 돌아가고 싶어요."

우리가 논쟁을 벌이고 있지는 않았다고 누군가 그녀를 안심시켰다. 마티가 듣고 있는 자리에서 윌리는 마지막 카드를 꺼냈다.

"한 명이라도 반대하면 마티는 미국으로 돌아가겠다는데…… 자네, 반대하나?"

그렇게 말하면서 윌리는 나를 쳐다보았다. 나는 집중되는 시선을 느끼며 단호하게 대답했다.

"예. 산꼭대기에서 마티의 병이 재발할지도 모르는 상황에서 그녀와 같은 줄에 매달려 있고 싶지는 않습니다."

왠지 그 이유가 미약하게 들렸다. 이어 나는 마티 쪽을 향해 말했다.

"내 생각에 마티 당신은 이 문제에 대해 정상적인 판단을 내리지 못할 것 같아요."

내 말에 윌리가 짜증을 내자 데비는 아버지를 진정시키려고 끼어들었다.

"예, 됐습니다. 그만하시죠!"

그런데 갑자기 짐이 울음을 터뜨렸다. 그러면서 마티 쪽으로 몸을 기울여 그녀를 안아주었다.

"난 단지 당신의 목숨을 구해주고 싶었고 당신에게 최선을 다해주고 싶었을 뿐이에요!"

짐이 대원들을 향해 얼굴을 돌렸다.

"우리는 지금 생사가 달린 문제를 다루고 있습니다. 여러분이 실제적인 의미에서 생과 사를 토론하고 싶다면…… 저를 찾아오세요."

요구하듯 말하고 나서 그는 텐트를 박차고 나가 숲 속으로 바람처럼 사라져버렸다. 마티 또한 매우 언짢아하며 나가버렸고 피터가 뒤따라갔다.

분위기가 너무 딱딱해 부러질 지경이었다. 화가 난 윌리는 몸을 획 돌려 노려보면서 내뱉었다.

"권력다툼 같은 게 있는 모양이군."

"저는 그런 거 전혀 모릅니다, 윌리. 저는 그저 의학적 문제에서 짐을 지지했을 뿐입니다."

나는 차분하게 말했다. 이어 피터가 다시 텐트로 들어와 조용히 말했다.

"마티가 더 이상 가지 않겠답니다."

우리는 피터의 말을 듣고 헤어졌다. 텐트에서 나가자 애드가 내게 속삭이듯 말했다.

"나도 그녀가 철수해야 한다고 생각했네."

논쟁을 하는 내내 그가 이런 결과에 한마디도 하지 않았다는 것이

나를 짜증나게 했다. 공동대장인 그가 자기 의견을 좀더 일찍 밝혔다면 조금이라도 덜 감정적인 논쟁이 되었을 텐데.

나무와 양치식물의 신선한 향내, 그리고 시원한 공기는 기분을 북돋워주었다. 개울가에서 짐을 만나 둘이서 꽃이 핀 초원까지 쾌적하게 산책을 했다. 회의에 대해 이야기를 나누었고, 왜 그렇게 엉망이 되어버렸는지 생각해보았다. 짐이 결론을 짓듯 말했다.

"저는 헬기를 부르려고 했어요. 애드가 헬기 지원 요청을 도와주겠다고 했는데, 아마도 윌리는 반대했을 거예요."

우리는 늦은 저녁을 먹기 위해 캠프로 돌아왔다. 편지 몇 통을 쓴 다음 나는 피곤해서 곯아떨어졌다.

7월 19일. 텐트 안에서 소리를 듣는 것보다 나와보니 더 심했다. 새벽 5시 30분이었고 비가 쏟아지고 있었다. 거대한 나무 사이로 안개가 느리게 떠다녔다. 짐꾼들이 아침밥과 차파티를 만들고 있었는데, 쏟아지는 빗속이라 처량해 보였다. 내가 펜과 일기장을 꺼내자 자텐드라가 아주 뜨거운 셰르파 차 몇 잔을 텐트 문으로 들이밀었다. 여전히 침낭 깊숙이 누운 채 키란과 니르말이 내 옆에서 힌디어로 가만가만 얘기를 주고받았고, 루도 막 움직이기 시작했다.

나는 오늘 반드시 매듭을 지어야 한다는 느낌이 들었다. 며칠 더 머물게 되면, 분명히 논쟁이 다시 시작될 테고 마티를 철수시키겠다는 결정이 바뀔 수도 있기 때문이었다. 예상대로 앤디와 피터는 마티와 함께 남기로 했고, 짐과 애드도 남기로 했다.

루는 자기 아내에게 편지를 쓰면서 마티 이야기를 했다.

'피터는 오더라도 아주 늦게 다시 들어올 것 같아. 나는 그를 전혀 비난하지 않아. 왜냐하면 당신에게 그런 일이 벌어졌다면 나도 그럴 테니까. 어쨌든 마티가 등반을 계속할지 말지를 고민하는 상황이었기 때문에 우리는 등반하지 않기를 바랐어. 피터가 원정대보다 마티에게 더 충실할 게 분명했으니까…….'

내 배낭은 보내기로 되어 있었지만 캠프 내에서 무슨 일이 벌어질 기미가 보여 아내에게 편지를 쓰기 시작하면서 출발을 늦추었다. 짐꾼들이 우리 중 누가 훔쳐갔다고 비난하기라도 하는 것처럼 걱정된 얼굴로 주위를 훑어보며 짐을 모았다. 그들은 모닥불 가로 가서 아침을 먹고 우리가 다음 캠프 예정지인 데오디로 출발하자고 말할 때까지 기다렸다.

윌리가 내 텐트로 들어와 사냥 이야기를 하기 시작했다. 그는 가르왈 지방에 서식하는 식인호랑이에 대한 재미있는 이야기를 알고 있었다. 윌리가 불편한 감정을 누그러뜨리려 애쓰고 있음을 알아채자 나는 기분이 좋아졌다.

헬기 지원 문제로 애드와 루, 짐이 서로 상의했지만 윌리와 또 다른 논쟁을 불러일으키고 말았다. 그들은 조시마트의 인도 육군 지휘관에게 헬기를 보내달라는 편지 초안을 작성하는 데 몇 시간이 걸렸다. 애드는 '지휘부 명령' 으로 헬기를 요청하기로 결정했지만 윌리와 협의를 하지 않았던 것이다. 그 바람에 윌리는 화를 냈다. 처음에 윌리는 짐이 단지 마티를 반드시 후송시켜야 한다는 자신의 결정에 대한 본보기로 헬기를 원한다고 생각했던 것이다. 그러는 사이 마티에게는 1주일 정도 쉬면서 회복하는 것보다 더 극단적인 조치가 필요하다는 것을 전혀 믿지 않는 피터가 매우 불쾌한 표정을 지으며 텐트로 들어왔다.

물론 마티가 상황을 완화시킬 수는 있었다. 그녀는 어떤 수단으로 하산하는지는 관심이 없다면서 가능한 한 빨리 내려가고 싶어했다.

나는 이러한 불협화음에 휘말리지 않으려고 애썼다.

'책임 있는 히말라야 베테랑'이 중요한 원정에서 의사의 권위를 해치려 하는 모습을 보면서 루는 믿기 힘들어했다. 짐은 월리에게 최소 이틀 이상 걸리는 4,200미터 고갯길 두 개를 걸어서 이동하면 오히려 마티를 더 악화시킬 수 있다고 설명했다.

"힘들이지 않고 신속히 후송시켜야 합니다. 제가 오늘 아침에도 체크했는데, 여전히 마티는 언어와 생리적 조절에 어려움이 많습니다. 통각검사를 해보았는데, 왼쪽 다리 하부의 감각이 점차 무뎌지고 있고요. 앞이마도 거의 감각이 없는데, 이것은 뇌간의 손상이 몇 군데에 걸쳐 있음을 뜻합니다."

짐의 진단 결과를 듣고서야 월리는 상황이 심각함을 깨닫고 헬기 요청에 동의했다. 처음으로 전 대원의 의견이 일치했다.

월리는 피터가 마티와 함께 미국으로 돌아갈 수도 있을 것 같다는 말을 했다고 우리에게 털어놓았다.

"우리 모두 피터가 필요하고, 우리와 함께 등반하기를 바란다고 피터를 설득해주었으면 하는데……."

월리가 당부하며 결론을 내렸다.

그날 아침 쏟아붓던 비는 어느새 보슬비로 바뀌어 있었다. 나는 자갓싱에게 짐꾼들을 다음 캠프로 출발시키라고 말했다. 사힙들이 짐을 꾸리자 짐꾼들도 따라서 짐을 쌌다.

나는 마티의 텐트로 걸어가 무릎을 꿇었다. 그녀가 나를 알아보고는 눈길을 돌렸다.

"마티, 난 당신이 무사하길 바라기 때문에 전혀 미안하지 않아요.

당신이 건강을 되찾고 영구적으로 손상된 곳이 없기를 바라요…….”

어떤 대답이든 듣고 싶었지만, 그녀는 여전히 눈길을 돌리고 있었다.

“잘 가요, 마티.”

그렇게 말한 뒤 나는 눈물이 날 것 같아 자리를 피했다. 마티는 한마디도 하지 않았다. 그러고 나서 나는 피터와 마주쳤고 그에게 언덕을 같이 오르자고 말했다.

“피터, 당신이 마티와 함께 돌아가려 하는 것 같으니까 여기 남도록 설득해보라고 윌리가 우리 모두에게 말했는데…… 난 그러지 않을래요. 왜냐하면 피터 당신이 등반에 백퍼센트 집중할 수 없다면, 계속 등반하는 게 오히려 더 나쁠 테니까요.”

내가 말문을 열자 그가 말했다.

“고마워, 존. 솔직히 말해, 좀더 생각해봐야 할 것 같아.”

어깨에 배낭을 메자 짐이 다가왔다.

“존, 며칠 뒤에 뵙겠습니다. 앤디와 피터, 애드가 며칠 더 저와 함께 여기 머물 겁니다. 오늘 아침에 헬기를 부르려고 다람싱을 내보냈으니까 내일이면 도착할 겁니다. 그러면 우리 모두 비행하기 좋은 날만 기다리면 되겠죠.”

“몸조심해, 짐.”

한동안 서로의 팔을 잡고 있었다. 지난 며칠 동안 우리는 무척 가까워졌다. 다시 감정이 북받쳐 재빨리 몸을 돌렸다.

몇몇 짐꾼의 도움을 받아 무성한 풀숲 사이로 거의 보이지 않는 희미한 등산로를 찾아냈다. 작별의 손짓을 보낸 뒤 정말 잊어버리고 싶은 곳, 디브루게타를 벗어났다.

디브루게타에서 벌어진 사건으로 원정을 망칠 수도 있었다. 우리가 진정으로 난다데비를 오르려 한다면 가슴에 남은 감정의 앙금을 말끔히 없애야 했다. 하지만 원정기간 내내, 심지어 집으로 돌아갈 때까지도 원정대는 한 팀이 되지 못했다. 윌리, 앤디, 데비, 피터, 그리고 엘리엇이 등반 중에 '두 번째 팀'을 형성했다면, 나와 짐 스테이츠, 루 라이차트는 '첫 번째 팀'으로 알려지게 되었다.

디브루게타에서 시작된 등산로는 낮은 구름에 싸인 거대한 전나무 숲 사이로 가파르게 오르고 있었다. 짐꾼들은 전나무 가지를 차양 삼아 그 아래에서 손으로 만 담배를 피우며 첫 번째 사힙이 나타나길 기다렸다. 꾸준히 내리는 빗속에서 내가 지나쳐가자 그들은 말없이 따라오기 시작했다. 걸을 때마다 디브루게타에서의 긴장이 녹아내리는 듯했다.

디브루게타에서 300미터쯤 올라오자 진흙투성이 등산로는 희뿌연 안개 속으로 거의 보이지 않은 채 리시강가까지 수백 미터 낭떠러지를 형성하는, 거의 수직 능선을 오르고 있었다. 협곡 건너 저편의 젖은 바위와 밝은 색 풀숲 위에서 햇살이 반짝이고 있었다. 크고 둥근 돌의 정상에 이른 등산로는 노출된 절벽 사면에 난 암반 틈으로 오르내리기 시작했다. 루트가 사라진 듯 보이는 곳에서는 짐꾼들이 잔돌과 나뭇가지로 임시보도를 만들기도 했다. 나는 첫 번째로 만난 시냇가 – 바위들이 덮인 큰 골짜기로 흐르는 작은 개울 – 에서 멈춰 씻고 물을 마셨다.

갑자기 굉음이 이른 아침의 고요를 깨뜨렸다. 그 소리는 결코 오인할 수 없는…… 낙석!! 재빨리 올려다보니 폭스바겐 자동차만한 바위가 골짜기로 곧장 내려오면서 관목 덤불을 뭉개고 있었다. 골짜기의 다른 경사면으로 피할 시간이 없었다. 유일한 피난처로 생각되는 책상만한 바위 밑 작은 구멍으로 몸을 날렸다.

내가 손으로 헤치고 밀면서 그 조그만 구멍으로 꿈틀거리며 들어가자 낙석들이 때때로 겨우 몇십 센티미터 주변에 떨어지는 등 파괴적인 궤적을 비스듬히 그려나갔다. 잠잠해지길 기다리는 동안 심장이 멎는 것 같았다. 마지막 돌사태소리가 저 아래쪽으로 사라지고 나서야 눈으로 보기에도 쓸모없어 보이는 엄폐물 아래에서 기어나왔다. 다시 쳐다보지도 않고 나는 등산로를 달리다시피 계곡을 빠져나왔다.

짐꾼 몇 명이 건너편 능선을 돌아 나왔고 그들은 멈추지 않고 골짜기를 천천히 달리듯 건넜다. 그 중 한 사람이 동료에게 방금 생긴 낙석 흔적을 가리켜 보이기도 했다. 그들은 속도를 늦춰 '나마스테, 사힙'이라고 일상적인 인사를 하면서 나를 지나쳐 언덕 너머로 사라졌다. 처음으로 나는 짐꾼들이 하루에 단 15루피로 감당해야 하는 것들을 뼈저리게 느꼈다.

여전히 떨리는 몸으로 짐꾼들을 쫓아 좁은 등산로를 오르내리고 나갔다 들어갔다 했다. 다리가 후들거리는 느낌은 서서히 사라졌다. 우리의 다음 캠프 예정지인 데오디는 몇 킬로미터 상류 쪽, 숲이 우거진 곳에 있었다. 발걸음은 가벼웠고 나는 곧 울창한 숲과 관목 덤불을 지나 강의 끝자락까지 내려갔다. 100여 미터 떨어진 곳에, 허술하게 만들어진 널빤지 다리가 리시 강의 병목 같은 곳에 가로놓여 있었다.

협곡에 둘러싸인 리시강가는 우당탕탕 소리가 들릴 정도로 굽이쳐 흐르는 진흙투성이 급물살이 되어 몇 킬로미터 아래쪽의 다올리 강까지 흘러내려갔다.

자작나무와 철쭉꽃 사이에 자리잡은 평평한 데오디의 캠프장은 짐꾼이 두셋씩 캠프로 들어와 짐을 기우뚱하게 쌓아놓고 밤을 보낼 만한 동굴을 찾아 부지런히 언덕을 오르자 북적거리기 시작했다. 물론 '선점된' 장소가 있지는 않았다. 철저히 먼저 온 사람 마음이었다.

주춤거리며 다리를 건너 강둑을 따라 난 싱싱한 관목 잎을 따먹으려고 하류 쪽으로 몰려간, 아타를 실은 염소떼를 몰고 염소치기들이 도착했다. 나는 이제 120마리의 염소 배설물로 더럽혀졌을 젖은 등산로 위에서 다른 사힙들이 어떻게 하고 있을까 궁금했다. 나는 항상 트레킹 때는 지저분한 짐승들보다 먼저 가야 한다고 강조했다. 하지만 그날의 쉬운 하이킹을 만끽하는 듯 다른 등반대원들이 웃고 떠들며 즐거운 얼굴로 나타났다.

짐, 앤디, 피터, 그리고 애드는 마티와 함께 디브루게타에 머물고 있었다. 피터는 여전히 마티와 함께 미국으로 돌아갈 생각에 즐거워하고 있겠지만, 다른 사람들은 가능한 한 빨리 합류할 예정이었다. 앤디가 합류하는 것은 거의 확실했고, 짐은 더 오래 머물려 하지 않을 것이었다.

4인용 텐트 두 동과 전 대원이 모였던 요리천막 한 개로 캠프가 세워졌다. 짐꾼들 중 많은 이들은 의학적 치료를 받아야 했다. 어쨌든 나는 알약을 나눠주는 짐의 자리를 자원해 대신했다. 몇몇 짐꾼은 양말

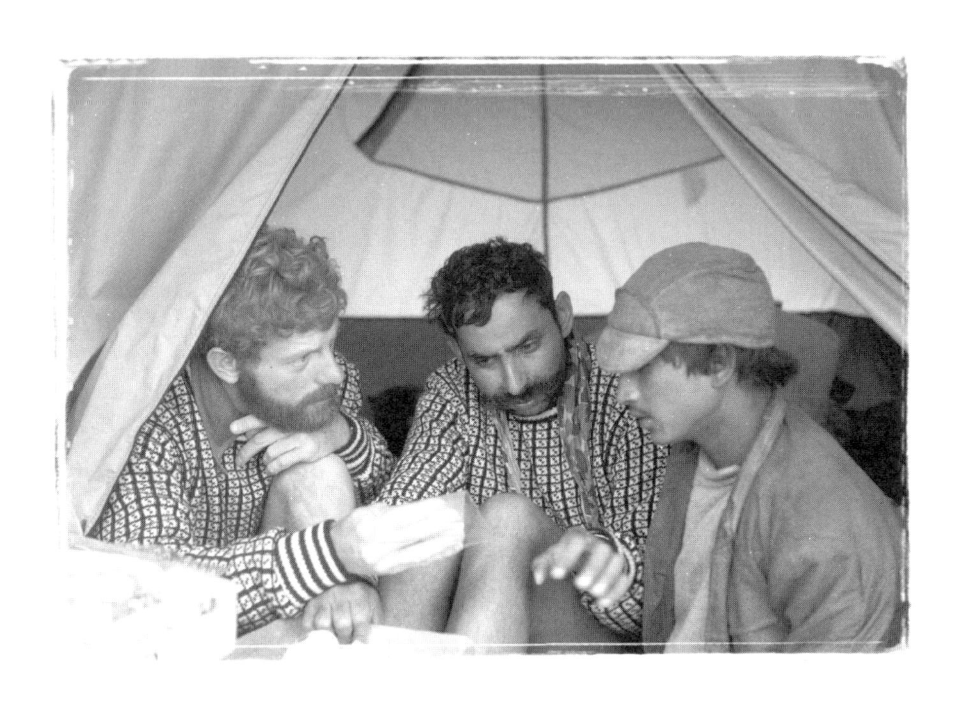

밤이 되면 간이병원으로 바뀌는 짐의 텐트. 그는 통역자인 키란을 통해
짐꾼들의 불평을 들어주며 참을성 있게 진료했다.

도 신지 않은 채 제대로 맞지도 않는 고무 옥스퍼드 단화를 신고 다니는 바람에 물집이 비참할 정도로 심했다. 물론 상처를 치료하려면 짐의 노련함이 필요했지만, 짐꾼들과 관련된 것이라면 내가 대신해도 전혀 무방했다.

키란과 니르말, 루, 그리고 나는 같은 텐트를 사용했다. 우리 모두는 인도인 동료들을 좋아했다. 그들은 똑똑하고 공평하며 부지런한 산악인임을 스스로 증명해 보였다. 키란은 지금까지 내가 만난 이들 중 가장 인내력 있는 사람이었다. 그는 우리에게 힌디어와 니르말의 모국어인 펀자브어의 차이점을 고집스럽게 계속 가르쳐주었다.

"힌디어에선 말을 부드럽게, 사랑스럽게 하거든요. 하지만 펀자브어는 마치 '나마스테!!'처럼 모든 말을 명령처럼 빠르게 발음하는, 거칠고 투박한 사투리입니다."

내가 펀자브어 몇 마디를 따라하자 니르말이 웃음을 터뜨렸다. 이어 내가 농담을 했다.

"펀자브어는 딱 내 스타일이군. 내 아내는 말이야, 내가 절대 부드럽게 말하지 못할 거라고 곧잘 말했지."

다음날 아침 6시경에 모두 일어나 짐을 꾸렸다. 루와 함께 안개 속으로 출발해, 듬성듬성 키가 큰 철쭉 군락을 지나 400여 미터쯤 올랐다. 그러고는 관목숲가에서 잠시 쉰 뒤 언덕 경사면을 트래버스했다. 해가 떠올라 이내가 사라질 즈음 우리는 이끼 깔린 숲을 통과하고 있었다. 완전 그림책이었다.

등산로가 갑자기 급경사 내리막으로 바뀌어 트레킹해 들어가는 동안 거의 하나뿐인, 주요 강 건널목인 트리술리강가까지 내려갔다. 오전 10시밖에 안 되었지만, 어느새 짐꾼들은 나뭇가지와 잔디 뗏장으로 4미터짜리 다리를 만들어 강폭이 좁은 곳에 걸쳐놓았다. 키란이 우리를 위해서라기보다 염소들을 위해 만들었다고 말해주었지만, 사실 우리가 더 필요했다.

짐꾼들 대부분은 강을 건너 계속 앞으로 나아가 가파른 강둑을 올랐고, 그 중 일부는 나무 사이로 넘어가 사라지고 있었다. 나는 부지런히 건너가 우윳빛 급류를 건너는 엘리엇과 데비의 사진을 찍으려고 상류 쪽으로 조금 올라갔다.

엘리엇이야말로 수수께끼 같은 인물이었다. 키가 크고 말라, 그는 정말 산악인 같지 않았다. 하지만 애드 카터는 그 전해 여름 남미에서 훌륭하게 등반을 해냈다는 이유로 그를 추천했다. 뉴델리에서 엘리엇은 열심히 일했다. 논쟁 중에는 그런 경험이 많지 않은지 뒷짐을 지고 있었다. 나는 그의 태평한 모습을 좋아했다. 이번 원정 전에 그는 데비와 함께 네팔에 다녀왔고 뉴델리에서 원정대에 합류했다.

데비는 머리를 땋아 늘어뜨리고 페이즐리 블라우스에 하얀 인도 파자마, 그리고 고무 슬리퍼를 신고 있어서 주변 경치와 아주 잘 어울렸다. 짐꾼들은 누나라는 의미의 '디디'라고 부를 정도로 그녀를 제일 좋아했다. 짐꾼들은 다른 대원들을 '사힙'이라고 부를 뿐이었다.

햇살 좋은 하늘과 길 옆 개울의 맑은 물은 빨리 점심 먹자고 부르는 듯해 멈출 수밖에 없었다. 키란, 니르말과 나는 리시 협곡의 초입에 있는 다음 캠프 예정지 로마니까지 계속 전진하고 싶어 빨리 점심을 먹었다. 우리가 큰 짐 상자로 사용하려고 가져온, 불편할 정도로 긴 상자들을 짐꾼들에게 운반하라고 하자 짐꾼들이 키란에게 시끄럽게 항의했다. 그래서 우리 중 두 명의 사힙 – 아마도 나와 루 – 이 상자 몇 개를 협곡 사이로 운반해 짐꾼들에게 그 상자를 안전하게 나를 수 있다는 것을 보여줘야 했다. 꼭 그래야 한다면 오후에 그 첫 번째 순서로 내가 나서고 싶었다.

리시 협곡에 가까워질수록 나는 걱정이 앞섰다. 1936년 원정 때 틸먼과 오델이 찍은 사진들 때문에 나는 협곡 안에 등반기술을 필요로 하는 코스가 여러 차례 다양하게 있을 거라고 믿게 되었다. 내가 아는 한 난다데비 등정의 성패를 좌우하는 부분이었다. 80명의 짐꾼이 어떻게 수직에 가까운 암벽을 올라갈 수 있을까? 애드와 함께 있을 때 왜 루트에 대해 더 자세히 물어보지 않았을까?

난다데비 산은 주봉 등정 시도와 관련해 아주 긴 내력을 가지고 있다. 난다데비 등정은 1934년 영국의 산악인 에릭 십튼과 H. W. 틸먼이 리시 협곡을 통과해 성소에 이르는, 험난하지만 비교적 안전한 루트를 개척하면서 처음으로 시작되었다. 그 이듬해 가을에 그들은 협곡 초입에 이르는 다른 루트를 개척하기도 했다.

1936년 여름, 틸먼은 애드 카터를 포함해 일곱 명의 영국·미국 산악인과 여섯 명의 셰르파와 함께 돌아왔다. 짐꾼들과 아픈 대원 때문에 고생한 끝에 8월 29일 틸먼과 팀 동료인 영국 산악인 노엘 오델은 난다데비 주봉 정상에 올랐다. 이 쾌거는 14년 후 안나푸르나 정상 정복이 이루어질 때까지 인간이 오른 최고봉 등정 기록으로 남아 있었다.

1939년에는 폴란드 팀이 난다데비 주봉에 연결된 자매봉 난다데비 동봉 등반에 성공했다. 이러한 위업은 1951년 프랑스 산악인 뒤보스트와, 몇 년 후 에드먼드 힐러리 경과 함께 에베레스트 정상을 정복해 '텐징 노르가이'라고 널리 알려진 텐징 보티아에 의해 재연되었다. 프랑스 원정대는 최초로 난다데비 동봉에서 주봉으로 트래버스하려 했지만 원정대원 두 명이 주봉 아래에서 실종되는 바람에 포기할 수밖에 없었다.

1960년대에 CIA가 조직한 원정대가 난다데비를 오르려 했다는 소문은 널리 알려져 있다. 여러 봉우리에 비밀장치를 설치하기 위해 산악인들은 산 아래 캠프까지 헬기를 이용했다. 우리 원정대는 CIA 캠프 주변과 그 부근의 조그만 골짜기에 널려 있는 수백 개의 빈 맥주캔을 발견하기도 했다. 비밀작전에 참여했던 미국 산악인들은 산악계에서 유명하다. 그들 중 한 사람은 1936년의 초등 루트를 따라 난다데비를 오른 첫 미국인이 되기도 했다. 그런데 최근에야 CIA가 이러한 원정 시도가 몇 차례 있었다고 밝혔다.

공식적인 두 번째 난다데비 주봉 등정은 1964년 키란의 형인 '황소' 쿠마르가 이끄는 인도 팀에 의해 이루어졌다. 그 이전인 1957년과 1961년에 실패로 끝난 두 차례의 등정 시도와 1964년 등정 때는 모두 1936년의 초등 루트를 이용했다.

1975년 프랑스 팀은 다시 한 번 동봉에서 주봉으로 트래버스를 시도했지만 실패하고 말았다. 그 원정대의 네 명만 통상 루트로 정상에 올랐을 뿐이었다. 다른 세 명의 대원은 난다데비 동봉에 올랐지만 트래버스를 시도하기 직전 기상 악화로 철수할 수밖에 없었다.

우리 팀이 성소에 이르기 한 달 전, 많은 사람들이 열망하던 난다데비 동봉에서 주봉으로의 트래버스는 일본 산악인 요시노리 하세가와와 마사후미 테라모토에 의해 이루어졌다.

바로 직전에 시도된 남벽 도전에서 겪은 어려움 때문에 우리 팀은 북벽에서도 성공 가능성이 희박하다고 판단했지만 두 번째의 연속된 루트를 개척하고야 말겠다는 강력한 의지를 갖고 있었다. 우리의 루트 중 산 아래쪽 1,200미터 부분은 적절한 사진이 없어 전혀 알 수 없고 우리가 선택한 산 위쪽 2,400미터 루트는 우리가 갖고 있는 사진만 봐도 험난한 코스임에 틀림없었다. 어마어마한 임무가 우리를 기다리고 있었던 것이다.

'절벽 아래의 캠프'로 알려진 로마니는 수백 미터의 수직 벽이 양쪽에 서 있는, 50미터 폭의 좁은 협곡 안에 있었다. 리시강가가 100여 미터 떨어진 작은 V자형 골짜기에서 쏟아져 들어와, 캠프를 지나 우당탕 소리를 내며 굽이쳐 흘러간 뒤 거대한 절벽 속으로 사라졌다. 커다란 바위들이 있어 캠프를 설치할 곳이 마땅찮았다. 평평한 먼지

바닥이 직전에 다녀간 팀에 의해 깨끗이 치워진 깊숙한 동굴을 제외하고는 텐트 하나 치기에도 빠듯했다. 셀 수 없을 정도로 많은 모닥불 등으로 그을려 거무스름해진 동굴 벽에는 악천후나 짐꾼들의 파업으로 오도 가도 못해 바위 표면을 긁어낼 정도로 지루해진 몇몇 유럽 팀이 추억으로 남긴 낙서들이 있었다.

루와 나는 짐을 협곡 안으로 나르지 않아도 되었는데, 키란이 박스 문제와 관련해 자갓싱과 담판을 지었던 것이다. 하지만 여전히 안절부절못하면서 가만히 앉아 있을 수가 없었다. 약간의 로프와 장비를 등에 지고 우리는 협곡 안으로 출발했다. 골짜기 속으로 자작나무숲을 헤치고 600여 미터를 나아간 다음 풀이 무성한 비탈을 거쳐, 협곡을 가로지르는 중간 마루턱에 올라섰다. 그러자 양쪽으로 벽이 솟아 있었다. 우리가 400미터쯤 무난하게 트래버스하면서 올라가자 두 명의 바크라왈라스가 가파른 부벽 아래로 돌멩이를 튕겨내면서 다가왔다. 부벽에 걸려 있는, 색이 바랜 낡은 마닐라 로프 하나로 보아 우리의 등반 루트는 명백해졌다.

염소치기들은 가능한 한 많은 돈을 받으려고 베이스캠프까지 염소들을 데려가고 싶어했다. 그래서 그들은 염소들이 오르면서 루트에 있는 흔들거리는 돌멩이들을 차지 못하도록 깨끗이 치우고 있었다. 염소들은 노련한 등반가였는데, 푸른 목초지로 몰아갈 때는 거의 뛰어 올라가곤 했다. 어떤 놈은 종종 동료들의 등을 중간 계단 삼아 작은 수직 돌계단 정도는 껑충 뛰어 올라갔다. 그렇더라도 나는 여전히 그 놈들이 베이스캠프까지 올라갈 수 있을까 회의적이었다.

여기저기 오르고 이곳저곳을 걸어 루와 나는 몇 킬로미터를 더 들어간 뒤 들고 온 로프와 장비들을 나중에 사용하기 위해 잘 숨겨놓고 캠프로 돌아왔다. 협곡을 통과하느냐 못하느냐는 전적으로 날씨에 달렸는데, 비가 오면 리시 협곡을 통과하기란 불가능했다. 날씨는 아슬아슬했다.

염소치기들은 키란, 윌리와 돈에 대해 의논한 후 라타로 되돌아가기로 했다. 키란이 매일 짐꾼들이 먹어치운 짐꾼 식량의 무게를 빼고 순수하게 염소들이 운반하고 있는 무게에 따라 염소치기들에게 급료를 지불하고 있었다. 그러한 감액 처리가 불만이었던 염소치기들은 결국 돌아가기로 결정한 것이었다. 이에 짐꾼들은 반색했다. 짐이 추가되어 급료를 더 받을 수 있으니까. 짐꾼들은 협곡을 두 번에 걸쳐 운반해 성소까지 하루 만에 원정대를 데려다주기로 했다 – 마법같이 좋은 이런 날씨에 전 대원이 바라던 바였다.

협곡으로 산 그림자가 짙게 드리워졌을 때쯤 짐과 앤디, 그리고 피터가 캠프로 걸어 들어왔다. 그날 아침 디브루게타를 출발해서 온 것이었다. 그들이 돌아오자 모두 너무나 기뻐했는데 이전의 분쟁, 분노, 그리고 오가던 거친 말이 말끔히 사라진 듯했다. 동료애가 다시 살아나 적막함과 두려움을 한층 덜어주었다. 그러고 보면 우리의 관계는 정말 모호하고 덧없는 것이다. 원정에 참여하는 동안만 서로를 필요로 하고, 실생활로 돌아가면 이런 관계가 온데간데없이 사라져버린다. 단지 또 다른 원정에서 되살아날 뿐.

짐은 우리에게 마티의 상태가 크게 호전되지 않았다고 알려주었다. 그녀의 뇌신경학적 증상들은 점점 더 명확해지고 있었다. 19일에 그녀는 두통을 호소했고 기억력도 좋지 않았다. 그 뒤에는 앞이마와 왼쪽 다리의 감각을 잃었는데, 이는 신경이 손상되었음을 보여주는 것이었다. 마침내 마티도 뭔가 잘못되고 있음을 알게 되었고 의학적 치료를 받아야겠다고 느끼기 시작했다고 짐이 말해주었다. 심지어 피터도 그녀를 후송시키기로 한 결정이 옳았음을 이제는 알게 되었다고 인정했다.

"최고로 잘한 일이었어. 그녀가 우리와 함께 있지 않았다면 정말 깨닫지 못했을 거야."

"피터, 우리 모두 깨닫지 못했어요."

내가 덧붙여 말했다.

그날 저녁 강가에서 급류의 맑은 물소리를 들으며 쉬고 있는 짐을 보았다. 이제 짐은 데비를 걱정하고 있었다. 디브루게타에서 데비는 짐에게 자신이 뉴델리에서 짐을 재포장할 때부터 시작된 골프공 두 개 크기의 서혜부 탈장을 진찰해달라고 했다. 짐은 나에게 그 탈장은 줄어들 수도 있다고, 즉 저절로 들어갈 수도 있다고 말했다. 그는 데비에게 짐을 나르지 말고 배낭의 허리 스트랩을 탈장대 삼아 두르라고 지시했다. 그는 그녀가 그곳에 있어야 한다고 생각하진 않았다. 게다가 마티를 생명이 위급한 상황에서 후송시키려고 그렇게도 격렬하게 감정적으로 언쟁을 벌인 순간이 떠올라, 짐은 당연히 윌리가 동의하지 않을 것임을 알고 있었다. 그 당시 우리는 의학적 문제와 관련해 다시는 윌리와 대적하려 하지 않았던 결과가 어떠할지 전혀 예상치 못했다.

우리는 거리낌 없이 대화를 이어갔다. 짐과 내가 미국과 남미의 험난한 초등 코스에서 나누었던 유대감은 여전히 굳건했다. 내가 말했다.

"마티를 살린 거야. 조만간 마티도 알게 될 거야."

"하지만 팀 내 불신만 키우는 꼴이 됐어요. 디브루게타에서 나타난 적대감 같은 것이 있는데, 어떻게 한 팀으로 뭉칠 수 있겠어요?"

"잘 안 될 것 같아. 짐…… 어쩌면 그들 없이 이 봉우리를 올라야 할 지도 몰라."

결국 속내를 드러내고 말았다. 짐과 나는 팀 내 균열이 너무 커서 전 대원이 협력해 공통 목표를 달성할 가능성이 희박하다고 내다보았다. 우리 둘은 서로 용기를 북돋워주어야 했는지도 몰랐다. 짐과 내가 서로 격려해나간다면 정상에 오를 수도 있을 것이었다.

밤이 깊도록 의료 토론을 하다가 마침내 우리는 잠 속으로 빠져들었다.

새벽이 오기도 전에, 다음 캠프 예정지인 파탈 칸과 성소 안쪽으로 진입하기 위한 두 번 연속 트레킹을 위해 배낭을 꾸리고 캠프를 걷었다. 짐과 루, 그리고 나는 험난한 미개척 영역에 필요할지도 모를 고정 로프를 좀더 들고 트레킹하기 시작했다.

최적의 날씨였다. 나는 몸 상태가 아주 좋았고 다른 사람들보다 조금 앞서서 암반마루를 헤쳐나갔다. 눈앞에 펼쳐진 광경을 나는 도저히 말로 표현할 수가 없었다. 온 하늘을 압도적으로 채우고 있는 것은 난다데비 북벽의 거대한 위용이었다. 우리 모두가 이 먼 곳까지 찾아와 등정하려고 하는 것이 눈앞에 있었다.

리시 협곡의 V자형 골짜기와 수직 벽이 마치 액자틀처럼 난다데비 산의 너른 북쪽 면을 에워싸고 있고, 난다데비 봉우리는 4,800미터 부벽과 성소의 능선들을 떨쳐두고 또 차가운 공중으로 3,000미터를 솟아 있었다.

나는 우리가 볼 수 있는 지점 – 5,100미터 부근 – 에서 정상까지 올라갈 수 있는 길을 찾아보면서 앞뒤로 살펴보았다. 험악한 수직 부벽

근처에 불쑥 솟은 칼날 북릉을 교차하고 있는 수많은 암반대를 지나 빙벽을 따라 올라가는 노선을 머릿속으로 그려보았다. 저 험난한 부벽이 확실히 이번 등정에서 가장 힘든 코스였다.

우리가 반드시 감수해야 하는 문제점들도 있었다. 부벽은 6,700미터에서 7,300미터에 걸쳐 있었는데, 그 정도의 최고도에서 등반을 하기란 매우 어려웠다. 암반대도 북쪽을 향해 경사져 있었는데, 이 때문에 부벽 전체에 아래쪽으로 경사진 홀드(손을 잡을 만한 곳 – 옮긴이)를 남겨놓았다. 이곳을 오르려고 하면 떨어질 수도 있었다.

유리한 점도 하나 있었다. 부벽은 등반하기에 아주 좋은 변성 석영암만으로 이루어져 있었다. 보통 석영암은 유리 같은 조직구조 때문에 연속적인 크랙이나 좋은 홀드가 부족하지만, 등반하기에는 가장 안전했다. 부벽의 꼭대기부터 루트는 직선으로 나 있는 듯했는데, 돌단 하나가 정상으로 가는 길을 막고 있을 뿐이었다.

바로 직전에 시도된 남벽 도전에서 겪은 어려움 때문에 북벽에서도 성공 가능성이 희박하다고 판단했지만 우리는 강력하게 도전하기로 결정했다. 우리의 루트 중 산 아래쪽 1,200미터 부분은 사진이 없어 전혀 알 수 없고 우리가 선택한 산 위쪽 2,400미터 루트는 우리가 갖고 있는 사진만 봐도 험난한 코스임에 틀림없었다. 이제야 내 눈앞에 우리를 기다리고 있는 어려움이 구체적으로 모습을 드러낸 셈이었다. 마침내 우리가 직면하고 있는 것을 인식하게 되었고, 나는 어느 때보다도 성공을 확신했다.

짐이 내 옆으로 다가왔고, 잠시 뒤엔 루가 위엄에 눌린 표정을 지으며 나타났다. 짐이 침묵을 깨고 우리 둘을 쳐다보며 말했다.

"아, 정말 인상적이에요. 우리가 오를 루트가 바로 저기 있군요! 뉴델리에 남겨놓고 온 고정로프를 가지러 사람을 보내야 되겠는데요."

"그러게. 우리가 다른 사람의 주장에 쉽게 굴복하지만 않았어도 그 로프는 여기 있을 텐데……."

루의 말에 내가 당시 상황을 떠올리게 했다.

"뉴델리에 로프가 있으면 땡잡은 거죠. 없다면 저 루트에 작별키스를 날려야 하는데……."

"그런데 윌리를 어떻게 설득하죠?"

짐이 물었다. 짐은 여전히 설득력이 뛰어난 윌리가 마음에 걸리는 모양이었다.

"가장 좋은 방법은 고정로프 사용을 반대했던 사람들이 윌리를 설득하게 하는 거지 뭐."

루가 제안했다. 고정로프 사용을 가장 강력히 반대했던 피터가 능선을 올라와 우리에게 다가왔다. 내가 그에게 말했다.

"피터. 우리 셋이 생각하기엔 뉴델리에 남겨놓고 온 고정로프가 필요할 것 같아요. 헬기를 타고 나가는 마티 편에 메시지를 전달하면 존 에반스가 갖고 들어올 수 있을 것 같은데, 어떻게 생각해요?"

피터 역시 산의 험준함에 놀란 게 틀림없었다.

"이렇게 말해야 하는 게 싫지만…… 쩝, 내가 잘못 판단했군. 아무래도 고정로프 전부가 필요할 것 같은데."

이어 내가 말했다.

"자, 그렇다면 짐과 나보다는 피터 당신이 나서서 다른 사람들에게 얘기하는 게 좋겠어요. 우리는 '저희가 말했잖아요' 라는 식으로 끝내고 싶진 않습니다. 당신이 필요하다고 생각하면, 우리 모두 로프가 더 필요하다는 데는 의문의 여지가 없죠."

“그래, 좋아. 내가 데비와 앤디에게 말할게. 물론 루도 날 도와주겠죠?”

이 문제는 그렇게 정리되었다. 우리는 뉴델리에 남겨두고 온 로프 1,200미터를 가져오기 위해 사람을 보내기로 했다.

루와 피터가 다른 사람들에게 로프가 더 필요하다고 얘기하기 위해 남아 있는 동안 짐과 나는 짐꾼들을 위해 로프를 깔아놓으려고 협곡으로 천천히 걸어갔다. 피터의 동의는 이전의 의견을 바꿨다는 점에서 의미가 있었다. 엘리엇과 앤디에 이어 데비가 올라왔고, 그들 모두 로프가 필요하다는 데 동의했다. 윌리는 아직도 염소치기들에게 돈을 주느라 아래쪽에 머물고 있었다. 이에 데비가 자원해, 애드와 마티 편에 메시지를 전해야 한다고 윌리에게 말하기 위해 로마니까지(600미터를) 달려 내려갔다. 그녀 스스로 윌리를 설득할 수 있는 사람은 자신뿐임을 알고 있었던 것이다.

데비가 옳았다. 윌리는 데비의 말을 전적으로 들었고 무엇보다도 존중해주었다. 우리의 주장에 반대할 수도 있는 그를 설득할 사람은 그녀뿐이었다. 나중에 그녀의 말에 따르면, 윌리는 언쟁을 하지도 않고 잠자코 듣고 나서 데비와 같이 몇 가지 방안을 고민한 후 바크라왈라스 편에 존 에반스에게 로프를 갖고 들어오라는 쪽지를 보냈다. 대원들 모두 좀더 편안한 마음이 되어 협곡으로 계속 나아갔다.

7월 21일, 협곡은 더욱 아름다워 보였다. 높은 구름이 성소 쪽으로 미끄러져가면서 날카로운 난다데비 봉우리를 가리기도 했지만 태양은 협곡 안쪽을 따뜻하고 아늑하게 비추고 있었다. 우리 모두는 이끼 낀 분홍색 석영석의 암반 비탈길과 무릎 높이의 노간주나무를 스쳐지나갔다. 붉은색과 초록색 장군풀이 불쑥 튀어나온 절벽 아래와 여러 개의 작은 샘물가에서 자라고 있었다. 포플러나무 덤불은 협곡의 아래쪽 경사면에 불안하게 배딜려 있었다. 경사가 아주 심한 곳까지 잔디가 두껍게 덮여 있었는데, 특히 오르기 힘든 구간에서는 적절한 홀드와 든든한 발받침이 되어주었다. 협곡의 중간 지점인 부즈가라에 가기 전에 짐과 나는 짐꾼들보다 조금 앞선 곳에서 쉬었고, 점심을 먹기 위해 걸음을 멈추었다.

기온이 30도든 90도든 간에 항상 옷을 몇 겹씩 입고 있기 때문에 땀에 흠뻑 젖은 짐꾼들은 27킬로그램이나 되는 짐을 가장 가까이 있는 유적지 같은 캠프 예정지에 내려놓았다. 쉬지 않고 몇 사람이 땔감으로 쓸 잔가지를 모으려고 경사면을 내려가 우거진 숲 속으로 향했다. 나머지 가르왈 사람들은 차파티를 만들려고 아타를 물과 반죽했다. 평소 같으면 여유롭게 점심을 준비하고 한낮의 열기를 피하기 위해 낮잠도 자느라 한두 시간이 걸렸지만, 오늘은 상황이 달랐다.

"짐, 빨리 출발하는 게 좋겠어."

짐을 어깨에 메고 있는 짐꾼들을 보고 갑자기 깨달은 내가 말했다.

"짐꾼들도 이 협곡에서 빨리 벗어나고 싶어하는 것 같아요. 우리가 모르는 뭔가를 알고 있는 게 분명해요."

점심식사를 마치자마자 짐이 말했다.

짐꾼들은 배낭을 꾸리고 있는 우리를 지나쳐 개울을 건넌 뒤, 최근에 일본 원정대가 남겨놓고 간 빨간 형광색 로프가 걸려 있는 3미터 정도의 암벽 밑으로 모여 올라가고 있었다. 그들은 한 사람씩 차례차례 아래쪽에서 밀어주는 동료들의 도움과 로프에 의지해 장애물을 넘어갔다.

우리도 나머지 짐꾼들을 도와주고 나서 간신히 넘어갔다. 그러고는 짐꾼들이 잠시 쉬고 있는 틈을 타 선두로 나선 짐과 나는 짐꾼들을 위해 계속 로프를 깔았다. 일본 팀이 대부분의 위험한 부분에 로프를 고정해놓았고, 조금 덜 위험한 곳에는 다른 팀들이 설치해놓은 낡은 프로필렌 로프나 마닐라 로프가 걸려 있었다.

길고 불편한 박스를 나르는 짐꾼들에게 어떤 곳은 어렵고 위험했다. 슬쩍 미끄러지기만 해도 리시 강까지 500~600미터를 굴러떨어지는 참사가 벌어질 수 있고, 살짝 떨어져도 뼈가 여러 군데 부러질 수 있었다.

등산로가 점점 불분명해지면서 수직 부벽 몇 개를 따라 오르기 시작했다. 낡은 마닐라 로프가 고정된 곳을 짧게 손과 발끝으로 트래버스한 후 골짜기에 들어설 때까지 협소한 등산로는 거대한 암벽을 가로지르고 있었다. 때때로 잔디가 깔린 작은 언덕들을 지나 4.5미터 수직 절벽에 이르는 희미한 등산로를 짐꾼들이 먼저 다 지나갈 때까지 우리는 기다렸다.

450미터를 오르자 갑자기 두 개의 큰 원추형 돌무덤이 있는, 약간 경사졌지만 너른 고원이 나왔다. 이제 다음 캠프 예정지인 파탈 칸까지 200여 미터가 남아 있었다. 별안간 우리가 리시 협곡의 험난함과 위험에서 벗어났음을 깨달았다. 우리 앞에는 내부 성소의 완만한 경사로와 수월한 길이 놓여 있었다. 최근 들어 느끼기 시작한 수개월간의 근심이 사라지는 듯했다. 이제야 등반 자체에 집중할 수 있을 것 같았다.

조금 이른 한낮의 더위에 우리 모두는 물을 조금씩 나눠 마셨다. 아련한 구름층이 태양의 자외선을 조금 가려주었지만 짐과 나는 쉴 만한 곳을 찾아 들어갔다. 30분이 채 지나지 않아 짐꾼들이 캠프에 도착해 짐을 내려놓고는 햇빛을 피해 캠프장 위쪽 절벽에 나 있는 동굴로 들어가버렸다. 다른 사힙들은 두 번 연속 등반에 지친데다 목이 말라 천천히 걸어 들어왔다.

"개울에 머리를 푹 담그고 싶어 미칠 지경인데…… 같이 갈까, 짐?"

내가 큰 소리로 말했다.

"바로 뒤따라갈게요."

수건과 샴푸를 집어들면서 짐이 소리를 질렀다. 짐과 내가 캠프에서 800미터 떨어진 개울에 도착했을 즈음, 루와 앤디는 벌써 조금 깊은 곳에서 발을 담근 채 씻고 있었다.

"머리가 얼어붙는 줄 알았어요."

2분 전엔 빙하였던 물에서 머리를 꺼내며 짐이 더듬거렸다.

"그럴 리가? 원래 산악인은 머리가 없잖아……."

내가 말했다.

"그러니까 우리가 여기 와 있지!"

루가 멀리서 소리쳤다.

무성영화 배우들처럼 우리는 얼음물 때문에 멍해진 감각으로 덜덜 떨면서 어기적어기적 움직였다. 산 그림자가 개울까지 길게 늘어져 우리는 온기를 찾아 군데군데 흩어진 햇살 속으로 흩어졌다. 우리 모두는 곧 옷을 입어야 했고 캠프로 돌아왔다.

대부분의 사힙에게 캠프는 맛있는 식사, 동료와의 대화, 휴식 등을 제공하는 곳이라면 짐에겐 짐꾼들을 위한 병원이었다. 짐꾼들은 아메바성 간질환부터 종기가 난 치아까지 웬만한 질병은 모두 가지고 있다. 짐은 유일한 통역자 키란을 통해 모든 불평을 들어주면서 한 명씩 참을성 있게 진찰을 했다.

가장 보편적인 병증은 비누로도 치료 가능한 피부병과, 가르왈 사람들 대부분이 사는 연기 가득한 방에서 기인한 눈 질환이었다. 가르왈 지방의 집에는 요리 화덕에 굴뚝이 없었다.

짐은 가끔 허탈해했다.

"짐꾼들에겐 나나 다른 의사가 이곳 고지에서 해줄 수 있는 것 이상이 필요해요. 외과의나 병원, 그리고 꾸준한 의학적 치료가 필요한 병증도 있거든요."

한 사람이 핑크색과 초록색 알약 하나를 받으면, 며칠 동안 그 알약이 필요한 병증이 마구 나타나기도 했다. 알약을 많이 받을수록, 알약의 색깔이 다채로울수록 더 많은 짐꾼들이 그 알약을 원했다. 증상이 없는데도 알약을 원하는 짐꾼들에겐 만병통치약으로 소금알약을 처방했다.

금방 새벽 5시가 되었다. 차파티와 오트밀이 텐트 문으로 디밀어졌고 뜨거운 초콜릿은 주방텐트에서 먹을 수 있었다. 우리의 베이스캠프 예정지인 사르손 파탈까지 얼마 남지 않았지만 짐꾼들은 빨리 출발하고 싶어했다.

나는 좋은 컨디션으로 캠프에서 출발했지만 50미터쯤 갔을 때 젖은 돌판에 미끄러져 6미터 아래 작은 바위턱까지 굴러 내려갔다. 짐이 물었다.

"괜찮아요?"

"젠장, 발목과 팔꿈치를 찧었어. 꽤 심하게 부딪혔는데, 부러진 데가 없는 것 같긴 한데……."

"제가 한번 봐줄까요?"

"아냐, 발목이 풀려 있을 때 계속 움직이자고. 캠프에 도착해서 뜨겁게 찜질이나 하지 뭐."

부어오른 발목과 까진 팔꿈치만 다친 게 아니었다. 내 뒤쪽에 있는 20여 명의 짐꾼이 비웃는 듯해 자존심도 달아나버렸다. 몇 명이 엉터리 영어로 말하는 소리를 분명히 들은 것 같았다.

"아주 좋아요, 사힙. 아주 잘하시는군요."

여전히 날씨는 아주 쾌청했다. 짐과 나는 짐꾼들을 따라 등산로가 우리가 지금까지 온 쪽으로 약간 휘돌아간 개울가로 들어갔다가 샛강의 반대쪽으로 나왔다. 마루턱까지 가파르게 오른 다음 우리는 회색과 분홍색 석영석이 깔린 너른 암반지역을 따라 트래버스했다. 큰 돌무덤이 등산로 갈림길에 세워져 있었다. 한쪽은 우리가 가려고 하는 난다데비 북쪽으로 향하는 길이고, 다른 쪽은 리시 강까지 수백 미터를 내려가 임시로 만든 로프다리를 건너 동쪽으로 나아간 다음 카렌카와 창가방의 우뚝 솟은 봉우리들로 향하는 길이었다. 우리는 뭘 좀 먹으면서 다른 사람들을 기다리기로 했다.

다른 사힙들이 어슬렁거리며 와서는 따뜻한 햇살 아래서 스트레칭을 하고 이른 점심으로 음식을 조금씩 먹었다. 데비와 엘리엇, 그리고 앤디는 키란과 니르말을 따라 천천히 움직였다. 이렇게 모두 함께 등반하는 즐거움을 느낀 지도 어느새 여러 날이 지나고 있었다. 난다데비 산 때문에 예정 등반 루트에 대해 짧게 의견을 주고받았지만 성소의 아름다움에 모두 마음을 빼앗기고 있었다.

"짐, 네가 먼저 가는 건 어때? 나는 오후에 천천히 가고 싶은데."

나른한 무기력감이 더위 속에서 물밀듯 밀려와 선두에 선다는 것이 하찮게 여겨졌다.

"내가 좋아하는 트레킹이야, 하고 말하는 것처럼 들리네요. 저도 마지막 하나까지 이 경치를 즐기고 싶어요."

몇 개의 암반지역을 지나자 안쪽 성소에 도착했고, 무지갯빛 초원에 샘물이 흐르고 있었다. 짐과 루, 그리고 내가 도착했을 때 데비와 앤디는 시냇가의 푹신한 잔디 위에서 쉬고 있었다. 산 위쪽의 생명조차 살지 못하는 거친 세상과 따뜻하고 꽃이 피어 있으며 온갖 벌레가 붕붕 날아다니는, 우리가 앉아 있는 이곳의 너무나 또렷한 대비에 모두 말을 잃을 수밖에 없었다. 단지 짐의 찰칵거리는 셔터소리만 침묵을 깨고 있었다.

"저는 난다데비가 이렇게 아름다울 줄 상상도 못했어요. 제 생각에는 내일이라도 올라갈 수 있을 것 같아요."

데비가 산 정상의 슬로프를 황홀한 듯 쳐다보며 말하자 앤디가 한마디 했다.

"대원들이 오후 내내 모든 장비를 분류하고 재포장한다면……. 짐꾼들이 적어도 전진베이스캠프까지는 짐을 들어다줄 거라고 생각하지만, 그보다 먼저 루트부터 탐사해봐야 할 거야."

데비가 배낭을 꾸려 꽤 세찬 산들바람에 하얀 파자마를 나부끼며 혼자서 베이스캠프를 향해 사라졌다. 누구라도 그녀의 마음을 미루어 짐작할 수 있었다. 우리 중 누구보다도 그녀는 난다데비를 가슴속 깊이 갈망하고 있었던 것이다.

얼마 지나지 않아 편암, 점판암, 백운암 등으로 구성되어 거무스름하고 뚝뚝 부서진 수직 벽인 난다데비 산 아래쪽 1,200여 미터가 거의 다 눈에 들어왔다. 전체적으로 살펴봐도 우리가 위쪽 직벽에 도달하는 데 꼭 필요한, 공략할 만한 곳이 어디에도 없는 듯했다. 4,100미터에 위치한 베이스캠프는 너무 낮게 설치되었다고 할 수 있다. 정상에서 적당한 거리 안으로 1.5톤에 이르는 장비들을 옮기려면 좀더 위쪽에 캠프를 설치해야 했다.

베이스캠프는 고산잔디와 꽃이 빽빽하게 자란 초록색 뗏장을 걷어내고 가로 1.2미터, 세로 2.1미터로 텐트 자리를 만들어 마치 모자이크 무늬처럼 되어버렸다. 텐트 자리는 다른 원정대에서 부엌으로 사용했을 법한, 옹기종기 모인 돌무리가 형태를 갖추고 있는 너른 평지를 에워싸고 있었다. 자그마한 개울 하나가 캠프를 통과해 굽이쳐 흐

난다데비 베이스캠프.

르고 있었다. 개울둑을 따라 무성하게 자란 관엽식물들은 메마른 토양 때문에 구부러진 띠 모양으로 퍼져가고 있었다. 데비스탄 원정대가 만들어놓은 돌 기념물은 캠프와 난다데비 남쪽까지 계속 돌아 들어가는 등산로를 굽어보고 있었다. 캠프 주변 약 100제곱미터 내에는 쓰레기들이 버려져 있었다. 오래된 심지랜턴, 파란색 프로판가스 휴대용기, 녹슨 캔, 플라스틱 조각, 그리고 낡은 테니스화 등은 난다데비와 같은 오지에서 이전 원정대들의 환경의식 결핍을 잘 보여주고 있었다.

캠프에서 800미터 아래에서는 새로이 흐르기 시작한 리시강가가 3,600미터나 더 불쑥 솟아오른 난다데비 산의 북서쪽 허리를 뚫고 샘솟고 있었다. 폭포들이 거대한 아래쪽 바닥을 무수한 시간 동안 천천히 침식해가며 흘러가고 있었고, 캠프에서도 소리를 계속 들을 수 있는 낙석 때문에 더욱 가속화되고 있었다.

우리가 캠프로 내려갈 때 바람이 아주 세차게 불어닥쳤다. 벌써 짐꾼들은 개울골짜기 관목숲에서 나뭇가지를 모아 불을 피우고 식사 준비 중이었다.

나는 발목과 팔꿈치가 욱신욱신 쑤시는데다 무척 피곤했고, 주변 환경을 반영하듯 기분도 별로였다. 베이스캠프까지의 하이킹과 높은 고도로 인해 남아 있던 의욕마저 모두 사라졌다. 하지만 짐은 나나 다른 사람들과 달리 곧바로 텐트를 치느라 여념이 없었다. 단지 죄책감 때문에 우리는 자리에서 일어나 짐을 도왔다. 마침내 손때 묻은 박스들 사이에, 바닥을 잘 고르고 깨끗하게 한 다음 앞으로 몇 달 동안 지낼 우리의 집들이 세워졌다.

짐이 우려하고 있는 것은 분명했다. 그는 지금까지 등반해온 루트가 올라올 만했음을 확신하고 싶어했다. 그는 난다데비 산이 의학수련과 친구들을 내팽개치고 올 만큼 가치가 있는지, 아니면 이 산이 최소한 자신의 욕구를 만족시킬 수 있는지 확신하지 못하고 있었다. 그 해결책은 언덕을 한번 올라갔다 오는 것이었고, 짐은 더 이상 기다리고만 있을 수 없었다. 짐이 말했다.

"루트를 탐색하러 루와 언덕 위로 올라가볼까 하는데, 같이 갈래요?"

"좀 쉬지 그래?"

나는 미로 같은 산 아래쪽을 통과할 루트를 찾으려 하는 그들의 걱정에 공감할 수 없었다.

"먼저 가. 바로 쫓아갈게."

언덕 위로 800미터를 더 가서 드디어 그들을 따라잡았을 때 그 둘은 망원경으로 아래쪽 경사면을 살펴보고 있었다.

"어때, 보여? 등반 루트가 될 만한 게 보여?"

내가 묻자 아무도 대답하지 않았다.

구름이 위쪽 경사면을 가리고 있어 아래쪽 골짜기에서 위쪽으로 적당한 루트를 연결하기가 어려웠다.

드디어 루가 눈에 망원경을 댄 채 중얼거렸다.

"두 가지 가능성이 있겠어. 하나는 1.6킬로미터 위쪽의 골짜기인데, 직벽을 넘어갈 수 있을 것 같긴 한데 다 보이지가 않네. 또 다른 가능성은 남쪽 능선을 올라 1,200여 미터 위쪽에 있는 램프처럼 생긴 곳의 상층부를 따라 다시 되돌아 트래버스하는 거야."

그는 나에게 망원경을 건네주었다.

"골짜기는 보이는데, 처음 300여 미터만 보이네요. 자세히 보려면 더 가까이 올라가야겠어요."

"한번 올라가볼까요? 하지만 시냇물이 많이 불어났는데요."

짐이 말했다. 우리 셋은 저 위쪽 데비스탄 빙하에서 시작되어 흙탕물로 흘러가는 시냇물을 건널 만한 곳을 찾아보았다. 하지만 한낮의 열기로 몇 킬로미터의 빙하가 녹아버려 도저히 건널 수 없을 정도로 불어나 있었다. 무엇 하나 제대로 성공하지 못한 우리는 실망한 채 초라하게 베이스캠프로 철수했다.

"존, 피터가 성소 안쪽으로 진짜 높이까지 가로질러갔는데 루트가 별로라던데요……."

"정말이야?"

엘리엇의 말을 듣고 나는 피터의 텐트까지 최단 코스로 달려갔다.

피터는 미국에서 가장 숙련된 고지산악인 중 한 사람이었다. 1976년 당시에는 그런 사람이 많지 않았다. 1960년대의 알래스카 원정에서 그는 두각을 나타냈다. 1973년에는 나와 함께 다울라기리 원정을 갔고, 1974년에는 러시아 파미르에 올랐다. 미국에서 최고의 산사태 감시원이자 전문가로 알려진 그는 유타 주 알타에 있는 산사태통제본부에서 근무했다. 그의 견해는 귀담아들을 필요가 있었다.

루와 짐도 피터의 텐트로 따라 들어왔다. 데비와 앤디는 벌써 와 있었다. 내가 물었다.

"살펴보니 어때요?"

"더 이상 말하고 싶지도 않아."

그의 목소리에 실망하는 투가 역력했다. 벌써 피터가 그 위쪽 루트를 좋아하지 않는다는 말이 퍼졌다.

"제 생각에는 내일 아침에 피터 당신의 의견을 정식으로 밝히는 게 제일 좋을 것 같아요."

난다데비 북서벽의 상층부.

"피터, 그렇다고 우리를 불안하게 놔두진 않겠지? 왜 그렇게 실망했는지 힌트라도 주게나."

루가 그렇게 주장하자 내가 거들었다.

"피터, 우리도 스스로 판단할 수 있을 정도로 전문가들이잖아요. 혹시라도 피터 당신이 지형을 살펴본 곳에서는 모든 가능성을 볼 수 없었을지도 모르죠."

마침내 우리는 그의 말문을 열었다.

"내가 성소 안쪽으로 4,500미터 지점까지 트래버스하니까 등반할 사면이 잘 보이더라고……."

그렇게 말하기 시작한 피터는 자신이 본 것들을 떠올리며 천천히 말했다.

"절벽 쪽으로는 올라갈 수 있는 길이 없어. 설혹 올라간다 해도 그 위쪽에서는 트래버스할 수가 없어. 평평한 고원 부분도 없고. 사면을 따라 가파른 경사가 쭉 이어져 있고 절벽 사이로 난 계곡들은 도저히 건널 수 없을 정도였어. 빙벽은 정말 수직이더라고."

대원들 모두가 이제 우울한 보고를 다 들었다. 우리의 사기는 불안하게 걸려 있었다.

"정면에서 보았을 때 빙벽은 대개 수직으로 보이게 마련이죠."

그에게 알려주었다. 뒤이어 루가 말했다.

"게다가 자네가 직벽을 보았던 곳에서는 바위턱이나 쓸 만한 홀드 같이 작은 것들은 볼 수가 없어."

데비가 긍정적인 투로 말했다.

"우리 모두가 특정 루트만 고집하려고 여기까지 온 건 아니잖아요."

"물론 탄력적으로 대처할 수 있죠."

엘리엇이 말했다.

"제길! 우리는 새 루트를 개척하러 여기까지 왔고, 그러니까 모든 가능성을 구사해볼 때까지 새 루트 개척에 최선을 다해야죠!"

내가 발끈했다. 엘리엇은 밖으로 걸어 나가려 했고 앤디는 주저했다. 피터는 침울해했고, 데비는 특히나 이렇게 멀리서 한 번 보고 확신할 수는 없지 않느냐며 모두를 고무시키려 애썼다.

나중에 윌리는 다음날 아침에 더 위쪽 사면까지의 루트를 정찰해보기 위해 계곡 위쪽으로 나와 루를 보내겠다고 결정했다. 나머지 대원들은 산 쪽에 더 가까운 베이스캠프 자리를 찾아보고 우리의 예정 루트를 보다 잘 관찰하기 위해 반대쪽 슬로프로 높이 올라가보기로 했다.

뉴델리에 도착한 지 17일 만에 우리는 등반을 앞두고 있었다. 루와 나는 로프를 말아놓고 장비 몇 가지와 우리 둘의 개인 등산기구들을 짐꾼들의 짐에서 꺼내놓은 다음 이른 저녁을 먹고 자리에 누워버렸다. 나는 너무 흥분해 잠을 이룰 수가 없었다. 우리 모두 이 먼 곳까지 와서 감행하려 하는 것이 마침내 시작되고 있었던 것이다.

5

루와 나는 아침 6시 30분에, 언제나 그랬듯이, 뱃속에서 납덩이처럼 가라앉아 우리로 하여금 화장지를 찾아 30분이나 등산로를 내려가게 했던 차파티와 오트밀 아침을 왜 기다려서 먹었을까 의아해하며 등산로로 접어들었다.

몇 개의 큰 바위 위로 뛰어올라 개울 반대편의 빙퇴석이 쌓인 곳으로 계속 기어 올라가자 물이 많이 불어 형성된 어제의 급류가 그날 아침에는 전혀 문제되지 않았다. 큰 바위들로 이루어진 산허리를 가로질러 잠시 트레킹하자 갑자기, 난다데비의 남서 빙하에서 발원해 1.6킬로미터쯤 흘러내려온 리시강가를 만났다.

밤새 하늘은 흐려졌고 짙은 먹구름은 겨우 60여 미터 위에 걸려 있었다. 상부 직벽으로 가기 위한 우리의 루트 탐색은 잘될 수도, 실패로 끝날 수도 있었다. 우리는 골짜기를 샅샅이 탐색해봐야 했다.

비록 그날 아침식사 때문에 출발이 늦어지는 등 좋지 않게 시작했지만 첫 번째 탐색은 리시 강에서 훌륭하게 이루어졌나. 원정이 시작된 이후 우리 모두는 난다데비 남쪽 사면까지 가서 빙하 위를 건넌 다음 북서 제방을 따라 되돌아오는 방법 외에 리시 강을 곧바로 건널 수는 없을까 고심해왔는데, 산이 스스로 이 심각한 진입문제에 해답을 제공해준 것이다.

난다데비 북서벽 3,000~3,600미터대의 가루눈에서 형성된 작은 눈사태는 밀려 내려오면서 추진력을 받아 거대한 괴물로 변한다. 북서벽을 우르릉 쾅쾅 내려온 눈사태는 큰 골짜기를 지나 결국 하단부 자갈 슬로프 위로 무너져 내려 리시강가를 연결해준다. 몇 톤의 눈에 가로막힌 강물이 눈을 먹어 들어가면서 바다까지의 긴 여행을 위한 터널을 만든 것이었다. 자연이 만든 얼음다리로 강을 건넌 우리는 눈사태 잔해를 보고는 어느 골짜기를 따라 산을 오를지 말아야 할지 알아차렸다.

우리에게는 한 가지 선택뿐이었다. 폭 12미터의 깊은 골짜기가 외따로 가파르게 위쪽으로 쭉 뻗어 올라가 구름 사이로 사라졌다. 루와 나는 짐꾼들이 짐을 나르기에 적절치 않다고 생각했지만, 다른 길이 없었다.

처음에는 그 골짜기를 오르기가 쉬웠다. 암반에서 시작해 군데군데 자갈이 많은 돌무더기를 기어오르는 3등급 난이도의 등반으로 우리는 균형감각을 점검했고, 그 위쪽의 고난이도 등반 코스에 대비할 수 있었다. 우리는 골짜기의 막다른 지점이 분명히 보일 때까지, 우리 위에서 사라져버리는 그 거대한 암벽을 안고 있었다. 트래버스가 위험하게 흔들리는 바위를 가로질러, 두 골짜기 사이에서 등뼈처럼 솟은 좁고 가파른 융기까지 펼쳐져 있었다. 한쪽 골짜기는 우리가 벌써 올랐고, 다른 쪽은 막다른 골짜기였다.

"이거 정말 짐꾼들에게는 어렵겠는데요…… 루."

"여기까지는 가능할 거야. 하지만 우리도 이 융기 꼭대기 너머로 많이 올라갈 수는 없을 것 같은데. 조금 위쪽에서 저 절벽 속으로 점차 사라져버리는 것처럼 보이잖아."

나는 큼지막한 홀드를 잡고 60도 능선을 기어 올라갔다. 그것은 마치 30층짜리 건물 꼭대기에서 가파르게 세워진 5~15센티미터의 판자 위를 기어 올라가는 것 같았다. 짐꾼들에게는 반드시 고정로프가 필요할 것이었다. 나는 암벽에 갈빗대처럼 이랑이 진 꼭대기에 도달하자 소리쳤다.

"루! 우리가 해답을 찾은 것 같아요! 골짜기로 다시 연결되어서 좀 더 쉽게 등반할 수 있게 해주는 고양이길 같은 등산로가 있는 것 같은데요."

루가 척추 같은 돌출부 정상으로 올라와 숨을 몰아쉬며 말했다.

"여기가 정말 관문이네."

"짐꾼들이 여기까지 올라오기만 하면 다음 캠프까지 우리가 그들을 이끌어갈 수 있을 겁니다."

짐꾼들을 위해 별도로 고정로프가 필요한 9미터 암반을 오르고 수백 미터를 가볍게 트래버스하고 나자 골짜기 중심부와 북서벽에서 흘러나오는, 유빙의 흔적 위에 형성된 시냇가에 도착했다. 그 위로 안전해 보이는 3등급 난이도의 기어 올라갈 만한 곳이 있었다. 상부 직벽으로의 접근문제는 그렇게 해결되었다.

루가 의외라는 듯 한마디 했다.

"모든 것이 잘 맞아떨어지는 것 같은데. 자, 이제 쓸 만한 전진베이스캠프 자리만 찾고 빨리 베이스캠프로 돌아가야지."

"이 소식을 들으면 대원들 모두 열의를 불태울 거예요. 언제 무전을 날리죠?"

내가 맞장구를 쳤다.

"아직 30분이나 남았어. 원정대에 보고하기 전에 골짜기를 최대한 높이 올라가보자고."

간식으로 차파티와 땅콩버터, 잼을 먹고 나서 우리는 시냇물의 오른쪽 사면을 기어올랐다. 우리 둘 다 높은 고도를 무겁게 체감할 수 있었고 산소가 희박한 가운데 천천히 움직였다. 내려올 때 길을 찾기 쉽도록 우리의 행로가 바뀌는 지점에다 큰 돌무덤(돌을 쌓아놓은 것)을 세웠다. 루트는 믿을 수 없을 정도로 평탄했다.

오전 10시에 루가 윌리와 연락하기 위해 무전기를 켰다. 그와 다른 대원들은 위쪽 슬로프를 육안으로 탐색하기 위해 북서벽 반대쪽을 등반하면서 우리의 예정 루트에서 산 쪽에 좀더 가까운, 더 나은 베이스캠프 자리를 찾아보기로 했다.

아래쪽 산악인들의 사기는 크게 가라앉아 있었다. 짐, 윌리, 앤디, 데비, 그리고 엘리엇은 산 서쪽 부벽으로 올라 살펴보았지만 난다데비의 방어막을 뚫을 만한 틈을 발견하지 못했다. 뿌연 시계 역시 도움이 되지 않았다. 윌리가 자신이 생각하는 산 위쪽으로 올라가는 루트를 간단하게 설명해주었지만 그것을 확인하려면 높이 솟은 몇 개의 빙폭 아래로 등반해야 했다. 짐에 따르면 오히려 그 이야기가 몇몇 대원을 더 침울하게 만들었다. 윌리가 히말라야에서의 높은 위험성을 내세우며 그들과 얘기해보려 했지만 아무도 들으려 하지 않았다. 짐은 엘리엇이 조금 걱정하고 있었고, 앤디는 마지못해 윌리의 생각을 지지했고, 데비는 관망하며 듣고만 있었다고 회상했다.

"윌리, 저 루입니다. 나오세요."

루가 말하자 윌리가 응답했다.

"잘 들린다, 루. 우리 모두 자네들의 연락을 기다리고 있었네. 어디쯤 있지?"

"4,700미터쯤에 있습니다, 윌리. 상부 슬로프로 가는 루트를 발견했고, 좀더 높은 곳에 아주 좋아 보이는 캠프 자리도 찾았어요."

"훌륭하군."

윌리의 목소리에서 안도감이 묻어나는 듯했다. 뒤에서 안도하는 다른 대원들의 목소리도 들렸다.

"우리는 리시 강을 가로지르는 얼음다리 반대쪽에 있는데, 자네들은 어디로 올라간 거야?"

루는 자세하게 설명해주었는데, 아직도 그들은 구름 아래에 있어서 우리가 올라온 길을 볼 수 없기 때문이었다. 우리가 오후 4시까지 아래에 도착하지 않을 경우 한 번 더 교신하기로 하고 루가 교신을 끝냈다.

그로부터 몇 분 뒤 루와 나는 다음 목표인 600미터 위쪽의 너른 능선마루와 북서벽 영역을 향해 계속 등반하고 있었다. 짧은 절벽과 돌무리, 큰 바위들을 거치면서 수백 미터를 이리저리 돌아 올라가자 거대한 눈사태의 흔적인 너른 설원의 아랫자락에 도착했다. 심지어 그때까지도 작은 눈사태가 계속되고 있었지만 우리가 서 있는 곳에 한참 못 미쳐 멈춰버리곤 했다. 안개 속에서 뭉개져 내려오는 눈사태소리가 너무 가까이 들려와 우리는 당황해서 골짜기 가장자리로 기어나갔다. 눈사태가 더 이상 가까이 다가오진 않았지만, 짙은 안개로 시야가 가려져 있어 두려움은 더욱 커졌다.

우리는 다른 쪽 사면으로 넘어갈 때까지 120여 미터를 눈사태 잔해의 한쪽을 따라 암벽을 올랐다. 그곳에서 능선마루로 쉽게 오를 수 있는 길을 발견했다. 능선 꼭대기의 척추뼈처럼 넓은 융기가 수백 미터에 걸쳐 우리 위쪽에 형성되어 있었고 1,050미터 아래 리시 강의 빈 암벽에서 끝나 있었다. 나중에 '리지 캠프(Ridge Camp)'라고 알려진 우리의 캠프 예정지는 눈사태나 낙석으로부터 잘 보호되고 있는 듯했다. 눈이나 낙석 잔해는 대부분 양쪽의 거대한 골짜기로 떨어졌다. 그곳은 우리의 예정 루트에 좀더 가까운 캠프를 만들기 이전의 중간 캠프를 설치하기에 안성맞춤이었다.

이 높은 고도에서 무른 운모편암과 갈색 판석의 암반대는 북서벽 전체에 걸쳐 평평하고 쉽게 파낼 수 있는 캠프장으로 적합했다. 깨지기 쉽고 불안한 얇은 판자 같지만, 이 암반대는 800미터 동쪽, 수십 미터 위쪽으로 예정된 전진베이스캠프 예정지로 쉽게 트래버스할 수 있게 해주었다.

우리의 아래쪽에서 능선은 아주 좁아져 성소의 바깥쪽 원주상에 있는 데비스탄 산을 찌르듯 칼날처럼 하늘을 가르고 있었다. 칼날 끝부분에서 저 아래 리시 강까지는 갑자기 수직으로 수십 층을 떨어져 내렸다.

"여기에다 짐을 내려놓으면 아주 좋겠어. 여기서부터 저쪽 능선까지 운반대를 만들 수 있거든."

그렇게 결정하면서 루는 북서 빙하를 가로지르는 또 다른 넓은 갈빗대 같은 능선을 가리켰다.

"아마도 저곳은 전진베이스캠프로 최적의 장소일 거야."

"저렇게 큰 빙하 밑을 트래버스하고 싶진 않은데……. 하지만 그 아래에 빙하 파편이 많을 것 같진 않군요……."

"그래, 하지만 저 아래 리시 강 위의 눈다리에는 뭔가 만들어야 할 것 같아."

루가 말했다. 그가 그럴싸한 야외화장실을 만드는 동안 나는 커다란 돌무덤을 만들기 시작했다. 우리는 몇 시간 동안 고지적응을 하면서 휴식을 취한 뒤 골짜기를 내려갔다. 루트는 올라올 때보다 내려갈 때가 더 수월한 것 같았다. 짐꾼들도 오르내릴 수 있다고 확신했다. 현재 우리가 당면한 유일한 문제는 날씨와 짐꾼들의 운반 의지였다. 그 중 날씨가 신에게 달린 문제라면, 두 번째는 키란에게 달린 문제였다. 나는 둘 다 잘 해결될 거라고 믿어 의심치 않았다.

루와 나는 일찍 되돌아왔고, 피터가 왜 그 루트로 갈 수 없다고 느꼈는지에 대해 원정대원들과 이야기를 나누었다. 피터는 단지 상부 슬로프를 왜곡 없이 관측할 만큼 올라가지 않았기 때문이었다.

"짐, 정말로 캠프장이 축구장만하다니까. 그 위에서 프리스비도 날릴 수 있을 거야!"

나는 조금 과장해서 말했다. 루는 모든 것이 명백해질 때까지 윌리의 질문에 계속 대답해야 했다.

"야영하기 적당한 자리도 찾아놓았고, 상부 쪽 암벽을 자세히 살펴보니 기껏해야 40~45도더라고요."

"자네들이 멋지게 해냈어. 적어도 1주일은 번 것 같군."

윌리가 말했다. 그렇다고 모든 대원이 납득하진 않았다.

"내일 제가 올라가 직접 확인해보았으면 합니다. 좀더 확실하게 해

두고 싶어요."

원정대에서 가장 숙련된 산악인 중 한 명인 피터는 자신이 직접 루트를 살펴보고 싶어했다. 산사태 감시원인 그는 스스로에게, 다가올 계절풍 시기에 산 전체를 집어삼킬 수도 있는 산사태로부터 루트가 안전한지에 대한 확신이 필요했다. 나는 그의 견해를 존중했지만 디브루게타에서 벌어진 사건 이후 나는 이 루트에 대한 어떠한 반발도 참을 수 없었다.

"좋아. 그러면 루와 같이 짐꾼들을 위해 아주 힘든 부분에 로프를 고정시켜주지 않겠나? 나머지 대원들이 짐꾼들을 능선까지 안내할 수 있도록 말이야."

윌리가 동의하자 엘리엇이 지적했다.

"그러면 오늘밤에 식량을 짜맞춰봐야겠는데요. 전 대원이 내일 짐꾼들이 운반할 수 있도록 도와줘야 합니다."

젊고 경험이 부족하긴 하지만, 엘리엇은 어려운 코스로 짐을 운반하게 하려면 짐꾼들이 자신의 짐 무게에 만족하도록 해야 한다는 것을 알고 있었다. 이곳에 도착할 때까지 그는 거의 말을 하지 않았지만, 모든 토론에서 윌리의 뒤를 따랐던 것 같다는 의심이 들었다. 이제야 그는 우유부단함이 그를 불안하게 했던 것처럼 등반을 진척시키고 싶어했다. 나는 엘리엇을 어떻게 받아들여야 할지 여전히 의문이었다. 아직도 그는 열여섯 살처럼 보였다. 나는 이런 유명한 원정에 참여시킬 만한 자격이 있다고 그를 추천한 애드와의 과거 경력이 궁금해졌다. 애드는 미국 내의 뛰어난 산악인들을 접촉했지만 결국에는 엘리엇이 참여하게 된 것이다.

루와 내가 산을 탐색하는 동안 다른 사람들 역시 바빴다. 일본 팀의 베이스캠프였던 곳까지 몇 킬로미터를 걸어 내려가 일본 팀이 남겨두고 간 짐꾼들의 식량을 찾아냈다 – 우리 짐꾼들이 며칠 동안 먹을 수 있는 양이었다.

그런 다음 그들은 우리를 도와 산 위쪽에 캠프를 세웠다. 식량 목록을 판독하고 각각의 아이템을 찾아 계측한 뒤 여덟 명의 하루분을 쌓아놓자 베이스캠프는 빈 박스와 펄럭이는 비닐봉지로 마치 창고처럼 변해버렸다. 엘리엇이 말했다.

"데비, 저랑 같이 가루우유와 동결건조감자, 소금을 나눠 담자고요. 루와 앤디가 사탕과 쿠키를 나눠 쌓는 동안 피터 당신은 감자와 국수를 나눠 쌓도록 도와주세요."

윌리와 짐, 그리고 나는 등반을 시작하기 전에 마지막 편지를 쓰려고 텐트로 숨으려 했지만 데비가 곧바로 핀잔을 주었다.

"존, 차를 다시 봉지에 나눠 담는 게 어때요? 여기 제가 차와 비닐봉지를 가져왔어요."

"얼마만큼씩 담아야 하죠?"

소용없었다. 그녀는 내가 할 일을 남겨두고 사라져버렸다.

짐은 검퍼트 음료 믹스를 정리하느라 정신이 없었기에 나는 평화와 정적을 생각하며 내 텐트로 다시 돌아왔다. 하지만 한 가지 음식 정리가 끝나자마자 데비가 또 다른 것을 봉지에 나눠 담으라고 건네주었다. 내가 막 간단한 일을 끝냈을 때 윌리는 크래커를 나눠놓고 있었다. 그가 말했다.

"존, 다시 담아야 하는 사탕들이 더 있거든. 그것 좀 해보겠어? 앤디가 텐트 안에서 분류작업을 하고 있지만 딱딱한 사탕과 초콜릿 박스가 저쪽에 아직 많거든……."

데비가 텐트 안에서 편지를 쓰고 있는 짐을 찾아내어 코르넛(견과류 과자 상표명 – 옮긴이)을 포장하게 했다. 키란과 니르말은 힌디어로 '푸드 테이(food they)'라고 하는, 먹을 수도 없는 막대육포를 정리했다.

여덟 명의 하루분 재포장작업이 마무리될 즈음 각 배낭의 무게는 15킬로그램 정도가 되었다. 윌리가 배낭들 사이로 요리조리 다니며 각 개인의 하루치 식량이 14킬로그램을 넘지 않도록 사탕이나 크래커, 젤리, 국수를 조금씩 덜어냈다. 아직 끝난 게 아니었다.

능선 캠프까지 험난하고 높은 길을 올라야 하기 때문에 짐꾼들의 짐은 각각 20킬로그램으로 제한해야 했다. 자갓싱이 유심히 지켜보는 가운데 니르말이 짐 하나하나의 무게를 쟀다. 모두 적당했다.

그날 저녁 처음으로 바깥세상 소식을 들었다. 우리가 갖고 있는 싸구려 인도제 라디오에서 BBC방송이 지직거리며 흘러나왔는데, 미국팀이 몬트리올 올림픽에서 개막 3일 만에 대부분의 메달을 획득했다는 뉴스를 분명히 들을 수 있었다. 하지만 뉴스가 끝나자마자 니르말이 라디오를 빼앗아가는 바람에 그날 저녁 내내 시끄러운 인도 음악을 들어야 했다.

7월 24일, 아름다운 여명이 우리에게 인사하는 듯했다. 루와 피터는 우리가 오리털 침낭의 안락함에서 벗어나기 훨씬 전에 이른 아침 안개 속으로 사라져버렸다.

내가 부엌으로 걸어가면서 소리쳤다.

"수렌드라! 아침 다 됐어?"

"예, 사힙."

수렌드라가 기(ghee)로 튀겨낸 차파티인 '파라타'를 한 접시 들고 나오면서, 모닥불 위 냄비에서 보글보글 끓고 있는 옥수수죽은 직접 떠먹으라는 듯 몸짓을 했다.

"윌리, 무슨 일 있어요?"

캠프 위쪽 언덕 가에 앉아 있는 짐꾼들을 보고 내가 물었다. 키란이 짐꾼들 앞에서 자갓싱과 몸짓을 섞어가며 말다툼을 하고 있었는데, 이야기가 길어질수록 그의 힌디어 톤이 높아지고 있었다. 윌리가 대답했다.

"짐꾼들이 여기까지의 품삯을 지금 당장 달라는 거야. 키란은 만약 우리가 지금 돈을 줘버리면 그들은 오늘 골짜기로 짐을 올려 나르려 하지 않을 거래. 그래서 그들과 얘기하고 있는 중이야."

나는 아침을 천천히 먹고 나서 리지 캠프까지 오를 준비를 하면서 배낭을 꾸렸다. 다른 사힙들은 자신의 텐트 주변에 옹기종기 모여 이야기를 들으며 결과를 기다리고 있었다. 몇몇 짐꾼이 아무데도 가지 않겠다며 목소리를 높였고, 이 문제에서 나는 짐꾼들 편이었기에 아무 말도 하지 않고 가만히 있었다.

"앤디, 저기 오른쪽에 있는 젊은 짐꾼 두 명 보이죠? 재들이 주동자 같은데……."

내가 묻자 앤디가 대답했다.

"계속 보고 있었는데…… 대부분은 별다른 걱정을 하지 않고 있어요. 그냥 가만히 앉아 열혈분자 몇 명이 열심히 싸우게 내버려두는 거죠."

내가 오늘 어디 가긴 글렀구나, 하고 포기하려 할 때쯤 거의 모든 짐꾼이 동시에 벌떡 일어나 각자의 짐을 집어들고 등산로로 총총히 걸어 들어갔다. 나는 허비할 시간이 없었다.

따라갈 준비가 된 사힙이 없었기에 나는 배낭을 휙 메고, 사라지고 있는 짐꾼들을 따라 올라갔다. 그들을 어디서 따라잡아야 하는지 아는 사람은 나밖에 없었다.

'도대체 이 사람들을 이끄는 사람이 누구지?'

마지막 짐꾼과 보조를 맞추려 애쓰면서 속으로 생각했다. 보통 정기적인 휴식시간도 없이 올라가고 있어, 우리는 곧 리시 강 위에 눈사태로 만들어진 다리 위쪽 90미터쯤 되는 곳까지 왔다. 나는 거의 지쳐 있었다.

한달음에 여기까지 올라온 짐꾼 선등자가 내 앞에 멈춰 서서 땀을 흘리며 입이 찢어져라 웃고 있었다. 그는 내가 지쳐 떨어질 거라고 확신하는 듯했지만 그놈의 비열한 쓴웃음 때문에라도 절대 그럴 수 없었다. 케샤싱의 득의만면한 표정이 가슴속에 확 박혀버려 지금으로선 도저히 그만둘 수가 없었다.

젖 먹던 힘까지 쥐어짜내, 지금 선 자리에서 무너질까 걱정하는 것이 아니라 골짜기 올라가는 것을 걱정하고 있는 것처럼 보이려 애쓰면서 나는 쉬지 않고 계속 올랐다.

"자넨 정말 강인한 짐꾼이군."

나는 웃고 있는 케샤싱을 지나치면서 숨찬 듯이 들리지 않게 또박또박 말해주었다. 그러자 그는 놀랍다는 표정을 지었다.

지금까지는 짐꾼들이 모두 쳐다보고 있었다. 조금 쉬기 위해 나는 그들의 시선 밖으로 벗어나야 했지만, 가장 가까이 있는 숨을 만한 곳이 수직 높이로 120여 미터 밖에 있었기에 나는 계속 올랐다. 5미터, 3미터, 1미터…… 그리고 숨었다!

모든 근육이 떨렸고, 특히 관자놀이는 마구 뛰고 있었다. 떨면서 무릎을 꿇어야 했고 숨이 마구 차올랐다.

'멍청한 짓이었어. 정말로 멍청한…….'

나는 속으로 중얼거렸다.

짐꾼들은 나를 괴롭게 했던 친구를 선두로 서로에게 돌을 차지 않도록 밀집대형으로 골짜기를 오르기 시작했다. 골짜기 상부에서 막다른 길로 넘어가는 150여 미터는 깊고 엉성한 쇄석지대라 등반하기가 까다로웠다. 나는 골짜기의 꼭대기 부분을 넘어, 피터와 루가 쳐놓은 첫 번째 로프가 깔려 있는 60미터짜리 80도 직벽에 도착했다. 이어 조심스런 발걸음으로 로프에 의지해 안전과 지지를 확보하며 직벽을 올랐다.

"아니야! 이 위쪽으로 와야지! 로프 깔아놓은 것 보이지?"

나는 소리를 지르며 짐꾼들을 향해 로프를 높이 들었다.

하지만 아무런 소용이 없었다. 짐꾼들은 하루 전에 루와 내가 지나갔던 골짜기 아래쪽으로 가로질러 건너갔다. 그들은 분명히 불편한 짐을 가지고 4등급 또는 조금 쉬운 5등급 암벽 오르기를 기피하고 있었던 것이다.

능선의 상층부 융기 부분으로 올라서자마자 나는 짐을 내려놓고 다시 짐꾼들이 넘어가고 있는 능선이랑을 따라 내려왔다. 그들은 자신들 앞에 놓여 있는 루트가 마음에 들지 않았던 게 틀림없었다.

"아뇨, 사힙. 좋지 않아요!"

말썽을 일으켰던 짐꾼 중 한 사람이 말했다. 그는 자신의 짐과 루트를 가리키고 나서 단호하게 고개를 가로저었다. 다른 짐꾼들은 가르왈 말로 상황을 토론하기 시작했다. 그들은 두려웠던 것이다.

"좋아, 그러면 들어봐. 딱 이 부분만 어려워. 그것도 아주 짧아. 잡을 만한 곳도 많아. 보이지?"

나는 손짓으로 설명했다. 하지만 그들은 설득되지 않았다. 이제 짐꾼들 모두 능선이랑의 하단부로 올라와 있었다. 몇 사람이 소리 내어 싫다고 하는 동안 다른 사람들은 느긋하게 앉아 듣기만 했다. 짐꾼들 사이에 의견 차이가 있는 경우 어느 누구도 다른 결정을 내리지 못하곤 했다.

"좋아, 누구라도 리지 캠프까지 짐을 날라주면 5루피를 더 줄게."

나는 통상 명령처럼 말했다. 다섯 손가락과 '루피'라는 단어를 알아듣는 것 같았다.

짧은 논의가 끝난 뒤 건장한 몇 사람이 짐을 들고 나를 따라 험난한 능선이랑 위쪽으로 오르기 시작했다.

그들은 훌륭한 산악인이었다. 어색한 짐에도 불구하고 그들의 균형감각과 조정능력은 완벽했다. 몇 사람은 골짜기로 다시 돌아가 깔아놓은 로프를 타고 올랐다. 몇 사람만 짐을 내려놓고 캠프로 돌아가버렸다.

10분도 지나지 않아 우리는 내가 배낭을 내려놓았던 곳에 도착했다. 나는 그들 중 몇 명은 로프도 없이, 무거운 짐을 진 채 형편없는 신발로 막 올라왔다는 사실을 믿을 수가 없었다. 나는 사람들이 모두 나타나기를 참을성 있게 기다린 다음 수백 미터 직벽 아래로 난 조그만 등산로로 건장한 짐꾼들의 뒤를 쫓아갔다. 한 번 더 짧은 수직 벽에 깔아놓은 로프를 타고 오르자 개울 건널목에 도착했다. 짐꾼들은 잠시 휴식을 취하기 위해 멈춰 서더니 또다시 루트에 대해 걱정하기 시작했다.

"이제부터는 위험하지 않아. 여기서부터는 아주 쉬워."

말끝마다 '5루피'를 크게 덧붙이며 몸짓으로 설명해주었다.

마침 개울 바닥으로 낙석이 조금 떨어져 짐꾼들이 재빠르게 앞으로 나아갔다. 나보다 위쪽에 있는 어떤 힘이 도와주고 있음이 분명했다. 짐꾼들 모두 또 한 번의 짧은 고정로프에 매달려 판석을 가로질러갔고, 대리석이라고 해도 좋을 법한 슬로프를 계속 올라갔다.

"이것 참! 여기서 멈춰선 안 되지!"

한순간 나는 냉정을 잃었다. 하지만 짐꾼들은 단지 점심을 먹기 위해서였다.

"차파티요, 사힙?"

짐이 아래에서 나타나, 멈춰 서 있는 내 짐꾼들 쪽으로 다가왔다.

"존, 어떻게 돼가고 있어요?"

"아, 짐꾼들이 가다 서다 하면서 자꾸 불평만 늘어놓네. 이러다 끝까지 갈 수 있을지나 모르겠어."

"그럼 수렌드라와 제가 계속해서 올라가보죠. 그러면 창피해서라도 쫓아올 겁니다."

"좋아, 그러면 내가 뒤에서 계속 밀어붙일게."

점심을 먹고 나서도 짐꾼들은 또 한 번 엉거주춤하고 있었다. 5루피는 위험을 감수할 만큼 많지 않다고 생각하는 모양이었다. 짐꾼들 모두 수백 미터를 더 이동한 후 짐을 내려놓고 그만둬버렸다. 그렇다고 그들에게 뭐라고 할 수도 없었다. 이어 그들은 고산 등반에 따른 두통을 호소하며 약을 달라고 했다.

"당신들 모두 저 위 캠프에 도착하면 두통약을 나눠줄게요."

짐이 약속했다.

녹초가 된 나는 자리에 주저앉아 가만히 쳐다보고 있었다. 나는 감정적으로도 기력이 소진되어 달리 할 말이 없었다. 케샤싱이라는, 그 체력이 상한 심산이 그때까지도 고문고문해지지 않은 나머지 심산들에게 뭐라고 말했다. 그는 분명히 계속 올라갈 거라고 말했을 것이다. 왜냐하면 어깨에 짐을 메고 있었기 때문이다. 그러고는 리지 캠프 쪽으로 등반하기 시작했고, 나머지 짐꾼들도 그 뒤를 쫓았다.

그들은 이제 능선까지 오르겠다고 결심한 듯했다. 나도 케샤싱을 따라잡으려고 나 자신을 강하게 몰아붙였다. 그는 정말 호랑이 같은 체력을 지니고 있었다. 우리는 경쟁하듯 짐과 수렌드라를 지나 눈사태 자리를 넘어, 캠프까지 정신없이 밀어붙였다.

내가 지금까지 다녀온 모든 원정에서 케샤싱만큼 경쟁의식이 강한 짐꾼은 없었다. 그는 항상 내 앞에 있으려고 했다. 우리 둘 다 쓰러질 정도까지 밀어붙이면서도 절대 포기하려 하지 않았다.

내 관자놀이가 마구 뛰고 땀이 비 오듯 눈에도 들어가고 귀 뒤로 흘러 목을 타고 내렸으며, 심지어 입에도 흘러들어갔다. 앞에 있는 증기기관차 같은 사내와 보조를 맞추느라 내 종아리는 타버릴 지경이었다. 내 갈비뼈도 부러지는 것 같았다.

하나님 아버지! 그의 발걸음이 느려지고 있었다. 곁눈질해보니 케샤싱이 조금 지친 듯했다. 앞으로 쭉 나아가 선두를 탈환할 절호의 기회였다. 결코 포기할 수 없었다.

나는 올라오느라 기절할 뻔한 상태로 5,100미터의 리지 캠프에 비틀거리며 도착했다. 케샤싱이 바로 뒤따라왔다. 여전히 미소를 짓고 있었지만 지쳐 보였다. 우리 둘 다 짐을 던져놓고는 서로의 어깨를 두드리며 웃어버렸다.

"노메?"

내가 힌디어로 묻자 그가 대답했다.

"아, 케샤싱. 노메?"

그가 나를 가리키며 물었다.

"존."

내가 대답했다.

"존 사힙?"

"아니, 케샤싱. 그냥 존."

그가 행복한 웃음을 지었다.

"예, 존."

우리는 친구가 되었다.

케샤싱이 자기 짐을 들어보고 내 짐도 들어보았다. 그는 입술을 강처럼 벌리며 활짝 웃었다. 내 짐이 자기 짐보다 약 2킬로그램이 가벼웠기 때문이다. 그가 장난치듯 인정할 수 없다고 했다.

"케샤싱, 난 네가 우리 원정대에 계속 있었으면 좋겠다. 고산 짐꾼으로서 무슨 말인지 알겠니?"

그는 자기 농장을 그렇게 오랫동안 내버려둬도 되는지 확신할 순 없었지만 안 된다고 말하지는 않았다. 몇 분 뒤 짐이 배고프지만 의기양양한 표정으로 들어왔다.

"와, 정말 좋군!"

"루와 피터가 북서벽 아래 골짜기를 지나가고 있어. 저쪽 능선 위 전진베이스캠프까지 갈 것 같은데."

내가 손가락으로 가리키며 말했다.

"위쪽 루트는 제가 생각한 것보다 훨씬 더 안전해 보이는데요. 자살하기도 힘들겠어요."

짐이 말했다.

베이스캠프를 출발한 짐꾼 50명 중 23명만 리지 캠프에 도착했다. 21명이 첫 번째 골짜기에서 그만두었고, 여섯 명이 거기서 여기까지 오는 동안 어딘가에 짐을 버렸다. 우리가 데려올 수 있는 최대한의 숫자가 올라왔기에 다행이라고 생각했다.

짐은 곧바로 두통약을 요구하는 짐꾼들에게 둘러싸였다.

"짐을 내려놓은 사람은 캠프로 내려가주세요."

짐이 그렇게 말했지만 아무도 움직이지 않았다.

"내 말을 이해하지 못하나 봐요, 존."

"제가 영어를 좀 하니까 도와줄게요."

짐꾼들 중 한 사람이 말했다.

"우리가 가르왈 말을 하는 것보다 더 잘하는데. 이름이 뭐지?"

내가 물었다.

"발비르싱, 사힙."

조용히 그가 대답했다.

발비르싱은 티베트 출신이었다. 그는 칠흑 같은 머리카락과 동양적인 검은색 눈에다 키가 172센티미터로, 평균적인 가르왈 사람보다 컸다. 아무튼 통역이 가능한 덕분에 그는 남은 원정기간 동안 계속 우리 곁에 머물렀다.

"좋아, 발비르싱. 이 사람들에게 이 알약 하나를 받아서 곧장 캠프로 내려가라고 말해줘, 알겠지?"

짐이 말했다.

발비르싱이 무슨 말인지 알아듣고는 짐꾼들에게 전했다. 하지만 짐꾼들이 빨갛고 기다란 알약을 받아들고는 내려갈 생각을 하지 않았다.

"자, 여러분. 빨리 움직여주세요!"

내가 호통을 치듯 말하고 나서 몇 사람을 캠프 쪽으로 떠밀었다. 그제야 짐꾼들이 알아차렸다.

"근데 짐, 두통약이 정말 웃기게 생겼어. 도대체 무슨 약이야?"

"아, 아스피린이 떨어져서 비타민제를 줬죠."

그 말에 우리 둘 다 웃음을 터뜨렸다.

"어땠어요?"

우리 쪽으로 다가오는 루를 보고 내가 묻자 그가 숨을 몰아쉬면서 말했다.

"딱 좋아. 전진베이스캠프까지 가는 루트는 쉬워. 능선 바로 위에서 평평하고 고른 캠프장을 찾았고. 텐트를 세우고 안전한 캠프를 설치하는 데 전혀 문제없어 보이더군."

"그 위쪽 루트는 한번 살펴봤어요?"

이번에는 짐이 물었다.

"능선을 따라 직선으로 다음 캠프까지 상당히 올라가야 할 것 같던데……. 그 다음에는 북벽의 골짜기와 슬로프 위로 위험을 무릅쓰고 나아가야 할 것 같아. 다행히 눈사태를 피해 절벽 아래쪽으로 숨거나 암벽이랑을 오를 수도 있을 것 같고. 어쨌든 정상 바로 아래 거대한 부벽에 비하면 저 정도는 아무것도 아니야. 정상 아래 부벽 등반은 자네한테 양보하지, 로스켈리."

루가 짐작해서 말하자 내가 대답했다.

"거기 가보면 알겠죠."

"자, 이제 이 루트에 대해 어떻게 생각하세요, 피터?"

짐이 묻자 그가 동의했다.

"그리 나빠 보이진 않네. 빙하 아래로 지나갔어. 건널 수 있는 곳이 4.5미터짜리 얼음밖에 없었거든. 심꾼들노 문제없을 거야."

우리 네 사람은 앉아서 좀더 이야기를 했다.

"모두 알고 있겠지만, 오늘 아침 엘리엇이 제게 집으로 돌아가고 싶다고 말했어요."

짐이 말하자 피터가 덧붙였다.

"그래……. 벌써 며칠째 엘리엇이 그렇게 말하고 있네. 나한테도 똑같이 얘기했어."

"뭐가 문제죠?"

내가 묻자 짐이 대답했다.

"그냥 여기 있고 싶지 않은가 봐요. 이곳이 너무 위험하다고 생각하고 있고요. 직벽에서 죽을 수도 있다고 계속해서 농담같이 말하고 있어요."

"이런 일은 눈덩이처럼 커질 수도 있는데……."

내가 말하자 짐이 자원했다.

"제가 그를 도울게요. 하지만 다들 이 문제를 알고 있어야 해요."

다른 사힙이 아무도 나타나지 않아 우리 넷은 천천히 걷고, 건너뛰고 미끄러지면서 1,000여 미터짜리 골짜기로 내려갔다. 한 시간 18분만에 나는 다른 사람들보다 조금 앞서 베이스캠프로 걸어 들어갔다. 이때쯤 마티를 헬기에 태워 보낸 애드가 베이스캠프에 도착했다.

"애드! 잘 오셨어요!"

내가 손을 내밀어 그의 손을 잡았다.

"마티는요? 잘 나갔죠? 상태는 어땠어요?"

"여기 오니 좋군. 마티는 이틀 전에 헬기를 타고 나갔어. 좀더 좋아졌지만 거의 녹초가 됐지. 마지막 날에는 거의 스무 시간을 내리 자더군."

그가 대답했다. 짐, 피터, 그리고 루가 캠프로 들어오면서 나와 똑같은 질문으로 인사를 대신했다. 애드가 도착해 기운이 나기도 했지만 우리 모두는 크게 실망했다 – 여전히 편지 한 통 없었고 존 에반스에게서 한마디 기별도 없었다. 둘 다 우리 모두의 사기에 아주 중요하게 작용하기 시작했다. 저녁을 먹고 나서 윌리와 애드는 전체회의를 소집했다. 애드가 입을 열었다.

"여러분 모두 마티가 잘 나갔다는 소식은 들었죠? 저는 마지막 며칠 동안 마티의 증상을 감안해보면 최선의 결정이었다고 확신하고 있습니다."

원정대는 각자 디브루게타에서 가졌던 생각을 되새기며 침묵했다.

"여기까지 오는 동안 우리는 내가 예상했던 것보다 잘 지내왔어요. 루피로 바꾼 7,000달러 중 3,000달러 정도밖에 사용하지 않았는데, 주요 비용 몇 개를 제외하고 모두 다 처리했습니다."

애드의 말에 텐트 가득 환호성이 터졌고, 곧이어 윌리가 말했다.

"이쯤에서 중요한 이야기 하나를 해야겠군요. 애드가 이번 원정에서 자기 역할은 여기까지인 듯하니 1~2주 안에 성소를 떠나겠답니다. 지금까지 이렇게 훌륭하게 일을 처리해주셔서 우리 모두 무한한 감사의 뜻을 전한다고 말씀드리고 싶군요."

"떠나선 안 돼요, 애드!"

"이곳과 아래쪽 캠프에서 하실 일이 얼마나 많은데요."

"제발 가지 마세요, 애드."

모두 그가 떠나지 않기를 바랐다. 엘리엇은 바닥만 내려다보고 있었다. 등반을 접고 싶다는 그의 욕구는 이런 일이 전개될수록 커져만

갔던 것이다. 전체회의는 어둑어둑해져서야 끝났다.

루와 나는 나음날 아침 리지 캠프로 올라가 캠프를 차지하고 며칠 동안 전진베이스캠프에 텐트를 치고 식량을 갖다놓기로 했다. 다른 대원들은 서너 번 더 짐을 운반하고 2~3일 뒤 리지 캠프에 올라오기로 했다.

피터가 특히 리지 캠프로 누가 올라갈지에 대해 민감하게 반응했다. 그는 루에게, 어쨌거나 체력이 강한 루와 내가 대원들보다 앞서나가고 앞쪽에 체류하는 데 우려를 드러냈다. 루는 이번에는 꼭 그런 경우는 아니라고 그를 안심시켰다. 다른 원정에서 큰 역할을 했을 뿐만 아니라 냉철하게 행동했던 피터가 점점 다른 사람이 되어가고 있었다. 디브루게타에서 벌어진 사건 이후 그는 줄곧 시무룩해 있었다. 짐과 루, 그리고 나에 대한 뿌리 깊은 불신을 갖고 있는 듯, 마치 난다데비를 등정하는 우리와 자신의 동기가 서로 다른 것처럼 대했다. 나는 우리가 전진베이스캠프로 이동하는 것은 열심히 한 보답이라고 생각했는데, 피터는 우리가 체력이 강할 뿐만 아니라 원정대에서의 영향력이 커졌기 때문이라고 받아들였다. 다른 대원들이 곧 우리 자리를 차지할 것이기에 우리의 이동은 정말 일시적인 것이었다. 나는 개인적으로 루트 선등자가 바뀌어 짐과 함께 또 한 번 더 높은 곳으로 등반하기를 고대하고 있었다. 피터는 이 원정에서 그 자신만의 보스가 되고 싶다는 욕망을 내비치고 있었던 것이다. 그럴수록 원정대만 어려워질 뿐이었다.

다음날 아침 내 배낭은 리지 캠프에 가져갈 물품으로 무거웠다 - 27킬로그램이 훨씬 넘었다. 케사싱이 다시 들어보더라도 웃지 않게

끔 확실히 하고 싶었다. 짐이 엄청났지만 이젠 루트에 익숙해져 세 시간 반 만에, 폭우가 쏟아지기 직전에 리지 캠프에 도착할 수 있었다.

처음에는 한 번 더 운반하기를 거부하던 짐꾼들도 케샤싱 또는 키란과 얘기해보고는 결국 등산로가 그리 험하지 않으니까 모두 다 같이 그날 운반하자고 결정했다. 전날 아래쪽에다 짐을 버려두었던 짐꾼들도 짐을 찾아 캠프까지 모두 날랐다.

"루, 오늘 계속해서 전진베이스캠프까지 가기는 힘들겠어요. 장비 목록도 없어요. 음식물과 취사도구들을 저장상자에서 어떻게 꺼내죠?"

루가 능선에 도착했을 때 내가 말했다.

"앤디가 목록을 갖고 있어. 앤디가 올라오면 필요한 것을 찾을 수 있을 거야. 그러지 못하더라도 우린 여기 리지 캠프에 있어야겠네."

줄기차게 쏟아지는 폭우 때문에 그도 어쩔 수 없었다.

앤디와 데비가 빗물을 뚝뚝 흘리며 캠프로 들어섰다. 물론 힘들긴 했지만, 데비는 난생처음 이런 곳에 왔기 때문에 쉽게 적응하지 못했다. 우리 네 명은 4인용 텐트를 세우고 서둘러 안으로 들어가 폭풍우가 지나가길 기다렸다.

"앤디, 상자 내용물 목록 갖고 있나?"

루가 물었다.

"무슨 목록요? 목록 같은 거…… 가진 게 없는데요."

앤디가 오히려 궁금해하며 되묻자 내가 말했다.

"이런! 역시 엉망진창이야. 7시에 무전할 때 엘리엇에게 불러달라고 해야겠네요. 그동안 상자를 뒤져 먹을 것과 조리할 것을 찾아볼 수 있을 거예요."

윌리, 키란, 수렌드라, 그리고 자텐드라가 아래쪽의 자욱한 안개를 뚫고 나타났다.

"짐 나르기 좋은 날씨야, 존."

그 무엇도 윌리의 젊은 열정을 꺾을 수 없었다. 나는 그런 윌리가 좋았다. 나는 그의 도전정신과 성공이 나 자신의 그것과 비슷하다고 생각했다 – 그는 흰 수염과 웃는 눈매를 가진 '나'였다. 우리는 한 세대에 같이 있다는 무적의 동료애를 형성하게 된 것이다.

그와 달리 인도산악연맹 수습대원인 수렌드라와 자텐드라에게는 크게 실망했다. 두 사람은 열심히 일하려 하지 않았다. 자텐드라는 목이 아프다며 며칠 동안 짐도 나르지 않았다. 전날 밤 전체회의에서 나는 두 사람을 내보내고, 대신 훨씬 더 강인하고 적극적으로 나서는 케샤싱과 발비르싱을 데리고 있어야 한다고 말했다. 나는 또한 동반자로서 그들을 훨씬 더 좋아했다.

다른 대원들은 반대했다. 윌리와 애드도 케샤싱과 발비르싱에게는 보험료를 지불하지 않았고, 이렇게 늦은 날짜에 지불해도 되는지 모르겠다며 반대했다. 게다가 수렌드라와 자텐드라도 자기 역할을 하고 있다고 짐작했다. 내가 좀더 강력히 주장했다.

"내가 아는 한 아니거든요. 그들이 짐을 나를 때 같이 있어봤는데, 전혀 열심히 하지 않더라고요. 우리가 제공해준 최신 장비 덕분에 그나마 수월하게 등반했던 거죠. 절대 그들이 케샤싱이나 발비르싱만큼 강인하진 않습니다."

조금 당황한 키란과 니르말은 자기 부하들을 방어하고 나섰다. 키란이 강한 악센트의 영어로 말했다.

"훌륭한 청년들입니다. 두고 보세요. 제가 아주 죽도록 일하게 만들겠습니다!"

키란의 약속만으로 내겐 충분했다. 그래서 우리는 그들 네 명에다 라타 출신의 건장한 짐꾼 한 명을 더 데리고 있기로 했다. 나는 흡족했다.

윌리와 키란, 그리고 고산 짐꾼 두 명이 비를 피하려고 텐트 안으로 합류했다. 니르말과 짐꾼들 대부분은 벌써 내려가기 시작했고, 내 눈에는 저 아래쪽에서 여전히 안개 속을 오르고 있는 짐과 엘리엇이 보였다. 내가 마지막으로 다시 들어갔을 때 텐트는 진창으로 변해 있었다. 앤디와 데비는 비 때문에 하룻밤 자고 가길 원했지만, 윌리와 키란이 도착함에 따라 앤디의 주장은 쇠귀에 경 읽는 격이 되어버렸다. 윌리가 그들 모두 베이스캠프로 돌아가라고 말했다. 루와 나는 며칠만이라도 원정대의 주력에서 떨어져 있기를 고대했는데, 윌리의 말에 안도했다.

폭우가 잦아들고 윌리가 설득하자 앤디와 데비는 마지못해 떠날 준비를 했다. 지평선에 낮게, 태양이 두꺼운 구름을 뚫고 나와 젖은 석판들을 마치 다이아몬드처럼 반짝이게 하고 있었다.

나는 신발 끈을 묶느라 허리를 구부리고 있었는데 뒤쪽에서 귀에 익은, 으르렁거리는 원숭이 소리가 희미하게 들려왔다.

"데비, 도대체 뭐하는 거예요?"

돌아서면서 내가 말했다. 데비가 원숭이처럼 손을 늘어뜨리고 O자형 다리를 한 채 자기 형제와 레슬링 놀이를 할 때처럼 '우, 우, 우' 소리를 내고 있었다. 윌리, 루, 그리고 앤디가 쳐다보았다. 그녀는 장난꾸러기처럼 씩 웃으며 내게 다가오기 시작했다.

"데비, 장난 그만 쳐요."

나는 장난이 아닐 수도 있다는 생각에 조금 불쾌해진데다 슬쩍 짜증이 나 명령하듯 말했다.

"꺅!!"

순간 데비가 훽 뛰어올라 나를 진창과 돌바닥으로 내동댕이쳤다. 그녀의 행동이 너무나 어이없어, 나를 거칠게 대하는 몇 초 동안 나는 멍하니 앉아 있었다. 이어 본능적으로 나는 데비를 태운 채 손과 무릎으로 반쯤 일어난 뒤 몸을 틀어 그녀의 어깨를 땅바닥에 꽂았다.

"도대체 왜 이러는 거죠?"

내가 숨을 몰아쉬며 묻자 그녀 역시 숨을 거칠게 쉬며 웃는 표정으로 대답했다.

"재밌잖아요."

윌리와 앤디는 껄껄 웃었다. 그들은 데비에게 나를, 그동안 하늘 높은 줄 모르고 우쭐댄다고 여겼던 나를 큰코다치게 했다며 축하한다고 말했다. 바로 그 순간 나는 데비가, 그녀와 앤디는 베이스캠프로 돌아가라는 내 고집스런 주장에 불쾌해하고 있음을 알아차렸다. 첫 레슬링에 엉덩이는 깨지고 자존심도 약간 기가 죽었다.

"데비, 미안해요. 내가 미쳤나 봐요."

내가 온순하게 사과했다.

"다음번엔 꼭 이길 거예요!"

웃으면서 그녀가 말했다. 잘 있으라고 손을 흔들면서, 다른 네 사람과 함께 그녀는 베이스캠프로 내려갔다.

몇 분 뒤 짐과 엘리엇이 흠뻑 젖었지만 여전히 열정적인 모습으로 도착했다. 짐이 일부러 엘리엇이 들으라고 목소리에 힘을 주며 큰 소리로 말했다.

"내가 뭐라고 했습니까, 엘리엇. 멋지지 않아요? 대단하죠?"

엘리엇은 감동하지 않았다.

"위험해 보이기만 하네. 하지만 뭐, 곧바로 오를 수 있을 것 같은데."

그의 기분은 별로였다. 엘리엇이 둘러보는 동안 우리 셋은 서로의 얼굴을 쳐다보기만 했다. 짐이 내 생각을 알아차리고 경고했다.

"존, 엘리엇한테는 조심해서 말하세요. 엘리엇은 하루종일 집에 돌아가는 이야기만 하더라고요……. 하지만 여기 올라왔으니까 마음을 바꿀 수도 있지 않을까요?"

"오히려 그가 정말 떠난다면 그에게나 우리에게나 최선의 선택이 될 수도 있지. 우유부단하게 그러고 있으니까 모두의 사기를 떨어뜨리잖아."

내가 넌지시 말했다. 짐도 그 점을 인식하고 있었다.

"모든 대원이 마음을 바꾸기 전에 가능한 한 빨리, 가능한 한 최고도까지 오르게 해야겠어요. 피터의 사기도 무너지고 있거든요."

루와 내가 리지 캠프에서 밤을 보내도록 남겨놓고 엘리엇과 짐도 내려갔다. 배가 고파오자 우리는 먹을 것과 냄비, 화로 등을 찾기 위해 모든 박스를 샅샅이 뒤졌다. 새우와 육포, 크래커, 그리고 루의 계속되는 설사에 특효약이라고 할 수 있는 탕(Tang)도 찾았다.

그날 저녁 7시 무선교신 중에 다섯 명의 고산 짐꾼을 계속 고용하자는 결정이 내려졌다. 점점 지저분한 문제가 되어버렸다. 니르말은 자신이 교관으로 일하던 인도산악연맹의 등반교실에서 자텐드라와 수렌드라를 데려왔던 것이다. 그들이 남지 않으면 그의 체면이 구겨질 수도 있었다. 반면 나는 최고의 짐꾼을 원했기에 그들의 성과에 따라 선택한 것이었다. 루와 짐은 나와 의견이 같았다. 우리 사힙들이 여기까지 형편없이 짐을 운반해왔기 때문에 어쩔 수 없이 우리는 그 다섯 명을 계속 고용해야 했다.

다음날 아침 날씨는 더 나빠져 비와 눈이 번갈아 내렸다. 아침 7시에 윌리가 무선교신으로 폭우 때문에 리지 캠프로 아무도 못 올라갈 거라고 알려주었다.

"괜찮아요. 다른 것은요?"

루가 말했다.

"에…… 루……."

윌리의 목소리가 무전기에서 딱딱 소리를 내고 있었다.

"팀원 모두가 존 에반스를 대신할 새 등반대장으로 자넬 뽑았네. 우리 모두 축하하네."

"저요? 좋아요. 하지만 에반스가 도착할 때까지만요."

루가 더듬거리며 말하자 윌리도 동의했다.

"그래. 그리고 오늘 전 대원이 모여 우리를 도와준 분들에게 보낼 엽서에 서명하려고 하는데, 자네들도 여기 있으면 좋을 텐데."

"저희 서명을 위조하실 거죠?"

루가 농담을 던졌다.

우리는 등산복을 입고 전진베이스캠프 자리까지 운반할 짐들을 배낭에 꾸렸다. 나는 처음으로 6킬로그램짜리 305밀리의 이중등산화를 신었는데, 쇠사슬로 한 곳에 고정된 듯한 느낌이었다. 잔자갈이 많은 슬로프를 내려가니 작은 골짜기가 나왔는데 200여 미터를 가로질러가 북서 빙하 아래 400미터 폭의 골짜기에 놓인 건널목 초입에 이르렀다.

"여기는 좀 오싹한데."

위쪽을 슬쩍 쳐다보며 내가 말했다. 빙하의 말단이 작은 눈사태들로 마모되어 가운데 부분에 금이 가 있었다.

서둘러 건너간 다음 리지 캠프보다 조금 높고, 우리가 있는 곳에서 800미터쯤 건너편에 있는 능선마루의 넓은 평지로 올라갔다. 텐트 칠 자리를 재빠르게 고른 다음 우리는 비를 피해 점심을 먹었다. 루가 말했다.

"다시 건너 돌아가는 게 좋겠어. 기온이 오르고 있어서 위쪽에서 눈이 더 많이 밀려 내려올 것 같은데."

우리는 한 시간이나 걸려 리지 캠프로 돌아오면서, 아직까지도 완전히 고지적응이 되어 있지 않음을 깨달았다. 다시 건널목을 건너 돌아오는 동안에는 눈사태가 없었다. 우리는 좋은 징조라고 생각했다. 내가 침낭에서 낮잠을 길게 자는 동안 루는 설사 때문에 거의 초주검이 되었다.

그날 오후 날씨는 더 안 좋아졌다. 눈과 비가 뒤섞여 온 산에 퍼붓는 바람에 텐트 주변을 진창으로 만들어버렸다. 작은 눈사태가 우리 양쪽에 있는 두 개의 골짜기로 굴러 내렸다. 캠프를 둘러싸고 있는 짙은 구름 때문에 우리에겐 소리만 들릴 뿐이었다. 바로 위에서 낙석이 떨어져 안심할 수가 없었다.

"들었어요?"

내가 속삭였다.

"응, 이쪽으로 오는 것 같아!"

두려운 눈빛으로 나를 쳐다보며 루가 말했다. 나는 텐트 문에 기대 절망적으로 안개 속 위쪽을 빤히 쳐다보았다.

"비켜갈 거예요. 텐트를 덮칠 듯이 소리만 요란한 거예요. 낙석이 여기 있는 우리를 칠 거라곤 생각 안 해요."

오후 시간은 정말 느리게 지나갔다. 루는 저녁으로 일본 국수와 산딸기 커스터드를 준비했지만 우리 둘 중 누구도 먹으려 하지 않았다.

한편 아래쪽 베이스캠프에서는 윌리와 애드, 그리고 키란이 임금을 지불하자 짐꾼들은 집에 간다는 생각에 즐거워하고 있었다. 몇 사람은 그들이 필요한 상황임에도 집으로 돌아가겠다고 했다는 것이다. 그들 모두 아주 불편한 짐 – 그들의 강인함과 헌신의 증거 – 을 지고 험난한 코스에서 아주 잘해주었다.

"베이스캠프 나오세요."

루가 무전기에 대고 불렀다. 윌리가 응답했고, 루가 채 말하기도 전에 거대한 눈사태가 북서벽에서 발생해 우리가 그날 아침에 건너왔던 400미터 폭의 골짜기를 휩쓸고 내려갔다. 눈사태는 15분이나 계속되었다. 루가 울듯이 말했다.

"저 소리 들려요, 윌리? 저 눈사태는 리시 강까지 휩쓸고 내려갈 거예요!"

"여기서도 또렷이 들리는군. 그 위쪽은 어때, 괜찮지?"

무섭긴 했지만 우리가 휩쓸려 내려갈 위험은 없었다. 한 시간쯤 후에도 비슷한 크기의 눈사태가 골짜기를 타고 내려갔다. 따뜻한 기온과 상층부의 폭설로 거대한 눈사태가 발생할 최적의 조건이 형성된 것이었다. 밤새도록 작은 눈사태가 흘러내려 한때 평화롭던 골짜기와 우리가 지나온 곳을 계속 휩쓸고 내려갔다. 그 후 6주 동안 전진베이스캠프로 짐을 나를 때 한 번도 안전하다고 느낄 수가 없었다.

우리가 외롭게 리지 캠프에서 날씨가 좋아지길 기다리는 내내 난다데비 산은 쉬지 않고 격동했다. 이곳은 조용했지만 거칠고 황량했다.

오직 자연의 소리만 정적을 깰 뿐이었다. 하지만 난다데비 산의 아름다움은 공포 – 죽음의 공포, 다른 사람을 다치게 할지도 모른다는 공포, 혹은 미지의 공포 – 에 가려져 있었다.

날씨는 계속해서 우리가 비집고 들어갈 틈을 허용하지 않았다. 어느새 안개비로 바뀌었다. 바람도 조금 불었다. 짐과 엘리엇이 올라와 하루 머물고 그 다음날 우리와 함께 전진베이스캠프로 전진할 거라고 윌리가 말해주었다.

루와 나는 아침 8시쯤 짐을 나르기 시작했다. 얼마 지나지 않아 어제 눈사태의 잔해에 도착했다. 내가 말했다.

"쟤들은 내가 생각했던 것보다 큰데요? 여기가 어제 그 산이라고 도무지 믿기지 않네요!"

400미터 폭의 골짜기 전체가 눈사태 잔해의 더미에 깊이 파묻혀 있었다. 전날 암반층을 따라 편하게 걸었던 곳이 지금은 얼음과 눈이 얼어붙은 강이 되어버렸다. 루가 고개를 저으며 일깨워주었다.

"뭔가 큰 놈이 내려와 계곡 중간에서 걸리진 않겠지? 하루하루 지날수록 여길 지나갈 땐 더 조심해야겠어."

지금 이곳을 건너는 것은 따뜻한 기온과 계속 내리는 비 때문에 자살행위나 다름없었다. 하지만 조금 이른 아침이라 위쪽은 아직 얼어붙어 있을 터였다.

"한번 가보자고요, 루."

우리는 다른 쪽으로 재빨리 나아갔지만, 그래도 10분이나 걸렸고 건너편에서 지쳐 숨을 몰아쉬어야 했다. 빙하 끝에서 또 다른 눈사태가 생기지 않는지 걱정스레 쳐다보느라 좋은 루트를 찾아내는 데 집중할 수가 없었다.

"저기 하나 온다. 달려요!"

내가 소리쳤다. 우리는 재빨리 움직이기 시작했는데, 그때 눈득 아래쪽에서 소리가 들려왔다. 눈사태 잔해에 덮여, 그 아래로 굽이쳐 흐르는 개울물 소리가 약하게 나고 있었던 것이다.

우리는 반대편에 털썩 쓰러져 짐을 던지듯 내려놓고 다시 달리듯이 되돌아갔다. 그날 우리는 빙하 끝자락까지 두 번이나 더, 내내 운명이 닥쳐오고 있음을 느끼며 짐을 운반했고 빙하 건너로 나르지 않고 빙하 곁을 따라 임시보관소를 만들어 짐을 넣어놓았다. 그곳은 정말 공포심을 자아내는 장소였다. 몬순 폭풍우가 이빨을 드러내고 있었던 것이다. 원정대는 남은 원정기간 내내 습기 찬 열기와 폭설에 직면해야 했다.

그날 오후 엘리엇과 짐이 남은 짐꾼 여덟 명과 함께 올라왔다.

"지난밤 눈사태는 리시 강까지 밀려 내려갔고, 수천 톤의 눈을 거기다 쌓아놓았대요. 그 정도의 눈사태라면 도시 하나도 단번에 휩쓸어 버릴 걸요!"

엘리엇이 말했다.

"엘리엇, 우리가 전진베이스캠프에 도착하자마자 짐과 함께 캠프 I으로 1차 선등할 수 있겠지?"

루의 말에 엘리엇이 동의했다.

"거기 도착하면 해볼게요."

엘리엇은 조금 느긋해진 것 같았고 돼지고기볶음, 국수, 그리고 푸딩으로 훌륭한 저녁을 차렸다. 우리 모두 침낭으로 기어들어갈 때에는 날씨가 조금 나아졌다. 오직 눈사태만 밤늦도록 불안감을 자아내며 숙면을 방해했다.

아침에 깨어나니, 이번에는 내가 두려움으로 무기력해졌다.

"저기요, 무서운 생각이 드는데요……. 날씨가 너무 따뜻해서…… 오늘 한바탕 내려올 것 같은데…… 밤새도록 밀려 내려왔잖아요. 오늘은 저 빙하를 건너고 싶지 않아요."

나뿐 아니라 모두 똑같이 긴장하고 있었다. 루가 오늘은 아래쪽에서 아무도 올라오지 말라고 짧은 무선교신으로 주의를 환기시킨 다음 우리 넷은 등산복을 갖춰 입고 장비를 어깨에 멘 채 계곡으로 내려갔다. 루가 물었다.

"누가 건널 거야?"

최악의 상황을 우려해 짐과 엘리엇, 그리고 나는 가지 않기로 결심했다. 루는 엘리엇에게 걱정할 필요 없다는 것을 보여주려는 듯 작정하고 서서히 건너갔다.

나중에 루는 아내에게 이렇게 썼다.

'나는 특히 엘리엇에게 가능하다는 것을 보여주기 위해 건너갔어. 하지만 건너는 도중 상당히 위험하다고 느꼈지. 더구나 되돌아오는 것은 심적으로 아주 힘들더라고.'

엘리엇은 별다른 감동을 받지 못했고, 오히려 더욱더 자신 속으로 위축되었다.

나는 그날 아침 루와 함께 천천히 전진하지 않은 나 자신이 부끄러워, 한 시간쯤 후에 혼자 짐을 메고 골짜기로 내려갔다. 그리고 자존심이 조금 회복된 기분으로 캠프에 되돌아왔다.

그날 우리 네 사람은 네 번이나 더 골짜기 끝까지 짐을 날랐다. 우리가 더 많은 장비를 날라다놓을수록 다른 사람들이 할 일이 줄어들기 때문이었다. 놀랍게도 그날 오후 늦게 앤디, 데비, 니르말, 키란, 피터,

리지 캠프에서의 짐.

그리고 수렌드라가 리지 캠프로 올라왔다.

우리가 4인용 텐트 자리를 고르는 동안, 베이스캠프에서 오랫동안 짐을 지고 온 그들은 휴식을 취했다. 데비는 평소의 활기찬 모습으로 떠들며 캠프 안을 돌아다녔다. 그녀는 요리도구를 찾아 상자를 뒤지고 여러 음식을 내놓기도 했다. 수렌드라가 짐꾼들의 짐으로 둘러쌓은 뒤 방수포를 덮어 부엌과 잠자리를 만들었다. 짐꾼들은 요리용 땔감을 이곳 리지 캠프와 전진베이스캠프까지 가져왔다.

이 예상치 못한 합류는 나를 의기소침하게 했다. 리지 캠프의 고요와 평화가 사라져버렸다. 캠프 조금 아래 능선의 끝부분에서 아주 좋은 장소를 발견한 나는 오후에 그곳에 머물렀다.

니르말이 수렌드라와 함께 요리천막에서 편하게 있는 동안, 키란은 자신의 텐트로 들어가버렸다. 모든 게 조용해졌을 즈음 나는 내 카메라를 찾아 캠프로 돌아왔다가 언덕 위로 걸어 올라갔다. 잠시 후 피터가 뒤따라 올라왔다. 그런데 그의 말이 너무나 놀라웠다.

"나는 내 마음이 내킬 때만 짐을 나를 거야. 물론 루를 존중하지만, 어느 누구한테도 언제 어디로 짐을 나르라는 명령을 받고 싶진 않아."

"루는 등반대장이에요, 피터. 우리는 한 팀으로 함께 일을 해야지, 따로따로는 아니잖아요. 모두 그렇게 생각한다면 절대 이 산의 정상에 오를 수 없을 겁니다."

그의 태도에 짜증이 난 나는 힘주어 말한 뒤 자리에서 벌떡 일어나 캠프로 돌아왔다.

데비가 훌륭한 저녁을 차려주었다. 수렌드라는 요리천막에 잠자리를 잡았고, 아홉 명의 사힙은 텐트 두 개에 나눠 잠자리에 들었다. 짐은 사힙과 짐꾼이 따로 자는 것을 못마땅하게 여겼다.

"젠장, 여러분이 그가 여기서 자지 못하게 하고 있잖아요. 이건 너무 불공평해요."

"짐, 수렌드라는 다른 짐꾼들과 같이 잤잖아. 그래서 이가 있을 거야. 그래, 확실히 불공평하지만 난 등반하는 동안 기생충을 키우고 싶진 않아. 지금은 루트 문제만으로도 너무 골치 아프잖아."

내 말에 한동안 그는 조용해졌다. 후두두 텐트 지붕을 두드리는 빗소리와 시간마다 우르릉대는 눈사태소리에도 모두 곯아떨어졌다.

"오늘은 건너갈 준비 됐겠지, 엘리엇?"

다음날 아침 루가 물었다. 습기 찬 눈이 여전히 내려 캠프를 덮고 있었다.

"거기 내려가보면 알겠죠."

엘리엇이 대답했다.

갑자기 짐이 엘리엇에게 장난스럽게 달려들어 레슬링을 하면서 긴장을 풀어주었다. 루와 나는 그 둘이 텐트 주변을 굴러다니며 맞붙을 때 슬쩍 비켜섰다. 엘리엇은 죽기 살기로 덤볐다. 짐도 엘리엇이 메다꽂지 못하도록 최선을 다했다.

드디어 짐이 엘리엇을 꺾어버렸다. 텐트 안에 있던 사람들도 모두 주변에 가득한 그 성난 기운을 느꼈다. 엘리엇은 그 어느 때보다 더 깊이 당혹감에 빠진 것 같았다. 그는 등산복을 입고 텐트 문 밖으로 사라져버렸다. 아침을 먹고 나서 짐, 루, 엘리엇, 그리고 나와 같이 빙하를 가로질러 짐을 나르고 싶은 사람들은 배낭에 식량과 등산장비를 채우고 골짜기 끝까지 내려갔다.

우리 모두 신경이 바짝 쓰였다. 전날 밤의 폭설과 따뜻한 날씨 때문에 그 어느 때보다도 산사태가 일어날 가능성이 높았다.

엘리엇이 임시보관소 앞에 앉았다. 그는 골짜기 건너편을 노려보더니 다시 일어섰다. 우유부단함이 그의 앳된 얼굴 위로 번져나갔다. 그 순간 그는 몇 살이나 더 들어 보였다. 우리가 그에게 해줄 수 있는 말은 없었다.

루가 먼저 건너가기 시작했다.

"건너편에서 만나길 바랄게, 엘리엇."

내가 배낭을 둘러메고 무시무시한 북서벽 아래를 향해 루의 뒤를 쫓아 보슬비 속으로 따라 나가며 말했다. 나 역시 두려웠다.

엘리엇 혼자 자신과 싸우도록 남겨둔 채 짐, 피터, 그리고 데비 순으로 따라갔다. 골짜기를 건너온 뒤 짐이 전혀 예상치 못한 말을 했다.

"제 짐을 반대편에 내려놓았는데…… 내가 최선을 다해 엘리엇을 도와줘야겠다는 생각이 들더군요. 그래서 그와 얘기해보려고 빙하 위를 되돌아 건너갔어요. 태양이 막 나오고 있었기에 빨리 움직였죠. 눈사태가 닥칠 거라고 생각했는데, 오지는 않았어요. 내가 엘리엇 옆에 털썩 주저앉았는데, 정말 고통스럽게 울고 있더라고요. 그가 잠깐만 잡아달라고 하더군요. 해서 몸을 기울여 감싸안고는 단지 그를 데려가려고 다시 건너왔다고 말했죠. 그는 여전히 오려고 하지 않았어요. 내가 정말로 걱정하고 있다면서 그에게 간곡히 말했어요. 결국 기온이 점점 오르는 바람에 나만 건너올 수밖에 없었어요. 마지막으로 그에게 최선이라고 생각되는 것을 하라고 말해주었죠."

짐이 혼자서 나와 루가 기다리고 있는 건너편 쪽으로 긴 여행을 시작했을 때쯤 피터와 데비는 엘리엇 근처에 도달했다.

"말로 설득할 순 없었어?"

내가 묻자 짐이 나를 똑바로 쳐다보며 대답했다.

"예. 올 거라고 생각하지도 않아요."

슬픈 모습이었다. 그와 동시에 이제 더 이상 침묵을 지키지 않아도 되기에 약간의 안도감도 느꼈다. 위험에 대해 말하기만 하면 엘리엇이 폭발하기라도 할 것처럼 우리 모두 엘리엇 주변에서 발끝으로 살금살금 걸어다녔던 것이다.

짐, 루, 그리고 나는 루와 내가 며칠 전에 쳐놓은 텐트까지 올라가 배낭을 풀어놓고 쉬었다. 전진베이스캠프가 드디어 구축된 것이다.

한낮에는 키란, 니르말, 그리고 수렌드라가 산사태 위험을 무릅쓰고 전진베이스캠프까지 짐을 날랐다. 그들은 캠프 장소에서 불편한 듯 행동했고 뭔가를 찾는 듯한 눈치였다. 키란이 불편한 침묵을 깨고 부드럽게 말했다.

"니르말과 제가 보기에 여기는 조금 위험한 캠프 자리인데요. 저쪽의 짧은 직벽 뒤쪽으로 200~300미터 내려간 자리가 낙석에 좀더 안전할 것 같은데요."

우리는 평평하고 탁 트인 캠프 장소 주변을 둘러보았는데, 상당한 높이의 먼 거리에서 큰 바위가 능선에 떨어져 돌무더기 안에 생긴 큰 구멍을 발견했다. 겁에 질린 우리는 캠프를 옮기기로 했다.

루가 빙하의 건널목에 있는 짐을 가지러 내려간 사이, 니르말과 키란의 도움을 받아 짐과 내가 그들이 말해준 곳에 텐트 두 동을 세웠다. 캠프가 모두 세워지자 인도인 동료들은 리지 캠프를 향해 출발했다. 비는 계속 내렸다.

루와 짐, 그리고 나는 인도 산악인 두 명이 머리 위쪽의 위험은 신경도 쓰지 않는지 빙하의 돌출부 아래로 천천히 가로질러 돌아가는 모습을 보고 있었다. 그들이 저쪽 편에 거의 도달했을 때쯤 작은 눈사태가 돌출부의 가장자리에서 발생해, 간발의 차이로 수렌드라가 지나가고 난 뒤 등산로를 휩쓸어버렸다.

"야, 거의 러시안룰렛 수준인 걸."

그렇게 말한 뒤 나는 텐트 안으로 다시 기어들어갔다.

내일은 직벽으로의 실질적인 로프 등반을 하는 첫날이 될 것이었다. 우리 셋은 아름답게 물드는 노을을 보며 맑은 새벽을 고대했다.

6

새벽 5시에 우리 모두는 깨어 있었다. 어제 저녁 노을을 보며 예상했던 날씨와는 딴판이었다. 밤새도록 눈비가 내렸고 안개 같은 구름이 자욱했다. 어제는 적갈색이던 산봉우리들이 흰색으로 바뀌어버렸다.

짐이 자신의 2인용 A자형 텐트에서 아침을 준비하기 시작했다. 그 사이 우리 텐트 안에서는 루와 내가 등산복을 입느라 좌충우돌하고 있었다. 공간이 넓은 돔 형태의 텐트가 아직 개발되지 않았기 때문에, 심지어 등산화를 착용하기도 쉽지 않았다. 숨이 차오르고 머리가 어질어질해졌다.

아침을 간단히 먹고 잽싸게 윌리와 무선교신을 한 뒤 우리는 배낭에 장비와 로프를 얹고 암반 부벽의 기저부까지 300여 미터를 등반하기 시작했다. 루가 여러 개의 가파른 암벽을 피해 지그재그로 올라가고 램프를 따라 돌기도 하면서 안정적으로 나아갔다.

"뒤에서 누가 오는지 좀 보세요!"

갑작스런 짐의 말에 뒤를 돌아보니 엘리엇이 빠른 속도로 따라오고 있었다.

"아니, 이 아침에 뭐가 씐 거 아냐?"

내가 물었다.

"아마도 우리와 함께 올라오지 못했다는 죄책감이 들었을 테지요. 그래서 판단력이 흐려진 것이죠."

짐이 설명하듯 말했다.

우리는 엘리엇에게 손을 흔들어 인사한 뒤 계속 등반했다.

로프 등반 시점은 지형이 가파르게 바뀌는 곳이었다. 첫 번째 로프 피치를 준비하면서 우리는 아이젠을 신을 만한 곳을 발견했다. 잘 부서지는 편암에는 피톤을 박기 힘들기에, 나는 관처럼 생긴 1미터짜리 말뚝을 꺼내 5센티미터 폭의 깊이를 알 수 없는 바위틈에 박았다. 알루미늄 부분을 구부려 암반에 완전히 밀착되도록 뭉개버렸다.

"이것들은 얼음과 눈에는 아무 소용없으니까 암반에 사용하는 게 좋겠어."

내 말은 그대로 적중했다. 그사이 엘리엇이 우리를 따라잡았다.

"엘리엇, 해냈군! 어때, 첫 번째 피치를 선등해보겠어?"

루가 열광적으로 말하자 그가 대답했다.

"아직까지 그럴 기분은 아니에요. 오늘 아침 이쪽으로 오는 길에 산사태가 나를 덮칠 뻔했다니까요……. 내가 걱정했던 모든 것이 바로 저기서 다 일어나는 줄 알았는데, 겨우 몇십 센티미터 차이로 지나가 버리더라고요."

"그래, 좋아. 그렇다면…… 짐이 먼저 출발해서 첫 번째 피치를 선등해봐."

루가 말했다.

암반절벽이 위쪽에서 눈사태를 막아주고 있어서 짐은 로프를 묶고 빙하 위로 트래버스하기 시작했다. 그는 질척질척하게 깊이 쌓인 눈 속에서 오른쪽으로 비스듬히 45미터 한 피치를 선두로 나아가다가 바위모퉁이 몇 개를 돌아 사라졌다. 루와 나는 짐이 선등하면서 박아 놓은 피톤과 피켓(암벽 등반용 말뚝 – 옮긴이)을 제거하면서 뒤따라 올라갔다. 또한 팀원들이 산 위로 짐을 나를 때 사용할 수 있도록 짐이 사용했던 로프를 고정시켰다.

전진베이스캠프에서 조리 중인 짐.

다음은 내 차례였다. 나는 낙석을 피하기 위해 작은 돌단 뒤로 숨거나 작은 오버행(overhang, 암벽의 일부가 처마처럼 돌출되어 머리 위를 덮은 형태의 바위 – 옮긴이) 아래 로프의 안전을 확보하기도 하면서 세 피치나 더 선두에 섰다.

루는 마지막 피치에서 선두로 나섰다. 짙은 안개와 진눈깨비 때문에 앞이 거의 보이지 않는 가운데 그는 40도의 빙사면을 트래버스해 주벽 위에 외따로 떨어진 암반 돌출부로 올라섰다. 그는 암반 틈에 박힌 튼튼한 피켓에 동여맨 다음 내가 로프의 안전을 확보하고 있는 곳으로 돌아왔다. 루가 설명해주었다.

"저 너머에서 계속 들려오는 소리는 산사태 때문이군. 내가 저 돌출부까지 트래버스하는 대신 이 빙사면을 직선으로 올라갔어야 했어. 내일 로프를 고정해야겠군."

우리는 암벽으로 보호되고 있는, 상당히 높은 곳까지 올라왔다. 하지만 이제부터는 저 위쪽의 눈사태 슬로프 위로 올라가야 했다. 피로가 몰려오고 흠뻑 젖은데다 아이젠도 눈으로 엉망이 되었기에 우리는 로프의 시작점으로 라펠(이중자일로 암벽을 내려오는 것 – 옮긴이)해서 내려왔다. 30분쯤 걸려 우리는 다시 전진베이스캠프로 돌아왔다.

놀랍게도, 데비가 웃는 얼굴로 짐의 텐트에서 튀어나왔다. 우리가 로프를 타고 올라가 있는 동안 데비는 엘리엇과 함께 빙하를 건너온 것이었다.

"엘리엇이랑 제가 저녁 준비를 막 시작했어요. 루트는 어때요?"

그녀가 행복하게 말하자 루가 대답했다.

"우리가 올라간 데까지는 좋았어, 데비. 오늘은 너랑 엘리엇만 올라온 거지?"

"예, 다른 텐트를 가져올 때까지는 비좁게 지내야 할 거예요."

그녀가 미안해했다.

짐은 자신의 2인용 텐트를 그 두 사람과 같이 써야 했지만, 그래도 이번이 데비와 함께 있을 수 있는 첫 번째 기회임을 깨달았다. 뉴델리를 떠나온 뒤 짐과 데비는 등산에 대한 감성을 공유했다. 그 둘에게 이번 원정은 체력적인 도전일 뿐만 아니라 감정적인 모험이었다.

무전으로 대단한 뉴스가 날아들었다. 애드가 리지 캠프까지 올라온 것이었다. 이로써 우리는 그를 좀더 체류하도록 설득할 수 있을 거라고 생각했다.

"애드, 전진베이스캠프까지 오실 거죠?"

루가 묻자 그가 대답했다.

"컨디션이 어떨지 보고…… 난 그저 여기 며칠 있다가 라타로 나갈 생각이야."

"존이 편지는 어떻게 되었는지 궁금하다는데요?"

"여기 도착했어야 되는데……. 편지 나르는 사람에게 무슨 일이 생겼는지 모르겠어."

그렇게 교신을 끝내고 나서 루는 분통을 터뜨리며 투덜댔다.

"아내가 임신 8개월인데, 어떻게 지내는지도 모르니……."

"거의 모든 원정 때마다 내리는 저주라고 할 수 있죠……. 우리가 원정을 마치고 나갈 때까지 편지는 안 올 거예요. 1973년에 다울라기리를 등정하고 나올 때 조이스가 새집을 막 사서 이사했다는 3개월 전 편지를 받은 적도 있죠!"

내가 지난 일을 떠올리자 루가 낄낄거리며 말했다.

"내가 다울라기리에서 생각나는 건…… 워터게이트 사건이었어.

사건이 일어나고 잠잠해졌지만 우리는 집에 도착할 때까지 그 사건에 대해 한마디도 못 들었거든."

우리 모두 일찍 잠들었기에 나는 새벽이 되기도 전에 일어났다. 작은 눈사태가 산모퉁이를 따라 흘러내리는 소리도 들렸다. 소리를 들으면서 멀리 떨어져 있음을 알게 되면 정말 안심이 되었다. 하지만 한 놈이 빙하 돌출부에서 떨어져 내리면서 크게 폭발하는 소리가 났다.

"텐트 기둥을 잡아! 눈사태다!!"

캄캄한 텐트 안에서 내가 소리치자마자 수백 미터 떨어진 빙하 위 눈사태에서 불어오는 바람이 텐트를 세차게 때렸다. 영원히 이어질 것처럼 한참 동안 계속되었다. 기적적으로 텐트 기둥은 아무런 이상이 없었다. 모두 놀랐지만 별일은 없었다. 그날 밤에는 어느 누구도 깊이 잠들지 못했다.

다음날 아침 우리는 리지 캠프의 대원들에게 전진베이스캠프로 올라오거나 건너오려면 위험을 무릅써야 한다고 무선교신으로 알려주었다. 윌리는 늦은 아침까지 숙고해보겠다며 우물쭈물했다. 오전 10시경 짐꾼 다섯 명과, 애드를 제외한 전 사힙이 짐을 메고 빙하를 가로질러 전진베이스캠프로 올라왔다.

좋지 않은 날씨와 눈사태가 언제 덮칠지 모른다는 긴장감으로 모두 스트레스가 극심한 상태였다. 임시 야외화장실에 다녀오면서 짐은, 텐트 안에서 윌리가 앤디에게 "스테이츠는 의과대학에서 프로이트 정신분석학을 제대로 안 들었나 봐"라고 말하는 것을 우연히 들었다.

짐은 그 말이 엘리엇에게 원정대를 그만두고 떠나겠다는 결정을 편하게 하라고 한 것과 관련되어 있음을 알았다. 짐은 의학적 수련의 일환으로 수년간 사람들과 카운슬링을 하고 있었기 때문에 엘리엇이 같이 이야기할 사람을 필요로 하고 있다는 것을 알았다. 짐에게 그 말은 짐이 의학적으로 자신이 하고 있는 것들을 잘 모르고 있다고 믿는 윌리의 생각을 입증하는 수많은 것들 중 하나일 뿐이었다.

짐은 화가 단단히 났지만 아무 말도 하지 않고 자기 텐트로 돌아갔다.

루트와 관련된 그날의 두 번째 토론은 부드럽게 시작되었지만 순식간에 분위기가 달아올랐다. 한 시간 전 윌리의 말에 여전히 성내고 있는 짐이 마침내 폭발했다.

"됐어요! 한 주 더 있어보다가 내려가겠습니다. 완전 시간낭비군요. 등반할 산은 많으니까요."

짐이 윌리 쪽으로 몸을 돌리며 소리를 질렀다. 짐의 정 떨어졌음을 나타내는 한 방에 원정대는 장막을 뒤집어쓴 듯했다. 심지어 산들마저 굳어버린 듯했다.

내가 그 불편한 침묵을 깼다.

"우리에겐 몇 가지 대안이 있다고 생각합니다. 모두 한번 이야기해봅시다."

우리가 직면하고 있는 위험과 험악한 날씨에 대한 대안은 세 가지였다. 첫 번째 대안은 날씨가 나아지고 산사태가 잠잠해지는지 지켜보면서 한 주 정도 기다리는 것이었다. 이 대안은 이성적이긴 하지만 이상적이지는 않았다. 대기한다는 것은 숙련된 히말라야 산악인에게도 힘든 것이다. 루와 윌리, 그리고 내가 기다리는 것도 그럴싸하다고 동의했지만 앤디와 엘리엇은 루트를 포기하고 하산하자고 목소리를 높였다.

"두 번째 대안은 정상 정복을 위해 가장 뛰어난 산악인 네 명으로 알파인 스타일 등반팀을 만들어 보내는 것입니다."

루가 말하기 시작했다. 그는 알파인 스타일 팀원으로 나와 짐, 피터, 그리고 자기 자신을 염두에 두고 있었다 – 또한 모두가 그것을 알고 있었다. 물론 나는 이 방식에 찬성이었다. 훨씬 더 안전한데다 여기 머물고 싶어하지 않는 대원들로부터 떨어져 나올 수 있기 때문이었다. 인도 산악인들은 아무 말도 하지 않았지만 아마도 이 방법을 마음에 들어하지 않을 것이었다.

어느 누구도 이 대안을 폄하하지 않았다. 전 대원이 산사태를 두려워하고 있었던 것이다.

"그러기엔 아직 너무 이른데……."

윌리가 중얼거렸다.

"세 번째는 이 루트를 포기하고 성소의 다른 곳을 오르는 것이죠."

루의 말을 들은 나는 언짢게 대꾸했다.

"우리가 '다른 곳'을 오르지 않을 거라는 건 당신도 잘 알잖아요. 우리가 이 루트를 포기한다면 집으로 돌아가는 게 더 낫죠. 보급품도 모두 여기 있는데다 혼자 생각이지만, 저는 다른 곳을 오르는 데엔 전혀 관심이 없거든요."

"저는 팀이 하자는 대로 따를게요. 남쪽 벽으로 오르는 정상 루트로도 오를 수 있잖아요."

이번에는 데비가 차분하게 말했다. 이어 윌리가 히말라야 산악인의 관점을 가장 잘 표현했다.

"우리 모두 맘 편히 갖고 천천히 여유롭게 기다려보는 거야."

나도 윌리의 생각에 동의했고 대원들 중 몇 명도 그러자고 했다. 히말라야 등반은 인내와의 싸움이다. 산은 자신이 가진 모든 것을 당신에게 퍼부어버리고는 당신이 그만두는지 살펴보면서 기다린다. 우리는 단지 나아질 만한 시간을 갖지 않았던 것이다.

짐은 여전히 윌리에게 화가 나 있어 말을 들으려 하지 않았다. 짐은 점점 더 분개하여 또 한 번 내려가겠다고 으르렁댔다. 그는 빙하 너머로 가져와 전진베이스캠프 수백 미터 아래에 놓고 온 장비들을 체크하며 화를 식혀보겠다는 듯 배낭을 둘러메고 캠프를 떠나버렸다.

그 같은 짐의 돌발행동에 나는 조금 당황했다. 디브루게타에서 우리를 갈라놓은 갈등의 앙금은 산 속에서도 여전히 남아 있었고, 지금 우리가 겪고 있는 스트레스 때문에 겉으로 드러난 것이었다.

나도 내 배낭을 찾아 메고는 임시보관소로 내려가는 짐을 따라잡았다. 우리 둘은 말을 많이 주고받진 않았지만 서로 살펴주고 있음을 느낄 수 있었다. 우리는 로프와 식량을 찾아 들고 캠프를 향해 다시 출발했다. 리지 캠프로 다시 내려가는 길에 윌리는 짐의 마음을 풀어주려 했다. 하지만 짐은 윌리의 변명을 들을 기분이 아니었다.

짐과 데비, 엘리엇을 위해 4인용 텐트가 세워졌다. 이제 그들은 넉넉하게 몸을 펼 수 있고, 약간의 프라이버시도 지킬 수 있었다. 텐트가 설치되자마자 데비는 곧바로 저녁을 준비했다. 루와 나는 네 명의 알파인 스타일 등정이 가능한지에 대해 이야기했다. 이번 원정대가 정상 정복에 전념하고 있지 않은 것 같아 모든 가능성을 염두에 두어야 했다. 저녁을 준비하자는 데비의 요들소리에 대화를 끝내야 했다.

"존, 당신이 비스킷을 조리해주세요. 제가 고기랑 감자, 옥수수를 조리할게요."

그녀가 스스럼없이 저녁 준비에 나를 끌어들였다. 나는 즐거운 마음으로 기꺼이 응했고, 캠프에서 가장 태우지 않은 비스킷을 만들었다. 그날 밤 우리는 난다데비 산이나 예정 루트에 대해서는 말을 아꼈다. 짐과 루, 데비, 엘리엇, 그리고 나는 편안한 저녁을 같이했다. 짐도 평상시의 모습으로 돌아왔고, 어두워지자 우리 모두는 바로 잠자리에 들었다.

새벽 2시 30분경 또 다른 거대한 눈사태가 몰아쳐 지나가면서 그 폭풍이 텐트를 때렸다.

어둠 속에서의 눈사태가 얼마나 두려운지, 으르렁거리고 갈아대는 소리 – 암흑 그 자체였다. 산사태가 캠프를 덮쳐 우리 모두를 – 특히 밤에 – 산 채로 파묻어버리려 하는 것 같았다. 나는 벌떡 일어나 앉은 채로 눈을 크게 뜨고 산사태가 텐트 벽을 뚫고 들어오는지 보려는 듯 살피곤 했다. 나는 냉혹한 죽음의 사신이 어디로 향하는지 듣기 위해 절망적으로 긴장하곤 했지만, 소리가 워낙 현혹시키고 있었기에 정확히 어디쯤 있는지도 말하기 힘들었다. 숨을 멈추자 심장도 따라 멈춘 듯했다. 그러면 거대한 눈사태가 일으키는 바람이 거친 소리와 함께 텐트를 때리고 스쳐지나가곤 했다. 호흡이 회복되고 심장은 가슴에서 튀어나올 듯 마구 뛰었다. 우리 모두는 대자연의 손끝에 운명을 걸고 있었다.

수년 전 러시아 파미르에서 한밤중에 얼어 죽는 경우를 목격했기 때문인지 다른 사람들보다 내가 더 파묻히게 될지도 모른다는 생각이 강한 듯했다. 19번 봉우리의 사람이 오른 적 없는 북벽 위에서 고소 취침을 하고 있을 때 작은 눈사태가 우리 텐트 두 개를 집어삼켰다. 대원 네 명 중 세 명이 겨우 살아남았다. 네 번째 대원인 존 게리 울린은 너무 깊이 파묻혀 우리가 그를 제시간에 꺼낼 수 없었다. 그때의 기억이 난다데비에서의 밤마다 나를 계속 긴장하게 했다.

8월 1일, 아침 6시 5분이었다.

"리지 캠프, 여기는 전진베이스캠프."

나는 무선교신을 시도했다. 밤새도록 수십 센티미터의 가루눈을 뿌리며 날씨는 더 나빠졌다. 윌리가 응답했다.

"잘 들린다. 존, 어떨 것 같아?"

"아주 안 좋아요, 윌리. 지난밤에 또 한 번 폭풍을 맞았고, 조만간 또 한 번 있을 것 같아요. 오늘은 아무도 안 올라오는 게 좋을 것 같은데요."

"그래? 우리도 여기서 잘 생각해볼게. 근데 자네들, 전에도 그렇게 말했잖아."

"아뇨, 윌리. 진짜라니까요. 정말 심해요."

내 직감이 맞았다. 몇 분 뒤 눈사태소리가 들렸다. '정말 큰 놈'이 북서벽 꼭대기에서 시작해 빙하를 따라 내려오면서 커지고 있었다. 2,400여 미터를 내려오고 나니 정말 거대해졌다.

"저 소리 들려요, 루?"

우리는 숨을 멈추고 텐트 안에서 서로를 쳐다보고 있었다.

"텐트 기둥을 잡아!"

그렇게 소리치며 내가 앞쪽 두 개를 잡자 루가 뒤쪽 기둥을 향해 몸을 날렸다.

하지만 조금 늦고 말았다. 폭풍과 눈이 폭탄이 터진 것처럼 캠프를 덮쳤고, 텐트 기둥은 딱 하고 부러졌다. 텐트 문이 반쯤 열렸고, 나는 버둥거리며 몇 미터 떨어진 4인용 텐트에 펼쳐진 놀라운 광경을 보았다.

데비, 짐, 그리고 엘리엇은 눈폭풍이 다가오는 소리를 듣지 못했다. 데비와 엘리엇은 눈폭풍이 들이닥칠 때 화장실에서 돌아오고 있었다.

오트밀을 만들려고 로마 스타일로 거칠게 갈아 만든 시리얼을 뜨거운 물주전자에 쏟아부으면서 짐은 텐트의 열린 문가에 앉아 있었다. 몇 초 만에 눈보라가 알루미늄 뼈대에서 무거운 나일론 천을 확 뜯어내어 짐과 시리얼, 그리고 텐트를 조금 떨어져 있는 절벽 쪽으로 5미터쯤 날려버렸다. 다행히 소리를 지르며 엘리엇이 텐트 위로 겨우 뛰어오른 덕분에 협곡으로 떨어지진 않았다. 눈폭풍은 몇 분 동안 계속되었다. 배낭들, 건조식품 박스들, 그리고 텐트 부품들은 절벽 아래 수백 미터까지 떨어져버렸다.

루와 나는 옷을 차려입고 다른 사람들이 따뜻한 옷가지들을 찾도록 도와주었다. 엘리엇과 데비 둘 다 꽁꽁 얼어 있었다. 머리카락과 속옷에 온통 눈이 달라붙어 있었다.

"내 코트예요, 데비. 빨리 입어요."

"짐은 어디 있어요?"

"텐트 안에 그대로 있어요!"

"문 좀 찾아줘!"

짐이 무너진 텐트 안에서 소리쳤다. 그런데 텐트자락을 들어올리자 짐은 머리부터 발끝까지 온통 시리얼을 뒤집어쓴 채 텅 빈 주전자를 들고 정신이 나간 듯 씩 웃고 있었다.

"오트밀 먹을 사람?"

얼굴을 찡그리며 짐이 말했다.

잘 정돈되어 있던 캠프는 난장판이 되었다. 텐트 세 개의 기둥이 모두 불쏘시개 나무처럼 부러져버렸다. 4인용 텐트가 가장 심하게 부서졌다 – 내경이 두꺼운 4분의 3인치 알루미늄 기둥들은 전부 다 상당한 각도로 구부러졌다. 1과 2분의 1인치 상단 기둥 두 개는 연결부위가 반으로 부러져버렸다. 2인용 텐트 두 개도 눈폭풍이 치는 동안 우리가 기둥을 잡고 있은 덕분에 몇 개는 온전했지만 대부분 부서졌다.

눈폭풍에 꽁꽁 언 엘리엇과 데비, 짐은 부서진 텐트에서 옷가지와 침낭을 가져와 여분의 2인용 텐트에서 온기를 찾으려고 애썼다. 루와 나는 부러진 텐트 기둥들을 꺼내 버리고 여분의 폴로 교체하기 시작했다. 한 시간이 채 지나지 않아 '집 잃은' 세 명을 위해 따뜻한 밥이 준비되었고 캠프는 다시 하나가 되었다.

엘리엇, 짐, 데비는 몇 시간이고 수다를 떨면서 잔뜩 긴장한 신경을 누그러뜨렸다. 산이 날카로운 이빨을 드러낼수록 엘리엇은 이곳을 벗어나야겠다고 확신하는 듯했다. 그동안 루와 나는 능선마루 너머로 날아가버린 장비들을 찾아나섰다.

"뭐가 사라졌는지 알지, 존? 동결건조 아이스크림 세 통, 유일하게 남은 거야!"

루가 외쳤다. 사실 피해가 엄청났다. 루가 엘리엇의 배낭과 식량을 찾아 능선 반대쪽으로 수십 미터를 활기차게 내려갔다. 나는 절벽 바로 아래서 암반이 갈라진 틈을 찾았다. 다른 사람들은 아직 텐트 안에 있었다.

"하나 찾았다!"

루의 목소리가 능선 너머에서 들려왔다. 그가 천천히 캠프로 돌아왔다.

"바닐라 맛이야."

그가 찾아낸 보물을 손에 들고 말했다.

이전보다 작은 눈폭풍이 또 한 번 캠프로 몰아쳤다. 그 때문에 능선 전체에 가루눈이 한 겹 쌓여버렸다. 절벽을 따라 나 있는 작은 오버행 아래쪽에 매달린, 폭 깊은 초록색과 주황색 이끼만 얼어버린 흰색 천국에서 눈에 띄는 것인 듯했다.

"난다데비를 등정하기에 정말 안 좋은 때인 것 같은데요, 루."

내가 말했다.

"그러게. 하지만 지금이야말로 애드가 학교에서 벗어날 수 있는, 1년 중 유일한 시기거든. 계절풍이 불든 안 불든 이젠 우리가 여기 있잖아."

안개가 걷히자 아래쪽의 리지 캠프가 보였는데, 눈사태에도 무사한 것 같았다. 무전기를 켜라는 신호로 윌리가 내는 요들소리가 들렸다. 다행히 윌리는 빙하 아래쪽을 가로지르려 하지 않았다.

전진베이스캠프에서
엘리엇과 짐이 텐트 기둥을
손보고 있다.

텐트로 돌아온 루와 나는 바닐라 아이스크림 캔을 열었다.

"저기요, 뭐 좀 찾았어요?"

몇 미터 떨어진 텐트에서 짐이 묻자 루가 바닐라 아이스크림을 먹으면서 웃음을 참고 대답했다.

"전부 다 찾진 못했어. 아이스크림은 못 찾겠더라고. 하지만 엘리엇의 배낭은 찾았어."

루와 나는 아이스크림을 먹으며 조용히 웃었다. 우리는 실컷 먹고 난 뒤 다른 사람들을 놀래줄 속셈이었다. 그런데 갑자기 짐이 텐트 문가에 나타나 안을 들여다보았다. 우리는 웃음을 터뜨리며 그에게 아이스크림을 건네주었다.

"어쩐지 너무 조용하다 싶더니……."

짐이 키득거렸다.

루가 데비와 엘리엇 몫을 비닐봉지에 담아 그들에게도 건네주었다. 그들은 생각지도 않은 아이스크림에 아주 좋아했다. 우리 다섯 명은 그날 오후 내내 바닐라 아이스크림 파티를 했다.

7

오후 2시 무선교신에서 윌리는 리지 캠프에 있는 전 사힙이 다음날 전진베이스캠프에 합류하기 위해 움직일 것이라고 말했다.

"좋아요, 윌리. 하지만 수렌드라는 리지 캠프에 남겨두시죠. 그가 캠프에 들어와 요리를 할 때마다 형편없거든요!"

"존, 그건 심리적인 거야."

윌리가 웃으며 말했다.

"잠깐, 애드가 모두에게 할 말이 있대."

이어 애드의 목소리가 무전기 너머에서 가늘게 들려왔다.

"난 내일 베이스캠프로 내려가겠네. 며칠 뒤엔 뉴델리로 나갈 생각이야. 모두 아주 잘해주었고, 나는 더 이상 머물 필요가 없을 것 같아. 내 일은 원정을 조직하는 것이었고, 이젠 모두 끝났어."

루가 말하기 시작했다.

"애드, 그 말씀은 충분히 이해되지만 우린 아직 당신이 좀더 머물기를 바라요. 앞으로 몇 주 동안 베이스캠프와 리지 캠프에 머물면서 산 위에 있는 우리에게 식량과 장비를 정기적으로 올려 보내주셔야죠."

"난 며칠 동안 내가 할 수 있는 일을 하다가 밖에서 편지를 전해주는 배달부가 오면 함께 떠날 생각이네."

이번에는 데비가 간청했다.

"제발 좀더 계세요. 우리가 정상을 정복할 때까지 여기 계셔야죠. 누구보다도 애드 당신의 원정이잖아요."

이어 루가 계속 얘기했다.

"앤(애드의 부인 – 옮긴이)도 당신이 좀더 계시기를 바랄 거예요. 윌리와 제가 산 위에서 결정을 내리는 동안 당신은 베이스캠프에서 운송을 맡아줄 수 있잖아요."

"애드, 저 짐인데요. 당신이 어떤 결정을 내리든 우리 모두 당신을 염려한다는 것을 알아주셨으면 해요."

결국 토론이 애드의 결정에 동의하는 쪽으로 흘러가는 동안 윌리는 여러 차례 교신을 했다. 마침내 윌리가 두 명의 리더로는 이번 원정이 성공할 수 없음을 깨달은 것 같았다.

온갖 항의와 머물러달라는 부탁에도 불구하고 애드는 마음을 굳혔다. 이번에는 내가 나섰다.

"루, 무전기 줘봐요. 애드, 이렇게 원정대를 떠나서는 안 되죠! 가능한 한 최고점까지 짐을 날라주고 도와주겠다는 생각으로 참여했잖아요. 제가 미국에서 여러 번 훌륭한 대원을 충원해달라고 했지만 당신이 이번 원정대는 훌륭하다며 거절했죠. 마티는 긴급 후송되고 존 에반스는 아직 오지도 않은 상황에서 당신마저 가버리면 등정이 실패로 끝날 수도 있을 것 같습니다. 지금 같은 상황에서는 누구도 여기 있고 싶지 않겠지만 우리 모두 전력투구할 생각입니다."

"그래, 존. 나보고 같이 있자고 말해줘서 정말 고맙네. 자넨 역시 좋은 사람이야. 나도 같이 있고 싶네만, 이 세상 모든 행운이 여러분과 함께하길 빌겠네. 나는 여러분이 할 수 있다고 믿어 의심치 않아. 물론 베이스캠프에 며칠 더 머물면서 교신할 걸세. 이상."

전진베이스캠프의 우리 다섯 명은 믿을 수 없다는 눈으로 서로를 쳐다보았다.

"내 말을 듣기나 한 건지 믿기지가 않는군!"

내가 말했다. 애드만 빼고 모두 내가 말하고자 하는 바를 알아들었다.

원정 도중 빠져나가겠다는 애드의 결정은 우리를 낙담케 했다. 오직 윌리만, 그래도 팀은 하나가 되어 악영향을 받지 않고 원정을 계속해나가길 바랐기에 그의 출발을 너그럽게 봐주었다.

루 역시 이 문제에 민감하게 반응했다. 아내에게 보낸 편지에서 그는 '나는 애드가 원정에서 먹을 것과 원정대원, 그리고 원정 시기까지 자기 편의대로 결정했기 때문에 더더욱 짜증나. 등반대장인 나에게 덮어씌울 수 없는 분명한 책임이 그에게 있다고 생각해'라고 쓰기도 했다.

하지만 그 문제는 결정이 나버린 상태였다. 애드는 떠나려 하고 있다는 것뿐이었다. 우리는 다시 팀을 꾸려 계속 가야 했다.

그날 오후 루가 2인용 텐트 기둥들을 고치려고 나무를 깎아 꽂을 것을 만드는 동안 나는 4인용 텐트 폴들을 반대로 구부리기 시작했다. 오후 중반쯤에는 '로스켈리&라이차트 금속재생주식회사'가 부러진

캠프 I 아래에서의 데비.

기둥들을 고쳐 제자리에 돌려놓았다. 그날이 마침내 날씨가 화창해질 것이라는 전조와 함께 저물어가고 있었다. 우리 모두에게는 희망이 필요했다.

8월 2일 아침은 아주 훌륭했다. 등반을 시작해야 한다는 생각에 우리 모두 아침 6시에 용수철처럼 튀어 일어났다. 젖은 로프 때문에 평소보다 훨씬 무거워진 짐을 메고 우리는 고정로프까지 천천히 올라갔다. 깔아놓은 로프는 며칠 동안 사용하지 않아 눈 속 깊이 묻혀 있었다. 선두가 등산로를 깨어 얼어붙은 로프를 꺼내는 데 한 시간 이상 걸렸다.

루가 돌출부에서 지난번에 마지막으로 깔아놓았던 로프의 끝부분을 찾아낸 뒤 눈사태 위험에서 조금 떨어진, 절벽이랑 위에 아늑하게 자리잡은 암반 스탠스(발디딤 공간 – 옮긴이)까지 50도의 빙벽을 90미터쯤 선두에 서서 나아갔다. 나는 9밀리 로프의 꼬인 부분을 풀고 눈 덮인 암반을 넘어 직선으로 선등해, 돌출된 큰 벽면 아래 15미터쯤 되는 곳에 있는 자그마한 스탠스까지 올랐다. 부서지는 암반에 박은 빙벽용 말뚝에 로프를 묶은 뒤, 느슨한 8밀리 로프를 벽면으로 끌어당기고 안전하게 조였다.

곧바로 루가 한낮의 젖은 눈 속 깊숙이에서 애써 헤쳐나왔다. 한 번에 두세 걸음씩 다가왔지만 5,700미터 고지에 덜 적응되었기 때문에 아주 천천히 걸어왔다. 나는 암벽 결을 따라 계속해서 떨어지는 물방울과 태양 열기를 피하려고 오버행을 지붕 삼아 아래쪽으로 숨었다.

"캠프 I에 오신 것을 환영합니다, 루."

내가 활기차게 말하자 그가 응답했다.

데비, 루, 그리고 짐이 캠프 I 에 도착한 뒤 쉬고 있다.

"내가 캠프 I 을 세우려 했던 곳만큼 높진 않지만, 그것만 빼고는 완벽하군. 정찰할 겸 오버행을 돌아 한 피치만 더 나가볼게."

결국 로프가 다할 때까지 천천히 흘러나갔다. 루는 피켓을 박고 로프를 묶은 다음 오버행으로 내려왔다.

그날 태양은 우리의 적이었다. 너무 더워 앞으로 더 나갈 수가 없는데다 눈은 질척거려 무릎까지 빠졌다. 처음에는 짐이, 그 다음엔 데비가 우리 바로 아래에 나타났고 힘들게 동굴까지 헤쳐나갔다. 데비가 말했다.

"여러분, 제게 크래커와 육포가 있거든요. 각자 갖고 있는 걸 다 꺼내놓고 먹도록 해요."

우리는 눈앞에 펼쳐진 아름다운 경치를 즐기며 음식을 조금씩 나눠 맛있게 먹었다. 짧게 낮잠을 잔 후, 90미터씩 여덟 번의 라펠을 한 시간 반 만에 해내면서 전진베이스캠프로 내려왔다. 오후 2시경에는 우리 모두 전진베이스캠프에 돌아와 있었다.

캠프는 우리가 올라가 있는 몇 시간 사이에 작은 마을이 되어버렸다. 피터, 앤디, 니르말, 키란이 리지 캠프에서 올라와 있었다. 짐과 나는 절벽 아래로 몇 미터를 내려가 평평한 판석으로 야외화장실 하나를 완벽하게 만들었다. 그 작품은 '르 존'이라고 불렸는데, 내가 도왔기 때문만이 아니라 나중에 들었지만, 그것이 '차고 무심한 성격'도 가지고 있기 때문이라는 것이었다.

다음날 아침 일찍 짐은 혼자서 고정로프를 올라가려고 캠프를 떠났다. 그의 파트너인 피터는 몸이 아파 캠프에 남기로 했다.

"앤디, 오늘 짐과 선등해보지 않겠어? 출발 준비하는 게 좋겠어."

루가 요청하자 앤디가 불평하듯 말했다.

"저는 설사가 정말 심한데요. 저 역시 올라갈 만한 상태가 아니에요."

"데비, 넌 어때?"

루가 물었다.

"저는 좀더 컨디션이 좋을 때, 나중에 운반할게요."

그녀가 대답했다. 데비는 거의 규칙적인 설사로 고생하고 있었고, 이번 원정 전에 네팔에서 걸린 기침감기도 앓고 있었다. 데비는 탈장에 대해서는 말하려 하지 않았다. 이따금 아프기도 했지만, 데비는 다른 사힙들보다 나은 성과를 나타내기 위해 자기 자신을 몰아붙였다.

비록 세 명의 선등자만 도와주기로 되어 있었지만, 나는 등산 준비가 되어 있었기에 즉시 캠프에서 벗어나 짐을 따라 나섰다. 우리는 곧

캠프 I 위쪽의 고정로프 끝에 도착했다.

나는 우리가 오르고 있는 설사면을 따라 몇 개의 돌출면 위에 안전을 위한 암반 핀들을 박으며 90미터 한 피치를 선등했다. 내가 선등을 끝마칠 쯤에는 설사면의 각도가 50도까지 증가했다. 짐이 90미터짜리 로프를 깔면서 도착했다. 그동안 나는 앉아서 쉬었기 때문에 또 한 번의 선등을 자원했다.

암벽까지의 짧은 얼음가지를 재빠르게 건너갔다. 그 뒤 나는 커다란 설사면 위로 가로질러간 다음 로프에서 벗어나 설원 한가운데에 외따로 서 있는 암벽 탑과 나란히 뛰듯 올라갔다.

열기는 거의 참을 수 없는 지경에 이르렀다. 우리는 땀을 아주 많이 흘리고 있었고 힘들게 숨을 쉬고 있었다. 마치 얼굴에 베개를 두른 채 마라톤을 하는 것 같았다. 우리가 지고 있는 여분의 로프는 이제 완전히 짐이 되어버렸다. 루가 바로 아래쪽에 나타나서는 곧바로 내가 있는, 작지만 안전한 스탠스 위로 올라왔다. 다시 나는 수직으로 선두에서서 올라가 45미터 위에 있는 1.5미터짜리 짧은 바위에 도달했다. 폭탄이 터져도 끄떡없을 정도로 암벽에 피켓을 박고 로프의 안전을 확보했다.

"눈이 영 안 좋군."

내가 다른 두 사람에게 말했다.

"눈사태가 될 수 있겠어요!"

짐과 루도 동의했기에 캠프 I 으로 라펠해서 돌아왔다.

"데비, 몸은 어때요?"

캠프로 들어가면서 내가 묻자 그녀가 대답했다.

"많이 좋아졌어요. 어쨌든 여기까지 짐을 나르는 데는 문제없어요."

니르말과 키란 역시 짐을 지고 왔고 오버행 그늘 아래서 쉬고 있었다. 그들은 미국 대원들보다 고지적응이 잘되어 있었다. 우리는 물론 체력이 강한 그들이 필요했다.

여전히 이른 오후 시간이라 두 팀은 각자 텐트 자리를 만들기 시작했다. 눈 밑의 땅은 얼어 있어 파기 힘들었다. 우리는 큰 바위를 밀고, 들어올리고, 당겨서 아래쪽 슬로프로 굴려버렸다. 마침내 훌륭한 텐트 자리 두 개가 형태를 드러냈다. 지친 우리는 일단 내려갔다가 내일 다시 작업하기로 했다.

니르말이 손으로 로프를 잡고 첫 번째 난이도 있는 라펠 장소까지 내려와 브레이크 장치를 설치하기 시작했다. 나는 빨리 출발하고 싶어 바짝 따라갔다.

"잠깐만요, 니르말. 그 두 개의 중간 카라비너는 뒤집혔잖아요. 뒤쪽을 로프에 대야죠."

내가 그의 카라비너 브레이크의 라펠 장치를 살펴보며 말했다.

그가 내 도움을 받아들이고, 장치를 고친 뒤 내려갔다. 나는 또다시 몇 분 늦게 그의 뒤에 서게 되었다.

"니르말, 똑같은 실수를 또 하고 있잖아요! 저 카라비너들을 뒤집어야죠!"

내가 조금 전의 조언을 되풀이하며 화를 냈다.

그때부터 나는 니르말을 면밀히 관찰하기 시작했다. 그는 실수로 목숨을 잃을 수도 있었다. 키란은 로프에 카라비너를 전혀 끼지 않고 손으로 로프를 잡고 내려갔다. 로프의 아래쪽에 도착했을 때쯤 나는 인도 대원들이 내가 생각했던 것보다 경험이 풍부하거나 주의가 깊지 않음을 확신할 수 있었다.

캠프 I 에서의 니르말.

그날 오후 윌리와 여섯 명의 고산 짐꾼이 전진베이스캠프로 왔다. 캠프는 루트에 대한 토론과 키란이 자신의 텐트에서 시중들라고 자텐드라를 계속 부르는 소리 등으로 평소와 달리 시끄러워졌다. 카스트 제도는 이곳에서도 명확했다. 짐은 특히 그런 광경에 짜증을 냈다. 그는 키란이 이런 고산에서도 너무나 당연시하는 주인과 종의 관습을 극도로 싫어했다. 이 문제에 관해 짐은 여러 번 키란과 공개적으로 말다툼을 했다.

밤의 한기로 모두 침낭 속으로 파고들 때쯤 날씨는 안 좋아 보였다.

하지만 잠자는 것은 또 다른 문제였다. 밤새도록 나는 텐트 지붕에 떨어지는 눈비소리에 잠을 잘 수 없었다.

8월 4일 아침에는 장막처럼 비가 왔다. 등반을 하지 않을 것임은 명백했다. 단지 눈이 너무 많이 내렸다. 루와 내가, 그 다음엔 짐과 키란이, 그리고 몇 사람의 짐꾼이 놓고 온 나머지 장비들이 이상 없는지 확인하려고 리지 캠프로 되돌아갔다.

캠프 수백 미터 아래쪽에서 우리는 깨진 채, 열려서 아무것도 덮이지 않은 채 버려진 짐 두 개를 발견했다. 귀중한 성냥을 비롯해 내용물 대부분이 폭우로 망가져 있었다.

"어떤 짐꾼이든 간에 이딴 짓을 한 놈은 엉덩이를 패서 이 산에서 내쫓아버려야 한다니까! 완전 쓰레기가 돼버렸잖아!"

내가 큰 소리로 말했고, 루는 믿을 수 없다는 듯 머리를 흔들며 서 있었다. 화가 나서, 나는 앞장서서 달리듯 빙하를 건너 22킬로그램짜리 산소통을 집어들고 다시 전진베이스캠프를 향해 출발했다. 내 기분에 제대로 걸린, 불쌍한 키란과 자텐드라처럼 짐도 내가 화가 나 떠드는 잔소리를 들어야 했다.

"키란! 캠프로 다시 돌아올 때 어떤 짐꾼이 그 짐을 던져버려서 빗속에 망가지게 했는지 책임지고 알아내요!"

내가 소리치자 그가 언덕 위에서 큰 소리로 대답했다.

"문제없어요. 제가 처리하겠습니다."

전진베이스캠프에 가져오기로 한 장비들 대부분이 아직까지 캠프 아래 임시보관소에 있다는 사실을 알고 나자 내 기분은 더 나빠졌다. 짐꾼들을 제대로 감독하지 못했기 때문이었다. 바로잡아야 했다.

캠프로 올라온 나는 텐트 안에 모여 있는 짐꾼들을 보았다. 나는 그들에게 빗속이라도 내려가 내동댕이쳐놓은 짐과 캠프 아래쪽에 있는 짐을 모두 가져오라고 명령했다. 내가 몹시 화가 났음을 알아채자 그들은 곧바로 출발했다.

윌리가 짐이 망가진 것에 대해 사과하면서 짐꾼들이 그 짐을 가지고 올라와야 했음에도 그 아래쪽에 버려진 이유를 설명하려 했다. 루는 윌리를 이해할 수가 없었다. 그는 작업이 무척 소홀하게 진행되었음을 알아차렸던 것이다.

말다툼이 벌어지자 데비가 나섰다.

"이미 엎질러진 물이잖아요. 다시는 이런 일이 없도록 하고, 더 이상 감정이 상하지 않았으면 해요."

그녀의 말이 옳았기에 루와 윌리는 그 문제를 더 이상 끄집어내지 않았다. 그런데 저녁식사 자리에서 엘리엇이 원정대를 떠나겠다고 선언했다.

"여기에 더 이상 머물고 싶지 않습니다. 단지 남아 있어야 한다는 의무감만 느낄 뿐입니다."

엘리엇은 괴로워했다. 한순간 그는 웃고 떠들고 농담을 했지만, 그 다음엔 시무룩해지고 침묵하며 뚱해졌다. 그는 그 자리에 있고 싶지 않았지만, 떠나겠다는 생각을 했다는 것만으로도 막중한 책임감을 느끼고 있었다. 조만간에 우리 모두에게도 같은 생각이 들 것이다. 마음은 떠나라고, 네 자신을 보살피라고 말하고 있지만 의무감은 자신이 약속한 바를 끝까지 실천하라고 말할 것이다.

"이번 원정에서 존과 짐은 절대적으로 필요하지만…… 엘리엇, 의무감 때문에 네 자신이 원치 않는 걸 할 순 없잖아."

루가 위로하듯 말했다. 엘리엇은 그 말을 떠나도 된다는 허락으로 받아들였다.

"제가 떠나기 전에 리지 캠프에서 정기적으로 짐을 올려 보내도록 감독하겠습니다."

그가 제안했다. 그것은 루가 해결되었다고 좋아했던 문제였다.

다른 팀원들은 마침내 엘리엇이 떠나겠다고 결정해버려 걱정을 덜었다. 모두들 더 이상 그가 고통스러워하는 모습을 보고 싶지 않았고, 더욱이 등반 의지가 흔들리는 사람에게 그의 우유부단함은 탐탁지 않았다.

이제 우리는 열세 명의 대원에서 아홉 명으로 줄어들었다. 게다가 그 중 몇 명은 계속해서 조금씩 아팠기 때문에, 원래 팀원의 절반밖에 남지 않은 셈이었다.

수렌드라가 윌리와 함께 리지 캠프에서 그날 아침에 올라와 요리를 했다. 내가 그를 리지 캠프에 남겨놓고 올라온 이후 처음으로 설사를 하게 되었는데, 이는 음울한 나날에 적절한 종지부를 찍었다.

다음날 아침 여전히 눈이 오다가 진눈깨비로 변하고 있었다. 짙은 먹구름이 캠프를 에워싸고 있었다. 가끔씩 구름이 걷혀 주변 봉우리들 위에 새롭게 내린 눈을 드러내주었다. 작은 눈사태가 안개 속에서 으르렁거리며 지나갔지만 우리가 기다리고 있는 '큰 놈'은 일어나지 않았다. 저 위쪽에 잔뜩 쌓여 있을 거라고 생각만 해도 밤에 잠이 오지 않을 정도로 두려웠다. 하루 더 쉬기로 했다.

생활환경이 처참하게 악화되었다. 텐트 바닥으로 물이 새어 들어와 거의 떠 있는 듯했다. 매일 우리는 스펀지로 물을 찍어냈는데, 이 과정에서 가능한 한 많은 진흙도 청소해냈다.

대부분의 원정대에는 캠프에 갇혔을 때 위안이 되는 책들이 있다. 우리의 서가에 있는 책은 『모비딕』, 『대통령의 사람들』, 헤세의 『데미안』과 『동쪽으로의 여행』, 르 카레가 지은 『올빼미의 노래』·『땜장이』·『양복장이』·『군인』·『스파이』 등이었다. 데비가 잭 벨든이 지은 『중국이 세계를 뒤흔든다』를 기증했고 애드는 디킨슨의 『올리버 트위스트』를 한때 제공했다. 책이 지겨울 때는 다른 대원의 텐트를 찾아가 집 이야기를 하며 대부분의 시간을 보냈다. 인내만이 가장 빛을 발하는 미덕이었다. 원정에서 그것을 이처럼 늦게까지 가지고 있는 사람은 드물었다.

데비가 한낮 내내 식사를 위한 식량들을 분류하다가 큰 쿠키상자들을 발견했다. 그녀는 그 상자들을 손에 들고 텐트마다 들렀다. 나중에는 그녀가 이것저것 넣고 만든 케이크를 맛볼 수 있었다. 눈이 오는 날이면 데비는 캠프를 더 즐겁게 해주었다. 열악한 상황에서도 그녀는 우리 모두를 문명인처럼 행동할 수 있게 해주었다. 짐은 엘리엇의 결정이 옳았음을 느끼도록 해주었다.

여전히 엘리엇은 자신이 팀원들을 실망시켰다는 생각 때문에 언제 떠날지 결정을 내리지 못하고 있었다.

나는 엘리엇의 결심을 이해할 수 있었다. 그는 자기 자신에 대한 확신이 부족했고, 등산 과정에서 악운이 임박했다는 생각에 사로잡혀 있었다. 또한 그는 학교에 대해 걱정했고 여자친구가 돌아오지 않았을까 우려하고 있었다. 그렇다고 공개적으로 그의 결심을 용인할 수는 없었다. 수많은 훌륭한 산악인들이 이번 원정과 같은 공정한 경기에 헌신적으로 참여하고 있었던 것이다. 그들은 난다데비에 오를 수 있다면 무엇이든 주었을 것이다. 하지만 그들은 카터의 말에 따르면 '우리가 이미 등정에 성공할 정도로 강인한 팀'이기에 포기했던 것이다.

그날 저녁, 식사를 마친 뒤 우리 모두는 원정대의 성과에 대해 도론했다. 루는 몇 명의 대원이 질병에 걸려 있는데도 계속 높은 캠프로 이동하고 있다고 비판적으로 말했다. 그들에게 아래로 내려가 기침이나 설사 증상이 나아지면 올라오라고 계속 말했지만 내려가려 하지 않았다. 그럼으로써 다른 팀원들의 건강을 위협할 뿐만 아니라 루트 개척이 지지부진한 가운데 귀중한 식량만 낭비하고 있었다.

루가 상황을 명확하게 정리했다.

"짐을 나르지 않고 있는 사람은 모두 베이스캠프로 내려가 자기 몸부터 챙기세요. 더 높이 올라간다고 나아지진 않을 테니까요."

이어 짐이 상세하게 설명했다.

"우리는 더 높이 올라갈수록 서로의 표정, 감정, 성격 등의 변화를 아주 유심히 살펴야 합니다. 폐수종, 뇌부종, 그리고 고산병 등은 급격히 일어날 수 있고 진단하기도 전에 의식불명에 빠지는 경우가 많습니다."

계속해서 그는 고산지대에서 흔히 일어나는 증상과 처치법을 설명해주었다.

그 후 윌리가 질병에 걸렸을 경우를 대비해 가져온 산소통에 호흡조절기를 연결하는 방법과 산소량을 조절하는 방법을 간단하게 알려주었다. 아직 등반 중에 산소통을 사용하진 않고 있었다. 그가 설명을 끝마쳤을 때엔 밤이 깊었고, 모두 자신의 텐트로 뿔뿔이 흩어졌다. 여전히 비가 많이 오고 있었다.

다음날 아침에는 하늘이 맑아지는 듯했다. 나는 옷을 차려입고 수렌드라와 자텐드라가 차와 오트밀을 만드느라 정신없는 요리천막으로 다가갔다. 나는 마시기보다는 따뜻하게 손을 데워주기에 좋은, 달콤한 차가 담겨 있는 금속 컵을 보았다.

수렌드라는 며칠씩 비나 눈을 맞아 젖은 나무에도 불을 붙이는 불붙이기 전문가였다. 그는 몇 시간이고 쪼그리고 앉아 몸을 구부려 불씨가 살아나도록 석탄조각을 불기도 했다. 자텐드라는 필요할 때마다 그를 불렀다.

나는 또 다른 짐꾼들이 몇 미터쯤 떨어진 4인용 텐트 안에서 떠드는 소리를 들을 수 있었다. 그들의 웃음소리가 적막한 이른 아침을 깨우고 있었다.

"사힙…… 가실 거예요?"

수렌드라가 내게 말했다. 이어 그는 짙은 회색 구름을 가리켰다.

"아니, 수렌드라."

줄기차게 내리는 비를 보며 내가 대답했다. 나는 접시 가득 오트밀을 덜어낸 후 자텐드라가 텐트마다 다니면서 사힙들에게 나눠주는 동안 요리천막 안에서 먹었다.

아침을 먹고 나서 대부분의 원정대원은 맑아지는 하늘을 살펴보려고 텐트에서 나왔다. 화제는 여전히 아프지만 내려가지 않으려 하는 대원들에 집중되었다. 거의 모든 대원의 목소리엔 노기가 서려 있었다. 좋지 않은 날씨와, 그로 인한 지루함은 모두의 사기를 서서히 앗아갔다. 나는 더 이상 속 좁은 불화를 참을 수 없었다.

"베이스캠프로 내려가겠습니다. 오늘쯤 편지가 도착할 것 같아서…… 베이스캠프에서 곧바로 받고 싶어요. 같이 가실 분?"

내가 선언하듯 말했다. 하지만 몸이 아픈 대원들을 데리고 가려 한 나의 의도는 물거품이 되고 말았다. 아무도 나서지 않은 것이다.

나는 옷가지 몇 개를 배낭에 던지듯 집어넣은 뒤 작별인사를 했다. 베이스캠프까지 한참을 내려가야 했지만, 나는 혼자였다. 지난 며칠간보다 훨씬 더 마음이 편했다. 빙하 끝에서는 혹시 몰아닥칠지 모르는 눈사태에 대비해 달리기 시작했다. 해발 5,100미터에서 짐을 지고 달린 탓에 몇 주 정도 지속될 심한 기침감기에 걸렸다. 나는 리지 캠프에 달리듯 올라선 후 전진베이스캠프 쪽으로 손을 한 번 흔들고, 골짜기 아래로 1,000여 미터를 한 시간이 채 지나지 않아 내려왔다. 리시강 근처에는 천연의 눈다리와 눈사태 잔해가 놀랄 만큼 잔뜩 쌓여 있었다. 거대한 눈, 얼음, 낙석들로 인해 강을 건너는 게 안전하다고 판단될 때까지 상당한 거리를 돌아가야 했다. 산을 벗어나 반대편에 서자, 그제야 마음이 놓였다.

"잘 있었어요, 애드?"

나는 텐트 바깥에서 그에게 인사를 했다.

"존, 여기서 뭐하는 거야?"

"그냥 편지 가지러 왔어요. 왠지 오늘 도착할 것 같아서요."

애드가 차와 수프를 만드는 동안 나는 장비상자를 뒤졌다. 베이스캠프에는 등산 중에 필요한 장비들이 많기 때문에, 나는 그것들을 전진베이스캠프로 보내기 위해 짐꾼이 들고 갈 만한 크기로 꾸렸다.

그 뒤 애드와 나는 오후 내내 애드의 가족에 대해 이야기했다. 우리 둘 다 그가 하산하는 문제는 끄집어내지 않았다.

"짐꾼이 오네요! 다람싱이에요."

나는 재빨리 텐트에서 나와 그에게로 달려갔다. 개울물 언저리에서 그는 웃는 얼굴로 내게 인사를 했다. 이틀 만에 라타에서 여기까지 왔는데도 그는 힘이 넘쳐 보였다. 바로 뒤에 신선한 야채를 짊어진 짐꾼 둘과, 그들의 개가 있었다. 그 둘 중 한 사람인 발싱은 성소 안에서 산양을 잡으려고 영국식 수발장총을 가져왔는데, 짐을 내려놓자마자 잘 도망가는 그놈들을 잡으려고 나가버렸다.

"다람싱, 편지는?"

내가 걱정스럽게 물었다.

"아, 예…… 사힙."

그는 씩 웃더니 오랫동안 기다린 집 소식인, 다섯 통의 편지가 들어 있는 작은 봉투를 건네주었다.

"이게 다야?"

내가 물었다. 편지를 하나하나 넘겨보며 내 기대는 사라져버렸다. 키란, 니르말, 수렌드라에게 온 편지뿐이었다.

"애드, 도대체 어떻게 된 거예요? 당신이 맡은 일이잖아요."

내가 물었다.

"나도 잘 모르겠는데……. 틀림없이 뉴델리에 있는 대사관에서 뭔가 잘못되었을 거야."

그가 당황한 듯 말했다. 주소가 잘못된 게 틀림없었다. 오후 7시에 무선교신으로 이 소식을 대원들에게 알려주었다. 모두 크게 실망했다. 이 사건은 이미 사기가 꺾여 있는 대원들을 의기소침하게 만들었다.

"루, 만약 내일도 날씨가 안 좋으면 조시마트까지 달려나가 어떤 문제가 생겨 편지가 오지 않았는지 알아볼 수도 있어요. 나갔다 오는 데 기껏해야 나흘 정도밖에 안 걸릴 테니까, 이 시점에서 우리 모두에게 큰 계기가 될 수도 있을 겁니다."

내가 그렇게 말하자 루의 목소리는 애원조로 바뀌었다.

"안 그랬으면 좋겠는데……. 하지만 그걸 말릴 순 없군."

그런 다음 다람싱이 무선교신으로 거의 20분 동안이나 키란에게 정보를 전달했다. 이어 키란이 애드에게 무슨 문제가 생겼는지 말해 주었다.

"다람싱의 말로는, 짐꾼들 중 한 명이 돌아가는 길에 깔아놓은 로프를 한껏 걷어갔답니다. 그것 없이는 우리가 하산할 때 짐꾼들을 부려먹기 힘들 수도 있어요. 어쨌든 다람싱에게 조시마트의 경찰에 신고하라고 말했습니다. 애드 당신도 거기 도착하게 되면 꼭 따지세요."

루가 애드에게 엘리엇을 기다려달라고 말한 뒤 무선교신은 끝났다. 엘리엇은 애드와 함께 떠날 예정이었다. 한편 우리는 존 에반스가 어디쯤 있는지 전혀 알지 못했다. 체력적인 측면뿐 아니라 감정적인 측면에서도 그의 지지가 필요했다. 나는 에반스를 '메시아'라고 부르기 시작했다.

8월 7일, 날씨는 맑고 추웠다. 윌리, 짐, 피터는 배낭을 꾸려 다음 며칠 동안 루트를 좀더 위쪽으로 개척하려고 캠프 I으로 올라갔다. 다른 사힙들은 짐을 나른 뒤 전진베이스캠프로 내려갔다.

그날 아침 짧지만 눈물 어린 송별을 한 뒤 엘리엇은 짐꾼들과 함께 리지 캠프로 건너와 전진베이스캠프까지 나머지 짐의 수송을 감독했다. 예상치도 못했는데 날씨가 좋아져, 나는 짐 운반을 돕기 위해 캠프로 돌아가기로 했다. 편지는 기다려야 했다.

"애드, 집에 돌아가면 제 아내에게 전화해서 내가 사랑한다고 꼭 전해줘요."

그렇게 말한 뒤 나는 그와 악수를 했다.

"등반 루트에서 자넨 잘해낼 거야. 저 부벽은 이쪽 각도에서 보면 뒤쪽으로 조금 기울어졌어."

그가 정상을 노려보면서 말했다.

"예, 그러게요. 보게 되겠죠."

설탕과 신선한 야채, 성냥, 그리고 내가 베이스캠프에서 찾아낸 것들을 짊어진 짐꾼 두 명의 뒤를 쫓아 출발했다.

애드는 떠날 생각에 잔뜩 들떠 있었다. 네 명의 짐꾼과 전진베이스캠프까지 나를 위해 짐을 날라준 두 명은 나중에 라타까지 애드와 엘리엇을 수행했다. 애드는 내가 리시 강의 눈다리에 도착하기도 전에 배낭을 꾸려 등산로를 따라 하산하고 있었다. 협곡 아래로 사라지는 그를 바라보고 있자니 외로움과 절망감이 밀려들었다. 나는 몸을 돌려 골짜기로 접어들었고, 전진베이스캠프까지 긴 등반 여정을 시작했다.

리지 캠프로 가는 중간쯤에서 엘리엇과 나는 마지막으로 만났다. 내가 말했다.

"제길, 엘리엇. 난 네가 이런 결정을 하지 않았으면 했는데…… 하지만 결국 이렇게 되고 말았군. 난 네 행동의 의미를 스스로 잘 알고 있을 거라고 생각해."

"죄송해요. 하지만 제 자신을 위해서라도 이렇게 할 수밖에 없었습니다."

우리 둘 다 눈물을 흘리며 앉아 땅바닥만 내려다보고 있었다.

"알겠지만 엘리엇, 나 역시 떠나고 싶어. 우리 모두가 그럴 거야. 이 봉우리들은 너무 위험해. 어쩌면 누군가 죽을지도 몰라."

"정말로 그렇게 생각한다면 왜 산을 내려가지 않는 거죠?"

로마니 캠프 부근의 리시강가를 건너고 있는 데비.

애드 카터

존 에반스

엘리엇 피셔

앤디 하버드

마티 휴이

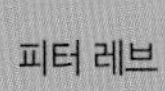

피터 레브

루 라이차트

존 로스켈리

데비 언솔드

윌리 언솔드

짐 스테이츠

라타에서 온 짐꾼들

케샤싱

발비르싱

키란 쿠마르

수렌드라

성소에서 바라본 난다데비 북서벽.

◀ 리지 캠프.

▼ 전진베이스캠프에서의 전체회의. 왼쪽부터 짐, 키란, 윌리, 엘리엇, 데비, 피터, 앤디.

캠프 Ⅳ에서
데비, 앤디, 그리고
피터와 합류하기 위해
캠프 Ⅲ에서
준비 중인 윌리.

정상에서의 루와 짐.

부벽을 라펠해 내려오고 있는 짐.

캠프 Ⅲ 위 능선에서의 짐과 루. 멀리 왼편으로 창가방이 보인다.

난다데비에서
내려다본 리시강가.

존 로스켈리가 트레킹해 내려가다가 리시 협곡의 초입에서
난다데비를 돌아보기 위해 잠시 멈추었다.

"그건 나답지 않기 때문이야."

우리는 서로를 쳐다보았다. 이어 그가 물었다.

"혹시 제가 내려가 해드릴 일이라도 있을까요?"

"아, 내 아내에게 전화해줘. 난 괜찮다고 말해주고, 295밀리짜리 테니스화 한 켤레를 보내달라고 해줘. 내 건 다 됐거든."

그러고 나서 우리는 헤어졌다. 나는 그가 내려가는 길을 바라보다가 리지 캠프로 향했다.

두 명의 짐꾼과 그들의 덥수룩한 개가 내가 도착하기만을 기다리고 있었다. 아직 이른 오후였기에, 그들에게 전진베이스캠프까지 짐을 날라주면 5루피를 더 주겠다고 했다. 내 제안에 그들은 뛸 듯이 좋아했다. 나중에야 알게 되었지만, 그들은 짐꾼들 중 한 명인 자신들의 친척을 만나려고 전진베이스캠프까지 갈 요량이었다.

임시보관소에서 피켈 두 개를 찾아 그들에게 한 개씩 나눠준 다음 그들을 이끌고 빙하를 건너 캠프로 올라갔다. 가르왈 지방에 사는 개의 일상인 듯 그 개들도 따라 올라왔다.

"존! 다시 보니 반가워. 근데 같이 온 친구들은 누구야?"

내가 전진베이스캠프에 들어서자 루가 소리쳤다.

"아, 발싱의 개예요. 발싱과 짐꾼 한 사람이 물건을 잔뜩 지고 바로 뒤에 오고 있어요."

"안녕, 존. 돌아와서 기뻐요. 당신이 나가버릴까봐 모두 걱정하고 있었어요."

데비가 텐트 밖으로 머리를 쏙 내밀고 말했다.

"이제 많이 좋아져서 데비 당신에게 돌아왔어요."

내가 인정했다. 두 명의 짐꾼은 마을 소식을 듣고 싶어하는 다른 짐꾼들의 도움을 받아 캠프로 들어왔다. 그들 모두는 새로 올라온 사람의 이야기를 들으려고 자신들의 텐트 안으로 사라져버렸다.

저녁은 구운 사과, 삶은 양배추, 양파, 냉동육으로 완전 특식이었다. 다람싱은 우리가 신선한 음식을 무척이나 먹고 싶어한다는 걸 알고 있었던 것이다.

우리는 현재 상황을 평가 분석했다. 짐꾼들의 도움을 받아 물류 공급은 각 캠프에 신속하게 이루어질 수 있었다. 우리의 성공은 전적으로, 지금까지 무참하게 우리의 노력을 짓밟은 날씨에 달려 있었다. 며칠만이라도 날씨가 좋으면 좀더 높은 곳까지 루트를 개척할 수 있고 우리의 사기도 높아질 것이었다.

그날 오후 니르말은 고정로프 타기의 시범을 보여주려고 캠프를 가로질러 로프를 묶었다. 짐꾼들을 위한 기초 등반학교가 열린 것이었다. 우리가 도와주기로 해 니르말은 고산 짐꾼들에게 로프를 안전하게 오를 수 있게 해주는 기계장치인 깁스 등강기 사용법을 가르쳐주었다. 매번 고정로프의 상층부에 도달할 때마다 우리 중 한 사람이 그들에게 라펠을 설치하고 다시 내려오는 방법을 알려주었다. 열심히, 그리고 빨리 배운 덕분에 그들은 어두워지기 전에 로프를 타고 오르내리는 데 '전문가'가 되었다.

비록 애드와 엘리엇이 빠져나갔지만, 원정대는 다시 한 번 활기를 되찾았다. 절단 수술을 받긴 했지만 한 팀의 원정대로 살아남은 것이었다.

8

캠프 I까지 짐을 나르는 다른 사힙들과 여섯 명의 짐꾼보다 먼저 출발하려고 나는 서둘렀다. 의심할 여지 없이 짐꾼들은 로프 위에서 느려질 테고 그들을 기다리느라 꼼짝없이 있어야 하는 것이 싫기 때문이었다.

새벽 5시 30분이었다.

"출발 준비됐죠?"

내가 루에게 물었다.

"먼저 가. 몇 분 안에 따라잡을게."

로프는 신설(新雪) 아래 깊숙이 묻혀 있었고 우리가 멘 짐은 무거웠다. 루와 나는 8시 30분이 되어서야 텅 빈 캠프 I에 도착했다. 우리는 각자 모든 짐을 내려놓은 뒤 로프 한 롤씩만 챙겨 캠프 위쪽 새로운 등산로로 계속 올라갔다. 짐은 어디에도 보이지 않았다. 윌리는 우리가 올랐던 직전 고점을 지나 한 피치 정도 짧게 선등한 곳에 있었다. 피터는 윌리 위쪽 120미터 지점에 있는 큰 절벽의 하단부에 멈춰 있었다. 한눈에 그들에게 무슨 문제가 있어 보였다.

180미터 로프가 피터와 윌리 사이에 펼쳐져 있고, 경사면 더 아래쪽으로 계속 내려져 있었다. 그 끝에 묶여져 있는 것은 네 가닥의 9밀리짜리 90미터 로프였다. 피터는 자신이 서 있는 좁은 스탠스에서 로프를 끌어당기려 하고 있었고, 윌리는 도와주려고 안간힘을 쓰고 있었다. 둘의 거리가 너무 멀어 의사소통은 거의 불가능해 보였다. 운반물은 꼼짝도 하지 않았다. 짐을 운반하지 않고 깊이 쌓인 습설(濕雪)을 통해 로프로 끌어올리는 것 역시 잘 안 되었다.

윌리와 피터, 짐은 전날 이렇게 짐을 끌어올리는 것에 대해 서로 의견을 주고받았다. 짐은 반대 입장이었지만, 두 사람이 같은 주장을 펼쳤다. 이번 여정 초기에 루와 내가 피터에게 짐 끌어올리기를 시도하지 말아달라고 부탁했지만 그는 확고했다.

루가 주마링(등강기를 이용해 고정로프를 오르는 기술 – 옮긴이)을 해 피터에게 다가가는 동안 나는 윌리가 로프의 안전을 확보해놓은 곳에서 엉켜 있는 로프를 풀었다. 윌리는 네 개의 로프가 덩어리져 있는 곳까지 내려간 뒤 그것을 자신의 하네스에 걸었다. 그는 천천히 내가 있는 곳으로, 믿을 수 없을 정도의 확고함을 보여주면서 전진해왔다. 도무지 쉰 살에 가까워진 남자라고 믿어지지 않을 정도로 그의 체력은 놀라웠다. 그는 에베레스트와 마셔브룸을 등정한 산악인이었다.

로프가 확보 지점에 잘 묶여 있고 엉킨 것도 풀었기에 나는 윌리에게 로프를 건네받아, 루와 피터가 짐 끌어올리기에 대해 말씨름을 하는 동안 절벽 쪽으로 주마링을 했다.

"존, 저 여기 이쪽에 있어요."

짐이 왼쪽에서 나타났다. 그는 작은 오버행 아래 원추형 눈더미 위에 앉아 있었다. 약간 노출되었지만 안전해 보이는 위치였다. 내가 물었다.

"아니, 도대체 피터는 뭐하고 있는 거야? 이렇게 낮은 각도의 사면에서 짐을 끌어올린다는 건 미친 짓인데……."

"제가 윌리와 피터를 설득해보았지만 소용없었어요."

루가 마침내 피터가 서 있는 스탠스에서 로프 뭉치를 정리해낸 뒤, 다음날 오를 위쪽 사면을 살펴보게 하려고 절벽 모퉁이의 트래버스까지 피터의 로프 안전을 확보해주었다. 피터는 잠깐 동안 시야에서 사라졌다가 라펠해서 트래버스로 돌아왔다.

"위쪽에 긴 눈사태 사면이 있는데, 핀을 박을 만한 곳을 못 찾겠어. 결국 한 곳에 네 개나 겨우 박았어."

그의 말에 내가 대답했다.

"신경 쓰지 마요, 피터. 생각해보세요. 산 위로 짐을 쉽게 옮기는 방법이 있다면 지금쯤 누가 생각해냈겠죠. 시간을 아끼거나 힘을 덜 들여 짐을 올릴 수 있는 방법은 없어요."

"좋아, 젠장! 그만두지! 다시는 안 할 거야."

한 사람씩 지치게 만드는 한낮의 열기 속에 우리는 캠프 Ⅰ으로 내려왔다. 여섯 명의 짐꾼은 캠프 Ⅰ까지 짐을 운반한 뒤 벌써 내려간 뒤였다. 키란과 니르말, 그리고 데비는 여전히 캠프에 있었다. 앤디만 계속 낫지 않고 있는 기침 때문에 전진베이스캠프에서 쉬고 있었다.

키란과 니르말, 루, 그리고 나는 다음날 루트를 좀더 올라가도록 윌리와 피터, 짐을 남겨놓고 전진베이스캠프까지 계속해서 내려왔다.

내려오는 길에 루와 나는 피터의 갑작스런 성냄과 우리의 둔감함에 대해 이야기했다. 내가 말했다.

"상관하지 말고 가만히 놔둘 걸 그랬어요. 식초보다는 꿀이 더 많은 파리를 유혹하는 법이니까요."

"그러게. 그렇게 많은 시간을 허비해서 모두 기분이 안 좋아 보이더라고. 윌리가 엉망진창된 것을 바로잡으려면 뼛골 빠질 거야, 아마."

"내일은 무슨 일이 벌어지든 계속 칭찬을 해보죠. 짐이 잘 지내보려고 최선을 다하고 있지만, 딱히 환영받지 못하고 있는 건 알고 있죠?"

원정대는 여전히 디브루게타에서 벌어진 마티 사건 때처럼 갈라져, 지금은 A팀과 B팀이 확연히 드러나 있었다. B팀 – 그들 스스로 부르는 것처럼 – 에는 앤디, 데비, 엘리엇, 피터, 그리고 윌리가 있었다. 그들은 나와 짐, 루를 A팀이라고 불렀다. 분명히 두 팀은 사이가 좋지 않았는데, 특히 산 위에서의 단체행동과 등반 루트에 대해 토론할 때는 더했다. B팀이 걱정하는 것은 나와 짐, 그리고 루가 더 빨리 고지적응을 해서 처음으로 정상에 오르려 한다는 것이었다. 기술적으로 우리는 등반 루트를 빠르게 수정할 수 있었고, 질병이 다른 사람들의 고지적응을 방해하고 있는 것도 사실이었다. 체력과 건강에 이상이 없는 우리가 선두에 서게 된 것은 자연스런 선택이라고밖에 할 수 없었다.

팀 내 불화는 히말라야 등반 과정에서 늘 생기는 문제다. 짐을 운반하는 것은 마치 포뮬러 I 경주용 자동차를 위해 피트요원으로 일하는 것과 마찬가지다. 피트요원은 해야 할 일이 엄청나지만 돌아오는 영광은 거의 없다. 선등 산악인은 카레이서라고 할 수 있다 – 행동에 나서고 명성을 얻는다는 면에서. 그렇지만 우리는 선등해야 할 뿐만 아니라 선등 중에 사용할 장비와 로프를 잔뜩 날라야 했다. 물론 리더십이 뛰어나다면 원정대원간에 적대감이 생기지 않도록 해야 한다. 하지만 루는 다른 사람들의 존경을 받지 못하고 있었고, 윌리는 의사결정을 제대로 이끌어내지 못한 채 자신이 직접 모범을 보이는 것으로 겨우 팀을 이끌고 있었다.

다음날 아침 전진베이스캠프는 무척 추웠고 안개에 싸여 있었다. 전날 오후부터 눈이 계속 내리다가 비로 변해 있었다. 내가 투덜댔다.

"목이 진짜 아픈데. 오늘도 짐을 나를 건가요, 루?"

"그럼. 캠프 I 까지만."

등산화를 신으며 그가 대답했다.

"아, 죽겠구먼. 어쨌든 가보자고요."

우리는 배낭을 메고 신설 위를 터벅터벅 걸어 깔아놓은 로프 초입까지 갔다. 우리가 캠프 I 에 도착해 잔뜩 메고 온 로프와 식량을 내려놓고 다시 내려오는 사이에 날씨가 잠시 갰다. 우리는 짐을 나르고 있는 니르말과 키란, 그리고 세 명의 짐꾼을 스쳐 내려갔다. 짐꾼들이 짐을 운반하기 시작하자 루는 캠프 I 에 공급물품이 비축되어가고 있다는 사실에 즐거워했다. 어느덧 우리는 의욕만으로 자신의 능력을 뛰어넘고 있었다.

전진베이스캠프로 돌아온 나는 페니실린을 먹고 즉시 잠자리로 갔다. 목이 아침보다 더 악화되어 있었다. 데비와 앤디도 하루종일 목이 아프고 기침이 심해져 몸져누워 있었다. 우리 모두 알약으로 연명해 가는 것 같았다. 감기약, 목통증을 가라앉히는 약, 설사약, 비타민 알약, 정화수 알약 등 가끔씩 밥 먹을 필요도 없는 것 같았다.

그날 저녁 늦게 윌리가 무전으로 좋은 소식을 알려주었다. 날씨는 형편없었지만 아주 훌륭한 성과를 거두었다며 그가 말했다.

"설원의 왼쪽으로 아주 어려운 지역을 180미터 더 올랐네."

피터가 갑자기 끼어들었다.

"윌리가 눈과 암반이 혼재해 있는 지역으로 기가 막힌 등반을 해냈어요. 이제는 아주 잘 올라가고 있습니다!"

"대단하군요, 다들. 내일도 똑같이 해주세요. 고점에서 보면 어때 보여요?"

루가 응답하자 윌리는 어려워 보인다고 말했지만, 그들은 어떻게든 해낼 것이었다.

짐과 윌리, 피터는 다음날 새벽 3시에 일어나 로프를 올랐다. 그들 모두 피로가 쌓여 동작이 느려지고 있었다. 짐은 깊이 쌓인 성긴 눈을 걱정했다. 하지만 캠프로 돌아가진 않겠다고 했다.

짐은 탁 트인 경사면의 고점에 도달했고, 계속해서 선두로 올랐다. 한 번 더 90미터를 선등하자 그는 눈사태를 막아주는 1.5미터짜리 암벽에 도달했다. 그때부터 탁 트인 설사면을 두 번 연속 선등해 올라가는 것을 항상 '짐의 선등'이라고 불렀다.

새벽 5시경 짐은 초자연적인 경험을 하게 되었다. 아버지가 돌아가시는 기분 나쁜 예감이 그를 엄습했다. 식은땀이 흘러내렸다. 예전에 짐은 집에서 두 번이나 그런 느낌을 받았는데, 그때마다 아버지가 위독했다는 것이다. 하지만 지금 그는 계속 등반을 하는 것 말고는 할 수 있는 일이 아무것도 없었다.

나중에 나는 짐에게 이 이야기를 진지하게 듣고 나서, 단지 그날의 고된 등반과 열기 때문이었길 바랐다. 특히 그는 루가 산 아래쪽에서 눈사태에 직면하는 예감을 받은 적이 있었기에, 그 예감은 더욱 섬뜩

했다. 그 며칠 뒤 루는 눈사태를 간신히 피한 적이 있었다. 나는 가능한 한 짐을 안심시킨 뒤 재빨리 화제를 바꿔버렸다.

그날 그 셋은 나중에 전혀 예상치 않았던 캠프 II 자리가 되는 '임시 바위턱'을 세웠다. 9미터 암벽 아래인 그곳은 낙석이나 눈사태를 피할 수 있는 '독수리가 앉는 횃대' 같은 곳이었다.

피터가 큰 골짜기를 가로질러 약간 눈사태로부터 보호된 절벽을 가리키며 말했다.

"추가 라펠 루트를 저 위에다 설치할까 하는데요. 눈폭풍이 심한 상황에서 철수할 때 우리를 구해줄 수도 있을 것 같아요."

"저 골짜기를 가로질러 트래버스하는 게 차라리 여기서 라펠하는 것보다 더 안 좋아요! 저기다 설치할 만큼 로프나 장비도 남아 있지 않고요."

짐이 그렇게 말했지만 피터는 계속 자기주장만 내세웠다. 그는 원정대에게 자신이 유능하며 맨 앞에서 오를 만한 능력이 있음을 보여주고 싶어했던 것이다. 짐은 너무 피곤한지 더 이상 말다툼하지 않고, 윌리가 로프의 안전을 확보하고 피터가 사면 위로 천천히 나아가는 모습을 쳐다보기만 했다.

피터는 90미터 로프가 엉키지 않도록 끌어당기는 등 온힘을 기울여 겨우 그 골짜기를 트래버스했다. 다 건너가서 그는 미끄러졌고 60여 미터 떨어진 윌리에게 매달리다시피 했다. 몇 시간 후 그는 거의 목숨을 걸고 그 대체 '안전' 루트 고정을 끝마칠 수 있었다.

같은 날 아침 일찍 루는 임시 바위턱에 내려놓을 무거운 짐을 지고 전진베이스캠프를 출발했다. 그는 암벽을 돌아 세 명의 선등자가 오르는 모습을 보려고 트래버스했다. 그들의 전진은 실망스러웠다. 쉬운 지역인데도 그날 기껏 120미터 정도밖에 고정하지 못했다. 루는 열심히 일하는 키란과, 강인한 짐꾼인 자텐드라와 발비르싱을 지나 전진베이스캠프로 내려왔다. 오후 2시에 윌리가 루에게 무선교신을 해오자 루가 말하기 시작했다.

"제가 오늘 여러분의 전진 상황을 체크해봤는데, 무척 실망스러웠습니다. 내일 존을 올려 보내겠습니다. 그와 짐이라면 도움이 될 겁니다."

루의 마지막 말에 윌리는 기분이 상했다. 윌리는 자신과 피터가 다른 사람의 도움을 받지 않고 북쪽 능선까지 오르고 싶었다. 윌리가 퉁명스럽게 말했다.

"알았어. 내일은 힘차게 해볼게."

그날 내내 나는 염증을 없애려고 로비실린 수천 밀리그램을 밀어넣으며 누워 있었다. 아픈 목과 딱딱거리는 소리가 나는 귀는 조금 나아졌다. 캠프 I으로 열심히 올라가, 무전기 너머로 풀 죽은 목소리로 말하던 짐을 만났다. 그는 피터와 윌리의 결정이 대부분 안전하지 못하다며 동의하지 않고 있었다. 루는 짐의 사기를 북돋워주고 피터와 윌리가 짐 나르는 것을 도와주라고 나를 올려 보낸 것이었다.

오후 7시 무선교신에서 윌리는 새롭게 결정한 사안을 말했다.

"피터와 난 내일 임시 바위턱까지 올라가 그곳에 캠프를 세울 계획이네. 피터 생각으로는 그곳이 캠프 II를 차리기에 최적의 장소이며, 그 위쪽에 로프를 고정할 때도 좀더 신속하게 이동할 수 있다는 거지."

그러자 루가 우는소리를 했다.

"캠프 I에서 겨우 240미터밖에 안 올라갔는데요? 캠프를 설치할 정도로 충분히 떨어져 있진 않습니다!"

"글쎄, 우리가 생각하기에 아직까지 조금 더 떨어진 최적지는 없는 것 같은데……. 그러니까 이곳에서 출발하면 좀더 빨리 북릉에 오를 수 있을 거야."

"저는 캠프 I과 주능선 사이에서 사용할 텐트나 장비, 식량 등을 전혀 염두에 두지 않았는데요. 물류 공급 면에서도 여유가 없어요."

"하지만 현재 상황에서 우리가 능선에 도달하려면 이 방법밖에 없어."

루와 나는 불필요하다고 여겼지만 윌리와 피터는 신속하게 등반하는 산악인이 아니었다. 그들이 더 높이 오르기 위해서는 비록 텐트 몇 개와 캠프 장비 몇 가지를 사용하더라도 루트상에서 할 일을 다 해야 했던 것이었다. 루가 말했다.

"알겠어요. 하지만 북쪽 능선에 캠프가 세워질 때까지만입니다."

다행히 날씨가 변덕을 부리지 않았다. 8월 11일에는 맑고 바람도 없었다. 완벽한 날씨였다. 나는 개인장비를 꾸려 배낭을 메고 숨 막히는 열기를 피할 수 있기를 바라며 아침 일찍 캠프 I으로 출발했다. 루는 자기 장비를 말려 잘 정리하고 캠프 I으로 보낼, 마지막으로 남은 짐을 분류하기 위해 캠프에 남기로 했다.

며칠 동안 아침 일찍 출발하느라 잠이 부족했던 윌리와 피터, 짐은 휴식을 취하려고 캠프 I에 머물러 있었다. 나는 열기 속에 도착했는데 5,700미터 고도에서 거친 숨을 몰아쉬자 목이 다시 아파왔다.

내가 배낭을 내려놓고 모두에게 인사를 하자 짐이 자기 텐트를 같이 쓰자며 들어오라고 했다. 대개 그러하지만, 세 사람은 이렇게 날씨가 좋은 날 로프를 고정시키지 않았다는 죄책감을 느끼고 있었다. 특히 윌리는 전진하지 않았다는 사실을 부담스러워하고 있었다. 윌리와 피터가 눈 상태에 대해 상의하려고 우리 쪽으로 건너왔다. 내가 말했다.

"제 생각엔 아주 안 좋아요, 피터. 올라오는 길에 설사면을 파보았는데, 깊은 서리층이 넓게 깔려 있더라고요."

오랫동안 여러 층으로 쌓여 있어 변형된 이 얼음 수정층은 눈사태가 깨져나가는 표면을 형성한다.

피터가 직접 캠프 바깥쪽으로 나가 설사면의 눈을 점검했다. 그 문제에 대한 확신이 들 때까지 그는 신설의 여러 층을 깊숙이 파들어갔다. 마침내 그가 수긍했다.

"그렇군. 여기는 그렇게 많지 않지만 서리층이 두껍군. 최소한 임시 바위턱까지는 한번 살펴봐야겠어."

나는 그 위험성에 대해 호들갑을 떨지 않았다. 그에게 먼저 가라고 말했지만, 나는 설사면이 안전해지거나, 아니면 서리층이 떨어져 나갈 때까지 조금도 앞으로 나아가고 싶지 않았다.

캠프 장비와 개인장비를 잔뜩 메고 윌리와 피터는 천천히 고정로프를 기어올라 시야에서 사라졌다. 그들은 전날 밤 내린 폭설 아래에 묻힌 로프를 잡아당겨 꺼내야 했다.

앤디와 데비가 아래쪽에서 나타나 천천히 우리 쪽으로 올라왔다. 둘은 훌륭한 팀을 이루었다. 그들은 태양이 지치게 만들기 전에 짐 운반을 해치워버리려 하는 우리보다 서너 시간 뒤처지곤 했다. 짐을 나르는 날뿐만 아니라 쉬는 날에도 그들은 함께했다. 두 사람은 점점 뗄 수 없는 사이가 되어가고 있었다.

산악인들은 위험이나 짐 나르기, 선등반 등에서 같은 반응을 보이는 사람에게 끌리곤 한다. 우리는 데비와 앤디가 등반에 대한 관심을 넘어 서로 공유하고 있음을 알 수 있었다. 둘 사이에는 신뢰감이 쌓여 있었다. 똑같이 여유만만한 성격을 갖고 있는데다 산행을 함께하기로 마음먹은 듯했다. 데비와 앤디는 사랑에 빠진 것이었다.

산 위에서 연인관계는 걸림돌이 될 수도 있다. 데비와 앤디가 가까워질수록 둘 중 한 명이 없으면 짐도 나르려 하지 않았다. 쉬는 날이나 한 사람이 아픈 날에는 두 사람이 함께 사라졌다. 우리같이 등반에 모든 것을 거는 사람들의 눈에 그들의 행동이 곱게 비칠 리 없었다.

그날 아침은 데비에게 아주 특별했다. 짐꾼들이 그녀에게 라키(Rakhi)라고 불리는 힌두의식에 참석해달라고 부탁한 것이었다.

그 종교적인 의식은 집안의 남자들이 여자를 지켜야 하고 집안의 일원으로서 존중해야 한다는 것을 확실히 하기 위해 거행하는 것이다. 여성 – 어떤 경우에는 성스러운 사람 – 이 남자의 팔목에 끈을 돌려 묶는다. 이 팔찌는 위험으로부터 그 사람을 지켜주는 것이다. 매년 가족들 중 여자 형제가 이 의식에 참여하는데, 짐꾼들이 집에서 멀리 떨어져 있기 때문에 데비가 대신한 것이었다.

짐꾼들은 데비가 팔목에 끈을 돌려 묶을 때마다 1인당 1루피씩 지불했다. 키란, 니르말, 루, 그리고 앤디도 참여했다. 그녀는 짐과 나도 팔목에 하나씩 묶으라고 강요했다. 하지만 1루피가 없었기 때문에, 그녀가 전진베이스캠프에서 주웠다며 우리 돈인 것처럼 해주었다.

그러면서 우리 모두 즐거워했다. 앤디와 나는, 우리가 사용하는 1미터짜리 관상말뚝을 진찰한다며 나에게 대고 포즈를 취하는 모습을 비롯해 의료행위를 하고 있는 짐의 모습을 여러 장 찍었다. 지난 몇 달 동안 그렇게 심하게 웃어본 적은 없었다.

짐에게는 휴일과 파트너 교체가 필요했다. 아침이 되면 그가 힘들게 등반하려고 준비할 것이기에, 우리는 윌리와 피터를 따라잡고 로프를 운반해주기 위해 새벽 2시에 출발하기로 계획했다. 저녁을 일찍 먹고 수면제 한 알을 먹고 나자 길었지만 즐겁게 휴식을 취한 하루가 지나갔다.

"정말 바람이 세게 불지만 날씨는 맑아. 평소보다 춥기도 한 것 같고."

등산복을 찾으며 내가 말하자 짐이 중얼거렸다.

"몇 시예요?"

"1시 반. 내가 아침식사를 준비할게."

바람이 텐트를 찢을 듯이 불었다. 눈보라소리가 마치 얼어붙은 나일론에 사포질을 하는 것 같았다. 텐트 안에서도 등불을 켤 수 없어, 짐이 자신의 헤드램프를 아침식사를 준비하는 곳 위에 달아주었다. 우리가 내뿜는 찬김으로 뿌연 안개 속에서 램프 빛이 춤을 추고 있었다.

나는 얼음을 녹이면서 적어도 따뜻하다는 환상을 주는 피버스 난로가 톡톡거리며 타는 소리를 들었다. 우리는 오리털 침낭 속으로 뛰어들어가 참을성 있게 물이 끓기를 기다렸다. 곧바로 등산복을 차려입었다. 텐트 바깥에서 우리는 얼어붙은 손으로 겨우 아이젠과 피켈, 그리고 배낭을 챙겨들었다. 내 침낭으로 다시 돌아가고 싶다는 생각이 머리를 떠나지 않았다. 우리는 로프를 잔뜩 어깨에 메고 출발했다.

내 귀에서는 감염으로 딱딱 소리가 났고 숨을 쉴 때마다 내 목은 따끔거렸다. 나는 어둠 속에서 내 주마를 첫 번째 로프에 고정했고, 확실히 조여졌는지 두 번이나 확인했다. 나는 심란했다. 로프를 당겨 깊은 눈보라를 뚫고 기어가기 시작했다.

눈은 점점 딱딱해져 나중에는 서너 개 길이의 로프를 쉽게 올라갈 수 있게 되었다. 우리는 허비한 시간을 만회했고 캠프 I을 출발한 지

50분 만에 임시 바위턱에 도착했다. 윌리와 피터는 겨우 90여 미터 앞서서 거대한 암벽을 트래버스하고 있었다. 소리만 들렸지 별빛 아래에서 그들을 거의 볼 수가 없었다. 나는 달리듯 따라서 올랐고, 짐이 선등을 시작할 때쯤 윌리를 따라잡았다. 한 시간 후엔 윌리, 피터, 짐, 그리고 나까지 고정로프의 끝에 도달했다.

"우리는 정말 끔찍한 밤을 보냈어. 회오리바람이 우리를 산에다 찢어놓을 듯이 불더군."

어둠 속에서 피터의 첫 선등이 끝나기를 기다리면서 윌리가 말했다. 피터는 안전을 위해 빙벽용 나사와 핀을 박으면서 가파르고 좁은 얼음 호스를 등반했다. 그는 마치 쇠사슬에 묶인 귀신처럼 점점 로프 위의 그림자가 되었고, 간혹 금속이 반짝이는 것만 보이게 되었다. 곧 그가 수백 미터를 트래버스하자 소리까지 들리지 않게 되었다.

짐은 피터가 한 피치를 끝낼 때까지 아래쪽에서 기다렸다가 내가 있는 곳으로 합류했다. 윌리는 피터를 따라 출발했다. 짐이 이를 딱딱 부딪치며 말했다.

"기다리는 동안 발이 얼었어요. 좀더 빨리 가도 괜찮아요……."

윌리가 자신이 피터 쪽으로 계속 전진해 선등을 교체할 수 있도록 핀을 제거해달라고 나에게 소리쳤다. 나는 몸을 움직여 주마링을 했고, 곧 작은 스탠스에서 자리를 확보하고 있는 피터에게 다가갔다. 그곳은 작은 암반지붕으로 보호되고 있었다. 내가 말했다.

"훌륭한 선등이었어요, 피터. 지금까지 루트에서 최고예요."

짐도 올라왔고 우리는 체온을 유지하기 위해 함께 몸을 움츠렸다. 나는 피터가 고정해놓은 튼튼한 핀 세 개에 로프를 묶은 뒤 우리가 들고 온 로프를 넣어둘 창고로 만들기 위해 암반지붕 밑을 파헤쳤다. 짐도 혼자서 발로 차고 파서 스탠스를 만들었지만 그의 발은 여전히 얼어 있었다.

"여기다가 로프를 임시로 보관해놓고 내려가죠, 존. 윌리가 이번 피치에서는 상당히 느리게 전진할 것 같거든요."

나는 동의할 수밖에 없었다. 윌리는 깊이 쌓인 설탕 같은 눈 속에서 전진하는 데 어려움을 겪고 있었고, 겨우 15미터 정도밖에 올라가지 못했던 것이다. 나는 농담을 던졌다.

"좋아, 우리 네 사람이 다 여기 있을 필요는 없으니까. 피터, 360여 미터는 더 오를 수 있는 로프가 여기 있어요. 다 사용하길 바랄게요."

지금부터는 한낮이기에 짐과 나는 재빠르게 로프를 타고 '짐의 선등 지점' 위쪽까지 내려왔다. 그곳에서 나는 소위 '피터의 탈출 루트'를 처음 보았다. 피터는 얼음으로 뒤덮인 암반을 선등함으로써 우리에게 자신이 훌륭한 등반인임을 보여주었지만 우리가 다칠 수도 있는 실수를 저지른 것이었다. 그 트래버스 루트는 낙석과 눈사태에 노출되어 있을 뿐만 아니라 우리에게 너무나 부족한 암반 핀들과 200여 미터의 로프를 낭비한 것이었다. 내가 짐에게 말했다.

"피터는 내일 우리가 선등하는 동안 저 쓰레기를 철거할 수 있을 거야. 나는 저렇게 허비하라고 로프와 장비를 이곳까지 나르고 싶지는 않아."

"신경 쓰지 마세요. 피터는 저 쓰레기를 걷어내려 하지 않을 거예요. 그는 여전히 그게 나중에 유용할 것이라고 믿고 있거든요."

짐의 말이 맞았다. 그 '탈출 루트'는 건드리지도 않은 채 남아 있었다.

내가 고정로프를 깔아놓은 곳에서부터 여분의 핀과 가장자리 띠 등을 청소하고 수습하는 동안 짐은 빠르게 잠정 캠프 Ⅱ(임시 바위턱)로 다시 내려갔다. 우리는 부벽을 오르기 위한 장비들이 필요했다 – 그 어느 것도 허비할 수 없었다.

캠프 Ⅱ에서 간단하게 점심을 먹은 뒤, 우리는 오후 2시 무선교신에 맞춰 캠프 Ⅰ으로 라펠해 내려갔다. 데비, 앤디, 그리고 니르말이 막 올라왔다.

"좋은 소식!"

무선상에서 루의 목소리가 흥분으로 떨리고 있었다.

"로스켈리, 자네의 메시아가 베이스캠프에 와 있네. 에반스가 편지와 로프까지 가져왔어!"

"정말 환상적이군요!"

우리 모두 소리쳤다. 너무 좋은 나머지 그 뉴스가 사실이 아닌 듯했다.

"짐 아버지에게서 온 편지도 있나요? 짐이 무척 궁금해하네요. 그리고 나한테 몇 통이나 왔는지도 세어봐줄래요? 야후!"

에반스는 바로 전날 베이스캠프에 도착했던 것이다. 그는 그날 아침 두 명의 짐꾼에게 편지와 로프를 올려 보냈기 때문에 루와 키란, 그리고 고산 짐꾼들만 그 사실을 알고 있었다. 다른 사람들은 전진베이스캠프에 편지가 와 있다는 소식을 듣자마자 내려갔다. 루가 계속 말했다.

"그런데 내가 애드를 따라잡으라고 짐꾼 두 명과 개를 내보냈어. 에반스 말에 따르면, 아직도 애드는 로마니에서 그들이 오길 기다리고 있다는 거야. 루트는 어떻게 돼가고 있어?"

"우리가 내려올 때 윌리와 피터는 구만리 길을 가고 있었거든요. 오늘 북쪽 능선에 도달하지는 못하겠죠. 아, 근데 피터의 별도 루트가 여기서 필요없잖아요…… 뭐라고 한마디 하셔야죠?"

내가 설명했다.

"좋아, 오늘밤에 내가 얘기해볼게."

우리가 기도해왔고, 식사 때마다 얘기했으며, 밤마다 걱정했던 모든 것이 한순간에 나타났다. 기원하는 마음이 무척 강렬했던 모양이었다. 우리가 필요로 하는 모든 것이 나타났다.

오후 7시에 윌리는 캠프 II에서 루트에 관한 소식을 무선으로 알려왔다.

"피터가 얼음으로 뒤덮인 암반 위로 가장 어려운 피치를 계속하고 있는데, 우리 생각에 북쪽 능선에서 두 피치 반경 안에 도달했어. 하지만 너무 지쳐서 우리 둘 다 내일은 계속할 수 없을 것 같아."

"훌륭해요, 두 분 다! 그러면 존과 짐이 내일 시험 삼아 능선에 도전해볼 수 있겠네요."

이어 루가 에반스와 편지, 로프에 대해 얘기하자 윌리가 말했다.

"와, 이번 주에 들은 가장 좋은 소식이군!"

"피터, 자네가 설치한 탈출 루트는 정리했는가? 그 로프와 장비들이 그 위쪽에서 필요할 것 같거든."

루가 요청하자 피터는 고집스레 주장했다.

"쓸 만한 루트인데요! 눈사태에 대비해 설치해놓은 거예요."

"우리가 생각하기에 그건 필요없어, 피터. 다른 루트도 안전해."

윌리가 다시 무전기를 넘겨받았다.

"우리가 나중에 처리할게. 지금 당장 중요한 건 북쪽 능선에 오르는 거야."

에반스가 베이스캠프에 있는 무전기로 모두에게 인사를 했다. 그는 출발하기 전에 자기 아내가 아들을 낳았다고 말해주었다.

황혼 무렵 날씨는 또다시 좋아질 듯 보였다. 동결건조쇠고기, 옥수수, 감자 등으로 저녁을 먹고 난 뒤 짐과 나는 잠을 자려고 애썼다.

'체인-스토크스 호흡(Cheyne-Stokes breathing)'이라고 알려진 현상 때문에 수면은 대부분의 고지산악인에게 골칫거리였다. 조는 동안 산악인들은 보통 1분간 숨을 쉬고 30초간 완전히 멈춘다. 그러다가 갑자기 빠른 속도로 다시 호흡을 시작해 1분간 숨찬 소리를 내고 나서는 완전히 멈춰버린다. 잠자는 사람보다 같은 텐트에 있는 동료를 더 당황하게 만드는 것이다.

수면시간도 바뀐다. 한낮의 열기나 오후의 히말라야 폭풍을 피하기 위해 원정대는 밤에 등반을 한다. 그래서 보통 자정이나 새벽 1시에 기상한다.

대원들 각자에게는 자기 나름대로 잠자는 방법이 있었다. 짐은 알약으로 된 수면제를 복용했다. 대부분의 경우 피곤에 지쳐 잠들었다. 잠이 잘 깨는 편인 나는 수면제도 소용없었다. 나는 하루에 몇 시간 안 자고도 1주일 내내 올라갈 수 있었는데, 그러고 나서야 숙면을 취했다. 나는 침낭에 누워 있기보다는 루트를 오르는 게 더 마음 편했다.

나는 짐의 침낭 어깨 부분을 꾹 찔렀다.

"짐, 1시야. 슬슬 준비해야 돼."

또 한 번 청명한 아침이었다. 내가 등산복을 입기 시작하자 짐은 앞으로 몸을 숙여 난로에 펌프질을 한 다음 발화가스에 불을 붙였다. 짐이 물었다.

"목은 어때요?"

"몹시 따끔거려. 내 귀도 바싹 말라서 계속 딱딱 소리가 나고."

"페니실린을 먹어보는 게 좋겠어요."

짐이 손목을 탁 치자 난로가 살아나기 시작했다. 난로가 우리가 전날 모아놓은 눈을 녹이는 동안 짐과 나는 불편하게 등산복을 입었다. 침낭 속에서 옷을 다 입는다는 건 불가능했다.

뜨거운 오트밀과 코코아를 다 먹고 나서 부츠와 각반을 신고 편안했던 텐트에서 빠져나왔다. 기억을 더듬어 아이젠과 장비들을 찾았고, 하네스를 걸친 뒤 그날 날라야 할 짐을 배낭에 꾸렸다. 내가 먼저 말했다.

"출발하자, 짐. 목 때문에 최대한 살살 갔으면 해."

짐이 고정로프의 초입을 찾아냈고, 바람으로 다져진 설사면의 표면을 치면서 나가는 일상적인 등반을 시작했다. 우리는 별빛에 의존해 함께 가까이서 주마링했다. 나는 짐이 펀칭하지 않을 때 딱딱한 눈과 얼음을 찍는 그의 아이젠 소리까지 들을 수 있었다. 빠르고 거친 숨소리만 그가 등반할 때마다 주변의 적막을 깨고 있었다.

어느새 턱수염과 콧수염, 눈꺼풀 주변에 얼음이 맺혔다. 칼바람이 소용돌이치며 내 눈과 옷의 열린 부분으로 몰아쳐 들어왔다.

우리는 가끔 쉬거나, 한 로프에서 다른 로프로 주마를 바꾸기 위해 멈추었다. 하지만 땀이 즉시 얼어버리기 때문에 항상 짧게 정지할 수밖에 없었다. 우리는 아무 말도 하지 않았다. 서로 다음 발걸음이나 로프 교체만 생각하며 자신만의 세계 속에서 조용히 움직였다. 캠프 II의 불안정하게 자리잡은 텐트에 도착하자 내가 나지막하게 불렀다.

"피터?"

"예?"

"두 분, 오늘 내려가실 거죠?"

"그래. 우린 너무 지쳤어."

우리가 계속해서 로프를 타고 오르자 윌리는 행운을 빌어주었다. '짐의 선등 지점' 바로 아래 넓게 펼쳐진 사면의 눈 상태는 아주 좋았다. 우리는 잘 나아가고 있었다. 나는 장거리 달리기 선수처럼 숨을 뿜어내고 있었다.

서쪽에서 번개가 번쩍했고 내 마음은 방황하기 시작했다.

'짐은 좋은 페이스로 나아가고 있고…… 난 목 때문에 거의 죽겠군……. 이렇게 계속할 수 있을까? ……오늘 북쪽 능선에 오르기로 했는데…… 대원들 모두 무사히 집에 갈 수 있을까? ……아내는 어디 있을까?'

나는 오늘이 무슨 요일일까 생각해내려 했지만 허사였다. 짐과 나는 피곤함과 추위, 위험 등을 잊기 위해 머릿속으로 계속 생각했다.

일출 무렵 우리는 고정로프의 마지막 부분에 도달했다. 한 시간 전에 서쪽으로 수백 킬로미터나 길게 늘어져 있던 난다데비 산의 그림자는 성소 안쪽으로 다시 줄어들고 있었다. 곧 해가 떠오르면 그림자가 완전히 사라질 것이었다.

'피터의 마지막 선등 지점'은 매우 어려웠다. 주마를 이용해 그 코스를 따라가는 것조차 악몽이었다. 내가 로프의 안전을 확보하자 짐이 조그마한 스탠스 위에 도착했다.

"내가 선등을 마치고 널 묶고 나면 로프를 두 번 잡아당길게."

내가 속삭였다. 목이 너무 아프고 갑갑해 목소리가 나오지 않았다.

짐이 안전 확보 로프를 풀고, 끝에 자신을 묶은 다음 내가 조심스럽게 깊이 쌓인 설탕 같은 눈을 헤쳐 가파른 암반 위로 나아가자 가만히 지켜보고 있었다. 나는 보이지 않는 골짜기에서 다른 골짜기로 눈을 피해 암반, 빙벽 또는 암빙벽을 등반하면서 힘들게 나아갔다. 큰 골짜기 정상 부분을 향해 나는 가파르게 왼쪽으로 꺾어져 크고 너른 40도 경사를 탁 트인 슬로프 위로 올랐다. 기술적으로 어려운 난코스는 끝났지만 6,400미터의 고도에서 깊이 쌓인 눈을 애써 헤쳐 오르자 내 에너지가 빠르게 소진되고 있었다.

눈이 미끄러져 내려갈 것 같아서 나는 작은 암반 돌출부를 겨냥해, 로프 확보를 위한 크랙을 발견했으면 하는 마음으로 나아갔다. 90미터를 나가 로프 끝에서 겨우 암반에 닿았고, 완벽한 크랙을 찾아 로프의 지지점을 확보했다. 짐은 바닥을 알 수 없을 정도로 깊이 쌓인 눈 속을 주마링하느라 지쳐서 천천히 올라왔다. 그가 숨을 몰아쉬었다.

"전 녹초예요. 더 올라갈 생각이 아니라면, 저는 내려가고 싶은데요."

나는 배낭에서 또 다른 로프를 꺼내어 살짝 푼 다음 짐에게 건네주었다.

"여기, 내가 90미터 더 올라볼게."

나는 북쪽 능선에 오르기로 결심했다.

내가 로프를 고정해놓은 암반 주변의 허벅지까지 빠지는 눈을 허우적거리며 헤쳐, 낮은 경사도의 암반마루까지 나아가는 동안 태양은 머리 위에 있었다. 60여 미터를 전진하자 석영암 바위군락에 도착했다. 눈사태 위험은 조금 줄어들었다. 나는 짧은 판석 루트와 가파르고 좁은 골짜기들을 계속 등반했고, 마침내 또 다른 불안정한 로프 확보 지점에 이르렀다.

짐이 달팽이처럼 느릿느릿 나를 향해 올라왔지만, 다음번 피치를 선등하겠다고 선뜻 말했다.

이제 태양은 고문에 가까웠다. 짐이 장비의 고리를 잡자 나는 햇빛을 피하려고 작은 모퉁이 뒤로 머리를 숨겼다. 세 개의 짧은 직벽 안에서, 짐은 눈보라로 깊이 쌓인 눈의 상층부 5미터 정도를 헤쳐가며 힘들게 올랐다. 그는 암벽의 세로 틈새로 몸을 집어넣어 겨우 위쪽 사면에 올라섰다. 이어 그는 잠시 휴식을 취한 뒤 눈썹 모양의 암반 돌출부로 천천히 헤쳐나갔고 암반 틈새에 깊이 핀을 박았다. 클립을 채워넣은 후 또 한 번 휴식을 취했다.

짐은 눈 속에서 수영 동작을 취하며 트래버스했지만 얼마 올라가지 않아 멈출 수밖에 없었다. 내 아래쪽 어딘가에서 안전 확보 로프가 엉켜버린 것이었다. 내가 로프를 잡아당겨 풀릴 때까지 돌리자 짐은 계속해서 위쪽으로 눈을 헤쳐나가 시야에서 사라졌다.

안전 확보 로프가 휙 당겨져서 나는 깨어났다. 나는 지쳐 멍한 상태에서 무의식 속으로 빠져든 것이었다. 한낮의 열기와 귀의 염증, 피곤함 등의 복합작용으로 마취상태에 빠져 있는 듯했다. 나는 얼음을 입안에 조금 털어넣고 깨어 있으려고 눈으로 뺨을 두드렸다.

로프는 30미터가 나간 채 멈춰 있었다. '짐에게 틀림없이 무슨 일이 생겼군' 하고 생각했다. 조금은 확고하게, 로프는 풀려나갈 때처럼 천천히 내 쪽으로 슬금슬금 다시 내려왔다. 짐이 시야에 들어왔고, 암반 돌출부를 넘어 내려와서는 그가 피톤을 박았던 곳에서 멈추었다.

"핀 아래로 내려주세요."

그는 너무 지쳐 똑바로 말할 수가 없어서 중얼거렸다. 조심스럽게 내가 서 있는 곳까지 그를 내려주었다. 그가 말했다.

"저 위쪽 슬로프는 무척 위험해요. 너무 지쳐서 더 이상은 오르기 힘들 것 같아요."

"좋아, 캠프로 돌아가자."

우리는 정말 열심히, 열두 시간 내내 등반을 했다. 하지만 깊이 쌓인 눈과 한낮의 열기, 그리고 체력이 바닥나면서 능선에 조금 못 미쳐 중단할 수밖에 없었다. 나는 라펠 장치를 달고 비틀거리며 거의 떨어지듯 내려갔다. 로프가 느슨해지자 짐이 따라왔다. 내 목이 아파 의사소통을 할 수 없었지만, 그럴 필요조차 없었다. 우리는 각자 자기 생각에 빠져 있었다.

사나운 바람이 우리의 두 번째 라펠 지점 아래쪽에서 불어왔다. 구름이 태양을 가렸고 '피터의 마지막 선등 지점'을 지나쳐 내려갈 때쯤엔 신설 눈사태가 우리가 있었던 골짜기를 따라 계속 흘러내려가고 있었다. 눈도 마구 내리기 시작했다. 연거푸 라펠을 하면서, 우리는 필사적으로 똑바로 서서 눈사태로부터 벗어나려 했다. 한낮의 열기가 그리 강하지 않았는지 땀이 식으면서 추워지고 있었다. 우리는 전날 피터를 떠나보냈던 임시장소에서 멈추었다. 그곳에서 우리는 여기저기서 흘러내리는 눈사태를 피했다. 내가 물었다.

"이제 어떡하지?"

"저는 저 아래쪽에 탁 트인 슬로프가 흘러내릴까 걱정돼요. 하지만 눈이 많이 쌓여 여기서 비박을 해야 하는 상황이 되기 전에 빨리 내려가야 해요."

나 역시 비박은 달갑지 않았다.

"좋아, 내려가자."

나는 클립을 풀고 첫 번째 개방사면으로 트래버스했다. 우리가 '짐의 선등 지점'까지 내려오는 동안 눈폭풍이 엄청난 속도로 계속 휘몰아쳤다. 네 번의 라펠 끝에 캠프 II가 설치된 절벽 아래로 무사히 내려왔다. 몇 개의 너른 진창을 거쳤지만 커다란 눈사태는 일어나지 않았다. 우리에게 행운이 따라준 것이었다.

캠프는 비어 있었다. 윌리와 피터는 휴식을 취하려고 전진베이스캠프로 내려가 있었다. 평화로운 캠프의 정적은 우리가 방금 설사면에서 겪었던 상황과 대비되어 오히려 이상했다. 우리는 녹초가 되어 있었다. 한 시간 후 우리는 캠프 I 까지 짧은 하산을 마쳤다.

루가 막대사탕을 으드득 깨물어 먹으면서 웃고 있다가 로프 끝에서 우리에게 인사를 했다.

"어서 오게. 오늘 오후는 날씨가 아주 험상궂군. 어떻게 돼가고 있어?"

나는 텐트들 옆에 쓰러지듯 엎어졌다.

"여기서부터 가면 완전 녹초예요. 능선을 100미터도 안 남긴 지점까지 갔는데, 설사면이 위험한데다 너무 힘들어 갈 수가 없었어요."

짐이 계속 말했다.

"우리가 지치기 전에 북릉에 오르려면 더 높은 곳으로 캠프를 옮겨야 할 것 같습니다. 능선을 볼 수 있었고요, 우리가 오른 고점부터는 쉬울 것 같아요."

루는 실망하는 기색이 역력했다. 루는 전날 피터와 윌리가 능선까지 겨우 몇십 미터밖에 남지 않았다고 말했기에 그날 우리가 능선을 정복했을 거라고 확신하고 있었다. 그가 말했다.

"자, 그럼 내일은 데비와 내가 선등을 하고 키란과 니르말은 짐을 나르도록 합시다. 그들 모두 여기 캠프 I 에 있으니까."

과연 텐트 네 개가 캠프 안에 설치되어 있었다.

"나는 내일 숨 좀 돌렸으면 하는데요, 루. 몹시 지쳤거든요."

그렇게 말하면서 나는 진짜 이유를 숨겼다. 염증으로 귀가 아픈데다 말을 할 수 없을 만큼 목이 쓰라렸지만 나는 여전히 짐을 나르고 싶었다.

짐은 며칠 동안 휴식을 취하기 위해 내려가기로 결정했다. 그는 며칠 동안 피터, 윌리와 함께 등반을 했고, 그 다음엔 나와 함께 열심히 올랐다. 지금이야말로 잠시 쉬어야 할 타이밍이었다. 루가 웃으면서 우리에게 편지를 건네주었다.

"자, 편지. 이 편지들이 힘을 불어넣어줄 거야."

짐과 나는 편지 다발을 끌어안고 우리의 텐트로 향했다. 집에서 날아온 소식을 하나하나 읽으며 우리 둘의 얼굴엔 눈물이 흘러내렸다.

원정에 나선 이후 그날은 최고로 행복한 날이었다. 에반스와 로프, 그리고 편지가 도착하면서 원정이 희망적인 쪽으로 선회한 것이었다. 마침내 우리는 진전을 보이고 있었다.

9

14일 밤새도록 돌풍과 폭설이 캠프 I에 몰아쳤다. 눈보라가 텐트 세 개를 묻어버릴 기세였기에 우리 중 한 사람은 매시간 밖으로 나와 삽으로 눈을 파내야 했다. 눈이 텐트 지붕과 벽에 쌓이면서 밀고 들어와 텐트 내부는 절반 크기로 줄어들었다. 루, 데비, 짐, 니르말, 키란, 그리고 나는 우리 텐트 안에 떼 지어 몰려 있었다. 루는 자신의 텐트에서 아침에는 어느 누구도, 심지어 자신까지도 움직이려 하지 않을 것이라고 생각했다. 그래서 그는 오라고 큰 소리로 불렀지만 아무런 반응이 없자 마침내 새벽에, 아침도 먹고 삽으로 눈도 파내주려고 우리 텐트로 건너왔다.

키란이 화장실에 가면서 내게 말했다.

"잘 주무셨어요? 정말 끔찍한 날씨네요!"

"정말 그렇군요. 나랑 짐이 뒷문으로 아침을 보내줄게요. 그리고 볼

일 보다가 전진베이스캠프로 굴러떨어지지 않도록 조심해요!"

우리가 아침을 준비하는 동안 짐은 혼란스러워했다. 혼자 있고 싶어하는 그의 바람과 마음가짐이 또렷이 느껴졌다 – 그는 혼자 있을 필요가 있었다. 히말라야 산악인은 1미터×2미터×1미터의 공간에서 생존하는 법을 익혀야 한다. 소리, 냄새, 펄럭거리는 텐트자락, 서로 부딪힘, 추위, 어둠 등 모든 것이 심적 변화에 영향을 준다. 이러한 문제들이 해결되지 않으면 등반이 조기 종결되거나 반목이 생겨난다. 산악인은 여러 시간 동안 로프 끝에서 혼자 견딜 수 있지만, 일단 캠프로 돌아오면 평화롭고 여유 있는 고독을 갈망한다. 짐은 전진베이스캠프로 내려가길 원했지만 그곳에서도 윌리와 피터의 빈정거리는 말투를 피할 수는 없을 것이었다.

이후 전진베이스캠프와의 아침 무선교신에서 윌리는 짐에게 기침이 심해 피가래가 나오는 짐꾼을 봐달라고 요청했다. 그러자 짐은 다리에서 엉긴 핏덩어리가 폐로 이동해 생기는 폐색전일 가능성이 높다고 말해주었다. 그는 윌리에게 취해야 할 조치들을 무전으로 일러주었지만, 곧바로 살펴보러 내려갈지는 분명하게 밝히지 않았다.

눈은 그쳤지만 여전히 우중충한 날씨였다. 나는 눈 상태가 안정적이지 않다고 생각했기에 짐에게 내려가지 말라고 충고해주었다. 별다른 생각 없이 나는 같이 있고 싶었다. 우리는 대화와 독서로 그날 하루를 마감했고, 나는 귀의 염증을 가라앉히려고 매시간 페니실린 알약을 털어넣었다.

한편 데비는 기침이 그치지 않고 더욱 심해지고 있었다. 그녀는 짐과 함께 전진베이스캠프로 내려갈까 고민 중이었다. 반면 니르말과 키란은, 루와 내가 있는 캠프 I에 남기로 했다.

그날은 아주 천천히 흘러갔다. 우리는 책을 읽고, 낮잠을 자고, 수다를 떨었다. 오후 늦게 습설이 내리기 시작했다. 눈은 내가 잠든 후에도 밤새도록 계속 내렸다. 일정하게, 나는 폭설로 텐트 지붕이 내려앉는 폐쇄공포의 느낌 때문에 깨어나곤 했다. 짐과 나는 번갈아 텐트 지붕을 치고 밀어서 눈에 내려앉지 않도록 했다. 아침에 깨어 일어났을 때 텐트 안은 여전히 어두웠다.

신설이 30센티미터나 내리는 바람에 또다시 휴식을 취하는 날이 될 듯했다. 우리가 다른 대원들에게 죽을 만들어주는 동안 루는 캠프 위쪽 로프에 쌓인 눈을 깨끗이 치웠다. 다음 작업은 장비들을 찾아내는 것이었다. 루는 거의 미친 듯이 돌아다닌 끝에 신설 아래 파묻혀 있는 눈삽을 찾아냈다. 캠프의 눈을 치우면서 짐은 자신의 피켈이 사라졌음을 알게 되었다. 다섯 명이 한 시간 가까이 파헤쳤지만, 결국 내 피켈만 찾아냈다.

그날 오후 짐은 우박폭풍이 몰아치는 가운데 전진베이스캠프로 향했다. 나는 짐이 다시 선등하거나 짐을 나르기 전에 며칠만이라도 혼자 있고 싶어한다는 것을 느낄 수 있었다. 늦었지만 그는 휴식을 취해야 했다.

짐이 가고 나자 나도 잠시나마 고독을 즐길 수 있었다. 편지를 쓰려고 내 텐트 안에 머물렀다. 그곳은 이제 집이나 마찬가지였다. 나는 마음 편히 쉬고 염증을 가라앉힐 수 있었다.

로프를 타고 내려가는 길에 짐은 캠프 I 으로 짐을 나르고 있는 앤디를 만났다. 등반조건은 최악이었다. 깊이 쌓인 습설이 어느 쪽으로든 나아갈 수 없게 했다. 다행히도 앤디는 캠프 I 으로 올라가려는 시도를 접고 짐과 함께 전진베이스캠프로 돌아갔다.

저녁을 먹고 나자 대원들 중 캠프 I에 남은 사람들은 각자의 텐트 어둠 속으로 사라졌다. 나는 내가 가져온 초의 불꽃이 반짝이는 데서 작은 따뜻함을 느꼈다. 아무리 작은 것이라도 우리가 지금 살고 있는 세계에서는 놀랍게 느껴지는 것 같았다 – 작은 초 하나가 2인용 텐트를 환히 밝혀줄 수 있는 것이었다. 나는 그 불꽃을 동료처럼 쳐다보기 시작했다. 따뜻했고, 살가웠으며, 깜박거리자 그것이 없으면 춥고 험악한 곳에서 생명이 있는 듯한 느낌이었다. 공간을 많이 차지하지 않고 조용했으며 편안한 향기까지 풍겼다. 불꽃을 잠재울 수도 있었고, 그러면 쏟아져서 나를 놀라게 할 일도 없을 것이었다.

폭풍이 몰아친 지 3일째가 되자 모두 불안한 눈치였다. 하지만 눈폭풍은 내게 필요한 휴식을 가져다주었다. 내 귀와 목은 텐트 안의 훈훈한 공기와 약을 과하게 복용한 덕분에 아주 좋아졌다. 다른 사람들에겐 지루하고 사기가 저하되는 시간이었다. 캠프에 여러 날 머물게 되자 점점 실망하게 되었다. 정상까지 갈 길이 아주 멀기에 원정대원 대부분은 가만히 앉아 있지 않고 일을 하려 했다.

그날 아침 일찍 루와 데비는 전진베이스캠프로 내려갔다. 데비는 고도가 낮아지면 아픈 목이 조금 나아질지도 모른다고 생각했다. 루는 운동 삼아 짐도 나르고, 존 에반스도 만나본 뒤 그날 저녁 돌아올 작정이었다. 키란과 니르말은 지난 며칠 동안 쌓인 눈 속에서 로프를 꺼내려고 로프를 따라 위쪽으로 사라졌다. 나는 아침을 챙겨준 뒤 잠자리에 들어버렸다.

정오 무렵 루가 세 시간 반이나 걸려 지친 몸을 이끌고 터벅터벅 캠프 I으로 걸어 들어왔다. 그를 보자 내가 말했다.

"안으로 들어오세요, 루. 제가 생선과 국수요리를 해드릴게요."

“좋아, 좋아! 하루종일 아무것도 못 먹었어. 전진베이스캠프에 있는 짐꾼들에게 요리용 땔감이 떨어지는 바람에 아침도 못 먹었어. 심지어 베이스캠프로 내려가 땔감을 가져올 힘을 얻기 위해 박스를 불태우기도 했어. 하지만 어차피 에반스의 장비와 짐꾼들의 식량을 가지러 가야 했으니까.”

“그렇게 눈이 많이 왔는데도 그들이 그 빙하를 건넜다는 게 믿기지 않네요.”

“그러게 말이야. 그것도 안전하게 해냈어.”

그날 저녁 데비는 무전으로 이상한 이야기를 전해주었다. 그녀는 거의 웃음을 참지 못했다.

“짐꾼들이 우리 원정대가 산 속에서 쇠고기를 먹고 있기 때문에 기상이 악화되고 있다는 결론을 내렸다는데요.”

“키란, 이 얘기 들었어요?”

내가 소리치자 그가 발끈했다.

“아니, 도대체 뭐라고요? 카스트 내에서 가장 높은 브라만인 저도 쇠고기를 먹고 있잖아요! 무례하기는! 내가 먹을 수 있으면 그들도 먹을 수 있거든요! 산 속에서 곤경에 처하면 무엇이든 먹을 수 있잖아요 – 심지어 인육까지!”

짐꾼들은 윌리, 에반스 등과 함께 저 아래 베이스캠프에 있기에 우리는 키란의 분노에 대한 그들의 대응을 기다려야 했다. 우리 모두는 키란이 인육 운운하는 소신으로 그들의 이야기를 잠재울 거라고 확신했다. 쇠고기를 먹든 안 먹든 악천후의 끝은 보이지 않았다. 또다시 폭설이 내려 우리는 잠을 잘 수밖에 없었다.

다음날 아침 하늘은 구름으로 흐려져 있었다. 조금 더 따뜻해졌지만, 두꺼운 구름층이 산의 상부와 하부 경사면을 뒤덮고 있었다. 눈은 내리지 않았다.

나는 침낭 깊숙이 드러누워 루가 텐트 주변을 삽질하는 소리를 들었다. 그는 곧 내 텐트까지 길을 만들었고, 한참 동안 텐트 문 지퍼와 씨름한 끝에 수염 난 얼굴과 헐렁한 흰색 스토킹 모자를 쑥 들이밀었다. 우리는 임시 바위턱까지 짐을 나르고 로프를 청소하기로 했다.

로프에는 바람으로 다져진 눈이 2.5센티미터나 쌓여 있었다. 하지만 우리가 임시 바위턱의 하나뿐인 텐트에 도착하는 데는 겨우 한 시간 반밖에 걸리지 않았다. 내가 말했다.

"우리가 딱 맞춰서 올라왔어요, 루. 텐트가 파묻히기 직전이네요."

눈보라와 눈사태 잔해 등으로 한쪽 텐트 벽은 바닥까지 무너져 내렸고, 가느다란 유리섬유 지지대는 부러지지 않고 휘어져 있었다. 놀랍게도 우리가 만든 알루미늄 기둥은 별다른 이상 없이 상태가 좋았다.

우리는 텐트 주변에 쌓인 눈을 두세 시간 동안 치웠다. 텐트가 워낙 작은 바위턱에 불안하게 설치되어 있어 우리가 할 수 있는 일이라곤 암벽과 가장 가까운 쪽을 치우고 그곳에 잘 버티게 하는 수밖에 없었다. 쉽게 드나들 수 있도록 입구 쪽을 최대한 깊이 파냈다.

재빠르게 내려오자 오후 2시 무선교신에 맞춰 캠프로 돌아올 수 있었다.

"아래쪽은 잘 돼가고 있지?"

루가 묻자 짐이 응답했다.

"그럼요. 윌리, 에반스, 그리고 짐꾼들이 드디어 빙하 반대편에 도착하고 있어요. 이제 막 건너려고 하네요…… 예, 지금 건너네요."

바로 그 순간 루와 나는 으르렁거리며 리시 강 쪽으로 무너져 내리는 눈사태소리를 들었다－빙하를 건너는 원정대를 덮치기에 딱 맞는 시간이었다. 루가 무전기에 대고 소리를 질렀다.

"짐! 눈사태가 지금 막 우리 옆을 지났어. 빨리 윌리에게 돌아가라고 말해!"

우리는 수백 미터 아래쪽의 상황을 살펴보려고 텐트에서 튀어나왔다. 전진베이스캠프에서 누군가 빙하 쪽에 있는 대원에게 소리치는 모습을 볼 수 있었다. 일부 사람들이 알아채고는 뛰듯이 도망치자 눈사태가 빙하 말단으로 달려들어 그들 곁으로 큰 소리를 내며 스쳐갔다.

하루 중 제일 좋지 않은 때를 택한 것이었다. 베이스캠프에서 좀더 일찍 출발해야 했다. 그들은 잠시 기다렸다가 다시 건너기 시작했다. 짐이 2시 30분에 모두 안전하게 건너왔다고 알려주었다. 그들이 전진베이스캠프까지 올라오는 20여 분간 눈사태가 일곱 개나 더 밀려 내려갔다. 눈사태는 거의 두 시간 동안 계속되었다.

나중에 짐이 물어보았다.

"윌리, 건너올 때 눈사태가 없을 거라는 걸 어떻게 알았어요?"

"경험 많은 등반 대가는 알 수 있지."

그가 미소 지으며 대답하자 짐이 충고하듯 말했다.

"윌리, 당신 자신의 운을 시험해보는 건 좋지만 짐꾼들의 목숨까지 운에 맡기진 마세요. 짐꾼들은 우리가 올바른 결정을 할 거라고 믿고 있잖아요."

다시 캠프 I 에서는 키란과 니르말이 우리에게 저녁밥을 해주겠다고 고집했다. 그 둘은 고기와 국수를 요리하려고 스토브와 냄비들을 모았다. 루와 내가 말렸지만 아무런 소용이 없었다. 그들이 요리를 끝냈지만 스토브에 불이 붙지 않자 나는 '이제 우리는 영하 1도의 텐트에 있어야겠구나' 하고 생각했다. 우리가 양이 너무 많다고 말해주었지만 그들은 전혀 개의치 않았다. 루와 나는 음식을 남기면 인도인 동료들이 불쾌해할까봐 곱빼기로 먹는 바람에 음식이 목까지 차올랐다.

니르말은 예전처럼 행복해 보이지 않았는데, 아마도 인도군 내의 계급 때문인 듯했다. 심지어 원정 상황에서도 니르말은 여전히 하사관이었고 키란보다 카스트 계급이 낮았다. 우리는 인도인 동료들을 좋아했다. 그들은 여유만만하고 무척 조용했으며 우리를 즐겁게 해주려 애썼다. 그렇지만 그들의 등반 안전수칙과 굼뜬 행동은 여전히 문제점으로 남아 있었다.

그렇게 또 하루가 지나고 밤새 눈이 다시 내렸다.

다음날 아침 내 텐트의 양쪽은 안으로 찌그러질 대로 찌그러져 있었다. 잠을 자다가 질식할까봐 나는 무의식적으로 텐트 한가운데로 움직였다. 탁 트인 사면을 휩쓸고 내려오는 큼지막한 눈사태의 연속 공격에다 작은 회오리 눈사태가 캠프를 때렸다.

"어이, 존! 오늘 아침에도 움직이지 못할 것 같은데."

루가 소리쳤지만, 그의 목소리는 텐트 양쪽에 쌓인 눈 때문에 나지막하게 들렸다. 내가 되받아 소리쳤다.

"젠장, 그러게요. 바로 여기서 산 채로 묻힐 뻔했어요."

나는 등산복을 입고 회오리치는 눈더미 속으로 기어나갔다. 눈보라가 내 위로 쏟아져 내렸고, 윗도리와 신발 틈새로 눈이 밀려들어왔다. 나는 10미터쯤 떨어져 있는 루의 텐트를 거의 볼 수가 없었다. 허리를 구부린 채 눈 속을 뚫고 절벽을 따라 화장실까지 내달렸다. 미끄러운 가죽바닥 편상화를 신었지만, 안전상 피켈을 사용하며 겨우 되돌아왔다. 그 다음 몇 시간 동안 나는 내 텐트와 그때까지도 잠자리에서 뭉그적거리고 있는 인도 대원들 텐트 일부분을 눈 속에서 파냈다. 내 목표는 루의 텐트 문까지 좁은 길을 내는 것이었다.

루가 책에서 눈을 떼며 말했다.

"근데 미국 기차가 저 눈사태처럼 신뢰할 만했으면 우리 미국인이 전 세계를 선도했을 거야."

"눈사태가 멈추질 않네요, 그죠? 아침 먹으러 건너와야죠. 그리고 키란이 스토브들을 못 만지게 말려주세요."

내가 말하고 있을 때 산의 사면 건너편에서 으르렁거리는 소리가 들려왔다. 세락(serac, 빙하가 급경사를 내려올 때 빙하 균열의 교차로 생기는 탑 모양의 얼음덩이 – 옮긴이)이 떨어지면서 거대한 눈사태로 쏟아져 내리기 시작했다. 내가 말했다.

"전진베이스캠프 쪽이에요. 그곳 사람 모두를 깨우겠군요."

짐과 윌리, 에반스는 전진베이스캠프의 4인용 텐트에서 이제 막 일어나고 있었다. 피터는 혼자 2인용 텐트에서, 그리고 데비와 앤디는 또 다른 2인용 텐트에서 아직 자고 있었다. 그 눈사태의 거대한 소리는 그들을 두려움에 떨게 했다. 그들은 거칠게 몰아치는 눈사태 후폭풍에 전혀 대비하지 않고 있었다.

후폭풍은 4인용 텐트의 기둥들을 다시 구부러뜨리면서 거의 다 뭉개버렸다. 에반스가 텐트들을 파내고 텐트 자리를 고르는 동안 윌리와 짐은 구부러진 기둥들을 다시 폈다. 한 시간여 만에 캠프는 정상으로 돌아왔다.

"전진베이스캠프, 들립니까?"

내가 무전기에 대고 말하자 윌리가 응답했다.

"여기는 전진베이스캠프. 악동 나와라!"

'악동'은 트레킹 초반에 피터가 나에게 붙여준 별명이었다. 대원들 중 몇 명이, 특히 윌리가 나를 존 에반스와 구별해 부르려고 곧바로 사용했다. 내가 농담을 던졌다.

"오늘 아침 저희가 보내드린 화물차 어땠어요?"

"존, 진짜 몰아치더군. 자네들이 우리에게 베풀어준 모든 것에 감사할 따름이네."

윌리가 웃으면서 말했다.

대화를 끝낸 뒤 나는 아침식사용 오트밀을 조리하는 데 집중했다. 한 시간, 두 시간…… 시간은 천천히 흘러갔다. 에반스가 사려 깊게 〈타임〉지 몇 부를 가지고 들어왔는데, 우리 모두는 처음부터 끝까지 두세 번씩 읽었다. 우리는 읽을 수 있는 것은 모두 다 읽었는데, 심지어 필름통에 적혀 있는 유의사항까지 읽었다.

눈은 계속 내렸고, 우리는 산 사면을 타고 내려가며 으르렁대는 눈사태소리를 들으면서 잠에 빠져들었다.

8월 19일은 기상이 전날보다 더 악화되었다. 눈도 더 많이 내렸다. 캠프뿐만 아니라 우리의 사기도 눈에 파묻혀버렸다. 텐트는 문이 달린 눈 터널과 닮은꼴이 되었다. 눈이 떨어져 내려 평평하게 유지하기 위해 루와 나는 하루에 네 번이나 파내야 했다.

한밤중 내내 루는 침낭의 머리 부분을 텐트 입구 쪽으로 향하게 했는데, 눈의 무게를 견디지 못해 텐트가 무너지더라도 질식하지 않기 위해서였다. 그는 금세 잠들었다. 나는 밤새도록 떨어져 내리는 눈사태의 으르렁거리는 소리 듣는 것을 즐기기도 했다. 눈사태 후폭풍은 이제 방비가 잘되어 있는 우리 캠프에 어떠한 해도 끼치지 못했다.

루가 눈사태소리에 맞춰 끼어들었다.

"어이, 키란. 산에서 고기를 먹어 신이 노했다면 신의 분노를 가라앉히기 위해 사람을 제물로 바쳐야 할지도 모르잖아. 키란 자네가 주연을 맡아야 할 것 같은데!"

루의 농담을 스스럼없이 받아들인 키란은 오히려 우리가 준 의약품을 조금 보내주었다. 하지만 니르말은 무슨 말인지 이해되지 않는 모양이었다. 결국 키란이 통역해주고 나서야 그들의 텐트에서 웃음이 터져나왔다.

오후에 두 시간 동안 눈을 파내고 나서 곧바로, 갑자기 나타난 햇살로 다시 희망을 품게 되었다. 루와 키란, 그리고 나는 카메라를 끌고 나와 신설로 뒤덮여 장관인 봉우리들을 찍었다. 태양은 온기와 빛으로 우리의 등반 의지를 다시금 북돋워주었다. 등반을 그만두어야 하지 않을까 했던 언급들은 언제 그랬냐는 듯이 순식간에 사라졌다. 결국 눈폭풍은 영원히 계속되지 않았다.

루가 재빠르게 캠프 I 위쪽의 등반 경로를 새롭게 스케치했다. 그와 나는, 지금은 캠프 II로 간주되는 임시 바위턱까지 전진하고 그사이 전진베이스캠프에 있는 몇 사람이 캠프 I의 우리 자리를 차지하기로 했다. 마침내 날씨가 나아지고 있는 듯했다.

8월 20일, 날씨는 맑고 밝았으며 바람도 없었다. 루, 키란, 니르말, 그리고 내가 짐을 운반할 준비를 하느라 캠프는 북적대기 시작했다. 루와 나는 상부 캠프에 머물기 위해 개인장비를 나르고 있었고, 인도

대원 둘은 공동장비를 나르기로 했다.

로프가 깊이 파묻혀 있어 우리는 서서히 전진했다. 내가 허벅지까지 빠지면서 처음 45미터 직선 코스를 치고 올랐다. 성기게 쌓인 신설을 손으로 치운 다음 무릎으로 눌러 다졌다. 그러고 나서야 수십 센티미터 밑에 묻혀 있는 로프를 사용해 30센티미터 정도 앞으로 나아갈 수 있었다.

루가 다음번 피치를 선등했는데 거의 한 시간이 걸렸다. 그의 선등은 가루눈이 밀려 내려와 깊이 쌓여 다져진 눈사태 골짜기에서 끝났다. 그 골짜기는 직벽의 경사도가 높은 사면에서 끝나 있었지만, 이쪽이 아침의 첫 선등보다 훨씬 더 오르기 수월했다.

우리는 지친 몸으로 캠프 Ⅱ에 도착했다. 텐트는 눈에 살짝 무너져 있었지만 여전히 건재했다. 우리는 텐트 앞문 앞을 낮춰 쉽게 드나들 수 있도록 하고, 화장실 자리를 다시 손보는 등 새집을 살 만하게 만들기 위해 몇 시간 동안 바삐 움직였다. 이전에 머물렀던 윌리와 피터는 텐트를 아주 깨끗하게 사용한 것 같았다.

키란과 니르말은 우리가 캠프에 도착한 뒤 몇 시간이 지나 나타났다. 끔찍한 상황들 때문에 그들은 몹시 느렸다. 우리는 새 캠프에 저장되어 있는 차와 스낵을 찾아내어 그들을 환영하며 맞아들였다.

임시 바위턱은 원래 임시 캠프였지만, 이제는 북쪽 능선에 오르려면 꼭 필요한 장소로 여겨졌다. 처음에는 루와 내가 반대했지만 이제는 그곳에 캠프가 있어 천만다행이라고 생각하고 있었다. 이런 사실을 피터가 알면 무척 즐거워할 것이었다.

전 대원이 산에서 움직이고 있었다. 데비와 앤디가 캠프 Ⅰ으로 전진하는 동안 피터와 윌리, 존 에반스는 전진베이스캠프로 다시 내려갈 계획 하에 짐을 운반했다. 여전히 설사 증상에 시달리고 있는 짐은 리지 캠프에서 땔감나무를 보충하는 짐꾼들을 도와주었다.

그날 하루 동안 우리는 산 속에서 큰 진전을 이루었다. 루와 나는 더 위쪽 캠프로 옮겨갔고, 많은 짐이 운반되었다. 그날은 아름다운 일몰로 마감되었다. 다음날 능선에 오르겠다고 마음먹은 루와 나는 이른 저녁을 먹고 잠자리에 들었다. 6일간 눈폭풍이 몰아친 덕분에 내 귀와 목은 말끔하게 나았다. 나 자신이 강건하게 여겨졌고, 다음날 아침 반드시 능선을 정복할 거라고 확신했다.

그날 밤은 평화로웠기에 우리는 다음날을 무척 기대했다. 새벽 2시에 루가 헤드램프를 켜고 아침을 준비했다.

한 시간 반 후에 우리는 텐트에서 기어나와 로프를 오르기 시작했다. 나는 고정로프까지 걸어 올라가 개방된 사면으로 불편한 트래버스를 했다. 전에 없이 앞으로 나아가기가 힘들었다. 2.5센티미터 두께의 딱딱한 표면을 깨뜨려야 로프를 꺼낼 수 있었는데, 고되고 시간이 많이 걸리는 작업이었다.

가르왈 지방의 대기는 맑고 깨끗했다. 난다콧(Nanda Kot, 인도 피토라가르 지역에 있는 산으로 높이는 6,861미터다) 너머 서쪽에서 번개가 치고 있었다. 마치 전쟁이 난 듯했고 우리는 유일한 관람객이었다.

우리는 로프를 쉽게 끄집어낼 수 있을 거라고 생각했다. 하지만 로프를 파헤쳐내느라 빠르게 고도를 높일 수가 없었다. 우리의 장비는 살인적으로 무거웠다. 루가 연이어 선등하며 치고 나가는 동안 나는 좀더 무거운 짐을 메고 따라갔다. 90미터 로프 길이만큼 전진하는 데 한 시간이 걸렸다.

1주일 만에 처음으로 내가 선등해 마무리할 때쯤엔 태양이 우리를 거의 지쳐 항복할 정도로 만들었다. 그날은 더 이상 우리 자신을 몰아붙일 수가 없었다. 로프와 장비를 내던지고 우리는 캠프 Ⅱ로 철수했다. 다음날 또다시 능선 정복에 나서야 했다.

키란과 니르말은 '짐의 선등 지점' 위까지 계속 올라 짐을 내려놓고 몇 개의 앵커를 붙여놓았다. 그들 역시 한낮의 열기에 굴복했다. 짐과 피터는, 다음날 올라오라고 윌리와 에반스를 전진베이스캠프에 남겨놓고 캠프 Ⅰ으로 전진했다. 전 대원 모두 기대대로 움직여준 것이었다.

한편 베이스캠프에서 염소 한 마리를 잡아 짐꾼들이 캠프 Ⅰ까지 고기를 가져왔다. 루와 나는 전진베이스캠프와 캠프 Ⅰ에서 각자 자기 몫을 가져가고 난 뒤에 나머지 고기를 받았다. 데비와 앤디가 먹다 남은 고기를 캠프 Ⅱ의 우리 텐트 문 앞까지 가져와 온종일 쉬면서 보냈다.

이제는 데비와 앤디가 팀 동료 이상의 관계임을 원정대원 모두가 알게 되었다. 두 사람은 캠프든 로프 위든 항상 함께였다. 원정대원의 어떠한 행동이든 다른 대원 모두에게 영향을 주기 때문에 앤디와 데비의 관계는 우리 모두의 관심사가 되었다. 둘의 관계가 깊어질수록 그에 대한 이야기도 많아졌다. 내가 생각하기에 그들은 잠재적으로 해를 끼치는 관계였다. 하지만 더 이상 원정대를 조각낼 수는 없었다.

루와 내가 잠에서 깬 시각은 새벽 2시 15분이었다. 어둠과 피곤함을 이겨가며 우리는 어제 깨놓은 코스를 따라 재빠르게 오르기 시작했다. 세 시간 만에 우리는 전날의 고점에 이르렀다.

두 시간 반 후에 우리는 마지막 130미터의 쉬운 설사면을 나눠가며 선등한 끝에 아침 9시경 북쪽 능선의 정상에 노날했다. 이름도 없고, 아무도 오른 적이 없는 봉우리들이 눈앞에 펼쳐져 있었다. 적갈색을 띤 불모지가 북동쪽으로 쫙 펼쳐진 티베트 땅이 이른 아침 햇살 아래 어렴풋하게 빛나고 있었다. 잘 알려진 봉우리들이 – 창가방, 카렌카, 카멧(Kamet, 북인도 가르왈 히말라야에 있는 봉우리로 높이는 7,757미터다), 다울라기리까지 – 저 멀리 솟아 있었다.

루와 나는 800미터 저편에 떨어진 부벽까지 나지막한 경사로 이어진 넓고 평탄한 능선 정상에서 기분이 좋아졌고 여유로워졌다. 능선 정상은 훌륭한 캠프 Ⅲ가 될 것이었다. 여기까지 오른 것만으로도 진정한 성공이라고 할 수 있었다.

10

능선 위에서 또렷이 보이는, 정상으로 향하는 부벽은 심각한 난관이었다. 루는 부벽이 해발 7,000~7,300미터에 솟아 있다는 것만 빼고는 요세미티 계곡에 있는 워싱턴 석주의 남벽과 유사하다고 생각했다. 나는 가운데를 따라 오르는, 가능한 루트를 찾아보았다. 내가 이 난관을 연구해볼수록 가운뎃길은 더욱 좋아 보였다.

"존, 어떻게 생각해?"

루가 회의적으로 물었다.

"중간에 골짜기로 내려가는 부벽의 갈비뼈 같은 부분 위쪽으로 루트가 있을 것 같은데요. 제가 갈 수는 있을 것 같은데, 짐이 필요해요. 예전에 이렇게 생긴 지대를 함께 등반한 적이 있거든요. 우리 둘이라면 꽤 빠르게 오를 수 있을 겁니다."

루와 나는 몇 시간 동안 고지적응을 하면서 경치를 즐긴 뒤 가슴 깊이 느끼고 있는 일련의 긴 로프를 타고 내려와 캠프 II로 돌아왔다. 내려오는 길에 '짐의 선등 지점' 위쪽에 있는 짐을 발견했다. 그는 짐 운반을 막 끝내고 나서 그곳에 잠시 서 있는 것이었다. 당황스럽게도 피터, 앤디, 데비, 키란, 니르말, 심지어 짐까지도 너무 아래에다 짐을 내려놓은 것이었다. 그들은 우리가 '로스켈리가 짐 부리는 곳'이라고 부르는 작은 오버행까지 두 피치나 더 위쪽으로 날랐어야 했다. 고민할 것도 없이 나는 짐에게 너무 낮은 곳에 짐을 내리고 있다고 소리쳤다. 짐을 꼬집어 지적하진 않았지만, 괜히 더 안 좋은 감정만 부추긴 꼴이 되었다.

루와 내가 부벽을 살펴보는 동안 짐과 키란이 캠프 II까지 올라왔다. 두 시간 동안 그들을 도와 텐트 자리를 하나 더 만들었는데, 우리가 자리잡은 원추형 설면의 좁은 폭을 감안했을 때 어려운 작업이었다.

루와 나는 다음날 아침 능선으로 이동할 생각이었다. 키란과 짐이 전폭적으로 지원해주고 있음을 알기에 우리는 일찍 잠자리에 들었다. 밤하늘에 반짝이는 별이 내일 날씨가 좋을 거라고 약속해주는 듯했다.

캠프 II에 있던 우리 넷은 새벽 4시에 일어나 준비를 마쳤다. 8월 23일은 바람이 거세게 불었고 구름이 끼어 하늘이 어두웠다. 아이젠을 붙이고 트래버스를 가로질러 오르기 시작했지만 눈이 계속 내려 캠프로 돌아와 쉴 수밖에 없었다.

"어이! 거기 아무도 없나?"

윌리가 로프에서 소리치자 루가 대답했다.

"계속 올라오세요."

윌리, 존 에반스, 그리고 짐꾼 두 명이 캠프 I에서 짐을 운반해왔다.

날씨에 대해 잠깐 얘기한 뒤 '로스켈리가 짐 부리는 곳'까지 계속 올라가 짐을 내리고 돌아갔다. 캠프 II에서 짐, 키란, 루, 그리고 나는 계속 올라가지 않은 죄책감을 느끼면서 다시 잠을 자기 시작했다. 오후에 나는 로프를 타고 '짐의 선등 지점' 초반까지 가서 루트상의 느슨해진 로프와 여분의 피톤을 정리하고 돌아왔다.

로프와 핀이 더 필요해졌기에 '피터의 탈출 루트'를 어떻게 할 것인지가 다시 제기되었다. 우리가 능선에서 내려오고 있을 때에도 피터는 다시 한 번 자신의 루트를 점검하고 있었다. 그는 자신의 루트가 존속될 것이라고 확신하고 있었던 것이다. 하지만 앤디가 피터의 루트를 시도해보았는데 위험하고 불편하다는 것을 발견했다. 피터는 자신의 캠프로 돌아가는 길에 캠프 II에 있던 나와 루에게 벌컥 화를 냈다. 우리는 잘못된 장소에 짐이 내려지고 있다고 소리쳐 미안하다고 사과했지만, 그의 루트 때문에 너무 많은 장비를 낭비하고 있는데다 안전하지도 않다고 계속 주장했다. 또다시 우리는 합의점을 찾아내지 못했다. 결국 그 루트는 한 번도 사용되지 않고 그 자리에 남겨져 있었다.

악천후와 추위, 비좁은 텐트, 젖은 옷, 계속되는 위험 등으로 우리 모두 공허함과 신경질적인 감정을 갖게 되었다. 이 모든 상황이 우리를 자주 화나게 만들었다. 우리의 감정이 극단적이라는 – 극단적으로 신중하거나 극단적으로 불친절하거나 – 키란의 말은 이런 상황을 함축적으로 나타낸 것이었다. 누구든 타깃이 될 수 있었다.

그날 밤 키란은 맑고 유쾌한 목소리와 활기찬 눈동자, 실룩이는 콧수염 등과 함께 풍부한 이야깃거리로 우리를 즐겁게 해주었다. 밤에는 너무 추워져 침낭 없이 앉아 있기조차 힘들었지만, 그의 이야기를 계속 듣고 있을 수밖에 없었다. 그는 우리에게 지난 10여 년간 육군으로 생활하면서 보고 겪은 것들을 이야기해주었다. 카슈미르에서의 직책 때문에 그가 가족들과 함께 지낼 수 없어, 그의 가족들에세도 힘든 시기였다. 하지만 그는 부탄으로 원정을 가는 바람에 파키스탄과의 분쟁을 놓치게 된 것을 가장 애석해했다. 그의 이야기는 이제 북인도에서 낙하산부대 장교로 근무하던 시절로 꼬리를 물고 이어졌다.

스스로 기꺼이 쇠고기를 먹었지만 키란은 종교적으로 신실한 사람이었다. 그는, 인도 최고의 산악인 중 한 명이었으며 수많은 히말라야 등정의 대장이었던 그의 큰형 '황소' 쿠마르의 발자취를 따라가기만 하면 신이 자신을 위험으로부터 보호해줄 것이라고 믿고 있었다. 그는 요가 신봉자였고 힌두 스타일의 인격과 자제력으로 잘 수양되어 있었다. 신의 가호에 대한 키란의 믿음은 등반 도중 여러 차례 심각한 부상을 겪으면서 시험에 들기도 했다. 1974년 창가방 원정에서 키란은 90미터를 떨어져 거의 죽을 뻔했다. 결국 그는 부상 때문에 정상에 오를 수 없었다.

또다시 아침 일찍 능선을 향해 출발하기 위해 우리는 잠자리에 들었다. 루와 나는 능선에 머물 계획이었고, 짐과 키란은 지원조가 되어 캠프 장비를 나르기로 했다.

짐과 루, 그리고 내가 지쳤지만 행복하게 능선 정상에 도착하자 북쪽 능선을 가로질러 칼바람이 불기 시작했다. 도착시각은 오전 9시로, 우리가 캠프 II를 출발한 지 다섯 시간 만이었다. 우리는 능선의 너른 등 위에 열심히 텐트 자리를 골랐다. 북쪽 슬로프에 매달린 작은 처마처럼 생긴 눈더미에서 조금 떨어져 있는, 안전해 보이는 후미진 곳에다 2인용 텐트를 쳤다.

"부벽을 자세히 살펴보고 올게. 바로 올 거야."

루가 말했다. 이어 그는 능선 위쪽의 넓은 등뼈 같은 한가운데를 따라 질서정연하게 깊이 쌓인 눈을 헤쳐나가더니 어느덧 거대한 부벽을 향해 가는 아주 작은 점 하나가 되었다.

우리는 아침 일찍 이후 키란을 볼 수 없었다. 그는 캠프 II에서부터 짐을 운반하고 있었지만 우리보다 뒤에 출발한 것이었다.

"저기요, 존. 내가 올라오고 있는 키란을 만나면 뭐라고 말해줄까요?"

짐이 내려갈 준비가 되자 내 쪽으로 돌아서며 말했다. 바람이 일기 시작하고 남쪽까지의 하늘빛이 좋아 보이지 않았다.

"그에게 '로스켈리가 짐 부리는 곳'에 임시로 짐을 내려놓고 내려가라고 말해줘. 내일 루와 내가 가서 가져올게. 하지만 이렇게 늦게 아직도 올라오고 있을 거라고 상상이 안 되는데……."

짐이 너무 지쳤는지 고정로프를 타고 천천히 조심스럽게 이동하며 가루눈 소용돌이 속으로 사라졌다. 루와 나는 텐트 안으로 웅크리고 들어가 저녁을 위해 눈을 녹이기 시작했다.

"저기요! 여보세요!"

바람에 휩쓸리는 키란의 목소리를 듣고 우리는 큰 소리로 응답했다.

"여기 이쪽!"

몇 분 뒤 키란이 우리 텐트를 보호하고 있는, 지반이 조금 내려앉아 있는 곳으로 비틀거리며 들어왔다. 오후 2시였다. 키란이 배낭을 내려놓고 이른 아침부터 필사적으로 가져온 지원품을 꺼내놓았다.

"키란, 잠깐이라도 안으로 들어와요."

우리가 안으로 이끌었다.

"여기, 차도 드시고. 아마 여기서 자고 가야 할 것 같은데요?"

"아뇨, 괜찮아질 겁니다. 단지 아직 이 고도에 적응이 안 되었고 늦게 출발해서 그런 것뿐입니다."

가쁜 숨을 몰아쉬며 그가 말했다.

"짐이 당신에게 짐을 임시 보관하라고 말해주지 않던가요?"

"예, 그 말은 들었는데 내가 어디까지 갈 수 있는지 해보고 싶어서요."

루는 어이가 없어 할 말을 잃었고 키란이 계속 밀어붙여 능선에 도달하고 싶어했다는 사실에 약간 짜증이 났다. 나 역시 키란의 판단에 회의감이 짙어졌다. 그는 언제 산이 우위를 차지하는지 모르는 눈치였다. 그는 정신적 · 신체적으로 강인하지만 등반 상식은 정말 형편없었다. 자신의 안전이 최우선임을 배우기 전까지 그는 자신뿐만 아니라 원정대를 위험에 빠뜨릴 수도 있는 것이었다. 루가 그에게 다시는 그 같은 시도를 하지 말라고 당부했다. 키란은 순순히 그러겠다고 대답한 뒤 내려갈 준비를 했다. 오후 3시에 키란은 몰아치는 눈폭풍을 뚫고 내려갔다.

한편 그사이 짐이 라펠로 내려가 '짐의 선등 지점' 위쪽에 도착하자 때마침 피터도 아래쪽에서 올라왔다. 짐은 피터가 캠프 Ⅱ에서 가져온 식량자루를 보자 크게 화가 났다. 벌써 열어서 사용해버려 자루가 훨씬 더 가벼워져 있었다. 짐과 키란이 며칠 더 머물려면 그 식량이 필요했던 것이다. 짐은 아무 말도 하지 않고 그 배낭에서 약간의 동결건조식품과 육포, 젤로 등을 집어든 다음 계속 내려가버렸다. 데비와 윌리, 존 에반스, 앤디, 자텐드라는 짐이 내려왔을 때도 여전히 짐을 운반하고 있었다. 30분 후 짐은 캠프에 도착했다.

"캠프 Ⅱ 나와라, 여기는 캠프 Ⅲ. 키란이 내려가겠다고 고집해서 3시에 여기서 출발했다. 캠프 Ⅱ에 아직 도착하지 않았나?"

루가 무전을 하자 짐이 대답했다.

“예, 못 봤습니다. 윌리와 데비도 아직 위쪽에 있으니까 아마도 그들과 함께 있을 겁니다. 피터가 모퉁이까지 나가 살펴보도록 하겠습니다.”

“짐, 키란과 함께 있었어야지. 저 위쪽에 혼자 남겨두면 안 되는 거 아냐.”

피터가 나무랐다.

“제길, 키란에게 짐을 임시 보관하고 내려가자고 했지만 계속 올라가겠다고 고집부리더라고요. 내려가라고 명령할 순 없잖아요.”

상황이 심각해졌다. 키란이 실수를 해 캠프 II와 캠프 III 사이의 로프 위에서 오도 가도 못할 수도 있고, 지쳐서 주저앉아 찬바람을 맞으며 얼어 죽어가고 있을 가능성도 배제할 수 없었다. 데자뷰(과거의 일처럼 똑같이 생각되는 현상 – 옮긴이)처럼 생각되기 시작했다.

키란의 친구였던 하시 바후구나가 1971년 격심한 폭풍이 치는 에베레스트 남서벽에서 동사했던 것이다. 하시는 아래쪽 캠프로 내려가는 고정로프를 트래버스하는 도중에 기력이 소진되어 혹독한 추위와 바람에 굴복하고 만 것이었다. 그가 사라진 지 몇 시간 만에 구조대가 그를 찾아냈지만, 의식을 잃은 그를 데리고 내려오는 데는 실패했다. 폭풍이 더욱 거세어지면서 구조대도 생명을 위협받게 되자 그를 남겨두고 하산할 수밖에 없었던 것이다.

1971년 에베레스트 구조팀의 일원이었던 존 에반스는 캠프 I 에서 5시부터 무전기로 30분째 계속 교신하고 있었다. 바후구나의 냉혹했던 곤경을 또렷이 기억하고 있기에, 에반스는 스스로 안심시키고 있던 나와 루를 채근해 출동 준비를 하게 했다. 5시 30분에도 키란에 대한 소식이 없었다. 우리가 그를 찾아 내려갈 준비를 하는 동안 짐과 피터는 올라오고 있었다. 우리는 6시까지 키란이 보이지 않으면 출발할 예정이었다.

"찾았다! 키란은 데비, 윌리와 함께 '로스켈리가 짐 부리는 곳' 아래쪽에 있다."

피터가 '짐의 선등 지점' 아래쪽에서 소리쳤다.

몇 분 뒤에는 짐이 키란은 무사히 내려오고 있는 중이라고 캠프 Ⅲ에 있는 우리에게 무전으로 알려주었다. 이 소동으로 우리 모두 진이 빠져버렸고 키란의 판단이 잘못되었다는 우리의 우려만 확인한 셈이었다. 그의 자존심은 그만큼 위험했던 것이다.

저녁 무선교신에서 루는 짐에게 다음날 캠프 Ⅱ로 가서 부벽에서의 작업을 도와주라고 요청했다. 피터와 키란을 비롯한 몇몇 대원은 그것에 대해 화를 냈다. 그들은 어렵게 위쪽으로 등반해 나아갈 권리를 얻었지만, 짐에게는 내가 고집을 부렸기에 기회가 주어졌다고 생각한 것이었다. 그들이 옳았다. 내 생각에 부벽은 손발이 잘 맞는 팀에게 맡겨야 한다고 판단했다. 짐과 나는 바로 그런 단짝이었다.

루는 내가 짐을 붙여달라고 한 까닭을 알고 있었다. 부벽은 비슷한 지형을 경험한, 강한 팀을 요구하고 있었던 것이다. 속도 역시 핵심이 될 것이었다. 짐과 나는 캐나다 로키 산맥의 가장 험난한 루트들을 같이 올랐을 뿐만 아니라 볼리비아에서 7,000미터 봉우리의 전문 암빙벽 초등을 함께했다. 나와 짐은 등반 중인 팀 내에서 단연 가장 빠르고 탁월한 등반가였다. 우리는 또한 오도 가도 못하는 원정대를 구해줄 빠른 결과가 필요했다.

원정대는 가장 힘든 국면에 처해 있었다. 싸워야 하는 부벽이 버티고 있을 뿐만 아니라 매일매일 악화되고 있는 듯한 다양한 개인적 갈등을 마주하고 있었다. 우리는 처리해야 할 일로 가득했다.

루와 나는 고도 6,700미터의 혹독한 추위에 깼다. 첫날은 캠프에서 480미터 아래쪽의 '로스켈리가 짐 부리는 곳'까지 내려가 부벽을 오르기 위한 로프와 장비, 식량 등을 회수해올 예정이었다. 우리는 아래쪽에 있는 대원들이 그들의 캠프에서 능선이나 '로스켈리가 짐 부리는 곳'까지 날라주기를 바랐다. 아래쪽의 지원은 우리가 성공하는 데 절대적으로 필요했다.

하산은 쉬웠고 우리는 빠르게 라펠에 라펠을 거듭하며 내려갔다. '짐 부리는 곳'에서 서너 개의 로프 길이만큼 올라온 곳에서 캠프 Ⅲ까지 짐을 운반하고 있는 피터와 짐, 니르말과 교차해 내려갔다. 그들은 새벽 2시 30분에 캠프 Ⅰ을 떠났지만 놀라울 정도로 고도를 높이지 못했다.

루와 나는 조심스럽게 전날의 상승 코스로 라펠을 하지 않으려 애썼다. 우리의 발자국을 없애버리면 우리나 다른 사람들이 캠프 Ⅱ로 다시 올라올 때 어려워지기 때문에 발자국을 피해 왼쪽이나 오른쪽으로 이동했다. 소용돌이 눈사태가 일부 구간의 로프를 덮어버렸지만 밤새 신설이 내리지는 않았다.

루는 임시보관소에서 로프 세 개를 챙겨 등반 동료 셋 중 마지막으로 올라가던 니르말의 뒤를 따라 다시 올라가기 시작했다. 나는 로프 한 개와 식량을 배낭에 담아 뒤따라 올랐다. 내가 할 일은 앵커 지점에서 사용했던 카라비너를 모두 체크하고 가죽띠로 바꾸는 것이었다. 무거운 배낭을 메고 루트상에서 작업을 해야 했지만, 나는 니르말을 추월했고 능선 아래에서 짐과 피터까지 따라잡은 뒤 마침내 캠프로 힘겹게 들어왔다. 몇 분간 쉰 다음 나는 로프 확보 지점에 올라올 때 남겨두었던 피톤 한 상자를 가지러 다시 200여 미터를 내려갔다. 가벼운 짐과 훌륭한 등반 코스 덕분에 나는 니르말을 바로 뒤따라 캠프로 다시 돌아왔다.

태양으로 따뜻해진 캠프 III의 공기 속에서 우리는 눈 위에 편안히

캠프 III에서 바라본 부벽.

앉아 다음 목표인 부벽을 살펴보았다. 루와 나는 조용히 있었지만 희망적이었다.

몇몇 구간은 결사적인 싸움을 벌여야 할 듯했다. 텅 비어 있기도 하고, 불쑥 튀어나오기도 하고, 흰 서리와 가루눈이 한 겹 덮여 있는 곳도 있었다. 중간 지점에는 가파른 설면이 짧게 있어 부벽 정상 바로 아래까지 길게 형성되어 있는 눈 골짜기로 보이는 것까지 포함해 상대적으로 조금 쉬운 피치가 시작되고 있었다. 수십 미터의 수직 암벽을 지나면 어려움은 끝날 듯했다. 어느 루트로 오를지 결정하는 것이 무엇보다 중요했다. 부벽을 오를 수 없다면 당연히 정상도 정복할 수 없을 것이었다.

피터는 약간 주눅이 들어 있었다.

"와! 어디로 올라가야 할지 모르겠군."

그가 짐에게 말했다.

"내가 왼쪽으로 트래버스하면서 루트를 찾아볼게. 보닝턴의 사진에 따르면, 왼쪽 암벽에 커다란 쿨와르(산중턱의 협곡 – 옮긴이)가 분명히 있을 거야. 윌리도 왼쪽으로 트래버스하는 건 좋은 생각이라고 하니까."

심지어 피터는 우리가 미국을 떠나기 훨씬 전부터 정상까지 '슈퍼 쿨와르'가 있다고 생각하고 있었다. 창가방에서 찍은 보닝턴의 사진은 정말 가능 루트를 보여주고 있었지만, 캠프 Ⅲ에서 보기에는 위험해 보였다. 우리는 두 개의 루트로 시도해보는 것이 좋겠다고 주장했다.

"피터, 자네가 말하는 루트는 눈사태의 시발점을 똑바로 따라서 트래버스하게 되어 있어. 자네가 왼쪽으로 돌아 트래버스에 성공하더라도 그곳에 있을 거라고 생각하는 쿨와르가 없을 수도 있거든."

루의 지적에 내가 덧붙여 말했다.

"부벽이야말로 가장 안전하고 가장 직선으로 오르는 루트입니다. 피터가 말하는 쿨와르를 찾아보기 전에 부벽 코스부터 시도해봐야 합니다."

"모든 대원이 저 부벽을 오를 수 있는 건 아니지 않나. 모두에게 기회가 있다고 말하고 싶은데."

"물론 우리 모두 기회가 있죠, 피터. 안전하기만 하다면요."

토론은 무의미하게 끝나버렸다. 피터는 캠프 Ⅲ로 오자마자 트래버스를 시도해보겠다고 결정해버렸다. 그는 루에게 바로 다음날 올라갈 수 있는지 물어보았다.

"안 돼. 아직 이곳 캠프 Ⅲ에는 장비나 식량이 충분치 않거든. 위쪽으로 전진하기 전에 전 대원이 몇 차례 더 여기까지 짐을 운반해야 한다고."

루의 대답으로 피터는 더욱 짜증이 났다.

"만약 당신들이 저 골짜기의 3분의 2까지라도 올라간다면 그리로 올라갈 수도 있지."

그렇게 말한 뒤 피터는 실망스런 표정을 지으며 뒤돌아, 로프를 타고 자신의 캠프로 내려가버렸다.

이로써 부벽에서 성공해야 한다는 심리적 압박이 가중되었다. 나와 루, 짐은 다음날 우리가 큰 진전을 이루지 못하면 원정대가 자멸할 가능성이 높은 왼쪽 트래버스 루트로 돌릴 것임을 알아차렸다. 우리가 대원들 중 몇 명은 따라오지도 못할 만큼 어려운 루트로 나아가려 한다고 다른 대원들이 느끼고 있음이 피터의 말로 더욱 명확해진 셈이었다. 해서 당분간 그들은 우리를 도와주지 않을 것이었다. 우리 셋은 한 사람이라도 정상에 오르면 모두의 성공이라고 생각하고 있었지만 아래쪽에 있는 사람들은 모든 대원에게 똑같은 기회가 주어져야 하고, 그러지 못하면 누구에게도 기회가 주어져선 안 된다고 생각하고 있었다.

오후 2시 무선교신에서도 다음날 캠프 Ⅲ로 올라오겠다는 피터의 주장과, 부벽 코스부터 시도해보겠다는 우리의 결정을 두고 격론이 벌어졌다. 캠프 Ⅱ의 무전수신이 형편없었기에 각자의 의견은 캠프 Ⅰ에 있는 앤디를 통해 캠프 Ⅱ와 캠프 Ⅲ에 중계되었다. 하지만 루는 확고했다. 캠프 Ⅲ에 식량과 장비가 충분해지고 부벽에서 진전이 있기 전까지는 어느 누구도 올라갈 수 없다고 못박았다.

오후 7시 무선교신에서도 문제가 해결될 기미조차 보이지 않았다. 피터는 자신이 올라가 왼쪽으로 트래버스를 시도해봐야 한다는 생각에 변함이 없었다. 그때 데비의 목소리가 잡음 등으로 끊기면서 무전기에서 흘러나왔다.

"캠프 Ⅲ, 여기는 캠프 Ⅱ, 오버."

말다툼을 하느라 지친 루를 대신해 내가 응답하자 그녀가 말했다.

"제가 키란과 같이 내일 캠프 Ⅲ로 짐을 운반할게요."

귓결에 얼핏 그 말을 들은 루는 피터나 니르말은 짐을 운반하지 않을 거라고 짐작했다. 잔뜩 화가 난 그가 텐트에서 뛰쳐나와 무전기를 잡아챘다.

"피터도 같이 짐을 운반할 거니?"

"피터는 올라갈 수 없다면 휴식을 취하겠다는데요."

데비가 응답하자 루는 더욱더 화가 났다.

"전 대원은 내일 최소한 '로스켈리가 짐 부리는 곳'까지라도 반드시 짐을 운반해야 합니다. 캠프 Ⅲ, 이상."

8월 26일은 추웠다. 나는 새벽 5시경에 일어났다. 침낭 속에서 뒤척였지만 내 뺨과 코에는 숨이 얼어 서리가 앉아 있었다. 내가 숨을 쉬는 곳인, 침낭의 자그마한 얼굴 내놓는 곳에도 흰 서리가 달려 있었다. 따뜻한 살결에 상대적으로 차가운 공기가 닿는 충격은 고통스럽기까지 했다.

어둠 속에서 나는 건너편에 있는 2인용 텐트를 향해 소리쳤다.

"짐! 이제 슬슬 준비해야지. 긴 하루를 앞두고 있잖아."

루도 나갈 준비를 하는 우리를 도와주려고 일어났다. 아침도 함께 준비해주었다. 조리를 하기가 언제나 불편했다. 스토브를 켜기 전에 몇 냄비 분량의 눈을 꾹꾹 눌러 담아 가까이 놓아두었다. 혹시 더 필요할지도 몰라 커다란 나일론 가방에도 가득 담아놓았다. 뉴델리에서 구매한 스토브의 항공용 등유는 예열을 해야 불이 붙었다. 그러고는 스토브에만 불이 붙도록 계속 지켜봐야 했다. 캠프 III에 있는 텐트는 모두 스토브 때문에 문에 구멍 하나씩은 나 있었다.

식량은 텐트 문간 안쪽에 정돈해 쌓아두었다. 모든 식량은 비닐봉지에 담겨 있었고 습기가 차지 않도록 묶어두었다. 조리하는 사람이 텐트 안에서 가장 따뜻한 곳에 자리잡긴 했지만, 더럽고 물기에 젖고 불편한 일을 해야 했다. 요리사에 대한 칭찬만이 유일한 보상이었다.

"이거 정말 형편없는 맛이군!"

"정신 차려! 텐트 문에 불이 붙었잖아!"

"제길, 로스켈리! 내 배낭에 설탕을 다 엎질렀잖아!"

아멘.

짐과 나는 곧 준비를 끝냈다. 전날 밤 배낭에다 로프와 피톤, 가죽띠, 피켈, 망치, 개인장비 등을 넣어두었고 지금은 점심, 물, 그리고 등산복만 추가로 넣었다. 배낭은 무거웠다.

우리가 능선마루를 따라, 겉껍질이 생긴 눈 속에 허벅지까지 빠져 말뚝구멍을 내며 나아가자 구름은 남쪽에서 흘러오기 시작했다. 우리는 부벽 쪽으로 천천히 접근했다 – 캠프 Ⅲ에서 800미터도 채 안 떨어져 있었다. 잠깐씩 멈춰 등산화를 벗고 감각이 없어진 발가락을 주무르기도 했다. 1973년 다울라기리에서 발가락 몇 개를 잃은 나는 더 이상 잃고 싶지는 않았다. 짐도 혈액순환이 잘 되도록 발을 찍어가며 예정 루트를 살펴보았다. 우리는 계속 나아갔다.

"여기서부터는 로프를 사용해서 올라가야 할 것 같고 로프도 고정해야겠어, 짐."

우리는 어려워 보이는 첫 번째 돌출 암반 바로 아래 날카로운 암벽마루에 와 있었다. 북동벽의 경사는 60도 안팎이었지만 북서벽은 수백 미터를 그냥 떨어져 내리고 있었다. 북동쪽 빙하에서 깨진 덩어리까지 북서벽으로 떨어져 내리고 있었다.

바로 위쪽으로, 부벽은 수직으로 솟아 있었다. 홍적색 석영암이 가루 신설에 엷게 싸여 있었다. 아래에서는 그럴싸한 고정 바위턱을 찾아볼 수 없었다. 암반대 몇 개가 약간의 간격을 두고 걸려 있을 뿐이었다. 그것들은 매우 기술적인 등반이 요구되는 부분이었다. 몇 분 만에 준비를 마친 나는 팔을 노처럼 사용해 오르고 갈라진 암벽지역을 건너면서, 돌출 암반 쪽으로 힘들게 올라갔다.

"준비됐지, 짐?"

나는 그가 자신의 요가 벨트에 매듭을 묶는 모습을 쳐다보았다. 짐은 내 안전 확보 로프를 잡고 앉아버렸다.

"자, 전진."

지지하기 위해 피켈을 갈라진 틈에 박으면서 좁은 바위턱으로 온힘을 다해 올라섰다. 몇십 센티미터 위에 움켜쥘 수 있는 틈이 있어 짧은 설면으로 가로질러 연결된 가파르고 좁은 눈 램프에 도달할 수 있었다. 나는 산마루를 따라 허리까지 빠지는 설탕눈을 헤치고 부벽 초입까지 45미터를 전진했다. 75미터를 등반한 끝에 처음으로 아주 튼튼한 로프 안전 확보가 이루어졌다.

"좋아, 짐. 고정했어!"

나는 짐이 주마를 부착하고 로프를 타고 올라오는 모습을 지켜보면서 돌출 암반 아래로 사라질 때까지 900제곱센티미터 정도의 스탠스를 발로 밟아 다졌다. 그가 다시 설원의 가장자리에 나타나기까지 몇 년이나 걸린 듯했다.

지친 게 분명한 그가 소리를 질렀다.

"내 주마 장치가 완전히 망가졌어요. 제가 이놈을 고치자마자 바로 올라갈게요."

나는 무척이나 조급해지고 있었다. 그가 다시 말했다.

"젠장, 암반 위에 매달려 있었고요, 로프도 크랙에 끼어 있었어요. 지금까지 살면서 그렇게 열심히 버둥거려본 적도 없을 거예요."

짐은 집채만한 장비와 로프를 지고 있었고, 이처럼 낮은 경사도의 지반에서 주마링은 거의 불가능하다는 것을 증명해 보인 것이었다. 짐이 로프에 몸을 묶고 편안해지자, 나는 나를 고정시키기 위한 또 다른 9밀리짜리 90미터 로프의 내 쪽 끝을 그에게 건네주었다. 다음 암벽지역은 아주 힘들 것 같았다.

주변의 모든 것이 설탕눈의 얇은 층으로 덮여 있었다. 움직이기 전에 반드시 눈부터 치워야 했다. 안전을 확보하기 위해 나는 손 잡을 곳과 발 놓을 곳의 눈을 깨끗이 치우면서 조심스럽게 올랐다. 암반은 뭉툭했다. 손 잡을 곳은 흩어져 있는데다 작았다. 세 개의 큰 암반을 몸을 덮듯이 전진한 뒤 텅 빈 암반대 때문에 왼쪽으로 트래버스할 수밖에 없었다. 루트가 오른쪽에 있었기에, 흔들리는 피톤 하나를 박고 짐이 고정하고 있는 곳에서 바로 위쪽 25미터 지점에 있는 얕은 침니(암벽의 세로로 갈라진 틈 – 옮긴이)를 향해 나아갔다가 다시 루트상으로 돌아왔다. 피톤 몇 개를 두드려 박은 다음 나는 어디가 다음 로프 고정점으로 적합할지 확신할 수 없어 짐에게 내가 있는 곳까지 올라오라고 했다.

그는 주마 장치를 제대로 작동하게 해서 짐이 무거운데도 빠르게 올라왔다. 그가 준비를 마치자마자 나는 한 번 더 골짜기 속으로 떨어져 나갔다. 안쪽에 있는 작은 홀드를 잡고 발을 두 벽에 대어 다리를 만든 다음 또 한 번 22미터를 올라 주축에 이르렀다. 다시 한 번 수직벽 말고는 아무것도 보이지 않아, 나는 고정 확보 피톤 몇 개를 박고 짐을 묶어버렸다. 이번 피치는 아이거 북벽의 '탈출 크랙들'이었다고 할 수 있었다.

이제 우리는 무난하게 전진하고 있었다. 간헐적으로 소용돌이 눈사태가 쏟아져 내렸지만, 어느 쪽에서든 큰 눈사태의 중심에서는 벗어나 있는 듯했다. 안전한 루트임이 증명되고 있는 것이었다. 아침에 맑았던 하늘이 어두워지면서 굽이치는 회색으로 바뀌어 있었고 눈도 내리기 시작했다.

"훌륭한 선등이었어요, 존. 어땠어요?"

"추웠지 뭐. 아무튼 계속 가야 할 것 같은데, 로프는 확보됐지?"

짐이 준비하는 동안 나는 다른 방법을 찾아보았다. 암벽 대부분이 직벽이거나, 꺼져 있거나, 약간 오버행인 듯했다.

"내가 내려가서 이쪽 모퉁이를 돌아 뭐가 있는지 볼 테니까 로프를 팽팽하게 유지해줘."

내가 주 석주 아래로 몇십 센티미터를 하강 등반해 팔다리를 활짝 벌려 틈새를 건너간 뒤 바깥쪽으로 기울어진 암벽 위에 쓸 만한 홀드를 잡았다. 트래버스는 좁은 바위턱 위에 70도 경사의 얼음이 깔린 90센티미터 폭의 빈약한 사면으로 보였지만, 그 위의 암벽에는 내 손에 비해 작은 홀드들이 있었다. 모퉁이를 돌자 나는 시야에서 사라졌고 짐과의 의사교환도 어려워졌다. 암벽이 불쑥 튀어나와, 내가 눈 속에서 발 놓을 자리를 차서 만드는 동안 뒤쪽으로 기울어져 있어야 했다. 짐과 나는 둘 다 23킬로그램의 로프와 장비를 메고 있었다. 그 무게 때문에 트래버스하는 동안 우리는 암벽에서 떨어지려고 했다. 9미터쯤 전진한 뒤 90도 각도로 걸쳐 있는 두 개의 암벽 바로 아래 짧은 바위턱 모양에서 트래버스를 마쳤다. 한쪽 벽은 손이나 주먹이 들어갈 정도의 크기로 보이는 수직 크랙으로 갈라져 있었다.

"짐! 어이, 짐! 내 바로 위에 있는 크랙을 타보려고 하는데, 튼튼하게 확보했지?"

그에게 들리도록 큰 소리로 말했다. 나는 더 깊이 파고들어가고 싶어서 짐이 아직까지도 끈질기게 당기지 않고 있기를 바랐다. 그의 대답은 벽 뒤에서 들릴락말락했다.

"그럼요!"

나는 최악의 경우에 대비했다. 핀을 잘 박아놓은 뒤 배낭을 벗어 에트리에(등반용 짧은 줄사다리 – 옮긴이)를 꺼내 필요하면 바로 닿을 수 있는 곳에 걸어놓았다. 피켈을 허리에 처매고 배낭을 다시 메고 나서, 주먹이 들어갈 만한 현수 크랙 속으로 밀어넣기 시작했다. 장갑을 끼고 있지 않아 순식간에 손이 얼어붙었다. 벽이 걸쳐진 곳까지 6미터쯤 오르고 나자 아이젠의 앞쪽 끝을 댈 만한 발가락 홀드를 더 이상 찾아볼 수 없었다. 크랙은 얼음으로 채워져 있었다.

꽉 끼어 잡은 한 손에 매달린 채 2.5인치 봉 피톤(bong piton) 한 개를 찾아 60센티미터 위쪽에 있는 크랙 속에다 박았다. 내 파카가 망치를 가리고 있었는데, 망치상자에서 망치를 꺼내려고 할 때는 엉켜버렸다. 마침내 봉 피톤을 깊이 박았고, 카라비너와 에트리에를 걸고 나자 어떻게든 아이젠으로 낮은 쪽을 디딜 수 있었다. 이제 나는 거의 들어와 있었다.

로프의 느슨해진 부분을 잡아당겨 카라비너 안으로 밀어넣고 나서야 조금 안심되었다. 손은 감각이 없었다. 따끔따끔하고 저릿할 때까지 입김을 불어 손을 덥혔다. 그런 다음 장갑을 다시 꼈다.

핀 두 개를 박으며 전진하자 암벽의 위쪽 가장자리에 도달했다. 수직 벽에서 그 위쪽의 사면으로 옮겨갈 수는 없을 것 같았다. 그 위쪽에 설탕눈 말고는 잡을 만한 것이 없었다. 트래버스하고 빡빡하게 모퉁이를 돌고 난 뒤라 로프를 끌고 나가는 게 마치 줄다리기를 하는 듯했고 어떤 식으로든 전진할 수 없는 상황이 되어버렸다.

왼쪽 다리를 위쪽으로 흔들어 얹은 후 다른 쪽 벽면 꼭대기 위로 넘어가면서 게처럼 기어 올라간 나는 로프의 느슨해진 부분을 잡아당겨 결국 정상에 섰다. 불쑥 치솟은 밝은 적색 석영암반대의 하단부까지 몇 개의 암반 계단을 형성하면서 이어진 60도 경사의 사면 위에 올라선 것이었다.

나는 터벅터벅 전진하면서, 1미터당 한 번 정도씩 잠깐 멈춰 로프를 느슨하게 하려고 거칠게 휙 잡아당기며 나아갔다. 몇 개의 암반 계단을 오르기는 어렵지 않았고, 30분 만에 적색 벽 하단부에 도달했다.

내가 아래쪽 크랙을 헤쳐나오는 동안 날씨가 나빠지더니 어느새 눈이 내리고 바람이 계속 불었다. 핀을 몇 개 더 박았고 로프를 묶었다.

"짐?"

내가 큰 소리로 불렀는데도 아무런 대답이 없었다. 들리지 않는 모양이었다.

"짐! 로프 고정했어!"

우리는 너무 멀리 떨어져 있었고 서로를 볼 수 없었다. 나는 시계를 흘낏 쳐다보았다. 벌써 오후 4시였다.

여분의 로프와 장비를 내려놓은 다음 나는 오버행의 위쪽 가장자리에서 라펠해 가능한 한 로프를 느슨하게 잡아당기면서 한쪽 면 위로 내려갔다. 그러면서 핀들을 뽑아냈다. 피켈이 가장자리에 걸려 배 위쪽을 찌르기도 했다. 트래버스했던 곳은 거슬러 내려가기엔 위험하고 무척 힘이 들었다. 짐에게로 다시 가는 동안에는 옆으로 라펠해야 했다. 자칫 미끄러지기라도 한다면 북서벽 쪽으로 가로질러 그네처럼 흔들리다가 암흑 속으로 떨어질 것이었다.

짐은 귀신처럼 창백했다. 나를 기다리느라 턱수염과 콧수염이 꽁꽁 얼어붙어 있었지만 그의 관심은 나와 루트에 쏠려 있었다.

"위쪽은 어때 보였어요?"

"불쑥 튀어나온 저 적색 암반대까지 갔어. 힘들 뻔했지만 로프 고정점 바로 위에 틈이 하나 있더군. 그나저나 몸이 다 얼었군."

"괜찮아질 거예요. 뭣 좀 드시겠어요?"

"아니, 빨리 아래쪽으로 내려가서 먹자."

30분 후 우리는 고정로프의 시작 지점까지 내려왔다. 그때서야 피로가 한꺼번에 몰려왔다. 우리는 아침 7시부터 정말 열심히 움직였고, 지금은 오후 5시였다. 어렵게 아이젠을 벗고 나서 닭고기 스프레드 캔 하나를 땄다. 춥고 바람 부는 하루였고, 아직도 우리에게는 무거운 발걸음으로 캠프 Ⅲ까지 다져진 눈길을 터벅터벅 걸어 돌아가야 하는 시간이 남아 있었다.

우리가 노력해 얻은 결과에 무척 만족스러워하며, 우리는 다른 대원들에게 좋은 소식을 전해주려고 캠프로 향했다. 부벽은 오를 만했다.

11

캠프 Ⅲ에서 루는 하루종일 바빴다. 그날 아침 그는 장비를 운반해오려고 '로스켈리가 짐 부리는 곳'까지 내려갔다. 그는 임시보관소에서 한참을 기다렸지만, 아래쪽에서 아무도 짐을 운반해오지 않았다. 화가 난 그는 14킬로그램이 넘는 식량자루 두 개를 배낭에 담아 캠프 Ⅲ로 돌아왔다. 이어 루는 오후 2시 무선교신에서 아래쪽에 무슨 일이 생겼는지 알아보려 했다.

"캠프 Ⅰ, 캠프 Ⅰ 나와라. 여기는 캠프 Ⅲ."

루가 계속해서 부르자 윌리가 응답했다.

"안녕, 루. 위쪽에선 다 잘되고 있나?"

"존과 짐이 부벽에서 큰 진전을 이루었어요, 윌리. 여기서 보기에는 느리고 까다로운 등반처럼 보이지만요. 아래쪽에 있는 대원들 모두 잘 있죠? 그런데 왜 '로스켈리가 짐 부리는 곳'까지 아무도 짐을 나르지 않죠?"

윌리의 말에 따르면, 피터가 또 다른 루트와 짐을 캠프 Ⅲ로 올려 보낸 루의 결정에 대한 토론을 촉구하자 캠프 Ⅱ에 있던 대원들이 짐을 운반하지 않고 캠프 Ⅰ으로 내려가버렸다는 것이다. 윌리가 계속 말했다.

"루트와 원정대원들의 목표에 대해 토론하면서 하루를 보내는 게 더 낫다고 우리 모두 생각했네, 루. 그 결과 아래쪽에 있는 우리는 부벽으로 몇 명만 정상에 오르는 게 아니라 왼쪽으로 도는 쉬운 코스로 대원들 대부분이 오를 수 있다면, 다른 루트를 찾아보는 게 더 타당하다고 생각한다네."

"윌리, 존과 짐은 제가 생각했던 것보다 훨씬 더 부벽에서 잘해내고 있어요. 게다가 피터가 말한 왼쪽으로 도는 루트에 대해 말씀하시는 거라면, 눈사태 위험성 때문에 최후의 수단으로 고려해야 합니다."

"피터는 존과 짐에게 부벽을 오르도록 한 것에 대해 크게 걱정하고 있네. 그리고 내 생각에도 자네가 존과 짐에 대한 통솔력을 잃었다고 판단되네 – 그들의 열정적인 모습에 자네의 등반 상식을 접고 있는 것이지."

"피터는 단지 질투하는 거예요, 윌리."

윌리가 다시 말했다.

"그럴 수도 있겠지. 하지만 그는 왼쪽 루트가 존재하며, 더 많은 대원이 그 루트로 정상에 오를 수 있다고 생각하네. 피터는 자기 생각이 맞는지 확인해볼 기회를 달라는 거야."

"윌리, 피터 때문에 정말 화가 나요. 그는 다른 대원들에 비해 거의 짐을 나르지 않았고, 위쪽으로 올라갈 수 있을 경우에만 짐을 나르겠다고 말했어요. 데비가 훨씬 더 많이 짐을 날랐고 원정에 더 많이 기여했어요. 데비가 피터보다 먼저 올라야 합니다. 처음엔 그녀와 존이 함께 등반하도록 계획했는데, 그녀가 목이 많이 아파버렸죠."

루가 계속 말했다.

"우리는 북릉을 등반하기 위해 왔잖아요. 그리고 저는 가능한 한 많은 대원이 정상에 오르길 바라요. 그러기 위한 행동을 취해왔고요."

"음…… 루, 나도 이제 무슨 일이 벌어질지 모르겠어. 우리 모두 여

캠프 Ⅲ로 짐을 나르고 있는 루.

기 아래쪽에서 자네의 결정에 대해 의견 교환을 해본 다음 자네에게 알려주겠네. 피터가 계속 등반을 할 건지도 내가 자네에게 약속할 수가 없네. 단지 팀 전체를 위해 존과 짐의 말에 현혹되어 자네가 잘못된 결정을 내리지 않았으면 하네."

"우리는 피터가 말하는 루트로 오를 의욕도 없잖아요 – 눈사태 함정인데! 만약 그 루트로 등반할 거라면, 몇 사람만 알파인 스타일로 오르게 될 거예요 – 진짜 몇 사람만 정상에 오를 수 있을 겁니다. 부벽 코스에서 가장 어려운 부분은 시작 지점에서 180미터까지입니다. 그곳을 지나면 등반이 쉬워질 겁니다. 마치 120~150미터만 남겨둔 골짜기처럼 보인다니까요."

"우리는 참을성이 많으니까 자네들이 올라간 뒤에 왼쪽으로 도는 루트를 시도해볼게."

"원하시는 대로 계획을 세워보세요, 윌리. 그런데 아침에 누가 '로스켈리가 짐 부리는 곳'까지 로프를 좀더 갖다줄 수 있을까요?"

"6시에 이야기하세. 지금으로선 그 무엇도 약속해줄 수가 없네."

루트를 나누어 시도해보는 것보다는 부벽 코스를 먼저 시도하자는 결정이 나기를 바라고 있는 루 자신이 '나쁜 사람'이 되어가고 있음을 스스로 깨달은 것은 바로 그때였다. 아래쪽 사람들 중 몇몇은 부벽 코스가 실패하고 더 쉬운 루트를 찾고 싶어하는 게 분명했다. 그들은 주마링을 한다 해도 자신이 부벽을 오를 수 있을까 하는 회의를 품고 있었다.

짐과 나는 루가 오후 6시 무선교신을 하고 있을 때 캠프에 도착했다. 우리는 아래쪽 사람들과의 팽팽한 대화를 귓결에 들을 수 있었다. 나는 배낭을 내려놓고 나서, 불쾌함에 무전기를 내게 건네는 루 쪽으로 걸어갔다.

"여기 있어. 부벽이 어떠했는지 말해줘. 그들은 왼쪽으로 돌아가기로 결정했대."

나는 윌리에게 그날 행했던 등반에 대해 말해주었다.

"갈 만해요, 윌리. 하지만 로프에 사람이 덜 매달릴수록 더 좋겠죠 - 9밀리 로프는 날카로운 암반에 닳아 끊어질 수도 있으니까요. 2인조 한 팀 이상이 동시에 오르는 건 너무 위험합니다. 낙석도 심해질 수 있고요."

"그런데 우리는 자네들이 부벽 위에서 부지런히 움직이는 동안 왼쪽으로 트래버스하는 루트를 시도해보기로 했네. 피터가 올라가서 그 루트를 등반하고 싶어해."

피터를 올려 보내려는 윌리의 고집에 화가 치민 나는 딱딱하게 말했다.

"내가 관련되어 있는 한 피터가 정 짐을 나르기 싫다면, 집에 가라고 해주세요."

윌리가 내 뜻을 전해주겠다고 조용히 말한 다음 교신을 끝냈다. 상황이 형편없이 꼬여버렸고 나는 평정심을 잃었다. 또다시 우리는 두 개의 분파로 나뉘어졌다. 피터에게 심한 말을 하긴 했지만, 그가 알력을 부추기고 있다고 나는 생각했다. 윌리와 함께 캠프 I에 있는 존 에반스만 이 문제에 대해 거의 알지 못했기에 불협화음으로부터 거리를 둘 수 있었다.

루와 짐, 그리고 나는 캠프 III에서 저녁을 먹으며 현재 상황을 허심탄회하게 얘기했다. 하지만 잘난 체하는 마음가짐으로는 문제를 해결할 수 없었다. 우리는 모든 사람이 부벽 코스로 정상에 오를 수 없다고 대원들이 원래 계획을 포기하길 바라고 있다는 사실이 무척 싫었다. 그들은 왼쪽으로 돌아가라고 하지 뭐. 우리는 등정에 성공할 때까지 계속 부벽 코스로 오를 것이었다. 우리 생각에는 부벽 코스만 등반 가능하며, 단 하나뿐인 안전 루트였다.

27일 아침에 나는 텐트를 떠나고 싶지 않았다. 루는 바스락거리며 등산복을 입는 중이었고 나는 등반할 수 없을 만큼 날씨가 나빠지기를 바라며 꾸물대고 있었다. 결국 짐과 나는 등산복을 입었고, 아침을 준비했으며, 텐트에서 기어나왔다. 우리 둘 다 등산하고 싶지 않는다는 사실을 인정하고 싶지는 않았다. 마지못해 우리는 배낭에 로프를 좀더 담아 오전 8시 30분에 능선을 따라 출발했다.

나는 등산로를 깨고 나갈 정도로 컨디션이 좋다고 생각하지 않았지만, 절반 정도의 거리를 겨우 나간 뒤 그 지겨운 작업을 짐에게 넘겨주었다. 우리는 바람이 불어 다져진 눈껍질을 치고 나가면서 함께 눈 속에 파묻혀 있는 동안 별말이 없었다. 휴식을 취하려고 자주 멈출 때마다 나는 짐의 얼굴에 캠프로 돌아가자는 기색이 없는지 열심히 살폈다. 거울 선글라스가 그의 표정을 가리고 있었다. 정말로 올라가진 않을 거라고 생각하며 고정로프가 있는 곳에 도착했지만, 멈추지 않고 나는 주마와 에트리에를 꺼내 고정로프에 단단히 부착한 다음 윙윙거리는 바람과 몰아치는 눈 속으로 주마링했다. 나는 짐 역시 뒤따라올 것임을 알고 있었다.

두 번째 고정로프에서는 조금 겁이 났다. 15미터 위쪽에서 로프가 칼처럼 날카로운 바위 모서리를 지나가고 있었다. 내가 주마링을 시작하자 로프가 팽팽해지고 바위는 로프를 바로 끊어버릴 것 같았다.

나는 어느 쪽으로도 로프를 움직일 수 없었다. 내 몸무게를 가볍게 하면서 내가 상승할 때 튀지 않도록 애썼다. 내 생각에, 닳아버린 부분을 지나치기 전까지 500번은 스친 것 같았다. 그러고 나서 나는 짐을 보호해주기 위해 로프를 옆으로 옮겨놓았다.

첫날 등반했던 마지막까지 나머지 구간을 주마링해가는 것은 두려움 그 자체였다. 전날처럼 꼭 끼는 크랙까지 트래버스한 나는 짐에게 소리쳐 가르쳐줄 수 있도록 하네스에 매달린 채 짐을 기다렸다. 위쪽 설원에 도달해서는 주 암반기둥에 로프를 던져 걸쳤다. 그렇게 해서 까다로운 트래버스 문제를 없앴고 상승이 더 쉽고 더 안전해졌다. 나는 전일 고점에서 장비와 로프를 준비하느라 분주했다. 짐은 전력을 다해 올라오느라 땀을 많이 흘리고 있었다. 눈보라가 회오리치면서 눈과 코, 옷 속으로 파고들었다. 눈이 내려서인지, 바람이 주변의 눈을 날려서인지 분간조차 되지 않았다. 잠시 뒤 그런 것은 문제도 아니었다.

등반할 수 있도록 로프 고정 확보 작업을 해놓았지만 내 쪽 고정로프를 잘못 거는 바람에 로프가 꼬여버렸다. 그것을 풀려면 짐이 있는 쪽으로 넘어가야 했다. 나는 내려가서 설탕눈으로 덮여 있는 70도 경사의 바위석판을 넘어 오른쪽으로 이동하면서 피치를 시작했다. 나는 움직일 때마다 전체 석판이 떨어질까 걱정되었다. 9미터쯤 올라 암반대의 기저부에 이르렀고, 덮듯이 돌출된 벽면에 난 틈까지 왼쪽으로 트래버스했다. 툭 불거져 폭이 안 나오는 침니가 유일한 길인 듯했다.

나는 봉(2~4인치의 알루미늄 피톤)들을, 그리고 브레이드(얇은 철 피톤)들을 만지작거리다가 침니 안쪽에 거꾸로 박아보았지만 허사였다. 그래서 침니 안쪽으로 곧장 올라 크랙이 있는 커다란 암반에 도달했고, 면도날 두께의 칼날 피톤을 집어넣었다. 마침내 안전을 확보한 것이었다.

내가 에트리에를 핀까지 끌어올리는 도중에 그것이 내 아이젠에 걸렸다. 나는 매달린 채 필사적으로 그것을 풀려고 했는데, 그사이 벨트에 걸려 있던 피켈을 발아래에서 잡기도 했다. 문제를 해결한 뒤 나는 에트리에로 들어가 밟고 섰다. 툭 불거진 지형과 배낭 속의 무거운 짐 때문에 나는 바깥쪽으로 밀려나와 있었다. 나는 좋은 각도로 피톤 하나를 박았고, 동작을 반복해 피켈을 다리에 묶은 뒤 자세를 유지하고 나자 지쳐버렸다.

피톤 하나를 더 박고 나자 나는 침니 위쪽으로 엎드려 올라갈 수 있었다. 1,800제곱센티미터쯤 되는 큰 돌을 지지 삼았지만 그 돌이 내 쪽으로 떨어져 나와 깜짝 놀랐다. 순간 나는 동작을 멈추고 그 돌을 제자리로 돌려놓았다. 그 돌은 바로 아래 15미터 떨어져 있는 짐을 납작하게 만들어버릴 수 있었다. 그는 벌써 내가 차서 떨어뜨리는 낙하물을 맞고 있었다.

종종 어려운 구간을 선등하는 것보다 짐의 위치가 나를 더 기겁하게 만드는 것 같았다. 좁고 불편하기도 했던 그의 스탠스는 대개 바로 내 아래쪽이었다. 내가 그의 바로 위에서 오르고 있을 때 그는 내 아이젠의 24개 날카로운 끝을 훤히 볼 수 있을 정도였다. 아이젠의 날카로운 끝과, 내가 사용하는 바늘처럼 뾰족한 얼음용 도구의 끝은 내가 만약 굴러떨어지기라도 한다면 그에게 치명상을 입힐 것이었다. 나는 눈이나 돌을 차서 떨어뜨리지 않으려 애썼지만, 움직이기 전에 주의하여 깨끗이 치워야 하는 눈과 함께 제거하지 않을 수 없는 부스러기의 공세가 끊임없이 이어졌다. 몇 번씩이나 오랫동안 로프의 안전을 확보하고 있었기에 틀림없이 몸이 꽁꽁 얼었을 테지만 그는 불평하지 않았다. 나를 보좌하는 더 나은 파트너란 바랄 수조차 없을 정도였다.

뚜껑처럼 생긴 곳 위에서 나는 트래버스하기 위해 필요한 30센디미터 폭의 경사진 바위턱에 덮여 있는 얼음껍질을 마구 때려 깨버렸다. 누군가 이 절망적인 몸짓을 보았다면, 그 사람은 내가 얼음과 돌로 짐을 죽이려 하고 있다고 생각할 것이었다. 하지만 선택의 여지가 없었다.

왼쪽으로 6미터쯤 발끝으로 걸어가자 내가 차서 떨어뜨린 낙하물이 짐의 위치에서 떨어진, 작은 골짜기에 이르렀다. 그사이 나는 30미터 위쪽의 설원을 휩쓸어버린 커다란 회오리 눈사태 지역으로 접어들었다. 30초마다 나는 많은 눈에 맞았다. 위쪽 암벽은 갈라졌지만 직벽이었다. 눈사태에 계속 맞으면서 어떻게 벽을 오를 것인가? 이곳에서 로프를 끄는 것 또한 끔찍했다. 핀 두 개를 무사히 박고 로프를 묶은 뒤 짐에게 올라오라고 소리쳤다.

기다리는 동안 나는 겨우 오른발 놓을 자리를 발로 차서 만들었고, 스탠스를 잡기 위해 작은 돌 위에 왼발을 놓았다. 45분 후 짐이 오버행을 넘어 나타났는데, 회오리바람과 몰아치는 눈보라에 가려 거의 보이지 않았다. 나는 마음속으로 다음에 무엇을 할지 갈등했다.

이렇게 불리한 상황에서 계속 나아갈 수 있을까? 나는 움직이지 않아 몸이 얼어가고 있었고, 짐 역시 나보다 낫다고 할 수 없었다. 로프를 타고 트래버스를 따라오면서 그는 누군가 미끄러져 다시 로프로 오를 수 없는 경우를 대비해 핀 하나를 남겨놓았다. 그가 다가올 때 무시무시한 눈사태가 우리를 덮쳤다. 불과 4미터밖에 떨어져 있지 않았지만 그는 내 시야에 들어왔다 나갔다 하며 표류하고 있었다. 그런 상황이 너무 어이없어 웃기기까지 했다. 짐이 웃는 얼굴로 눈사태에서 빠져나왔다. 내가 있는 곳에 그가 도착하자 우리는 눈사태가 우리를 한 번씩 치고 도망치는 것 같다며 한동안 웃었다.

"어떻게 생각해요, 존? 접을까요?"

"5분만 쉬자. 이제 겨우 2시야. 눈사태가 그치면 다음번 피치는 내가 해볼게."

짐이 내 쪽으로 몸을 기울여줘 내가 그의 배낭에서 로프 한 꾸러미를 들어올리고 우리는 함께 90미터 로프 뭉치를 풀기 시작했다. 그는 손을 뻗어 내 물병을 잡았고, 우리는 그날 들어 처음으로 벌컥벌컥 물을 마셨다. 우리는 배가 고팠지만 너무 추워 음식을 찾아 꺼내놓고 먹을 수가 없었다.

마치 난다데비 여신이 우리의 말을 들은 듯 눈사태가 멎었다. 태양빛이 소용돌이치는 구름을 뚫고 나와 우리의 불안정하고 협소한 스탠스를 밝게 비추었다. 나는 한 피치 더 오르기 시작했다.

로프는 여전히 헝클어진 스파게티 가닥처럼 꼬여 있었지만, 내가 출발할 수 있을 만큼 풀어냈다. 짐은 자세히 볼 수 있도록 자신의 후드를 뒤로 잡아당겼고, 하강할 준비가 되었다. 나는 펑펑한 모퉁이를 올라 작은 오버행까지 조금씩 전진했다. 고난이도의 침니를 올라 아주 작은 스탠스를 확보했다. 눈사태가 다시 시작되었지만 나는 멈추지 않기로 마음먹었다.

가느다란 크랙 하나가 짐 바로 위까지 뒤로 이어져 있었고, 나는 피톤에 의지해 몇 개의 거꾸로 된 바위까지 나아갔다. 몇 개의 느슨한 핀을 박고 나자 나는 또 다른 좁고 불편한 스탠스를 얻게 되었다. 등반하는 데는 장갑이 쓸모없었지만 스탠스를 확보할 때마다 얼어버린 손가락을 녹이기 위해 꼭 장갑을 꼈다. 눈사태는 루트를 따라 흘러내려 짐과 내가 동시에 몇 분간 파묻히기도 하고 내가 쓸려나갈 뻔하기도 했다.

내가 나머지 직벽을 오르려면 자유등반 말고는 다른 방법이 없었다. 지금까지 내가 직면했던 복합등반 중 가장 어려운 등반이었다. 곳곳이 얼어 있는 구역에서 안전을 위한 핀은 소용없었고, 내 몸무게를 이기지 못해 움직일 때마다 핀들이 빠져 흔들렸다. 딱딱해진 눈을 피켈로 깨면서 나는 아이젠 날 하나를 걸친 작은 암석박편과 손가락 홀드에 달라붙어 있었다. 나는 차가운, 손을 끼어 넣을 만한 곳 하나를 찾아내어 수평 핀을 하나 박고, 그곳에 걸쳐 다음 동작을 준비할 정도로 오랫동안 매달려 있었다.

앞쪽에는 손으로 잡을 만한 곳이 없는 듯해, 매달린 밧줄 위에서 끌어당기며 조심스럽게 걸어 올라갔다. 그로 인해 10킬로그램짜리 돌이 움직였다. 다행히도 나는 직선으로 잡아당기지 않았다. 나는 카라비너에서 빠져나와 있었다. 더 이상 잡을 만한 곳도 없었다. 나는 팔길이 정도 떨어진, 회오리로 굳어진 눈껍질에 피켈 자루를 꽂아 살짝 테스트해본 다음 왼발에 힘을 줄 수 있을 정도로 그것을 잡아당겼다. 미끄러운 판석 위에 60도 경사를 이룬 설탕눈 위로 조심스럽게 발을 디뎠다. 서 있을 만한 곳이 없었다. 65킬로그램인 내 몸을 갑자기 한 곳에 쏠리지 않도록 하면서, 나는 주 기둥 쪽으로 헤엄치듯 12미터를 전진했다. 나는 또다시 오도 가도 못하게 되었다. 우리가 도달하려 하는 설원은 불과 2미터밖에 떨어져 있지 않았지만 홀드도 크랙도 없었다.

나는 마지막 남은 기운 한 줌까지 다 짜내어 아이젠이 손과 수평이 될 때까지 팔로 잡아당기면서 기어올랐다. 홀드 하나 없이 바닥을 알 수 없는, 깊은 설탕눈뿐이었다. 나는 몇 초 동안 균형을 잡고 있다가 내 몸무게를 한 발에 실었다. 내가 1~2미터 위쪽으로 간신히 전진해 직벽의 가장자리에서 멀어질 수 있을 정도로 오랫동안 그 자세를 유지했다. 눈사태 가능성이 있는 허리 깊이의 눈을 헤치며 2미터쯤 헤엄쳐 나간 끝에, 드디어 나는 아주 튼튼한 각도로 피톤을 꽉 박았다.

시간이 꽤 흘렀고, 또다시 짐의 목소리를 들을 수가 없었다. 이번 피치에 한 시간 이상 걸렸기에 나는 몇 개의 핀을 박아 로프를 안전하게 한 다음 라펠 장치를 매달아 핀들을 정리하며 시야를 가리는 눈폭풍 속으로 내려갔다. 짐은 체온을 유지하기 위해 발을 구르고 손뼉을 치면서 작은 오버행과 배낭 뒤에 숨어 참을성 있게 기다리고 있었다.

무지개가 두꺼운 구름을 헤치고 나타났다. 순식간이지만 멀리서 눈 덮인 봉우리들이 또렷하게 드러났다. 폭풍 속에서 라펠을 하기가 겁났지만 그 광경만큼은 너무나 아름다웠다. 우리는 닳아버린 9밀리 로프를 대체할 11밀리 로프가 필요했다. 로프는 깨진 유리조각 같은 바위 가장자리를 헤아릴 수 없이 지나가고 있었다. 우리는 아래쪽에 있는 사힙들이 루가 캠프 Ⅲ로 가져올 수 있도록 임시보관소까지 날라다 몇 개 떨어뜨려주길 바랐다.

능선까지 두 번의 라펠을 남겨둔 나는 주 기둥 위에서 라펠 장치를 로프에 붙인 채 짐을 기다렸다. 그가 바로 위쪽에서 나타나 옆으로 내려오자 내가 말했다.

"아래에서 보자."

"근데요, 제 카메라로 사진을 찍어줄 수 있겠어요?"

"물론이지."

나는 손을 자유롭게 움직이기 위해 라펠 로프를 다리에 감기 시작했다. 그런데 로프는 없고 끄트머리만 6미터쯤 있었다. 잘못된 로프에 끼운 것이었다. 북서벽 위로 늘어진 자투리 로프의 짧은 쪽에 부착한 것이었다.

나는 그로 인해 일어날 수 있는 일을 떠올리자 메스껍기까지 했다 – 북서벽을 수백 미터 수직으로 추락해 빙하에 떨어진 뒤 전진베이스캠프를 지나 수천 미터 아래의 리시 강까지 쓸려갈 것이었다. 어이가 없어 멍한 채, 우리 둘 다 말도 못하고 똑같이 충격이라는 표정으로 서로를 쳐다보고만 있었다. 내가 어떻게 그런 실수를 했을까? 너무 지쳐서? 한 가지만은 확실했다. 이제부터 우리는 더욱더 조심해야 했다.

이후 우리는 별다른 사고 없이 능선에 도착했다. 위기일발의 사건 때문에 여전히 나는 몸이 떨렸다. 산악 등반에서 라펠은 언제나 가장 위험한 부분으로 간주되어왔다. 나는 라펠 로프의 끝에서 라펠이 종료된 산악인을 많이 알고 있지만, 그러한 결말을 한 번도 경험한 적은 없었다.

황혼으로 온 산이 어두컴컴해졌고, 우리가 힘겹게 캠프에 도달했을 때 루는 무선교신 중이었다. 그의 말투는 후끈 달아올라 있었다. 또다시 캠프 II에서 아무도 짐을 운반하지 않자 루는 분개했다. 게다가 우리는 부벽을 오르는 데 필요한 로프가 부족해지고 있었고, 더 안전한 등반을 하려면 11밀리 로프도 필요했다.

윌리가 말했다.

"루, 자네에겐 안 좋은 소식이 있네. 피터가 등반을 포기하고 내려가겠대. 니르말도 똑같은 결정을 내리기 직전이네. 존과 짐을 부벽에 계속 붙여 등반을 시도하는 자네의 고집 때문에 여기선 골치 아픈 문제들이 생겨나고 있어."

히말라야 등반과 잇따른 문제로 정떨어진 니르말은 이번이 마지막 원정이라 결심하고 캠프 Ⅰ으로 내려가버렸다. 내가 산을 떠나라고 말했던 것에 신경질이 난 피터 역시 캠프 Ⅰ으로 내려가버렸다. 그는 곧 떠날 작정이었다. 앤디가 피터의 자리를 대신해 캠프 Ⅰ에서 캠프 Ⅱ로 이동했다. 전진베이스캠프에 있는 짐꾼들만 캠프 Ⅰ까지 짐을 나르고 있었다.

루가 퉁명스럽게 내뱉었다.

"자, 그러면 로프 없이는 짐과 존이 부벽을 계속 오를 수 없고 오늘 역시 '로스켈리가 짐 부리는 곳'까지 어느 누구도 짐을 나르지 않았고요. 윌리, 저희는 로프가 필요해요. 제발 누가 가지고 올라오게 해 주세요."

"나도 어쩔 수 없네. 여기 이 산중에 대원들을 단지 붙들어놓는 것마저 자네 때문에 힘들어졌지 않나. 존과 짐이 캠프 Ⅳ에 도달한다면 자넨 뭘 할 건가? 그들을 끌어내릴 건가? 우리가 여기 아래쪽에서 투표를 해서 정상 첫 공격조는 자네와 데비여야 한다고 결정했네."

루가 조심스럽게 응답했다.

"물론 저야 무척이나 영광이지만, 그렇게 훌륭하게 등반을 해낸 짐과 존을 절대 끌어내리진 않을 겁니다. 저는 항상 그 둘에게 합류하길 계획하고 있었습니다. 데비 역시 우리에게 합류할 수 있지 않나요? 네 명이 함께한다 해도 문제될 게 없어 보이는데요."

심기를 건드리는데다 아래쪽의 결정에 짜증이 났음에도 루는 훌륭하게 잘 대처했다. 짐과 나는 다른 대원들의 급격한 태도 변화 – 왼쪽으로 도는 가상 루트를 시도하는 데서 이제는 더 확실해진, 부벽의 고정로프를 타고 오르는 성공으로의 – 에 웃지 않을 수 없었다. 첫 보고에서 루는 윌리에게 우리가 루트상 3분의 2 지점에 있는 골짜기에 어떻게 접근하고 있는지와 그곳에서 위쪽으로는 더 쉬워 보인다는 사실을 말해주었다. 이것이 다른 대원들의 생각을 완전히 바꿔버린 것이었다. 그런데 우리를 놀라게 한 것은, 더 높은 곳에서 짐을 운반하거나 생활하면서 고지에 적응시키는 과정도 거치지 않은 채 산 정상으로 데비를 보내려 하는 그들의 요구였다.

루가 우리에게 예상되는 바를 얘기해주었다.

"윌리 말에 따르면 데비, 키란 또는 니르말이 내일 올라올 거야. 내가 최소한 캠프 Ⅲ에 로프 두 개와 '로스켈리가 짐 부리는 곳'에 두 개 더 요구했거든. 또 여기에 텐트 두 개, 캠프 Ⅳ에 두 개 해서 텐트 네 개도 요구했어. 윌리가 보내주겠다고 약속했어."

캠프 Ⅲ에서 나와 짐, 루는 부벽과 루트에 대해서만 논의하려 했지만, 우리의 대화는 계속 원정대 내의 문제로 돌아가버렸다. 우리가 정상에 오르려면 팀워크가 필요했지만, 두 개로 갈라진 분열은 물리적으로든 관념적으로든 점점 더 크게 벌어지고 있었다. 확실한 것은 아무것도 없었다. 우리는 여전히 부벽을 올라서야 하고, 그 위쪽에 캠프를 세우고 정상 정복을 시도해야 했다. 팀 내 분열이 아니더라도 그런 것들이 여전히 문젯거리였다.

8월 28일, 짐과 나는 휴식을 취했다. 지난 이틀간 7,000미터와 7,300미터에 걸친 결사적 등반 이후 정신적으로나 육체적으로나 지쳐 있어 체력을 회복해야 했다. 짐을 가지러 '로스켈리가 짐 부리는 곳'에 내려가기로 한 루는 해가 뜨기 전에 캠프로 돌아올 수 있기를 바라며 아침 일찍 출발했다.

그날 아침 대부분의 원정대원은 이쪽 캠프 또는 저쪽 캠프로 이동하고 있었다. 우리는 데비와 앤디, 니르말과 키란이 캠프 Ⅲ에 올 것이라고 생각했다. 캠프 Ⅲ에 더 많은 짐이 운반되기 전까지는 어느 누구도 올라갈 수 없다고 루가 주장했지만 쇠귀에 경 읽기였다. 캠프 Ⅲ는 식량도, 장비도, 텐트도 없는 등반자들의 병목이 될 것이었다.

짐과 내가 늦은 아침을 먹고 나자, 피터가 캠프 Ⅰ에서 가벼운 짐을 들고 비틀거리며 캠프로 걸어 들어왔다. 나를 향해 곧장 다가오는 모습으로 보아, 분명 특별한 목적이 있어 캠프 Ⅲ로 온 것이었다.

"존, 자네와 얘기하고 싶어."

피터가 말했다. 나는 즉시 방어적인 자세를 취했다.

"자네가 과연 내게 집으로 돌아가라고 말할 권리가 있는지, 정말 화가 나는군. 나도 자네들과 마찬가지로 내가 할 일을 열심히 잘하려고 노력해왔어. 이 등정에서 자네가 아무리 잘해왔더라도 나나 주변 사람들에게 명령할 권한은 없어. 자네가 부벽에서 나를 원치 않는다고 루가 말해주던데, 왜지?"

이처럼 피터가 내게 따지기 위해 캠프 Ⅰ에서 그 먼 길을 올라왔다는 사실이 무척 놀라웠다. 나는 그가 우리에게 필요한 짐조차 운반하지 않았음을 떠올리자 화가 났다.

"피터, 난 당신이 말하는 루트에 관심도 없어요. 왜 그런지 알아요? 당신은 당신이 필요할 때만 짐을 나르기 때문입니다. 당신에게 하지 말라고 부탁했을 때도 고집스럽게 자신의 생각대로 계속 진행하려 들기 때문입니다. 당신은 짐을 나르거나 고지적응을 하지 않은 채 더 높은 캠프로 이동하길 바라기 때문입니다. 게다가 당신은 당신이 말하는 루트로 갈 수 없게 되자 내려가버리고 팀 내 불화를 초래했거든요!"

우리는 한동안 설왕설래했다. 짐은 토론에서 빠져 있었다.

"당신은 부벽에서 작업하고 싶지 않다고 말했죠? 짐과 나는 별문제 없이 오르내렸고 하루만 더 오르면 완료할 수 있었습니다. 로프가 심하게 닳아 끊어질 지경이라 사람이 적게 매달릴수록 더 안전하겠죠 - 루가 오르지 않았던 것도 바로 그 때문입니다. 현재 가장 중요한 일은 장비를 제공해서 우리가 계속 등반할 수 있도록 하는 것입니다. 루를 제외하고 어느 누구도 지난 며칠간 짐을 나르지 않았어요. 이런 게 팀워크라고 할 수 있나요? 당신은 고정로프가 설치되더라도 모든 대원이 그 자일을 타고 오를 수 없다고 생각했기 때문에 부벽을 돌아 왼쪽으로 가기를 바랐어요."

우리의 논쟁이 끝나갈 즈음 루가 도착했다. 피터의 다음 목표는 그였다.

"루, 여기 있는 텐트 중 하나에 빈자리가 있는데 왜 저를 부르지 않았죠? 저는 컨디션이 좋은데다 나 자신의 몸 상태쯤은 스스로 판단할 수 있어요."

나는 루를 감싸면서 말했다.

"피터, 모두 루를 등반대장으로 뽑았잖아요. 그 이유가 무엇이든 간에 루는 공정하게 판단하려 애쓰고 있어요. 당신보다 훨씬 더 많은 짐을 날랐고, 먼저 오를 자격이 있는 등반대원이 저 아래쪽에 몇 명 있어요. 그렇지만 캠프에 공급물품이 준비되어 있지 않아요. 아직 여기에는 식량, 가스, 텐트까지도 충분치 않아요."

피터는 루가 아래쪽에 있는 사힙들이 위쪽에 있는 사람들에게 공급할 장비 등을 계속 산 위로 운반하도록 하면서 끊임없이 루트를 전진해나가도록 해야 하는 등반대장을 맡으면서 감내해오고 있는 문제들을 순순히 인정했다. 그리고 이젠 피터도 캠프에서 부벽 위에 우리가 설치한 로프의 상단부를 볼 수 있었다. 이것 하나만으로도 그가 우리의 성공 가능성이 – 원정대를 위해서나, 어느 누구를 위해서나 – 높다는 것을 확인할 수 있었다. 결국 왼쪽 루트는 제쳐두게 되었고, 피터는 현재 상황을 더 잘 이해한 뒤 캠프 Ⅲ를 떠났다. 나는 피터가 열의에 차 우리에게 먼저 대적해왔다는 사실이 나중엔 기뻤다. 공개석상에서 그 문제를 논의하게 되어 더 잘된 셈이었다. 논쟁을 벌이면서 나는 팀 내 불화의 원인을 알 수 있었다. 대화 부재.

루가 도착하고 나서 곧바로 데비와 앤디가 캠프로 들어왔다. 남는 텐트가 없어 짐과 함께 텐트를 사용해야 했다. 비좁은 텐트가 사람들이 위로 올라가려 하지 않는 이유 중 하나였기에, 짐은 텐트가 꽉 차는 상황이 달갑지 않았다. 그 다음에는 니르말과 키란이 2인용 텐트 하나를 가지고 도착했다. 데비와 앤디가 일곱 명분 저녁을 준비하는 동안, 나머지 사람들은 다함께 인도 산악인들을 위해 텐트 자리를 만들어 텐트를 쳤다.

다섯 명이 식사를 하려고 한 텐트로 몰려 들어갔고 몇 미터 떨어진 키란과 니르말에게 음식을 건네주었다. 모두 불편해했지만, 텐트에서 텐트로 음식을 건네주는 것보다는 편했다. 구석에서 다리를 접어 깔고 앉아 꽉 낀 채로 너무 열심히 밥을 먹다 보니 결국 밤을 보낼 텐트로 돌아갈 때 나는 기어가야 했다.

텐트에 돌풍이 몰아쳐 새벽 5시에 나는 깼다. 텐트 지붕에서 흔들려 떨어진 흰 서리가 침낭 윗부분을 흠뻑 적셔 흰 종이처럼 딱딱하게 얼어버렸다.

"어이, 짐! 우리가 어떻게 해야 할 것 같아?"

내가 소리치자 그가 대답했다.

"바람이 무섭게 불지만 기저부까지는 갈 수 있을 것 같아요."

루도 동의했다. 그는 심하게 닳아버린 고정로프 부분을 보강하는 작업을 돕기 위해 우리와 함께 가기로 했다.

텐트에서 나와 찬바람 속으로 들어가는 것이 바로 긴 하루의 시작이었다. 나는 천천히 등반로를 깨면서, 바람으로 다져진 눈껍질 속에서 비틀비틀 걸어가며 능선 위를 선등했다. 걸음마다 잠시 쉬면서 우

부벽에 접근해가고 있는 루와 짐.

리는 세 명의 우주인처럼 함께 이동했다. 바람은 얼굴이 드러나는 곳과 옷의 약한 부분으로 파고들었다. 아무도 말하지 않았고 고개를 끄덕이거나 방향을 가리키기만 했다. 그날 아침 우리 모두는 왜 폭풍을 피하지 않고 이동하고 있는지 의아해했다.

중간 지점에서 루가 나와 교대하여 부벽 기저부까지 계속 깨면서 나아갔다. 뼛속까지 저리는 추위로 또다시 동상에 걸려버린 듯 발바닥이 아팠다. 나는 앉을 때마다 눈 속에서 발을 꺼내들고 혈액순환을 원활하게 하기 위해 두들겼다. 날씨는 혹독했다.

부벽에서부터, 나는 이틀 전에 도달했던 고점에 내가 이름 붙인 '설탕의 기쁨' 설원까지 길고 위험한 주마링을 했다. 각각의 로프는 고무밴드처럼 늘어졌다가 팽팽히 당겨지면서 내 몸무게를 받아냈고, 내가 조금씩 전진할 수 있게 해주었다. 짐과 내가 주마링과 라펠을 했을 뿐인데도 로프는 군데군데 심하게 닳아 있었다. 칼날바위에 걸쳐져 있어 다 닳아버린 표피를 통해 로프의 하얀 심이 보이자 마음이 불안해졌다. 확실히 로프를 이중화해야 했다.

짐은 내 뒤에서 바로 출발했지만, 곧 한참 뒤처졌다. 11시경 고정로프의 상단부인 '설탕의 기쁨' 설원에 도착한 나는 앉아서 기다렸다. 정오경 짐이 암벽 끝 위로 머리를 내밀었고, 설원 위로 몸을 날려 올라섰다. 그는 지쳐 있었다.

"루는 어디 있어?"

"저 아래서 로프 두 개를 이중화하고 있어요. 우리가 있는 곳까지 올라와 합류할지 어떨지 모르겠어요."

"그래야 하는데 – 우리는 로프가 두 개밖에 없는데, 오늘 세 번째도 필요할 것 같아."

우리는 점심으로 닭고기 스프레드 캔 하나를 따서 먹었다. 그러고 나서 나는 아래쪽으로 1미터쯤 내려가 허리 깊이의 눈을 뚫고 오른쪽으로 트래버스해 숨겨져 있는, 가파른 30미터 정도의 침니까지 나아갔다. 피켈이 유일하게 의지하고 잡을 만한 것이었으며 침니의 가장 좋은 곳도 흔들렸다. 나는 침니 꼭대기까지 올라갔는데, 그곳에서 양쪽이 수십 미터 낭떠러지인 3미터 폭의 정상에 다리를 벌리고 서 있어야 했고 위쪽으로 아무것도 없는 벽에 부딪혔다.

우리가 가려고 했던 골짜기는 내 오른쪽으로 12미터쯤 떨어져 있었는데 그쪽으로 가기가 정말 어려웠다. 내가 보기에, 골짜기로는 120여 미터를 쉽게 오를 수 있을 것 같았다. 아래쪽에서 루가 소리쳤다. 나는 몸을 틀어 '설탕의 기쁨' 끝에 나타나는 그의 모자를 보았다. 이제 우리는 로프를 갖게 되었다.

나는 골짜기로 가는 길을 막고 있는 벽의 세로로 지나가는 30센티미터 폭의 바위턱을 발견했다. 안전을 위해 칼날처럼 피톤을 후려쳐 넣고, 손으로 바위턱에 매달리면서 내려갔다. 손을 넘겨가면서 바위턱을 9미터쯤 내려가 골짜기로 바로 떨어지는 가파른 비탈 위에 도달해 핀을 또 하나 박고, 아래쪽에 있는 빙벽으로 몸을 낮추었다.

폭풍이 더 격심해졌고 '설탕의 기쁨'에서 발생한 눈보라사태는 계속해서 골짜기를 타고 흘러내리는 무릎 깊이의 눈사태에 비해 작아 보였다. 이렇게 해서 골짜기가 형성된 게 틀림없었다.

나는 짐이 들을 수 있는 거리에서 완전히 벗어나 있었다. 내가 올라온 모퉁이에 감기고 말려, 로프는 마치 짐수레 말처럼 나를 끌어당기고 있었다. 훌륭한 로프 고정 확보 자리에 도달해야 했다. 골짜기는 무척 깊었다. 왼쪽 벽은 53미터 높이였고 오른쪽 벽은 부벽 꼭대기까지 수십 미터였다. 양쪽 다 직벽이었다. 나는 120여 미터 위에 있는 골짜기 꼭대기 쪽으로 오를 수밖에 없었다. 내가 가고자 하는 곳에서 15미터 떨어진, 안전해 보이는 로프 고정 확보 지점까지 오르는 도중 난코스인 암빙벽 지역에서 15분이나 소비했다. 끌어당기고 있는 로프는 거의 나를 못 나가게 했다.

잠시 멈추었을 때, 나는 짐과 90미터쯤 떨어져 있었고 골짜기의 눈사태 바로 위쪽에 있었다. 작은 스탠스는 완벽했고 핀을 튼튼하게 박을 수 있는 크랙이 몇 개 있었다. 마침내 로프를 묶었고 짐에게 오라고 소리쳤다. 하지만 소용없었다. 폭풍 속에서 그 소리는 귀머거리 벙어리의 관심을 끌려 하는 뿔피리소리일 뿐이었고 어느 누구도 상대방을 이해하지 못했다. 하지만 내 마음을 읽기라도 한 듯 짐이 왔다.

짐은 아이젠을 떼어냈고 아주 어렵게 침니를 오른 뒤 트래버스까지만 했다. 골짜기로 떨어져 귀중한 시간을 허비하기도 했지만, 마침내 그는 나보다 15미터 아래에 도착했다. 그는 내가 로프의 안전을 확보해놓은 곳까지 가파른 빙벽을 오르느라 완전히 기력을 소진했다.

"바로 제 뒤에서 루가 올라오고 있어요. 로프를 하나 더 가지고요."

"내가 조금 쉬었으니까 이 골짜기는 내가 선등할게. 정상에서 내가 손을 흔들면 곧바로 출발해. 고정되어 있을 거야."

나는 짐의 배낭에서 90미터 로프를 꺼내 푼 다음 나에게 묶고는 등반을 시작했다. 아래쪽에서 로프가 걸렸지만, 내가 골짜기 오른쪽 벽 위의 깊은 눈 속을 손으로 헤쳐나가는 동안 짐이 겨우 걸린 부분을 풀어주었다. 느리고 기력이 소진되는 작업이었다. 가끔 나는 허리까지 오는 눈을 헤쳐나가다가, 암벽을 따라 홀드를 잡아서 좀더 쉬운 곳으로 1미터 정도를 앞으로 잡아당길 수 있을 때까지 꼼짝없이 멈춰 서 있기도 했다. 눈은 바닥을 알 수 없을 정도였다. 쐐기모양의 오버행이 마지막 장애물이었는데, 나는 왼쪽 모퉁이로 짐니하고 끼어서 올라설 수 있었다. 9미터를 더 올라, 나는 칼날 정상과 골짜기 끝에 걸터앉았다.

로프를 묶을 만한 크랙을 찾았지만 결국 수평으로 박은 칼날 핀에 고정시켰다. 나는 아래쪽의 짐을 향해 손을 흔들었다.

루도 짐 옆에 도착해 있다가 둘 다 이제 막 로프에 걸고 함께 올라왔다. 그들은 아이젠이 없어 더욱 힘겨워 보였다. 천천히 허리까지 오는 눈을 헤치고 오다가도 뒤로 미끄러졌다. 그들이 로프의 고정 확보가 얼마나 부실했는지 몰랐다는 게 내겐 다행이었다.

그들은 쐐기모양의 오버행에 도착했고, 나는 꼭대기 위로 나타났다가 다시 아래로 사라지는 루의 머리를 쳐다보고 있었다. 다시 한 번 루가 자신의 주마를 꼭대기 가장자리 위로 올리려 애쓰면서 나타났지만 다시 아래쪽 짐에게로 떨어졌다. 그는 로프를 팽팽하게 잡아당기고 있는 짐의 도움으로 문제를 해결했고, 마침내 꼭대기 위로 올라왔다. 루는 지쳐서 눈 속으로 쓰러졌다. 그러고는 잠시 후 기력을 회복해 내 작은 스탠스로 올라왔고, 짐도 뒤이어 올라왔다.

짐의 말과 이야기는 이해하기 어려웠다. 주의가 산만해진 듯했다. 나는 그가 자제력을 잃을까 걱정되었다.

루는 아무 말도 하지 않았지만 로프를 잡고, 느리게 나를 한 번 쳐다보고, 우리 위쪽의 벽을 올려다보았다. 나는 목표를 좀더 잘 보려고 정상을 따라 뒤쪽으로 움직였다. 계속 올라갈 곳이 많지 않았지만, 나는 왼쪽 트레버스를 먼저 시도해봐야겠다고 판단했다.

춥기도 하고 시간도 오후 4시 45분이었다. 하지만 나는 자신이 있었고 힘도 남아 있었다. 이번 피치는 재빨리 해치워야 할 것 같았다. 나는 75도 경사의 빙사면을 가로질러 얼음이 덮인 바위까지 왼쪽으로 트래버스했다. 12미터를 기어 천천히 전진한 뒤 스탠스를 확보하고 잠시 멈추었다. 나 자신을 보호할 만한 크랙은 없었지만, 바위는 턱이 져 있었고 지금까지로 봐선 동작 한 번에 위험에 빠질 것 같지는 않았다. 나는 지나가기 어려워 보이는 몇 개의 오버행 밑으로 약간 물러난 다음 부서지기 쉬운 크랙에다 핀을 박기 위해 멈추었다. 그렇게 하자 딱딱하게 덩어리진 눈이 덮여 있는 푸석푸석한 구역 위로 올라갈 용기가 생겼다. 또 한 차례 15미터 정도까지 잡을 만한 홀드가 전혀 없었지만, 다리근육과 날렵한 솜씨로 침니하기도 하고 배를 붙이고 기어가면서 등반했다. 아무것도 없으면 망치로 얼음에 작은 홀드를 만들어내기도 했다. 튼튼한 칼날 피톤으로 침니를 막아가며 가로질러, 저 위쪽 정상에서 내려오는 눈이랑 위에 900제곱센티미터 크기의 평평한 곳까지 전진했지만 막다른 길이었다. 아주 극도로 어렵게 올라섰고 왼쪽의 수직 눈 침니 안으로 들어서서, 나와 나란히 서 있는 돌덩이에 핀 하나를 겨우 박았다. 이제 20미터만 남아 있었다.

눈을 파내고 손으로 헤쳐 눈 침니 아래에 깊이 묻혀 있는 홀드들을 찾아가며 조금씩 앞으로 나아갔다. 6미터를 전진한 후 꽉 끼어왔던 침니에서 벗어나자 또 한 번 75도 경사의 설사면에 서게 되었는데, 이번에는 푸석푸석한 눈이었다. 손으로 수영 동작을 한 번씩 취한 뒤 나는 피켈 자루를 가능한 한 깊이 박고 아래쪽에 안전한 스탠스를 확보할 수 있을 때까지 잡아당겼다. 15미터쯤 수영하듯 올라간 뒤, 나는 부벽 정상의 조금 평평한 사면 위로 내 몸을 끌어올렸다. 드디어 부벽 정상에 올라선 것이었다!

나는 정상에서 5미터쯤 솟은 커다란 돌출바위에 튼튼한 피톤 몇 개를 박았다. 남은 장비를 로프 고정 확보 장소에 붙여 남겨놓고서, 나는 라펠 장치를 로프에 조인 후 내가 올라올 때 사용했던 피톤들을 청소하며 내려갔다. 오후 5시 30분이었고, 너무 늦어 한순간도 허비할 수 없었다.

60미터를 재빠르게 라펠해 내려가자 곧 루 옆에 도착했다. 그는 즉시 어두워지고 있는 골짜기 안으로 내려갔다. 내가 다음으로 내려갈 수 있도록 그가 라펠을 마치기를 기다리는 동안 땀이 얼기 시작했다. 몇 시간이 흐르는 것 같았다.

라펠을 끝내고 로프를 갈아탈 때마다 나는 루를 따라잡았고, 기다려야 했다. 그가 무척 조심스럽게 내려갔기 때문에 나는 몸이 얼어가고 있었다. 마지막 두 번의 라펠은 이중화된 로프였기에, 하단부까지 우리가 고대하던 안전이 확보되어 있었다.

부벽 기저부에서 짐이 힘껏 안아주면서 축하해주었다. 그런 다음 그는 실수할까 염려하며 천천히 내려갔다.

우리 모두 기뻐하고 있었지만, 기력이 바닥나기 직전이었다. 선홍색 일몰을 쳐다보며 등반장비를 떼어낸 우리는 어둠 속에 잠긴 캠프로 터벅터벅 걸어 들어갔다.

고지적응이 되지 않아 하루종일 아무도 캠프 Ⅲ에서 움직이지 않았다. 하루 전에 캠프 Ⅲ로 오는 바람에 결국 식량만 낭비하고 짐도 전혀 나르지 못하게 된 꼴이었다. 게다가 피터도 캠프 Ⅱ에서 올라와 있었지만 여전히 우리는 가스와 텐트, 식량이 부족한 상태였다. 윌리와 존 에반스, 그리고 짐꾼 몇 명이 '로스켈리가 짐 부리는 곳'까지 짐을 운반하며 아래쪽에 머물고 있었지만 캠프 Ⅲ에 있는 어느 누구도 그것들을 가지러 내려가지 않았다. 위험한 상황으로 치닫고 있었다.

그날 밤 루는 하루만 휴식을 취한 뒤 짐과 나, 그리고 그 자신이 첫 번째로 정상 도전에 나서겠다고 선언해버렸다. 그 결정에 대해 다른 사람들은 아무 말도 하지 않았다. 피곤에 지쳐, 우리는 실컷 먹은 뒤 잠자리에 들었다.

다음날 아침 우리는 늦게까지 잤다. 역시 아무도 내려가려 하지 않았다. 데비와 앤디, 피터는 텐트 안에 머물며 먹고 자기만 했다. 오전 10시경 니르말과 키란이 등산복을 입고 짐을 가지러 내려가기로 했다. 루는 그들에게 임시보관소에 있을 것으로 생각되는 필요 공급물품 목록을 주었다.

니르말은 두통이 있는 키란이 스스로 짐을 운반할 건지를 결정하라고 남겨둔 채 아래쪽으로 출발했다. 결국 짐은 하지 말라고 키란을 설득했다. 루는 피터, 데비와 앤디에게 짐을 운반하지 않기로 했느냐고 물어보았지만, 민감한 문제인 만큼 더 이상은 밀어붙이지 않았다. 짐과 나는 그들에게 짐을 운반하는 니르말을 보면서 스스로 죄책감을 느껴야 한다고 말해주었다. 두 개의 텐트 사이에서 서로에 대한 애정은 사라지고 없었다.

깊은 불만의 날인 듯했다. 스트레스와 고지 부적응 등으로 사소한 문제가 커져가고 있었다. 다음 문제는 설탕이었다. 그날 저녁 피터가 차에 설탕을 조금 넣고 싶어했지만 나머지 사람들은 다음날 아침 시리얼에 넣어 먹기를 원했다. 둘 다 하기엔 설탕이 충분치 않았다. 나는 캠프 III에서 떠나버렸으면 하고 간절히 원했다.

그날 오후 짐과 루, 그리고 나는 각자 35킬로그램 이상의 장비를 배낭에 채웠다. 우리는 부벽 정상에 있는 캠프 Ⅳ까지 닳아져 위험한 로프 위로 단번에 짐을 다 나르고 싶었다. 짐은 매우 무겁겠지만 그 로프를 두 번 오르는 것보다는 낫다고 판단했다. 우리는 다가올 며칠이 원정대의 성패를 좌우할 수 있다고 생각하며 잠자리에 들었다. 우리는 전력투구를 하지 않으면서, 너무 많은 것을 경험하면서, 너무 멀리까지 와 있었다.

능선 정상에서는 계속되는 돌풍으로 벌써부터 참호에 빠진 듯 텐트들이 눈에 파묻히고 있었다. 내가 아침으로 뜨거운 시리얼을 섞고 있는 동안 짐은 바로 뜨거운 젤로 한 냄비를 준비해놓았다. 부벽 정상에 도달하려면 일찍 출발해야 했다. 캠프의 다른 대원들이 우리를 위해 부벽 기저부까지 등반로를 헤쳐놓겠다고 자원했다. 피터가 무릎까지 쌓인, 바람에 다져진 눈을 깨나가면서 맨 먼저 출발했다. 앤디와 데비도 바짝 뒤를 따랐다. 바람이 불긴 했지만 그날은 가능성이 높았다.

무거운 짐 때문에 근육이 평소보다 더 뻐근했지만 몸이 조금 풀리고 나자 나는 꾸준한 페이스를 유지할 수 있었고 곧 앤디와 데비를 추월했다. 나는 부벽 기저부까지 피터를 따라갔다.

짐은 앞으로 며칠 동안 우리 모두가 그에게 기대하고 있다는 생각에 긴장했고 몰두해 있었다. 루와 나 역시 그러한 중압감을 다른 원정에서 경험한 적이 있었고 아마도, 약간은 덜 걱정스러워하고 있었다. 루는 다른 어려움을 가지고 있었다. 돕겠다고 나선 키란이 무의 배낭을 대신 운반해주겠다며 고집을 부렸는데, 그 인도 대원의 페이스가 너무나 느렸던 것이다. 루는 우리와 너무 뒤떨어지지 않으려고 능선을 타고 어느 정도 왔을 때쯤 키란을 잘 타일러 자신의 배낭을 넘겨받았다.

나는 부벽 정상까지 훌륭하게 주마링을 해내기 시작했다. 약간 수직인 오버행 지역을 오르는 두 번째 선등은 짐을 메고 오르기엔 정말 힘든 난코스였다. 나는 배낭 어깨끈을 위쪽 주마에 걸고 천천히 산 위로 등반했다. 피터는 루트상 최악의 구간에 더 튼튼한 11밀리 로프를 고정시키기 위해 약간의 거리를 두고 뒤따라왔다.

나는 로프가 툭 불거진 적색 바위 아래서 로프 심까지 닳아버려, 심지어 15미터 앞에서도 군청색 표피에 대비되는 흰색이 드러나고 있음을 발견했다. 결코 내 눈을 그 하얀 심에서 뗄 수가 없었다. 내가 주마링해 올라가는 동안 날카로운 오버행에 더욱 심하게 마모되었고, 그 노출된 심을 올라 넘을 때까지 몇 시간이 걸리는 듯했다. 그 부분을 지나고 나서, 나는 잘라진 부분에 대한 당겨짐을 없애고 뒤따라오는 사람들을 보호하기 위해 휘갑치기 매듭을 묶었다. 다음번 로프 길이만큼은 더 쉬웠고 나는 '설탕눈의 기쁨' 설원에 오후 12시 40분에 도착했다. 그곳에서 나는 짐과 루가 너무 천천히 올라와 그날 더 이상 나아갈 수 없을지도 몰라 일단 기다리기로 했다.

한 시간 뒤 피터가 내 좁은 스탠스에 도착했다. 처음에 우리는 말이 없었는데, 피터가 먼저 침묵을 깼다.

"존, 나도 이제 이 루트에 전적으로 찬성해……. 알고 있었으면 해서."

"일종의 태도 변화네요. 그렇지 않나요? 당신은 루트에 대해 별로 상관하지 않는다는 인상을 항상 갖고 있었어요."

피터가 잠시 멈칫하더니 사려 깊게 대답했다.

"존, 이번에는 편안한 원정일 거라고 생각했어. 나는 마티와 함께하려고, 산 자체를 즐기려고 왔어. 물론 지금까진 그렇지 않았지. 산을 올라오는 내내 내가 시간을 질질 끌어왔다는 점도 인정할게. 그랬던 건 당신과 루, 짐이 모든 사람이 등반을 즐길 수 없도록 몰아붙이고 있다고 느꼈기 때문이야."

"그렇게 당신들 모두 편안한 원정을 원했다면 처음에 왜 이 루트를 선택한 거죠? 당신 말고 누구도 다른 루트를 더 일찍 얘기하지 않았잖아요."

"루가 얘기하길, 자네는 첫 번째 정상공격조에서 나를 빼고 싶다고 했다지? 왜 그랬지?"

"피터, 그건 내가 결정한 게 아니에요. 내가 아는 거라곤 당신이 거의 짐을 나르지 않았고 고지적응이 안 되었다는 겁니다. 방금 당신은 느릿느릿 시간을 끌면서 올라왔다고 얘기해놓고, 이제 와서 왜 나를 빼느냐고 묻다니요!"

"존, 나도 같이 가고 싶어. 하지만 음…… 어쨌든 행운을 빌어."

"고마워요, 피터. 오늘 우리는 부벽 정상까지 갈 생각이에요. 적어도 장비들이 그곳까지 올라가야 누구든 – 아마도 당신이겠지만 – 편하게 사용하겠죠."

3시경 짐은 회오리 눈사태 때문에 머리부터 발끝까지 온통 흰색이 되어 나타났다. 아침 이후로 날씨는 계속 악화되고 있었다. 짐이 소리쳤다.

"루가 여기서 기다리래요. 내 뒤에서 천천히 오고 있는데, 그가 생각하기에 이 정도 속도로는 오늘 못할 것 같다는 거예요. 그만 내려갔다가 내일 다시 시도하길 바라는 것 같아요."

그날 아침 루는 부벽 기저부에서 이러한 우려를 짐에게 밝혔다. 그러면서 출발하기엔 너무 늦었다고 말했다. 어쨌든 짐은 나를 따라 계속 올라온 것이었다.

"루, 전진할까요?"

내가 소리쳤다.

"그래…… 그러지 뭐."

이어 내가 짐에게 말했다.

"가능한 한 빨리 따라와. 부지런히 나아가지 않으면 어두워지기 전에 해내지 못할 거야."

나는 눈폭풍 속으로 주마링을 해나갔다. 피터는 짐과 루가 '설탕눈의 기쁨' 바위턱까지 따라오는 동안 참을성 있게 기다렸다. 피터가 캠프 Ⅲ로 돌아가려고 몸을 돌릴 때 나는 로프를 타고 한참을 올라가 있었다.

나는 빨리 움직여야 한다는 중압감을 느꼈고, 한 시간도 채 지나지 않아 마지막 피치 바로 아래인 골짜기 정상에 도착했다. 나는 정상을 향해 주마링을 했지만 이미 지친데다 어려운 지형 때문에 기어가듯 느려졌다. 차가운 금속 주마를 너무 세게 쥐고 있어서 손의 감각이 없어지기 시작했다. 발가락에도 감각이 없었다. 정상을 향해 가다가 내 배낭이 눈 침니에 끼어버렸고, 배낭을 꺼내느라 한참을 애써야 했다. 정상 바로 아래 몇 미터 전에, 로프가 벼랑 끝에 처마 모양으로 얼어붙은 눈더미 속에 깊이 박혀 있어 내 주마를 더 이상 위쪽으로 미끄러지게 할 수 없었다. 2.5센티미터씩 사투를 벌여가며 한 번 움직일 때마다 정상 쪽으로 더 깊이 파들어가, 결국 벼랑 가장자리 너머 평평한 위쪽 사면 위로 몸을 날린 후 주마를 풀었다.

어느새 어두워져 있었다. 루트를 따라 뒤돌아보았지만 짐이나 루를 찾을 수가 없었다. 폭풍은 잠잠해져 있었다. 바람은 잦아들었지만 밤이 우리를 뒤덮고 있었다.

나는 배낭을 내려놓고 캠프를 차릴 곳이 있는지 능선 위로 100여 미터를 돌아보았지만 텐트를 칠 만한 곳을 찾지 못했다. 10여 미터 아래쪽, 내가 능선 위로 올라왔던 곳이 유일한 장소인 듯했다. 20도 정도 경사진 그 자리는 북서벽에서 불과 1미터밖에 떨어져 있지 않았다. 텐트 한 개가 들어갈 만한 폭이 되는, 내가 찾을 수 있는 유일한 장소였다. 처음에 나는 손으로, 그 다음엔 앉아서 발로 눈을 밀어내며 텐트 자리를 만들기 시작했다.

자리가 평평해지자 나는 큰 2인용 에디 바우어 텐트를 쳤다. 그때까지도 짐은 벼랑 가장자리를 넘어오지 못하고 있었다. 하지만 내가 어둠 속에서 텐트를 치고 나자 간신히 그의 모습이 시야에 들어왔는데, 내가 상층부 1.5미터에서 맞닥뜨린 어려움을 똑같이 겪은 것이었다. 그는 완전히 지쳐 눈 속에 꼼짝 않고 누워 있었다.

"루는 봤어?"

"이 로프 하단부에 있어요."

짐이 가쁜 숨을 몰아쉬었다.

"루! 어이, 루! 출발해요!"

나는 희미하지만 확신에 찬 대답소리를 들었다. 짐이 루에게 자기가 끌어올려놓은 여분의 로프에 묶으라고 소리쳤다. 어려운 주마링을 위해 짐이 루의 로프 고정을 확보해주었다.

나는 텐트 안으로 들어가 부츠를 벗으면서 짐과 올라오는 길에 겪은 상황에 대해 얘기했다. 그의 말을 들었다면 다른 대원들은 잔뜩 겁을 집어먹고 산을 내려갔을 뻔했다. 마침내 루가 어둠을 뚫고 나타났으며, 짐과 루는 텐트 근처에 배낭을 잘 놓고 텐트 안으로 기어들어왔다. 우리는 한동안 말없이 누워 있었다.

"지금까지 내가 산에서 운반한 짐들 중에서 제일 무거웠어."

루가 중얼거렸다.

우리가 배낭에서 옷가지와 침낭, 요리도구 등을 꺼내놓자 텐트 안은 엉망이 되었다. 모두 자리를 잡고 앉자마자 나는 눈을 녹이기 시작했지만, 눈이 거의 다 녹아갈 때쯤 루가 실수로 냄비를 차서 쏟아버렸다. 갑자기 침낭과 배낭을 젖지 않게 하려고 한바탕 소동이 벌어졌다. 짐이 텐트 가방에서 스펀지 한 개를 찾아내어 곧 평정을 되찾았다. 저녁을 먹으면서 우리는 다음날 정상을 향해 출발하기로 합의했다. 필요 이상으로 머물고 싶지 않기 때문이었다.

오후 7시에 루가 캠프 Ⅲ로 무전을 했다.

"잘 들린다, 루. 어떻게 진행되었나?"

윌리가 응답했다. 루는 주마링하기 어려웠던 점과, 그로 인해 캠프 Ⅳ에 늦게 도착했다는 것에 대해 자세히 얘기했다. 윌리는 우리의 진전을 기뻐하는 듯했다. 우리는 다음날 아침 일찍 또 한 번 무전하기로 했다. 저녁을 먹고 나서 짐이 눈 녹이는 것을 넘겨받아 몇 시간 동안 계속 뜨거운 물을 제공해주었다. 11시에 스토브를 끄고 비좁지만 아늑한 텐트 안에서 침낭에 들었다.

9월 1일 아침이었다.

"캠프 III 나와라."

내가 무전을 하자 윌리가 응답했다.

"잘 들리네, 존. 이 아침에 그 위쪽은 어떻게 지내나?"

"좋아요, 윌리. 하지만 오늘은 쉬면서 수분을 보충하기로 했어요. 안 움직일 생각입니다."

짐과 내가 초코볼과 사탕을 우적우적 깨물어 먹으면서 휴식을 취하는 동안 루는 앞쪽 텐트 문간으로 가서 아침을 준비했다. 루가 눈을 가늘게 뜨고 태양을 쳐다보며 말했다.

"오늘 아침 바깥 풍경은 확실히 끝내주는군. 바람 한 점 없어."

나는 텐트 뒤쪽으로 몸을 기울여 밖으로 나가보았다. 하늘은 수정처럼 맑고 이상하리만치 공기 중엔 고요가 감돌고 있었다.

"저기…… 이렇게 고요한 날에 올라가보는 게 좋지 않을까?"

짐이 물었다.

"시간이 될까요? 8시가 거의 다 됐는데요."

"한번 올라가보자고."

루가 응답했다.

텐트는 순식간에 난장판으로 변했다. 스토브는 손목을 휘저어 꺼버렸다. 짐이 출발 전에 마셔야 한다고 고집하는, 따뜻하게 데운 설탕 넣은 우유를 벌컥벌컥 마시고 나서 우리는 정신없이 등산복과 등산화를 걸치고 8시 30분경에 움직이기 시작했다.

나는 캠프 위쪽으로 수백 미터 떨어진 산등성이까지, 무릎까지 빠지는 설탕눈을 헤치며 등산로를 개척해나갔다. 그 다음은 루가 넘겨받았다. 루는 거기까지 천천히 오고 있었고, 몇 번이나 억지로 끌려가고 있다며 짜증 섞인 목소리로 말했다. 루는 계속해서 천천히 깊은 눈을 헤치며 나아갔고 갑자기 경사가 급해진, 가장자리가 얼음으로 에워싸인 능선 위로 올라갔다. 작은 바위 난관을 넘어 허리까지 빠지는, 바닥을 알 수 없는 설탕눈 속에서 겨우겨우 헤엄치며 위로 나아갔다. 지형은 50도 정도의 경사가 져 언제 눈사태가 날지 모를 만큼 혹독했다. 사면을 천천히 오르다가 중간쯤에서 멈추었다. 높은 고도와 깊이 쌓인 눈은 정말이지 끔찍했다.

나는 루와의 거리를 1미터 내로 겨우 좁혔고, 그런 다음 60여 미터 떨어진 사면 정상을 향해 꾸준히 전진하면서 선등을 넘겨받았다. 그 사면에 필요 이상으로 머물고 싶지 않았던 나는 곧바로 또다시 루를 끌어당기게 되었다. 그러자 그가 폭발했다.

"아, 젠장! 그만 좀 잡아당겨. 계속 그러면 로프를 놔버릴 거야."

"루, 그러진 마세요. 여기서부터는 끌어당기지 않도록 해볼게요."

그는 자신의 매듭을 다시 묶고 계속해서 수영 동작으로 따라왔다. 머지않아 우리 셋은 능선상의 작은 언덕 위에 모이게 되었다.

"짐, 네 차례야."

짐은 칼날 능선마루를 따라 똑같이 허리 깊이의 설탕눈을 조용히 헤치며 전진했다. 그러다가 갑자기 그가 멈추었다.

"존, 당신이 해결해야 할 작은 바위가 있네요."

그가 어깨 너머로 나를 불렀다. 내가 물었다.

"그게 무슨 소리야?"

"곧 보게 될 거예요."

그는 다시 돌아서서 계속 올라갔다.

그는 세로로 홈이 파인 6미터 크기의 뾰족한 바위 위로 올라섰고,

루가 따라가기 시작하는 동안 저편으로 사라져버렸다. 내가 마지막이었다. 뾰족한 바위 몇 개를 지나고 나자 나는 짐의 곁에 있게 되었고, 그가 말한 바위를 보게 되었다. 짐 바로 위쪽에 9미터쯤 되는 검은색 암반대가 수평으로 바닥에서 버섯처럼 솟아 있었다. 북서벽 위로 가파르게 떨어지는 오른쪽으로만 등반 가능한 루트가 있는 듯했다. 우리는 안전을 위해 사용할 만한 암벽 장비가 전혀 없었다.

"짐, 로프 안전 확보를 더 튼튼히 해."

정상에 오른 날,
암반 계단 아래에서
허리 깊이의 눈을
헤쳐나가고 있는 짐.

내가 긴장해서 말했다. 그는 그 어려운 부분에서 너무 멀리 떨어져 있었고, 그의 로프 확보는 부실해 보였다. 재고의 여지를 없애려면 그 피치를 재빨리 공격해야 하기에 나는 짐이 준비하는 동안 그 피치를 자세히 살펴보았다. 루는 6미터쯤 떨어진 곳에 앉아 기다렸다.

"확보됐어?"

내가 물었다. 짐은 곧바로 내 결심을 알아차렸다.

짧지만 어려운 암반 오버행을 넘기 위해 암벽 위로 이동하기 전에 나는 몸을 끼워 넣어 침니하면서 짧은 구간을 전진했다. 나는 암반대 위쪽까지, 가능하면 침니하기도 하면서 또 다른 암빙벽 혼재 골짜기를 따라갔다.

"로프를 좀더 여유 있게 해줘!"

짐은 내가 암반대 위쪽의 능선마루까지 헤쳐나가 그럴듯한 로프 고정점을 확보하는 데 필요한 로프를 풀어주었다.

"올라왔다! 고정 확보했어!"

"잠깐만요. 루가 안 가겠대요!"

짐이 아래쪽에서 소리쳤다.

루는 고도계를 보고 우리가 정상까지 아직도 450미터나 더 가야 한다는 사실을 깨달았다. 우리가 정상까지 간다면 분명 비박을 해야 할 것이었다. 그는 적절한 장비도 없이 밖에서 밤을 보내고 싶어하지 않았다. 또한 전날 루는 짐에게 부벽을 오르겠다는 자신의 의지를 잠재울 수밖에 없음을 느꼈다고 말했다. 하지만 이번에는 자신의 판단을 거스르지 않기로 마음먹은 것이었다.

"짐, 넌 어쩔래?"

내가 소리치자 그가 소리쳐 되물었다.

"잘 모르겠어요. 어떡할 건데요?"

"난 갈 거야!"

"그럼 저도 갈게요!"

루는 로프를 풀고 내가 보일 때까지 능선을 따라 뒷걸음질했다.

"아직 우리는 높이 올라오지 않았어! 네 시간 동안 수직으로 겨우 150미터 왔을 뿐이야. 난 돌아갈 거야."

"계곡에 비친 난다데비 산의 그림자로 봤을 때 이미 절반쯤 왔어요! 고도계가 잘못된 거예요!"

내가 주장했다.

"행운을 비네. 난 캠프에서 자네들을 기다릴게."

"좋아요. 당신 파카를 짐에게 넘겨줄래요?"

"싫어!"

"내려가서 침낭을 가지고 우리를 마중 나오는 건 어때요?"

"싫어! 난 그 정도로 이타주의자는 아니잖아."

그의 대답을 듣고 잠시 내 귀를 의심하지 않을 수 없었다. 이어 내가 소리쳤다.

"좋아요, 루. 내려갈 때 조심하세요. 우리는 계속 전진할게요!"

루는 약간 화가 난 듯하고 주저하는 듯했다. 짐과 나는 계속 올라갈 준비를 했다.

"에이, 좋아. 나도 간다!"

"좋아요!"

짐이 전혀 짜증내지 않고 대답했다.

그들 둘 다 위에서 당겨줘 그 암반대를 빠르게 등반했다. 다음 구역은 딱딱한, 아이젠을 사용할 만한 눈처럼 보였지만 우리가 잘못 판단했다. 짐이 힘들게 걸어 지나가 두 개의 45도 경사면 사이의 널찍한 산마루를 따라 눈을 헤치며 치고 나가기 시작했다. 아래서 단단하게 보였던 것은 바닥을 알 수 없는 가루눈 위에 바람으로 딱딱해진, 무거운 겉껍질이었다. 그는 심하게 허우적거리며 나아갔다. 그 눈 속에서는 지지할 곳이 없었고 파도처럼 흘러내리는 많은 양의 가루눈을 거슬러 위쪽으로 올라가려면 상당한 노력이 필요했다.

나도 한 차례 헤치고 올랐다. 그 다음은 루 차례였다. 모두 힘든 시간이었다. 양쪽 경사면에는 새로 내린 가루눈이 잔뜩 쌓여 있었다. 매번 눈껍질을 깨기 위해 무릎을 높이 들어 그 위로 내딛고, 그 다음 한 발짝 정도 전진하기 위해 수영 동작을 취하면서 몸을 앞쪽으로 던져야 했다.

나는 좀더 효율적으로 전진할 수 있는 듯했고, 치고 나가는 동안에도 기운차게 느껴졌기에 다시 한 번 선두에 섰다. 눈사태 가능성이 매우 높았다. 매번 내 앞의 눈 속으로 손을 집어넣을 때마다 깨진 눈조각이 양쪽 경사면으로 줄달음쳤다. 왼쪽 경사면에서 나는 커다란 마찰음이 주의를 끌었다. 나는 눈을 헤쳐나가는 동작을 멈추고 60센티미터 깊이의 판형 눈사태가 우리의 등반로에서 떨어져 나와 밀려 내려가는 광경을 쳐다보았다. 루와 짐도 꼼짝 않고 조용히 북서벽을 타고 수십 미터 아래로 추락하는 눈을 쳐다보고 있었다. 나는 얼마나 위험한지 생각지 못하고 – 이상하리만치 전혀 – 단지 참 특이한 광경이구나 하고 생각했다. 그것은 마치 텔레비전에 나오는 한 장면 같았다. 겁에 질린 루를 보고 나서야 나는 현실로 돌아왔다. 우리는 이 사면에서 잽싸게 벗어나야 했다.

나는 아직까지 햇빛을 받지 않은 마루의 오른쪽으로 올라갔고, 눈을 심하게 파헤치며 상당한 높이로 나아갔다. 배꼽 깊이까지 눈이 차올랐지만, 나는 뒤에서 열심히 헤쳐오고 있는 루와 짐을 끌어당길 수 있을 정도로 빠르게 눈을 가르며 나아갔다. 또다시 루는 너무 빨리 전진하도록 당겨진다며 화를 냈고 로프를 풀기 시작했다. 나는 속도를 늦추었다.

눈 상태가 조금 나아져 우리가 전진할 수 있는 기반을 마련해주었다. 눈사태 후 15분쯤 지나 우리는 탁 트인 설원 위로 한 사람씩 올라섰다. 짐이 발목 깊이의 눈 속에서 등반로를 깨나가면서, 우리는 함께 낮은 경사의 사면 위로 전진했다. 등반이 훨씬 더 수월해졌다. 내가 정상으로 보이는 곳까지 더 가파른 설면을 한 차례 선등하고 나자 또 다른 낮은 경사의 광활한 설면이 나타났다. 간단하게 의견을 주고받은 뒤, 우리는 슬로프 위에서 점심을 먹기로 했다. 저 위쪽으로 보이는 것이 정상이 아닐 수도 있었다.

루가 점심을 먹고 나서 짧은 거리를 헤쳐나간 다음 짐이 선두에 섰다.

"저것은 정상 가장자리의 코니스(벼랑 끝에 처마 모양으로 얼어붙은 눈더미 – 옮긴이)가 확실해 보이는데요."

짐이 뒤집어진 설면으로 접근하면서 말했다.

"희망을 너무 앞세우진 마. 저 아래에 있던 것처럼 또 하나의 정상처럼 보이는 건지도 몰라."

짐이 한 발 올라서서 그 코니스 너머를 자세히 보았다. 내가 흥분해서 물어보았다.

"뭐라도 보여?"

"아뇨!"

그가 비명을 지르듯 소리치고는 꼭대기 너머로 사라져버렸다. 나는 바짝 따라갔고, 정상의 다른 쪽에 있는 눈더미 위에 짐과 함께 도착했다.

"여기야! 드디어 우리가 정상에 온 거야!"

겨우 오후 2시였다.

루가 꼭대기를 넘어서 왔다. 우리는 서로를 얼싸안고, 악수도 하고 어깨도 두드려주었다.

기온은 우리가 편안할 정도로 높았다. 바람도 전혀 없었다. 날씨는 우리 아래에서 폐쇄된 채 난다데비 동봉을 비롯해 주변의 봉우리들을 감추고 있었다. 우리는 장갑과 모자를 벗을 수도 있었다. 내 배낭의 바닥까지 뒤져, 나는 200주년 기념 미국 국기와 정상에 가져가라고 부탁받은 인도 국기를 꺼냈다. 짐과 루가 그것을 들고, 내가 사진을 찍는 동안 밝게 미소를 지었다. 빈 물병 안에 국기를 잘 넣어 정상의 눈 속 깊이 파묻었다. 이보다 더 훌륭한 동료나 더 장대한 등정은 상상할 수도 없었다.

우리는 편안히 앉아 그곳까지 오기 위해 극복한 문제와 원정에 대해 얘기했다. 루는 이번이 에베레스트 서릉 정복 이후 가장 훌륭한 미국 팀의 등정이라고 말했다. 나는 그 당시 그 팀도 유사한 문제를 겪었는지 몰랐기 때문에, 그 원정대도 비슷한 문제에 직면했을까 하고 궁금해했다. 수개월간의 준비 과정, 팀 내의 어려움, 등반 루트의 혹독함 등을 겪고 난 뒤라서인지 그곳에 우리가 있다는 사실을 믿기 어려웠다.

오후 3시가 조금 지나 우리는 사진 촬영을 마치고, 주변을 마지막으로 한 번 돌아본 뒤 우리가 올라왔던 깊은 V자형 골짜기를 통해 구름 속으로 한 무리가 되어 내려왔다. 가장 느렸던 루가 첫 번째로, 짐이 그 다음, 그리고 나였다. 나는 우리의 생환과 내 가족, 내 집, 우리의 개인적인 성과 등을 떠올렸다. 각자 자신만의 감흥에 젖어 우리는 말이 없었다. 하나의 로프에 연결되어 있었지만, 우리 셋은 세 개의 서로 다른 세계에 빠져 있었다.

우리는 그 위험한 눈사태 경사면과 암반대에서 로프의 안전을 확보했고, 그런 다음에는 다함께 가파르고 깊이를 알 수 없는 눈 속을 헤쳐 암반 계단까지 내려왔다. 때때로 제어할 수 없을 만큼 앞으로 곤두박질치면서, 오후 4시에 캠프 IV에 도착했다.

13

수분 섭취가 캠프 Ⅳ에서 해결해야 하는 최우선 과제였다. 수분을 공급하기 위해 몇 주전자의 물을 계속 끓여 마셨다. 쇠고기와 야채로 저녁을 해 음미하는 동안 산 그림자는 계곡 속으로 깊어졌다. 오후 5시 30분에 루가 무전기로 캠프 Ⅲ와 교신을 했다.

"데비! 우리가 오늘 휴식을 취하다가 가장 가까이 있는 봉우리를 오르지 않았겠어!"

"정상에 갔어요?"

"그럼! 오후 2시에 우리 모두 정상에 있었지."

"그래요? 정말 환상적이네요! 훌륭한 성과, 축하드려요."

그녀가 환호하며 축하의 인사를 건넸다.

다른 원정대원들은 부벽에서 주마링 연습을 하고 돌아오는 중이었기에, 우리는 오후 7시에 윌리와 다시 얘기하기로 했다.

윌리의 목소리가 무전기를 타고 울렸다.

"자네들의 등정을 축하하네. 내일 자네들과 교대할 팀을 올려 보내겠네 – 아마 데비와 앤디, 그리고 피터가 올라갈 거야. 자네들 침낭은 캠프 IV에 그대로 놓아두고 오게. 자네들은 여기서 올라가는 사람들 것을 사용하면 될 거야."

"그들이 여기까지 올라오지 못하면 어쩌냐고, 존이 궁금해하는데요?"

루가 물었다. 나는 내 침낭과 떨어지기 싫었지만, 결국 루가 나에게 창피를 주면서 동의하게 만들었다. 앤디의 목소리가 끼어들었다.

"걱정하지 마세요. 우리 모두 거기 도착할 겁니다."

하룻밤 푹 쉬기를 기대하며 짐과 루, 그리고 나는 일찍 잠자리에 들었다. 하지만 높은 고도와 비좁은 자리 때문에 우리 모두 숙면을 취하지 못했다. 정상 정복 후의 길고도 추운 밤이었다.

새벽 6시에 모두 잠에서 깼다. 너무 춥고 너무 이른 시간이라 내려갈 수가 없었다. 짐은 침낭 속에서 몸을 앞으로 기울여 스토브에 불을 붙였다. 뜨거운 김이 나는 차 몇 잔과 함께 간단한 아침을 먹고 나서, 우리는 등산복을 차려입고 텐트 가방에 텐트를 넣었다. 짐과 나는 장갑이 없었다. 우리의 다흐스타인(오스트리아에서 만든 방축가공 울 벙어리장갑)은 전날부터 젖기 시작해 완전히 딱딱하게 얼어붙었다. 우리는 장갑을 몸에 걸치고 장비를 펼쳐놓은 뒤 우리가 서 있는 작은 바위턱을 따뜻하게 해줄 태양을 기다렸다. 날씨는 아주 좋았다.

나는 너무 추워 더 이상 기다릴 수 없었기에 라펠 장치를 첫 번째로 로프에 걸고, 몇 장의 사진을 재빨리 찍고는 내려가기 시작했다. 짐이 로프가 느슨해지자마자 뒤따라왔다. 나는 각 로프의 끝 지점을, 라펠해 내려오는 짐의 사진을 찍고 그가 괜찮은지 확인하는 장소로 삼았다. 루는 바로 뒤에 붙어 내려왔다. '설탕눈의 기쁨'에서는 짐이 나타나기를 30분이나 기다렸다. 짐은 천천히 조심스럽게 내려오고 있었다. 나는 로프의 안전 확보 고정 지점에서 발견한 여분의 9밀리짜리 90미터 로프 한 묶음과 장비 한 상자를 캠프 Ⅲ로 가져가려고 내 배낭에 쑤셔넣은 다음, 모퉁이를 돌아오는 짐을 보고 나서 나머지 부벽을

정상 정복 다음날 아침
캠프 Ⅳ에서
내려갈 준비를 하고
있는 루와 짐.

다 내려갔다.

짐과 나는 캠프 Ⅳ를 떠난 지 두 시간 만에 부벽 기저부에 도착했다.

"내려왔어!"

우리는 서로의 팔을 끌어안았다.

"저는 첫 번째 라펠 때 손이나 발의 느낌이 없었어요 – 그래서 손이나 발을 잃을 수도 있겠구나 생각했어요."

그가 말했다. 우리는 따뜻한 공기의 눈 위에서 쉬며 루를 기다렸다.

"데비와 앤디, 피터가 어디 있을까 궁금한데요?"

짐이 묻자 나 역시 궁금했다.

"다울라기리에서는 누구든 우리를 마중하려고 등반로를 치고 올라왔는데. 으레 누군가 나와 있었는데……."

"그들은 캠프 Ⅳ까지 올라갈 것이기 때문에 우리한테 캠프 Ⅳ에 장비를 남겨놓고 오라 부탁해놓고는, 심지어 여기까지 아무도 안 나왔네. 최소한 여기쯤에선 누군가 볼 수 있어야 하는데, 왜 아무도 마중 나오지 않는지 이해를 못하겠군 – 우리가 지쳤다는 것도 알고 있는데."

루가 마지막 로프에서 우리가 앉아 있는 곳까지 내려와 아이젠을 벗었다. 그 또한 두 번째 팀을 볼 수 없어 실망했다. 그는 다른 사람들이 고집피울 때 우리에게 장비를 놓고 가라고 주장했던 장본인이라, 이 상황에 책임감을 느꼈다. 그날 아침 캠프 Ⅲ에서 45미터까지 누군가 나왔지만, 가지 않기로 결심하고 캠프로 되돌아간 흔적만 하나 있었다. 짐은 눈물이 그렁그렁하기까지 했다. 우리는 캠프 바깥쪽의 언덕 뒤에 멈춰 서서 마음을 가라앉혔다.

키란과 니르말이 텐트에서 뛰어나와 우리를 따뜻하게 맞아주었다. 존 에반스와 피터도 다가와 축하해주었다. 다른 사람들은 수줍어하는 듯했지만 그뿐만이 아니었다. 말은 그럴싸한데 매우 냉담한 느낌이 와닿았다. 그와 대조적으로 공기는 무척 따뜻했다. 모두 밖으로 나와 태양 아래서 다음 며칠간의 일정과 루트에 대해 얘기하고 있었다. 데비가 분홍색 레모네이드 한 주전자를 나눠주었다.

"왜 오늘 아무도 올라가지 않았어요?"

내가 다른 사람들과 함께 앉고 난 다음 물어보았다.

"날씨가 나빠질 것 같았거든요."

앤디가 말했다.

"하지만 아침 내내 좋은 날씨였는데요!"

"오늘 아침 이른 시간에는 안 좋아 보였어요. 커다란 먹구름이 난다 데비 봉 위에 걸려 있었고요."

그가 고집스럽게 말했다. 나중에 앤디는 루에게 데비의 몸 상태가 좋지 않아 더욱더 안 가기로 결정했다고 털어놓았다. 윌리와 다른 사람들이 다음날 캠프 Ⅳ로 올라가는 것에 대해 얘기하기 시작했다.

"두 번째 팀에는 누가 가죠, 윌리?"

팀이 바뀌었기를 바라면서 내가 물어보았다.

"데비와 앤디, 그리고 피터."

나는 무척 염려되었다.

"윌리, 제가 한마디만 할게요."

"그래, 존. 자네가 그럴 거라고 생각했어."

그가 가볍게 웃으면서 말했다.

"제 생각에 데비는 올라가서는 안 될 것 같아요. 앤디가 계속 기침을 한다면 앤디 역시 올라가면 안 된다고 생각합니다. 그리고 데비."

나는 그녀를 정면으로 보았다.

"당신은 탈장 증세가 있잖아요. 그것이 문제될 수도 있고, 원정이 시작된 이래 악성기침이 떨어지지 않고 있는데다 만성위장병으로 이틀에 한 번꼴로 아파하고 있잖아요. 올라갈 수 있을 만큼 더 튼튼한 사람 – 니르말이나 에반스처럼 – 이 있다고 나는 생각해요. 윌리는 피터와 함께 올라갈 수도 있지만, 당신과 앤디는 전혀 고지적응이 안 되어 있기도 하고요."

그들 모두는 마치 내가 사람이 아니라 유령인 것처럼 나를 보고도 못 본 척했다.

"이거예요. 제가 하고 싶은 말은 다 했어요."

나는 짐이나 루가 나를 지원해주는 말을 해줄 거라고 은근히 기대했지만, 둘 다 한마디도 하지 않았다. 나는 전적으로 혼자만 심각하다고 생각하는 문제를 말해버린 것이었다.

데비는 미묘하게 자신의 화를 표현했다. 베이스캠프에서부터 짐은 땅콩버터를 떠낼 때 크래커나 깨끗한 도구를 사용하라고 – 위생상의 이유로 – 모두에게 말해왔다. 데비는 그것이 조금 웃기는 규칙이라고 생각했지만 그대로 따랐다. 지금 그녀는 땅콩버터 한 통을 달라고 해서 뚜껑을 열었다. 그러고는 손가락을 통 속 깊숙이 집어넣어 땅콩버터 한 덩어리를 떠낸 다음 나를 향해 공중에서 흔들어 보였다.

"이게 우리가 캠프 Ⅲ에서 이걸 먹는 방법이에요."

이어 그녀는 손목을 돌려 손가락을 빨아 먹었다.

몇 분 뒤 윌리가 다가왔고, 우리는 둘이서만 따로 얘기했다.

"윌리, 저는 단지 그녀가 올라가선 안 된다고 생각했을 뿐이에요."

"자, 존. 한 사람의 아버지로서 어떻게 해야 하나?"

"잘 모르겠는데요."

캠프 Ⅲ에서의 윌리.

"만약 자네 딸이라면 어떻게 할 텐가?"

"윌리, 잘 모르겠지만…… 데비는 안 돼요."

우리의 대화는 그렇게 끝나버렸다.

그 다음날 윌리가 부벽에서 도와주려고 자신이 직접 주마 장치를 고치기 위해 자신의 텐트로 가버린 동안 나는 배낭을 모두 풀었다. 다른 사람들도 자신의 텐트 안으로 모두 사라졌다. 나와 같은 생각인 루와 짐이 한마디도 거들어주지 않아 무척이나 불쾌했던 나는 그 이유를 알고 싶어졌다. 루는 존 에반스의 텐트에 있었다. 나는 안으로 들어가 그의 곁에 누웠다.

"왜 저를 도와주지 않았어요?"

"도와줘야 한다고 생각했는데……."

루가 대답하긴 했지만 변명을 하진 않았다.

나는 자신의 텐트 안에 있는 짐을 찾아냈는데, 그는 매트 위에 몸을 쭉 펴고 누워 있었다. 그때까지 누구 한 명도 우리에게 밤에 사용할 침낭을 주지 않았던 것이다.

"짐, 왜 한마디도 하지 않았어? 데비의 건강에 문제가 있다는 건 네가 더 잘 알잖아. 그들 모두 내 말에는 콧방귀만 뀌고 있어."

"탈장이 그리 크게 문제되진 않을 것 같아요. 아직까지 그녀를 살펴보진 않았지만 오늘 오후쯤 검진해보려고요. 지금 당장은 내세울 만한 근거가 없어요."

어깨를 으쓱하며 그가 말했다. 내 질문에 짐이 점점 짜증을 냈기에, 나는 더 이상 그 문제를 끄집어내지 않았다. 어느 누구도 윌리와 맞서려 하지 않았다. 디브루게타에서 벌어졌던 마티의 후송문제로도 충분히 참혹했던 것이다.

그러는 사이 피터가 텐트 밖에 나타나 안쪽을 들여다보았다.

"저기, 혹시 침낭이 필요하지 않은가 싶어서…… 내 침낭을 주려고 하는데……."

피터의 제안에 우리는 감격해 울 뻔했다. 내 눈에도 그는 분명히 바뀌어 있었다. 짐이 말했다.

"아니에요, 피터. 내일 올라가려면 충분히 쉬어야죠. 오리털 코트와 바지를 입고 자면 괜찮을 겁니다. 그것들을 빌려줄 수 있죠?"

"그럼. 내가 바로 가져올게."

돌아서려는 그를 내가 충동적으로 불렀다.

"저기요, 피터. 여기 200주년 기념 국기가 하나 있는데…… 물론 정상까지 꼭 가져갈 수 있겠죠?"

"고마워, 존. 꼭 정상까지 갖고 갈게."

그가 미소를 지었다.

그날 오후 짐은 윌리가 지켜보는 가운데 데비의 탈장 증세를 간단하게 진찰한 다음 결론을 말했다.

"올라간다면 문제가 생길 가능성이 있습니다. 탈장이 압박하여 혈행을 멈추게 하고 복부 통증으로 발전된다면, 내장이 상하기까지는 약 두 시간이 걸릴 테고 이틀 정도면 위험해집니다."

데비와 윌리는 이 말을 받아들였다. 자신의 권한을 행사한 것도 아니고 윌리의 지지도 없었기에, 원정대의 선두주자인 짐은 경고만 할 수 있을 뿐이었다.

나중에 짐이 나에게 말해주었다.

"소리치고 악을 쓸 필요는 없다고 생각했어요. 윌리에게 데비는 올라가면 안 된다고 말했더라도 그는 내 말을 받아들이지 않았을 거예요. 윌리는 디브루게타에서 마티 사건이 벌어졌을 때도, 의학적 문제가 명확한데도 충고를 받아들이지 않았어요. 데비의 탈장은 미심쩍을 뿐 명백하진 않았어요."

우리는 데비가 만들어준 음료수를 마시고 저녁을 먹으면서 남은 오후 시간을 보냈다. 그날 저녁 짐과 나는 오리털 코트와 바지 안에 두껍게 껴입었다. 캠프 Ⅳ에서의 마지막 밤에 침낭 안쪽에다 자신의 소변병을 엎질렀던 루는 자기 침낭을 말리기 위해 갖고 내려온 것이다. 그 위쪽 로프에 또다시 매달릴 필요가 없었기에 우리 모두 마음이 편안해졌고, 바로 곯아떨어졌다.

9월 3일은 평소보다 더 따뜻했고 날씨는 갤 듯했다. 앤디와 데비가 부벽과 캠프 Ⅳ를 향해 출발할 때 부츠 아래에서 눈이 뽀드득 소리를 냈다. 더 일찍 출발한 피터는 능선상의 점 하나가 되어 있었다. 윌리, 키란, 니르말, 에반스, 그리고 자텐드라는 주마링을 연습하기 위해 두 번째 정상공격조를 뒤따라갔다. 윌리와 인도 등반대원들은 이 테크닉이 처음이었다. 주마링 경험이 풍부한 존 에반스는 그들에게 조언을 해주었다.

루와 짐, 나만 뒤에 남아 텐트에서 자는 등 요즘 들어 처음으로 휴식을 취했다. 다시 부벽을 오를 필요가 없기 때문이었다. 그렇지만 다른 대원들이 마주칠 어려움과 고정로프 상태가 열악하다는 사실을 알기에 나는 걱정이 앞섰다. 아래쪽 로프에서 연습한다는 생각만 해도 불안해졌다. 부벽과 난다데비의 상층 사면은 떠다니는 구름에 온통 싸여 있었지만, 두 번째 팀이 서로 부르는 소리만으로도 우리는 그들이 얼마나 전진했는지 알 수 있었다. 두 번째 팀이 서로 의사를 교환하는데 많은 시간이 걸리는 듯했다. 짐과 루, 그리고 나는 먹고 쉬면서, 등반팀의 소리를 들으며 여유로운 하루를 보냈다.

인도산악연맹 수습대원들 중 유일하게 캠프 Ⅲ까지 전진한 자텐드라가 부벽에서 걸어오느라 완전히 지쳐 가장 먼저 캠프로 돌아왔다. 몇 시간 뒤에는 윌리와 키란, 니르말, 에반스가 추위와 피곤에 지쳐 돌아왔다. 로프 위에서의 연습이 썩 잘되지 않은 모양이었다. 윌리와 존이 자신들이 할 수 있는 것을 가르쳐주었지만 키란이나 니르말 둘 다 너무 느린 탓에 '설탕눈의 기쁨' 설원에 도달하지 못한 것이었다. 루와 내가 저녁 준비를 하는 동안 짐이 그들에게 뜨거운 음료를 마련해 주었다.

"윌리, 두 번째 팀을 마지막으로 본 곳이 어디쯤이죠?"

루가 물어보았다.

"앤디가 데비 바로 뒤에 있었는데, 설원 근처였어. 그 둘 다 천천히 전진하고 있었지."

우리가 정해놓은 오후 6시에는 무선교신이 없었다. 오후 7시에 다시 시도해보았지만 연결되지 않았다. 이런저런 추측이 텐트 안에 난무했다. 어느 누구도 로프가 끊어졌을지 모른다고 말하지 않았지만 우리 모두 그 점이 걱정스러웠다.

오후 8시 30분에야 피터가 캠프 IV에서 무전을 해왔다. 그의 목소리는 힘이 없었는데, 아마도 저체온 상태인 듯했다. 윌리가 물었다.

"그래, 피터. 데비나 앤디는 봤나?"

"'설탕눈의 기쁨' 설원에서 오후 4시 반에 본 뒤로는 못 봤습니다. 그 둘은 느리지만 계속 올라오고 있었고요. 그 후로 여기까지 정신없이 올라왔어요. 끔찍했어요."

"모두 도착할 때까지 30분마다 무선교신을 했으면 하네. 알겠지? 아, 잠깐만! 짐이 얘기하고 싶어하네."

"우유에 설탕을 타서 데워 마셔요, 피터. 텐트 앞 문간 옆에 있는 납작한 냄비에 조금 남겨놓았어요."

오후 9시에 피터가 다시 무선교신을 해왔다. 그때까지 아무도 도착하지 않았지만, 기운찬 목소리로 미뤄보아 그의 컨디션이 회복된 게 분명했다.

윌리는 무척 걱정하고 있었다. 그는 데비에게 자신들만의 통신수단인 요들소리를 내기 위해 텐트 밖으로 나갔다. 종소리처럼 그의 목소리가 차가운 공기를 뚫고 울려퍼졌지만, 대답은 없고 정적만 흘렀다.

그때 약하지만 높은 소리가 들려왔다. 데비였다. 그녀의 목소리는 조금 갈라져 있었다. 그녀는 여전히 살아 있었다.

오후 11시경 앤디가 꽁꽁 얼고 눈에 뒤덮인 모습으로 캠프 Ⅳ에 도착했고, 피터와 함께 텐트 안으로 쓰러지듯 밀려들어갔다. 그는 '설탕 눈의 기쁨' 설원까지는 데비 뒤에 있었지만 – 그곳에서 그는 돌아가자고 말했다 – 데비가 그의 제안을 심각하게 받아들이지 않았다. 앤디는 데비 바로 앞에서 그녀를 살피며 계속 같이 움직였다. 그녀는 느렸지만 일정한 속도로 전진했다. 그는 능선 바로 아래 골짜기의 꼭대기 부분에서 그녀와 멀어져 겨우 능선 정상에 도착한 것이었다. 데비는 바로 뒤쪽에 있어야 했다.

자정이 되기 바로 직전에 루는 누군가 부벽에서 소리치는 것을 들었다고 생각했다. '캠프 Ⅲ, 캠프 Ⅲ!' 라고 부르는 듯했지만 루는 확신할 수 없었다. 짐이 별이 밝게 빛나는 밤하늘 아래로 나가 헤드램프로 부벽을 비춰보았지만 아무런 대답이 없었다.

"캠프 Ⅲ, 데비가 도착했다!"

마침내 피터가 보고해왔다.

데비는 우리 모두가 고생했던 정상 아래 4.5미터 지점에서 로프에 주마가 낀 것이었다. 지친 상태에서 오도 가도 못하게 되자 데비는 소리쳐 도움을 요청했다. 우리는 그녀의 소리를 들었지만, 겨우 9미터쯤 떨어진 정상 위쪽의 피터와 앤디는 전혀 못 들은 것이었다. 그녀가 너무 오래 걸리자 앤디는 걱정이 되어 정상의 가장자리로 되돌아가보았는데, 그때서야 그녀의 소리를 듣고 올라오도록 도와주었다. 마침내 그들 셋은 안전한 곳에 올라 다시 하나가 되었다. 잠자리에 들었을 때는 새벽 2시였다.

루는 그들의 정상공격에 대해 자신의 일기에 이렇게 썼다.

'여러 불길한 징조가 있었다…… 매우 산만한 출발, 나쁜 날씨, 그리고 데비의 튀어나온 탈장 등.'

그들은 운 좋게도 그렇게 멀리까지 등반한 것이었다.

그 다음날인 9월 4일, 나는 베이스캠프까지 내려간 뒤 짐꾼 한 명을 라타까지 내보내 우리가 산을 빠져나갈 때 필요한 짐꾼들을 데려오도록 하기로 되어 있었다. 우리 중 한 명이 가야 했는데, 사정상 내가 선택된 것이었다. 유일한 의사인 짐은 모든 대원이 내려갈 때까지 주 원정팀과 함께 있어야 했다. 루는 남아서 정상공격조를 도울지, 아니면 아이 출산 때문에 아내가 있는 미국으로 출발할지를 두고 갈등에 빠져 있었다. 모든 상황이 순조롭다면 앞으로 3~4일 내에 모든 대원이 정상에 오를 것이라고 우리는 생각했다. 벌써 두 번째 팀이 제자리에 가 있고, 인도 대원들도 하루 이틀 정도 연습하면 주마 기술을 완벽하게 구사할 수 있을 것이기 때문이었다.

"저희는 오늘 전진하지 않으려고요. 모두 하루 정도 쉬어야 할 것 같습니다. 체력이 많이 소진되었습니다."

아침 무선교신에서 앤디가 말하자 윌리가 물었다.

"데비는 어떤가?"

"지쳤지만 괜찮습니다. 어제 등정 중에 데비의 모자가 날아가긴 했지만, 저희는 반드시 해낼 겁니다."

나는 아침으로 쌀 푸딩을 해 먹고, 물병을 채운 뒤 배낭을 꾸렸다. 출발 직전 윌리가 몇 명의 짐꾼을 불러야 하는지와 캠프 I의 돈이 숨겨져 있는 곳에 대해 마지막으로 알려주었다. 원정 중에 가장 좋은 날씨였고, 오전 8시 30분에 벌써 따뜻할 정도였다. 에반스와 나는 캠프에서 능선 아래로 짧은 거리의 깊이 쌓인 눈을 허우적거리며 내려가 부벽과 그 위쪽의 난다데비 사면을 카메라로 촬영했다. 능선상의 한 지점에서 우리는 난다데비 동봉을 볼 수 있었다. 작별인사를 한 뒤 나는 혼자서 베이스캠프를 향해 내려가기 시작했다. 두꺼운 눈껍질 아래에 로프가 깊이 파묻혀 있었다. 단단히 얼어붙어 있는 로프를 떼어내느라 아래로 내려가는 걸음걸음은 로프와의 힘든 줄다리기 싸움이었다. 내가 운반하고 있는 짐이, 개인장비와 빙벽도구들이 너무 무거웠기에 한쪽으로 쏠려 균형을 유지할 수 없었다. 내려가는 속도가 올라올 때만큼이나 느렸다.

캠프 Ⅱ는 겨우 3일 만에 난장판이 되어 있었다. 텐트 중 하나는 낙설로 찌그러져 있고, 다른 하나도 비슷한 상태였다. 나는 열려 있는 식량자루 몇 개를 뒤져 겨우 코르넛과 크래커만 찾을 수 있었다. 태양은 이제 몹시 뜨거워져 설원과 설원을 따라가는 내 위로 마구 쏟아지고 있었다. 눈범벅이 된 아이젠과 함께 옷을 몇 겹 벗어버리고 라펠을 할 때마다 좌우로, 상하로 흔들리면서 계속 캠프 Ⅰ까지 내려갔다. 눈껍질에서 로프를 끄집어내느라 팔에 힘이 다 빠져버려 몸을 늘어뜨려 몸무게로 로프를 튀어나오게 했다.

캠프 Ⅰ은 황폐화된 채 정적에 잠겨 있었다. 텐트 문은 가벼운 바람에도 팔락였고 식량자루는 찢어져 벌어진 채 여기저기 흩어져 있었다. 오랫동안 이곳에 아무도 없었던 것이다. 짐의 필름은 찾았지만 원정대의 돈주머니는 찾지 못했다. 나는 똑같은 상황의 눈을 헤치며 계속 내려갔다. 고정로프의 끝부분에서 미끄러져가며 전진베이스캠프 바로 위에 도착할 때까지 눈사태 잔해의 더미 속을 헤쳐 내려갔다. 3주 전엔 잔해의 더미가 하나도 없었는데, 그동안 이만큼 쌓였다는 사실이 무척 놀라웠다.

전진베이스캠프 위쪽의 작은 절벽을 떨어지듯 내려온 뒤, 나는 몇 명의 고산 짐꾼이 있는 활기찬 캠프를 보겠구나 하는 기대감을 품으며 언덕 중턱을 돌아 내려왔다. 하지만 헛된 기대였다. 내 눈앞에는 텐트 세 개의 유령 같은 잔해뿐이었다. 텐트 기둥들만 서 있었다. 현명하게도, 캠프를 비우는 동안 눈사태 폭풍에 대비해 나일론 텐트는 치워져 있었던 것이다. 전쟁을 치르고 돌아온 생존자처럼 나는 약 한 달 전 그곳에 두고 갔던 개인 소지품과 식량을 찾아, 버려진 듯한 캠프를 뒤졌다. 거의 모든 것이 젖어 있고 더러웠다. 까마귀들이 8인용 하루치 식량자루를 쪼아 찢어발긴 뒤 쓰레기와 함께 파헤치고 있었다.

산들은 고요했고 캠프도 유령이 튀어나올 듯 적막했다. 나 자신이 그렇게 무의미하게 느껴진 적이 없었다. 열려진 상자를 샅샅이 뒤져 두 달이나 지난 〈뉴스위크〉지 한 권을 찾아내어 처음부터 끝까지 다 읽었다. 그러고 나서 공간을 만들려고 배낭에서 등반장비를 버리면서 내가 두고 갔던, 개인장비와 노출한 필름을 넣어두었던 더플 가방(거친 모직물로 만든 원통형 잡낭 – 옮긴이)을 찾아보았다. 거기서 내가 잊어버렸던 장비를 찾아내는 것은 마치 크리스마스 선물이라도 받는 것처럼 좋았다.

오후 2시였지만 전진베이스캠프 상황이 나를 너무나 침울하게 만들었기에 나는 베이스캠프를 향해 계속 내려가 빙하를 가로질러가기로 마음먹었다. 배낭 무게 때문에 내가 걱정하는 빙하 옆의 눈 속에 푹푹 빠지기도 했다. 빙하 가까이 도착했을 때 나는 약간 주저하다가 며칠은 된 듯한 등반로를 따라, 그 길이 수톤에 이르는 눈사태 잔해의 더미 아래로 사라질 때까지 따라 건넜다. 나는 서두르지 않았다. 지금이 절호의 기회였고 숨을 거칠게 몰아쉬거나 가쁜 숨을 괴롭게 쉬고 싶지는 않았다. 10여 분 뒤 나는 다 건넜다. 다시는 이곳을 건너지 않기를 바랄 뿐이었다.

리지 캠프는 빠르게 통과했다. 몇 개의 찢어진 상자만 우리가 몇 주 전에 그곳에 있었음을 알려줄 뿐이었다. 나는 또 다른 눈사태 잔해의 더미가 쌓인 사면 옆에서 잠시 머문 뒤 한때 시냇물이 흘렀던, 지금은 눈사태의 눈이 쌓인 골짜기가 되어버린 곳을 가로질러 내려갔다. 한 시간쯤 뒤에는 거대한 눈다리 위로 리시 강을 건넜다. 더 이상 위험지역은 없었다. 다 내려온 것이었다.

캠프 근처 개울가에서 다람싱과 케샤싱, 발비르싱을 만났다. 그들은 웃으면서 내가 건너도록 열심히 도와주었다. 그들을 보자 눈에서 눈물이 흘러내렸다.

"사힙, 올라가셨어요?"

다람싱이 흥분된 목소리로 물었다.

"그럼, 그럼. 끝까지 올랐지!"

내가 어깨를 으쓱하며 대답했다. 그들은 악수를 하고 고집스럽게 내 지친 어깨에서 배낭을 가져가버렸다. 그들도 우리의 성공을 함께 하고 있음을 가슴속 깊이 느낄 수 있었다. 그들과 다시 한 번 함께할 수 있어 좋았다. 그들과 함께 보낸 그날 밤은 인도에서 보낸 가장 즐거운 밤 중 하나였다.

짐과 루는 캠프 Ⅲ에서 편안한 하루를 보내고 있었다. 다음날 캠프 Ⅳ로 전진할 예정인 윌리와 에반스, 키란, 니르말도 휴식을 취하며 하루를 보냈다. 윌리는 여전히 인도 대원들이 로프에서 주마링을 할 수 있을지 확신하지 못했기에 다음날 아침 일찍 출발하기로 결정했다.

루가 아내 캐시를 계속 걱정하자 짐이 다음날 집으로 돌아가라고 설득했다. 루가 머물 이유는 전혀 없었다. 짐이 그의 역할을 대신할 것이었다.

그날 캠프 Ⅳ에서도 아무도 움직이지 않았다. 오후 무선교신에서 짐은 데비에게 탈장과 혹시 있었을지도 모르는 병의 징후에 대해 물어보았다. 루와 짐 둘 다 그녀가 더 높이 올라가는 것에 대해 걱정스러워했고, 짐은 그녀에게 자신이 염려하는 바를 말해주었다.

"윌리, 저는 단지 그녀에게 내려오라고 충고만 했어요. 그녀에게 명령을 하진 않았죠."

"짐, 자네가 그렇게 해줘서 정말 고맙네."

9월 5일, 동이 트기 전에 캠프 Ⅳ의 피터와 데비, 앤디는 일어나 등산복을 입었다. 구름이 조금 낀 날씨였고 가벼운 바람이 불기 시작했다. 데비는 여전히 무기력한 상태였고 약간의 설사기가 있었다. 그녀는 하루 더, 또는 윌리가 올라와 그녀와 함께 정상 도전에 나설 수 있을 때까지 기다리기로 했다. 앤디는 피곤하다고 투덜대며 데비와 함께 남기로 했다. 피터는 적어도 중간까지는 가고 싶어했다. 그는 설혹 혼자서라도 정상 등정을 시도해야 했다. 그것이 원정대의 마지막 정상공격이 될 수도 있기 때문이었다.

피터는 상층부의 주요 난관들을 올라서면서 강하게 밀어붙였지만 암반대 바로 아래에서 되돌아왔다. 그가 등반을 하자 날씨가 급격히 악화되었고 눈도 내리기 시작했다. 깊이 쌓인 눈과 고도 때문에 그는 지쳐갔고, 내려오는 도중 미끄러져 북서벽의 깊은 계곡 쪽으로 넘어졌다. 그는 피켈을 떨어뜨리기도 했지만, 9미터쯤 미끄러져 내려간 뒤 기적적으로 멈추었다. 피켈을 되찾은 다음 피터는 더 조심스럽게 내려왔고 오후에 캠프 Ⅳ에 도착했다. 그는 텐트 안에 틀어박혀 데비, 앤디와 함께 7,300미터 고도에서 세 번째 밤을 보냈다.

캠프 Ⅲ에서 윌리, 키란, 니르말, 그리고 에반스도 곤경을 겪고 있었다. 세 번째 정상공격조는 아침 6시에 일어나 남쪽에 있는 폭풍구름을 보았지만 부벽 등정을 시도하기로 결정했다. 짐이 준비해준 따뜻한 아침을 먹고 나서 네 사람은 로프와 캠프 Ⅳ가 있는 곳을 향해 출발했다. 짐과 루는 아래로 내려갔다. 짐은 캠프 Ⅲ로 식량자루를 가져오기 위해서였고, 루는 집으로 향했다. 짐은 천천히 캠프로 되돌아와 눈보라가 몰아치는 능선에 도착했다. 이후 그는 물을 끓이고 부벽에 있는 대원들이 올라갈 것이냐 내려갈 것이냐로 말씨름하는 소리를 들으며 휴식을 취했다.

그날 저녁 9시에 네 명의 대원은 뿔뿔이 흩어져 캠프로 돌아왔다. 니르말과 키란이 또다시 너무 느리게 전진한 것이었다. 캠프 Ⅳ로 올라가는 것보다 차라리 내려가는 게 현명할 듯했다. 평소에 침착하고 내성적인 존 에반스마저 화를 냈다. 그가 짐에게 말했다.

"윌리는 의도적으로 팀 전체를 너무 늘어놓고 있어. 이러면 우리 모두 위험해져."

특히 에반스를 비롯해 대원들 모두 저체온 증상을 보여 짐은 억지로 음식물과 수분을 섭취토록 했다. 에반스의 말로는, 그들 모두 운이 좋아 캠프로 살아 돌아올 수 있었다는 것이었다.

나에겐 평화로운 9월 5일이었다. 더 많은 짐꾼을 부르러 라타에 가기로 한 다람싱과 몸이 아픈 테시를 제외한 모든 짐꾼을 전진베이스 캠프로 올려 보냈나. 아침 햇살의 따뜻함이 싶숙한 계곡에 닿기 훨씬 전에 목욕을 한 뒤 초원으로 산책을 나갔다. 계곡의 향기와 소리가 싱그러웠다. 전혀 다른 세상이었다.

가을이 성소의 상부에도 와 있었다. 캠프를 가로질러 흐르는 샘물을 따라 난 풀들 위로 서리가 덮여 있었다. 8월에 널리 퍼져 있던 밝은 색 식물과 꽃들은 시들어 사라졌다. 나는 캠프 위쪽의 양이 다니는 길을 따라 걸으면서 이번 원정에 대해 곰곰이 생각해보았다. 원정대는 미국에서나 산에 들어와서나 한 번도 한마음 한뜻이 된 적이 없었다. 처음부터 우리는 자신들만의 의견이나 철학으로 나눠져 있었다. 그러한 상황에서의 성공은 더 달콤하기까지 한 것 같았다. 하지만 나는 아직도 정상을 공격하고 있는 사람들이 정말로 깊이 걱정되었다. '신의 가호로 구조되는 사람'이라는 믿음을 갖고 있는 키란은 비이성적이기 때문에 더욱 겁이 났다. 그가 기술적으로 뛰어나지 않은데다 그의 고집 때문에 부벽에서 자신뿐 아니라 다른 대원들에게도 폐가 될 수 있기 때문이었다.

데비는 부벽의 난관을 이겨냈기에 조금 덜 걱정되었다. 하지만 탈장과 병세가 있는 데비는 캠프 Ⅳ까지만 오르는 게 좋을 것 같았다. 데비는 비상하리만치 위통에 익숙해져 있고 스스로 제산제를 가지고 다닌다고 윌리가 말한 적이 있었다. 아마도 데비는 정상에 도달할 때까지 오랫동안 자신의 고통을 감출 것이었다.

베이스캠프에 있는 나에게 하루는 빠르게 지나갔다. 정상 부근에 바람이 부는 것 같았지만 날씨가 좋아 누군가 오후 무렵 정상에 도달할 거라고 확신했다. 나는 그들이 빠르게 올라갔다가 내려와 우리 모두 집으로 돌아갈 수 있기를 바랐다.

다음날인 6일 아침 일찍 나는 난다데비를 찍기 위해 베이스캠프 위쪽에 있는 언덕 위로 걸어 올라갔다. 구름이 산 정상을 빠르게 스쳐갔고 바람은 사나워 보였다. 정오 무렵 내가 돌아왔을 때 베이스캠프에 루가 와 있었다. 우리는 짧게 각자의 성공을 기원했고 그는 테시와 내가 줄 수 있는 검퍼트 음료 믹스와 차파티 모두를 가지고 파탈 칸으로 계속 내려갔다. 그는 캠프 Ⅳ에 있는 대원들로부터 아무런 소식도 듣지 못했지만 분명히 그들이 정상에 올랐을 거라 생각하고 있었다. 나머지 오후 내내 나는, 끝에 가서는 북쪽 능선에 도달하게 되고, 그래서 우리가 올랐던 부벽을 올라야 하는 북동쪽 루트를 새롭게 탐사하려고 성소에 머물고 있는 두 명의 일본 산악인과 즐거운 시간을 보냈다. 그들이 성공한다면 그곳도 험난하고 장대한 루트가 될 것이었다. 불운하게도 그들은 성공하지 못했다.

캠프 Ⅲ와 캠프 Ⅳ 둘 다 아침 6시 30분에 일어나 무척이나 분주했다. 데비가 윌리와 짐에게 예정된 무선교신을 했다.

윌리가 선언하듯 말했다.

"나 혼자 캠프 Ⅳ로 올라갈 생각이야. 어제 키란과 니르말은 로프에서 너무 느렸거든. 심지어 키란은 거꾸로 주마링을 시도하기도 하더라고."

키란과 니르말은 어찌해야 할지 결정하지 못하고 있었다. 키란은 윌리처럼 캠프 Ⅳ까지 혼자라도 올라갈 태세였지만, 니르말은 내려가고 싶어했다. 그 뒤 니르말은 키란의 압력으로 생각을 바꿨다.

에반스는 유동적이었다. 그는 노곤함을 느껴 거의 24시간 내내 잠만 자고 있었다. 짐은 전날의 과도한 피로와 저체온증 때문이라고 생각했다. 그는 에반스가 간염에 걸렸다는 사실을 전혀 알지 못했다. 키란과 니르말을 가이드해 부벽을 올라 정상까지 가고 싶지 않았던 에반스는 결국 내려가겠다고 결정했다. 아침을 먹고 나자마자 윌리는 캠프 Ⅳ로 출발했다.

그날도 캠프 Ⅳ의 세 대원은 캠프에 머물렀다. 피터는 혼자 정상 도전에 나서느라 매우 지쳐 휴식이 필요했다. 이제 정상에 오르려 하는 앤디의 바람은 전적으로 데비에게 달려 있었다. 그는 그녀의 결정에 따를 것이었다.

난다데비의 상층 사면에 머문 몇 주 사이에 앤디는 데비에게 청혼을 한 것이었다. 윌리도 축복해주었다. 집으로 돌아가면 그들은 정식 데이트를 할 것이었다. 우리 모두 둘이 결혼할 예정이라는 것을 전혀 모르고 있었다. 두 사람은 우리가 어떤 반응을 보일지 몰랐고, 솔직히 우리에게 신경 쓰지 않고 있었다. 약혼은 둘만의 비밀이었으며, 산 위에서의 험난한 여정 동안 하나의 위안거리였다.

그러는 사이 앤디에게 등정은 뒷전으로 밀려나버린 것이었다. 데비를 향한 그의 애정이 이전의 목표가 차지했던 자리를 선점해버렸다. 부벽을 정복하기 전에 앤디는 데비에게 위험을 감수하면서까지 산을 오를 만한 가치가 없고, 그 대신 그녀를 소중히 보호하고 싶다고 말했다. 그 말에 둘 다 웃었고, 데비가 원하거나 필요로 하는 것은 아니라는 점에 동의했다. 그녀는 아무리 사소해도 불편한 기색이 있으면 그에게 말하겠다고 약속했다.

그날 아침 앤디는 캠프 Ⅳ 아래에서 로프를 회수했다. 데비가 캠프 Ⅳ에 도착한 뒤 죽 그랬던 것처럼 무기력함을 나타내어, 그들은 그녀가 얼마나 건강한지 알아보기 위해 간단한 테스트를 해보았다. 그녀는 캠프에서 10여 미터를 올라가 멈춘 뒤 잠시 휴식을 취하고 캠프로 돌아왔다. 그런데 데비는 뚜렷한 이유 없이 피곤해했다. 그날 아침에도 설사가 그치지 않았지만 그녀가 움직이지 않으면 괜찮아 보였다.

오후 2시 무선교신에서 짐은 윌리가 캠프 Ⅳ로 올라가고 있으니 텐트 자리를 하나 더 마련해놓으라고 말해주었다. 짐은 데비가 질병에 관한 한 극기주의자임을 알고 있기에 간곡히 말했다.

"데비, 나한테 말 안 하고 있는 게 있죠?"

"나는 뭐든 다 말해주는데요. 통증도 없어요."

오후 늦게 앤디와 피터, 데비 세 사람은 그녀가 내려가야 한다고 결정했다. 앤디의 말로는, '전혀 위급하진 않았다. 단지 그녀가 피곤해하고 설사가 계속되는 것뿐이었다'. 앤디와 피터는 텐트 자리를 또 하나 마련했지만, 바람 때문에 텐트를 칠 수 없었다. 윌리가 오고 있는 중이었기에, 그 둘은 그날 오후에 그녀를 에스코트해 내려 보내지 않기로 했다.

윌리는 오후 7시경에 도착했다. 그때까지 그는 한 번도 주마를 사용하지 않았는데, 산악인이라면 마주치게 될 가장 어려운 주마 등정 중 하나를 해낸 것이었다. 윌리와 피터, 앤디는 다음날 아침 일찍 정상 도전에 나서기로 결정했다. 그리고 내려가는 길에 데비를 데리고 갈 생각이었다. 그날 저녁 데비는 유황 냄새가 심하게 나는 트림을 했고, 춥고 축축하니 끈적끈적하다고 불평했다.

거센 바람과 눈보라로 9월 7일에는 캠프 Ⅳ에 있는 사람들 모두 꼼짝도 못했다. 네 사람은 눈폭풍을 피해 앉아 있을 수밖에 없었다. 그들은 음식을 조리하고 물을 끓이면서 열악한 상황을 최대한 이겨내고 있었다. 데비의 복부는 부드러워졌고, 약간 팽창했지만 탈장은 제자리를 찾아간 듯했다. 그녀는 수분과 음식을 계속 섭취했다. 저녁때쯤 그녀는 또다시 유황 냄새가 심하게 나는 트림과 설사를 했다. 위급하다는 생각이 전혀 들지 않았지만, 모두 그녀를 주의 깊게 살펴보았다.

그날 저녁 짐이 윌리에게 말했다.

"데비는 빨리 내려와야 합니다. 말씀을 들으니 약간의 장폐색 증세가 있는 것 같습니다."

"아냐, 속이 쓰리대. 내일 누가 제산제를 가져다주었으면 하는데."

그사이 캠프 III에 있는 대원들 역시 나쁜 날씨를 피해 앉아 있었다. 니르말이 다리 통증과 격심한 가슴 통증, 그리고 호흡 곤란을 계속 호소하자 짐은 폐색전 가능성을 의심하기 시작했다. 그때 짐은 에반스를 주의 깊게 관찰하고 있었는데, 그는 짐이 확신할 수 없는 심각한 문제점을 나타내고 있었다. 다음날 아침 짐은 키란과 자텐드라의 도움을 받아 그 두 사람을 후송시켰다.

9월 8일에도 악천후는 계속되었다. 캠프에서 밤을 보내기가 힘들어지고 있었다. 2인용 텐트에서 네 사람은 궁지에 몰려 있었다. 데비의 상태는 눈에 띄게 악화되었다.

그녀는 냄새 나는 트림을 더 자주 하고 있었다. 그녀는 도움을 받아 앉아 있어야 했는데, 어느 정도 편하게 취할 수 있는 유일한 자세였다. 앤디는 데비의 복부를 만져보았는데, 심하게 팽창되어 있음을 알 수 있었다. 탈장은 제자리에 있었지만 그녀는 고통스러워했다. 그날 아침 상의한 끝에 그들은 악천후에도 불구하고 그녀를 도와 내려 보내기로 했다.

데비의 트림은 계속되었고 뺨은 부풀어올랐다. 얼굴과 입술은 푸른

색을 띠기 시작했다. 피터의 말에 따르면, 오전 10시경 그녀는 매우 안 좋아 보였고 모두 걱정하고 있었다. 그녀의 얼굴은 점점 더 부어갔다. 우리가 성소에 도착한 이래 거의 최악인 강력한 폭풍으로 정오까지 그들은 출발조차 못하고 있었다.

윌리는 다른 사람들에게 등산복을 갖춰 입고 내려갈 준비를 하고 있으라고 말한 뒤 밖으로 나갔다. 데비는 텐트 뒤편에서 코코아를 조금 마시려고 일어나 앉아 있었다. 그녀는 위도 심하게 아팠다.

갑자기 데비의 얼굴이 유령처럼 창백해졌다.

"맥박 좀 짚어줘요, 피터."

그렇게 말한 뒤 그녀는 조용히 덧붙였다.

"죽을 것 같아요."

그녀는 눈이 돌아가면서 앞으로 넘어졌고 토하기 시작했다.

앤디가 그녀를 붙잡고 구강 대 구강 인공호흡을 실시했다. 피터가 다시 텐트 안으로 윌리를 불러들였다. 윌리는 즉시 인공호흡을 넘겨받았고, 세 사람 모두 심폐소생술을 실시했다.

윌리는 자기 입술에 닿아 있는 그녀의 입술이 차가워지고 있음을 느꼈기에 15분 안에 그녀를 잃을 수도 있음을 알았다고 그 당시 상황을 회상하곤 했다. 그들은 30분 동안이나 그녀를 살리려 안간힘을 썼지만 아무런 소용이 없었다. 세 사람은 몹시 괴로웠다. 데비가 사망한 것이었다.

비통한 침묵이 텐트 안에 가득하자 그들은 서로를 위로하며 꼭 껴안았다. 데비의 시신을 어떻게 처리할 것인가? 텐트 안에 그대로 둘 것인가, 묻어줄 것인가?

윌리가 결심했다.

"아냐. 산에다 장례를 지내자. 바다에서의 장례식처럼."

괴로워하면서 윌리와 피터, 앤디는 그녀에게 등산복을 입혔다. 그녀를 만지고 가볍게 포옹하며 그녀와의 마지막 순간을 보냈다. 침낭의 지퍼를 끝까지 닫았고 얼굴 주변의 조임줄도 끝까지 당겨 묶었다. 그런 다음 울부짖는 폭풍 속으로 기어나갔다.

멀지 않은 능선 위로 그녀를 끌고 올라갔다. 그곳은 고정로프의 오르막 쪽이라 그녀의 유해는 난다데비 산의 가장 깊은 얼음 안식처 – 북서벽 – 를 향해 나아갈 것이었다. 그들은 폭풍 속에서 무릎을 꿇고 그녀의 주검 주변으로 둥그렇게 손을 마주 잡았다. 그들 모두 자신의 삶 속에서 그토록 발랄하게 한 부분을 채워주었던 동료에게 비통에 찬 작별인사를 하며 눈물을 흘렸다. 윌리가 마지막 조사를 했다.

"우리가 함께했던 그 모든 세상에 대해 감사하구나. 이러한 위험과 극렬하게 대비되는 너의 아름다움 또한 고맙구나…… 정말 고맙다."

세 사람은 벽면 끝으로 데비를 옮겼다. 고통스럽게 밀자 그녀의 유해는 폭풍의 심연 속으로, 여신 난다데비의 산 속으로 사라졌다.

"우리는 그녀를 자비로운 여신 난다데비의 가슴속에, 그 얼음 사원에서 영면할 수 있도록 해주었네."

나중에 윌리가 그렇게 말해주었다.

그러고 나자 춥고 지치고, 비탄에 잠겨 올바른 판단을 할 수 없었지만 대원들은 한 가지 사실은 알 수 있었다. 즉시 캠프 Ⅳ를 떠나야 한다는 것. 배낭을 꾸리고 몰아치는 폭풍 속에서 내려갈 준비를 마치자 한 시간 정도 흘렀다. 윌리는 데비의 가장 소중한 것들만 배낭에 챙겼다. 피터와 앤디가 먼저 내려갔다. 둘 다 골짜기로 쉽게 전환해 매달릴 수가 없었다. 이미 감정적으로 기력이 다한 피터는 로프가 자신을 매달아 죽이는 것처럼 느껴졌다. 결국에는 로프가 자신을 너무 세게 압박해 죽을 것 같다고 생각했다.

윌리는 대부분 사람들의 한계를 넘어서는 수준으로 자기 자신을 몰아붙였다. 그렇게 확고한 사람은 본 적이 없을 정도였다. 때때로 그는 아직도 더 계속하길 원하는지 자문해보았지만 그때마다 힘겹게 이겨냈다. 골짜기부터 '설탕눈의 기쁨' 설원까지의 트래버스는 거의 그를 위해 결정되었다. 좁은 바위턱과 로프의 안전 확보가 덜 되어 있어 하산로 중에서 가장 어려운 부분이었다. 20센티미터 폭의 바위턱을 따라 트래버스하는 걸음걸음은 거의 대원들을 벽에서 떠밀어내는 수준이었다. 균형 유지가 관건이었다.

윌리가 바위턱에서 미끄러져 매달려버렸다. 그는 자신의 목숨을 건 사투를 벌여야 함을 깨달았다. 그가 살아나려면 한 가지 선택뿐이었다. 자신의 배낭과 그 안에 든 데비의 유품을 버리는 수밖에 없었다. 지독한 노력 끝에 윌리는 겨우 배낭을 로프에 걸 수 있었고, 앵커까지 손으로 밀면서 내려와 안전을 확보했다. 그는 몸을 비틀어 트래버스에서 빠져나온 뒤 계속 내려갔다. 장갑 한 짝을 떨어뜨리는 바람에 손가락 몇 개가 얼어버렸다. 어떻게든 그는 매번 정확하게 라펠 장치를 연결했고, 밤의 어둠 속에서 피터와 앤디의 뒤를 따라 로프를 타고 내려왔다. 그날 밤중에 세 사람 모두 부벽 기저부에 도착했다. 지치고 생존의 한계까지 직면한 상태로 오후 10시에 도착한 것이었다.

거기에 있던 네 명의 사힙과 한 명의 짐꾼은 전진베이스캠프로 내려가버렸다. 키란과 자텐드라는 가슴 통증이 있는 니르말을 도와 내려갔고, 짐은 이제 거의 무기력해져 느려진 에반스와 함께 그곳에 머물고 있었다. 그는 간염 증상까지 보이고 있어 빨리 내려가야 했다.

밤늦게나 되어서야 윌리와 피터, 앤디가 전진베이스캠프에 있는 짐을 호출하자 두 팀간의 무선교신이 이루어졌다. 그제야 다른 대원들도 데비의 죽음을 알게 되었다.

"내일은 캠프 Ⅲ에 머물면서 휴식을 취하시죠."

그렇게 제안하고 나서 짐이 힘없이 덧붙였다.

"우리 모두 몹시 가슴 아파하고 있어요, 윌리."

14

베이스캠프에 내려와 있던 나는 걱정이 되었다. 지금쯤이면 누구라도 나와 함께 있어야 하는데, 그러지 못하고 있는 상황이었다. 나는 키란이 너무 과도하게 행동해 자기 자신이나 다른 사람을 다치게 했을 거라고 확신했다. 혹은 데비가 그랬을지도 모른다고 생각했다. 9월 10일 밤까지 아무도 베이스캠프에 도착하지 않자 나는 사고가 났음을 알게 되었다.

11일 아침에 나는 전진베이스캠프에 있는 어떤 사힙이라도 응답해 달라는 쪽지를 수렌드라 편에 보냈다. 그날 밤 짐꾼 한 사람이 6시에 무선교신을 하라는 내용이 담긴 윌리의 쪽지를 가지고 돌아왔다. 나는 다른 사람들이 교신 내용을 들을 수 없도록 캠프에서 조금 떨어졌다.

6시에 나는 캠프 위쪽으로 수백 미터를 걸어 올라가 교신을 했다. 나는 본능적으로 윌리의 뉴스가 나쁜 소식임을 알았기에 마음을 다잡으려 애썼다.

"존, 혼자죠?"

짐이 무전기 너머에서 물었다.

"그래."

"윌리가 말씀하실 거예요."

"존…… 데비가 죽었네."

윌리가 말했고, 그의 목소리는 갈라지고 있었다. 멍한 느낌이 몰려왔다.

"정말 애석하네요, 윌리……. 제가 할 수 있는 일이 있나요?"

"없네. 우리는 시신을 산에 안장했네."

나는 그녀가 어떻게 사망했는지 묻고 싶지 않았고, 윌리 또한 사인을 말하지 않았다.

"제가 다시 올라가 그녀를 운구할까요?"

"아냐, 어쨌든 고맙네."

그의 목소리가 또다시 갈라졌다.

"이제 그건 불가능하네. 우리가 직접 아래쪽으로 겨우 내려 보냈다네. 난 내 목숨을 구하려고 데비의 배낭을 부벽에다 버릴 수밖에 없었지."

"제가 올라가 배낭을 가져다드릴게요."

"아닐세. 난 어느 누구도 거기 다시 올라가길 원치 않네."

"정말 가슴 아프군요, 윌리. 내일 아침 무선교신을 기다릴게요."

"존, 한 가지 더. 난 짐꾼들에게까지 이 사실이 알려지는 걸 아직은 바라지 않네."

9월 12일, 대부분의 사힙이 베이스캠프에 도착했다. 나는 누군가를 애타게 기다리고 있었지만, 오후 중반이 되어서야 리시 강을 건너오는 사람을 볼 수 있었다. 자텐드라였다. 장비들을 잔뜩 진 초췌한 모습으로 그는 데비가 사망하게 되어 정말로 애석하다고만 말했다.

짐은 한 시간쯤 후에 나타났다. 나는 베이스캠프 바로 바깥쪽의 시냇가에서 그를 만났다. 두 눈에서 눈물이 샘솟듯 흘러내렸고 우리는 서로를 끌어안았다. 나는 그의 배낭을 뺏어 메고는 캠프로 함께 걸어 돌아왔다.

다음으로 존 에반스와 피터가 지친 몸으로 도착했다. 간염 때문에 에반스의 눈은 푹 꺼져 있고 병자같이 노란색을 띠고 있었다. 강력한 태양빛으로 그의 입술은 검은 딱지처럼 변해 있었다. 피터는 배낭을 내던지듯 내려놓자마자 나에게로 다가왔다.

"루트는 정말 환상적이더군 - 그 부벽을 선등할 수 있는 등반가는 손가락으로 꼽을 정도밖에 안 될 거야. 그리고 자네가 준 200주년 기념 국기, 여기 있네. 정상까지 가져가지 못해서 미안해."

그런 다음 그는 털썩 주저앉아 데비 사건의 전말을 처음부터 끝까지 얘기해주었다. 나는 그녀가 그렇게 갑자기, 그렇게 신비하게 죽었다는 사실이 도저히 믿기지 않았다.

우리는 밤이 깊어서야 잠이 들었다. 우리의 계획은 다음날 아침에 짐꾼들 중 몇 명을 전진베이스캠프로 보내 산 속에 있는 장비를 회수하는 것이었다. 아직 전진베이스캠프에 있는 키란과 윌리가 모든 장비를 제거하고 쓰레기를 불태우는지 살펴볼 것이었다.

그날 이른 오후에 다람싱이 짐꾼들과 함께 집에서 보내온 소중한 편지를 들고 캠프로 들이닥쳤다. 한 달 이상 전에 쓴 편지였지만, 모든 소식을 열심히 읽었고 서로 주고받았다.

오후에 니르말과 일등 고산 짐꾼들이 상비늘을 잔뜩 지고 전진베이스캠프에서 도착했다. 그들은 전혀 예상치 못한 좋은 뉴스도 가져왔다. 모두 30킬로그램 이상의, 두 배의 짐을 가지고 내려와 결국 산은 깨끗해질 것이었다. 우리는 그 다음날 성소를 벗어나는 계획을 세울 수 있었다.

윌리는 부상한 병사처럼 발을 질질 끌며 캠프로 걸어 들어왔다. 이번에 캠프 Ⅳ에서 철수하는 동안 또 한 차례 동상에 걸린, 발가락 없는 발로 걸어오는 모습을 바라보기가 너무나 고통스러웠다. 그는 발 한 쪽을 따라 질질 끌다가 걷기가 나은 곳으로 절뚝거리며 걷고 있었다. 키란이 윌리에게 커다란 인도 육군 테니스화 한 켤레를 주었는데, 발가락이 잘린 그의 발은 신발에 반밖에 차지 않았다.

즉시 전보 두 통이 베이스캠프에서 다람싱을 통해 발송되었다. 첫 번째는 윌리의 부인 졸린에게 보내는 전보였다. 그 내용은 다음과 같았다.

'데비, 9월 8일 캠프 Ⅳ에서 급성 고산병으로 사망. 시신은 산에 안장. 아름다운 산에서 나와 아름다운 산으로 돌아갔음.'

두 번째 전보는 인도산악연맹 회장인 H. C. 사린에게 보냈다. 사망 경위를 설명하고 원정대는 성소를 떠나려 한다고 알려주었다.

어느 날 저녁, 식사를 하면서 앤디와 윌리는 캠프 Ⅳ에서의 비극에 대해 상의했다. 그들이 말하는 바를 기반으로 짐은 데비의 사망 원인을 뒤늦게나마 진단했다. 고산으로 인해 심화된 급성 복부 장애.

윌리는 뉴델리에 도착하면 언론을 통제해달라고 우리의 협조를 요청했다. 우리는 그에 동의하고 잠자리에 들었다. 그날 밤이 원정기간 중 윌리와 내가 같은 텐트를 나눠 쓴 첫 번째 날이었다.

짐꾼들과 사힙들이 장비를 지고 긴 여행에 지친 몸으로 라타에 도착하자 라타의 평화로움은 사라져버렸다. 베이스캠프에서 그곳까지는 3일밖에 걸리지 않았다. 그동안 환대해준 모든 짐꾼에 대한 보답으로 각 가정에 차와 비스킷을 제공했고 VIP에 대한 적절한 예우로 대해주었다.

오후 늦게 우리는 마을 위쪽의 난다데비 신전으로 올라갔고, 그곳에서 마을 사람들을 많이 만날 수 있었다. 여자들은 신전 근처에 가까이 올 수 없었다. 마을과 그 너머의 깊은 계곡을 조망하고 있는 난다데비 여신의 사원은 주변을 압도하고 있었다. 마을의 승려가 신전으로 가는 길에 나무와 철로 된 여러 개의 문을 열어주고는, 우리에게 가까이 다가와 안쪽을 보라고 손짓했다.

윌리와 승려가 먼저 들어갔다. 그 두 사람만 몇 분간 있게 한 뒤 우리는 여신의 모습과 세속적인 소유물들을 살펴보기 위해 겸손하게 안쪽으로 들어갔다. 절 마당으로 들어가기 전에 우리는 돌로 만든 아치형 입구 아래에서 신발을 벗어야 했다. 자그마한 방이 있는 1층짜리 석조 건물들이 평평한 돌이 깔려 있는 작은 안뜰을 양쪽에서 에워싸고 있었다.

실 같은 머리와 큰 입에 눈을 부릅뜨고 있는 한 개의 변형된 여인상 위로 촛불이 묘한 빛을 내뿜고 있었다. 화려한 옷과 놋쇠 장신구 등으로 약간은 세속적인 차림새였다. 방 안은 천과 주발, 놋쇠 조형물, 그리고 창으로 장식되어 있었다. 몇 개의 커다란 칼이 벽에 걸려 있었다. 승려는 발비르싱에게 통역하게 하면서 우리가 그것들을 찬찬히 살펴보도록 해주었다.

승려와 윌리를 따라 우리는 데비와 여신 난다를 위해 절을 올리고 기도한 뒤, 안내를 받아 밖으로 나왔다. 잠시 동안 윌리는 혼자 남아 있었다. 몇 분 뒤 그는 밖으로 나왔고, 눈에 눈물이 고여 있었다. 여신 난다에게 제물로 바치기 위해 안마당으로 염소 한 마리를 끌고 들어왔다. 한 사람이 그놈을 밧줄로 붙잡고 있자 다른 사람이 염소가 머리부터 꼬리까지 몸을 흔들도록 물을 뿌렸다. 6킬로그램 무게의 칼날로 내리치자 염소의 머리가 잘려져 나가버렸다. 승려가 그 피로 우리의 앞이마에 점을 찍으면서 의식은 끝이 났다.

라타카락에서 짐삯을 치른 뒤, 우리는 검은 디젤 매연을 내뿜으며 요동치는 트럭을 타고 조시마트, 초몰리, 리시케시를 거쳐 돌아왔다. 우리는 새벽 4시에 뉴델리의 YMCA에 도착해, 2인용 방을 체크인한 뒤 잠자리에 들었다. 내 눈은 몹시 아팠고, 눈 주위 근육도 제 역할을 못하는 등 척수막염 증상을 보이고 있었다. 여러 시간을 자고 나서 우리는 샤워를 하고 아침을 먹기 위해 모였다. 윌리가 다시 한 번 당부했다.

"인도산악연맹 회장인 사린이 오늘 오후 일찍 기자회견을 마련해 놓았다고 전화로 알려주었습니다. 그래서 우리는 인도산악연맹에 제공하기로 한 장비들을 모두 잘 정리해 가지고 있다가 사린에게 증정해야 합니다. 그게 다입니다만, 한 가지 더, 괜찮다면, 데비의 죽음에 대한 질문에는 저와 짐이 대답했으면 합니다."

그 말에 우리 모두 동의했다.

우리는 아침 내내 집으로 가져갈 개인장비와 배에 선적해야 하는 단체장비를 포장했다.

팀의 허드렛일을 모두 끝낸 뒤, 우리는 가족들에게 줄 기념품을 찾아 뉴델리 거리를 돌아다녔다. 우리는 그날 저녁 비행기를 타고 떠나기로 되어 있었다.

정오에 사린이 몇 대의 차량으로 호텔에서 기자회견장인 인도산악연맹 빌딩까지 우리를 데려다주었다. 사린과 윌리, 짐이 원정과 데비의 죽음에 관한 예리한 질문들에 대답하는 동안 원정대는 마이크가 설치된 회의용 탁자 뒤에 앉아 있었다. 기자회견이 끝나갈 무렵 윌리는 자신이 직접 데비의 죽음에 관해 얘기했다.

"난다데비는 자신이 가장 사랑하는 일을 하다가 죽었습니다. 그녀는 히말라야 고봉들을 향한 무한한 사랑에서 비롯된, 자신의 꿈을 실현하다가 죽었습니다. 그녀는 지금 그녀의 이름 속에 영원한 한 부분으로 잠들어 있는 것입니다."

그날 밤 인도를 떠나려던 당초 계획은 초몰리에서 온 우리의 서류가 미비해 무산되었다. 다음날 사린의 도움으로 필요한 서류가 모두 준비되었다. 9월 19일 밤, 우리는 뉴델리에서 첫 비행기를 타고 인도를 떠났다.

인도인 동료들은 데비의 죽음에 대해 가슴 아픈 해석을 해주었다. 그들의 말에 따르면, 1949년 윌리 언솔드가 지금까지 본 가장 아름다운 산의 이름을 따서 딸의 이름을 짓겠다고 선언하자 여신 난다가 그의 딸로 환생했다는 것이다. 그녀는 자신의 신성한 본성을 모른 채 죽어야 하는 운명으로 산 것이었다. 그녀는 자신을 집으로 데려다줄 원정을 구성하는 도구였던 것이다.

인도 원정대원들 중 한 사람은 이렇게 썼다.

'데비는 살아 있다. 그녀는 죽지 않았다. 그녀는 여신의 환생이었다.'

왜 데비였을까? 그녀는 활짝 피워야 할 삶을 우리 열 명보다도 많이 가지고 있었다. 그녀는 자신이 가지고 있는 신체적인 문제점에도 불구하고 정상 정복에 너무 높은 가치를 두고 있었던 것일까? 자신의 징후와 상관없이 앞으로 몰아붙였다고 그녀를 비난할 수 있을까? 그녀는 등반의 어려움에 대비했을까?

데비는 우리 중 어느 누구라도 그런 상황에서 선택했을 만한 행동을 했다. 애매하고 간헐적인 증상이었기에, 어느 누구라도 전진하는 쪽을 택했을 것이다. 그리고 '왜 안 해?'라고 말했을 것이다. 그녀는 대개 상태가 좋았다. 단지 사흘에 하루꼴로 지아르디아증(야외에서 오염된 물을 섭취했을 때 주로 발생하며, 편모가 있는 원생동물이 발아해 작은창자의 벽에 붙어 여러 증상을 야기한다. 냄새가 심하고 물이 많은 설사와 장내 통증, 헛배부름, 구토, 체중 감소, 불쾌감 등이 주요 징후다 – 옮긴이)의 징후로 고생했을 뿐 그녀의 탈장도 등반 중에는 거의 튀어나오지 않았다. 그녀는 분명 문제없이 캠프 Ⅲ까지 올라갔다. 비록 캠프 Ⅳ로 주마링하는 것이 산의 다른 어느 곳보다도 신체적인 강인함이 요구되긴 했지만.

데비는 천성적으로 그만두려 하지 않았다. 그녀는 자신이 무엇을 하든 최고의 인물이 되려 했던 윌리의 불굴의 의지, 의욕, 특성 등을 물려받았다. 누구든 데비는 프로처럼 게임을 했고, 단지 졌을 뿐이라고 결론내릴 수밖에 없을 것이다. 우리 중 대부분은 미국으로 돌아올 때 그 원정을 끝냈지만, 아마도 윌리에게 난다데비 원정은 1979년 레이니어 산에서 자신이 죽을 때까지 끝나지 않았을 것이다.

난다데비 원정은 우리 모두를 바꿔놓았다. 데비는 여전히 그녀가 접촉했던 모든 사람의 가슴속에서 그녀의 인생 과업을 수행하고 있을 것이다. 이제 우리를 감동시키는 것은 그녀의 웃음이나 이해심이 아니라 그녀의 정신이다. 나는 데비가 우리를 변화시켰다고 믿는다. 나는 그녀가 내 삶에 대한 견해를 폭넓게 해주었음을 알고 있다.

초판 후기

10년이라는 긴 시간이 내 기억 중 많은 부분을 지워버렸다. 그 먼 이상향으로 한번 쫓아갔던 길이 훨씬 더 불명확해진 것이다. 내 존재를 위협했던 그 산들의 날카로운 능선과 어두운 북벽은 이제 마치 빛바랜 수채화처럼 부드럽게 떠오른다. 위험과 고통, 웃음을 나와 함께 나누었던 동료 산악인들은 나이를 먹고 높은 지위에 오르기도 했으며 몇몇은 세상을 떠나기도 했다. 그래서 내 마음속에서 결코 사라질 것 같지 않다고 생각했던 그 많은 사건들도 작별인사조차 없이 사라져버렸다 – 단 하나, 예외가 있다. 나는 난다데비를 잊지 않고 있다.

'축복의 여신'에게로의 원정을 회상하는 것은 여전히 나에게 고통이다. 죽음에 어떤 축복이 있단 말인가? 다른 사람들의 약점을 드러내는 데에, 우리의 지혜의 나약함에 도대체 무슨 즐거움이 있겠는가? 전혀 없다. 요즘 내 아내 조이스는 내가 그곳에서 비극적 결말을 낳은 결정들에 대해 곰곰이 생각하기 시작하면 공허감에 사로잡혀 헤어나지 못한다는 것을 알기에 난다데비에 대해 생각조차 못하게 하려고 한다.

1976년 난다데비에 도전했던 산악인들은 모두 세월과 함께 변했다 – 물론 대부분 살아 있다. 그 여름에 꿈을 공유했던 열세 명의 산악인 중 네 명을 그들 모두 그렇게도 좋아한 산이 데려가버렸다. 데비와 윌리, 마티, 그리고 키란이 그들이다.

난다데비와 그 성소 지역은 1982년에 인도국립공원으로 지정되었고, 산악 행위와 트레킹이 금지되었다. 그 지역의 생태 파괴를 막기 위한 인도 정부의 조치에 따른 것이었다. 선별된 원정대에게 언제 다시 개방할지는 알려지지 않고 있다.

여전히 살아 있는 우리 모두는 친구라기보다 같은 기억을 가진 동료 죄수라고 할 수 있다. 시간이 그 정도를 완화시켜주었지만, 여전히 우리는 눈을 마주치지 못하고 있으며 우리의 대화는 허둥지둥하고 짧게 끝나기 일쑤다. 난다데비에서 일어난 일은 어떤 집단에서도 일어날 수 있다. 하지만 그것은 우리에게 일어났고, 그것은 우리의 비극이었으며, 어느 누구도 왜 그랬는지 설명하지 못한다. 산악인들은 보통 그렇게 말이 없으며, 그렇게 냉정하다. 우리 중 어느 누구도 우리의 의견 차이가 죽음에까지 이를 것이라고 상상도 못했다.

| 2000년판의 후기 |

1976년의 미국-인도 연합 난다데비 원정은 모험을 위한 등반이 정말로 중요하다는 원정대의 신념에서 보면 이타적이라고 할 수 있다. 우리는 과거를 고집하는 사람들이었고, 고립이 수용되는 하나의 도전이었고, 접근 트랙이 등반행위와 위험을 견주는, 과학기술보다는 등반기술이 중시되는 산악 등반 황금시대의 마지막 원정대였다.

최근 몇 년 사이에 컴퓨터의 도입과 인공위성 발사, 장거리 휴대전화 사용 등으로 산악등반계도 크게 변화했다. 이제 히말라야 봉우리에 오르는 주요 원정대는 자신들의 스폰서와 대중에게 모험을 팔기 위해 통신과 생방송, 그리고 웹사이트에 의존하고 있다. 순간 스포츠의 매우 자극적인 세계에서 정상에 오른다는 일반적인 목표는 더 이상 거액의 계약으로 이어지지 않는다.

난다데비 팀이 과학기술을 통해 바깥세상과 소통하고자 가장 근접

해갔던 것은 현장 무전능력이 있는 인도 육군 통신팀을 조시마트까지 데려가라는 인도산악연맹의 제안뿐이었다. 원정대는 팀의 결정에 별다른 이의가 없었다. 아니, 우리가 적극적으로 대응했다.

우리는 스스로 자기 목적을 세우고 산에 오르려 한 것이지, 결코 바깥세상의 도움에 의존하기 위해서나 6시 뉴스에 팀의 약점과 결함을 드러내기 위해서 산에 오른 것은 아니었다.

등반에 대한 우리의 자세는 지금의 산악인들과 한 세기는 떨어져 있었다. 원정은 등반기술과 정력의 테스트였고 고독과 금욕, 모험과 동료애의 시험이었다. 우리는 고대 세계에서 우리의 자리를 받아들였고 그 안에서 최선을 다했다. 오늘날 원정팀이 용기를 북돋워줄 전자 공유장비와 같은 통신기구 없이 원정을 떠난다는 것은 상상조차 할 수 없다.

난다데비 원정대는 리시 협곡을 트레킹해 인도의 가장 신성한 산을 지키고 있는 성소로 마치 시간이동을 한 것과도 같았다. 베이스캠프에 도착하자마자 우편배달부를 내보냈지만, 한 달여가 지나서야 편지 몇 통이 원정대에 도착했다. 우리는 사랑하는 사람들과 편지 한 통 없이 몇 달간 떨어져 있었다. 그런데다 악천후, 비좁은 공간, 형편없는 음식, 눈사태, 그리고 신체적인 피로 등이 계속되자 기하급수적으로 스트레스가 쌓였다.

1976년 7월 인도에 도착한 우리는 한 팀이었다. 하지만 1주일도 지나지 않아 목표와 야망, 의견, 신념 등이 서로 다르다는 사실을 알게 되면서 둘로 갈라졌다. 등반을 마치고 9월에 난다데비를 빠져나올 때쯤엔 그 두 개마저 더 잘게 쪼개져 각자 어떻게 이런 일이 벌어졌을까 회의를 느꼈다.

1976년 난다데비 원정대의 팀원들 중 살아 있는 이들은 여전히 원정대의 운명과 집에서 벌어진 사건에 대해 강렬한 느낌을 갖고 있다. 친구로서 성소를 떠났던 몇몇이 여러 해 동안 고된 작업과 서신왕래, 등반 등을 통해 그 연약한 관계를 유지하고 있음은 명백하다. 오늘날 서로의 관계는 난다데비에서 막 돌아온 25년 전 그때와 거의 달라지지 않았다.

1979년 2월 하순이었다. 내 오랜 등반선생이랄 수 있는 조 콜린스가 나에게 톰 혼바인이 쓴 『에베레스트 서릉』의 초판본에 윌리 언솔드의 사인을 받아줄 수 있는지 물어왔다.

"아, 잘 모르겠어요. 윌리와 얘기한 지가 몇 년이나 되었는걸요."

실제로 난다데비 원정 이후 나와 윌리의 관계는 하나도 나아지지 않았다. 겨우 두 번밖에 얘기하지 않았고, 진심이긴 했지만 우리 사이엔 언제나 긴장감이 흘렀다. 시간이 좀더 지나고 나서 나는 그와 사이좋게 지내고 싶었지만 어떻게 하는 것이 최선인지 몰랐다. 어쩌면 이번이 좋은 기회였다.

내가 제안했다.

"그럼 이렇게 해볼까요. 날씨가 나빠 등산을 갈 수 없으니까 저랑 같이 올림피아까지 드라이브를 해보는 게 어때요? 당신은 책에다 사인을 해달라고 부탁해보고, 전 그와의 관계를 개선해보고요."

일요일 아침 일찍 우리는 스포캔을 떠나 그날 오후 롭 샬러의 집에 도착했다. 뭘 좀 먹고 난 뒤 나는 올림피아에 있는 윌리의 집으로 전화를 걸었다. 한 여자가 주저하는 목소리로 전화를 받았다. 나는 그녀에게 윌리가 거기 있는지 물어보았다. 그녀는 나에게 왜 그걸 알고 싶어하느냐고 되물었다. 그녀의 응답이 생뚱맞아 조금 당황스러웠다. 하지만 개의치 않고 지금 나는 시애틀에 있는데 가도 되는지 알고 싶다고 말했다. 그녀는 자기는 잘 모르겠다며 나중에 다시 전화하라고 했다.

그로부터 30분쯤 후 내 아내 조이스가 샬러의 집으로 전화를 걸어왔다.

"여보, 방금 라디오에서 윌리와 그의 학생 중 한 명이 레이니어 산에서 눈사태에 파묻혀 사망했다는 뉴스가 나왔어요."

몇 마디 더 얘기하고 나서 나는 의혹을 품으며 전화를 끊었다. 나중에 나는 윌리와 그의 학생이었던 제니 디펜브록이 뮤어 캠프로 내려오는 도중 캐다버 협곡 아래에서 눈폭풍으로 화이트아웃(눈보라와 눈의 난반사로 주변이 하얗게 보이는 현상 – 옮긴이)인 상태에서 눈사태를 만났다는 사실을 알게 되었다.

"얼마 전에 윌리가 엉덩이와 다리 연결 관절을 양쪽 다 교체했다고 자네가 말했던 것 같은데?"

조가 물었다. 윌리가 그러긴 했지만 내 머릿속을 스쳐가는 의문점은 그것뿐만이 아니었다. 이처럼 시즌 초기에, 게다가 이런 날씨에 레이니어 산에서 도대체 무엇을 하고 있었을까? 그런 것은 문제가 아니었다. 윌리는 사망했고, 내가 얼마나 그의 업적을 존경하는지 말할 수 있는 기회도 사라졌다. 위대한 산악인이자 철학자의 생에서 그것은 비극적인 종말이었다.

나는 윌리를 좋아했다. 난다데비에서 나는 그에게 이 원정이 우리 둘만의 원정이라면 모든 면에서 의견이 일치했을 거라고 말했다. 그 역시 내 말에 동감하는 듯 웃어넘겼다.

나이를 먹게 되자 그 원정을 윌리의 관점에서 이해할 수 있게 되었다. 지금 나는 쉰한 살인데, 윌리가 난다데비 원정대를 이끌던 때보다 한 살이 더 많다. 나는 산악자전거를 타고, 달리기를 하고, 헬스클럽에서 무거운 기구들을 들면서 운동한 덕분에 나이에 비해 몸이 탄탄하지만 아침에 일어날 때마다 24년 전에는 전혀 상상도 못했던 곳까지 온통 쑤시고 결린다.

난다데비에서 윌리가 보여준 활약상은 그의 정신력이 얼마나 강했는지를 잘 말해준다. 원정 전에 그는 거의 체력훈련을 하지 않았다. 그런데도 매일같이 힘든 코스로 짐을 날랐고 난다데비 정상에서 몇 시간 떨어지지 않은 곳까지 등반했다. 윌리는 자신의 엉덩이와 발의 계속되는 통증을 개인적인 시련이라며 의연하게 견뎌냈다. 당시 스물여섯 살이었던 나는 윌리가 7,300미터까지 올라가는 것은 말할 것도 없이 아침에 일어나기 위해 그런 고통을 견뎌야 한다는 것은 상상도 못했다. 지금에야 이해가 된다.

윌리는 단지 산에서 때 아닌 죽음을 만난 난다데비 팀의 첫 번째 사람이었다. 젊고 모험을 좋아하는 강인한 산악인으로서 우리는 시간이 지나면서 전 세계의 봉우리를 계속 정복하려 해왔다.

1981년 7월 나는 뮤어 캠프 루트를 통해 레이니어 산 정상까지 한 그룹의 사람들을 가이드했다. 그러고 나서 돌아갔을 때, 마티 휴이가 산장의 바 안에 있다는 소리를 들었다. 5년 전 디브루게타에서 헤어진 뒤로 그녀와 한마디도 주고받지 못했고 그때도 여전히 내게 화를 내고 있었다.

바 안에서 그녀와 얘기하기가 힘들 것 같아 나는 밖에서 만나자고 했다. 그녀는 마지못해 수락했다. 우리는 난다데비와 그녀의 병에 대해, 그리고 그녀의 건강에 대해 얘기했다. 마티는 우호적인 반응을 보이지도, 용서한다고 말하지도 않았지만 기꺼이 내 이야기를 들어주었다. 그 후 안타깝게도 다시는 그녀와 얘기할 기회가 없었다.

1년 뒤 마티 휴이는 에베레스트 북벽을 오르기 위해 슈퍼 쿨와르 루트를 등반 시도하는, 원정대장 루 휘태커와 등반대장 짐 위크와이어가 포함된 막강 산악인 팀에 합류했다. 원정기간 동안 아주 훌륭하게 등반한 그녀는 첫 번째 정상공격조에 뽑히게 되었다.

1983년 위크와이어는 〈미국 알파인 클럽 저널〉에 이렇게 썼다.

'마침내 5월 15일 휴이, (래리) 닐슨, 그리고 내가 포함된 첫 번째 정상공격조는 지원을 해주고 있던 (데이브) 마르와 함께 군데군데 얼음이 있는 딱딱한 눈을 밟고 쿨와르 속으로 들어갔다.

닐슨과 마르가 8,000미터에서 캠프 칠 곳을 찾는 동안 휴이와 나는 쿨와르 속 60미터 아래쪽에 있는 적당한 크기의 바위 위에서 기다리고 있었다. 오후 5시 30분경 내가 로프의 한 부분을 선등 쪽으로 움직이기 시작하자 갑자기 예고도 없이 휴이가 고정로프에서 떨어졌다.'

위크와이어는 그녀에게 로프를 잡으라고 소리쳤지만 이미 너무 늦었다. 그녀는 머리부터 굴리기 시작해 옆으로 구르면서 용감하게 고정로프를 잡으려 했지만 실패하고 말았다. 그녀는 떨어지기 시작한 몇십 미터에서만 보였을 뿐 북벽에 잔뜩 끼어 있는 안개와 구름 속으로 사라졌다. 위크와이어는 너무나 어이없어하며 고정장치를 쳐다보았는데, 마티의 허리 하네스와 주마가 여전히 고정로프에 붙어 있었다. 수색팀 역시 그녀의 흔적을 찾지 못했다. 그녀는 북벽 하단부에 있는 수많은 빙하의 갈라진 틈 속으로 사라져버린 것이었다.

마티는 미국의 위대한 산악인 중 한 명이 될 운명이었다. 등반기술 측면에서 그녀는 재능이 뛰어났고 체력은 전설적이었다. 로프에서 자신의 힘을 자랑하거나 남자다움을 너무 앞세우는 남자 산악인을 보면 화가 났을 것이다. 그녀가 목표를 정상에 두는 한, 남자든 여자든 마티에게 대적할 만한 산악인은 거의 없었을 것이다. 나이 서른에 그녀의 죽음은 미국 히말라야 등반계에 커다란 공허함을 남겼다.

키란은 난다데비 원정 이후에도 인도 육군과 함께 등반을 계속했다. 최초이자 최고의 낙하산병이었지만, 여전히 산악계에선 그의 형인 '황소' 쿠마르의 발자취를 따라가기에 여념이 없었다.

1985년 키란은 39명의 인도 육군 원정대와 함께 에베레스트에 갔고, 사우스콜 루트를 오르는 정상공격을 선등하게 되었다. 원정은 예정보다 순조롭게 진행되어 10월 6일에는 여덟 명의 정상공격조가 사우스콜에 자리잡게 되었다.

그 다음날 N. D. 셰르파를 선두로 여섯 명의 팀원이 정상을 향해 출발했다. 키란과 란비어 싱 바크시 중위는 한 시간 후 뒤따라 올랐다. 그런데 날씨가 갑자기 변했다. 셰르파의 뒤를 따르던 팀은 두 차례 보고해왔는데, 남쪽 정상 아래에서 오후 2시 30분에 두 번째 교신을 해왔다. 키란은 전혀 교신이 없다가 오후 3시가 되어서야 자신의 산소마스크가 새고 있으며, 동료 또한 고글을 잃어버렸다고 보고해왔다. 오후 4시에 바크시가 종잡을 수 없는 목소리로 키란이 '갔다' 고 보고했다. 키란은 분명 8,500미터 부근에서 떨어진 것이었다. 그의 부러진 시신은 두 시간 뒤 서쪽 산허리 골짜기의 로체 사면 기슭에서 발견되었다.

키란의 죽음 이후 인도 원정대에서는 네 명이 더 죽었다. 1975년 국제 에베레스트 원정팀의 일원으로 남서벽에서 사망했던 하시 바후구나의 형제인 자이 바후구나 소령과 다섯 명의 산악인은 악화되어가는 날씨 속에서 사우스콜에 도달했다. 키란 팀의 생존자와 함께 하산하는 대신 그들은 콜에 머물기로 했다. 10월 9일, 두 사람은 겨우 사우스콜을 빠져나왔지만 다른 네 명은 고정로프를 찾지 못해 다시 캠프로 돌아갔다. 10월 11일, 그들과의 무선교신은 매우 절망적이었다. 그들의 텐트가 바람에 무너져 서서히 동사해가고 있었다. 오후 4시에 마침내 구조팀이 그들의 텐트에 도착했다. 하지만 두 명은 텐트 안에 죽어 있었고, 두 명은 살아 있었지만 하산하는 도중 사망하고 말았다. 키란과 다른 희생자 모두 산 속에 묻혔다.

나는 델리에서 키란을 만나보려고 몇 년 동안 여러 차례 시도해보았지만, 한 번도 만날 수 없었다. 그는 항상 카슈미르 어딘가에서 군대에 배속되어 있거나 등반 원정을 떠난 뒤였다. 그가 죽은 뒤 나는 그의 사진 몇 장을 가족에게 보냈지만 그 이후 소식은 듣지 못했다. 1976년 우리가 델리에서 그를 처음 만났을 때 키란은 멋진 부인과 지금쯤 스물일곱이나 스물여덟 살쯤 되었을 두 아들을 두었다. 나는 가끔 그 둘도 아버지의 전철을 밟고 있을까 궁금해지곤 한다. 그렇다면 정말로 위대한 족적을 남길 것이었다.

나는 애드 카터와 난다데비 원정 이후 수년 동안 여러 차례 이야기를 나누었다. 그는 항상 따뜻하게 대해주었고 호기심이 많으며, 나와 사이좋게 지냈다. 애드가 난다데비 원정 이야기를 거북스러워한다는 것을 나는 알고 있었다. 사실 우리는 그가 원정대를 떠난 뒤로 한 번도 진지하게 그 등반과 데비의 죽음에 대해 얘기해보지 않았다.

어느 겨울, 버몬트에서 빙벽 등반 세미나를 진행하는 동안 나는 뉴햄프셔의 화이트 산맥 안에 있는 애드와 앤의 집에 잠깐 들를 기회가 있었다. 몇 년간 그와 나는 말 한마디 못했고 내 책 『난다데비 : 눈물의 원정』에 자기 이야기가 나오는 것을 좋아하지 않았다고 루 라이차트에게 듣긴 했지만, 그는 마치 오랫동안 집 나간 아들이 돌아온 것처럼 반겨주었다.

1995년 4월, 애드는 여든 살의 나이로 자신의 독서용 의자에 앉아 편안하게 죽음을 맞이했다. 그의 흔적은 보스턴 외곽 밀턴 아카데미의 수많은 학생들과, 그가 35년간 매년 편집했던 〈미국 알파인 클럽 저널〉 속에 살아 있다.

피터 레브는 〈클라이밍 매거진〉에 내가 원정에 대해 쓴 글을 보고 화가 나서, 1977년 2월 편지를 보내왔다. 내가 글을 쓸 당시만 해도, 나는 그가 산 위에서 한 행동에 여전히 화가 나 있었다. 그 글에는 그와 원정대에 대한 나의 실망감이 반영되어 있었던 것이다. 뒤늦게야 깨달았는데, 나는 동료 산악인을 너무 가혹하게 평가하는 잘못을 저질렀고 솔트레이크시티에서 차가운 맥주를 앞에 놓고 그에게 그렇게 말했다. 우리는 친구로 헤어지진 않았지만, 우리가 서로 다르다는 점을 마음속 깊이 받아들이게 되었다.

1982년 여름 나는 엑섬 등산학교에서 티턴 지역 산들을 가이드하게 되었다. 그 학교는 네 명이 운영했는데, 그 중 한 명이 피터였고 그는 내가 가이드를 맡는 데 동의했다. 그와 나는 난다데비 원정에 대한 의견이 서로 달랐지만 다섯 번의 여름 동안 잘 지냈다.

피터는 겨울에는 솔트레이크시티에서 살고 여름에는 등산학교의 운영을 돕고 가이드를 하기 위해 티턴 지역으로 이주한다. 엑섬 등산학교는 나처럼 나이 많은 산악인들에게는 집처럼 여겨지는 곳이고, 피터와 다른 운영자들도 산악계에서 잘 알려진 인물과 함께 학생들을 내보내는 것이 좋은 사업임을 잘 알고 있다. 수년간 그는 눈사태 안전에 관한 강좌를 맡았고, 훌륭한 장기 기상예보관으로 발전했다.

내가 피터에게 난다데비 원정 이후 그의 삶에 대한 정보를 얻고자 편지를 보내자, 그는 내가 어느 것도 출판하지 않기를 바란다고 답장했다. 그는 여전히 초판본에서 내가 쓴 문장에 크게 실망하고 있다고 했다. 나는 그에게 『난다데비』에 쓴 것은 일어난 사실대로, 루와 짐, 그리고 내가 편지와 일기 등에서 매일매일 정확히 기록한 대로 원정에 대한 나의 느낌과 인상을 적은 것이라고 말해주었다. 피터는 수년 전 솔트레이크시티에서 모든 이야기에는 항상 양면이 있고, 내 이야기는 그 중 하나일 뿐이라고 말했던 것을 상기시켜주었다.

원정 이후 나는 존 에반스를 몇 차례 만났다. 그는 항상 모든 것에 낙관적이고 긍정적이었다. 아웃워드 바운드(국제 청소년 야외활동 지원센터 – 옮긴이)의 강사인 존은 다양한 원정 경험을 쌓기 위해 네팔의 텐트 피크와 스위스의 마테호른 산, 세 번의 알래스카 브룩스 지역 원정 등 전 세계로 많은 학생들을 데리고 다녔다. 1981년에는 에베레스트 지역 미국 의료 연구 원정에 등반대장으로 참여하기도 했다. 1984년 그는 마지막으로 히말라야 원정에 나섰는데, 그때 그는 40일간의 트레킹을 이끌기 위해 내가 가장 좋아하는 나라인 부탄을 여행했다.

히말라야 원정 이후 존은 더 이상 아웃워드 바운드를 위해 원정에 나서지 않고 다운타운 덴버 은행의 데스크에 앉아 일하게 되었다. 1991년 11층의 은행가 사무실로 걸려온 전화 한 통이 정장을 입어야 하는 삶에서 그를 구해냈다. 지금 그는 국립과학재단이 후원하는 남극지원연합과 함께 남극에서 빙하 탐사자로 일하고 있다.

짐 스테이츠와 나는 짐의 무릎에 문제가 생기기 전까지 기회 있을 때마다 함께 등반했다. 그와 나는 훌륭한 팀을 이루었고, 여러 산의 좋은 루트뿐만 아니라 몇 개의 캐나다 빙벽 등반 시험 코스를 오르기도 했다.

1977년 짐은 서던캘리포니아 대학에서 '청소년 약물' 을 공부했는데, 훗날 그의 전공이 되었다. 그는 결손가정, 마약, 즉흥적인 욕구 충족 등으로 복잡한 청소년기의 스트레스를 조절할 수 있도록 아이들을 돕고 그들과 같이 일하는 것을 좋아했다.

1980년 그는 나와 크리스 코프진스키, 킴 맘 등과 함께 세계에서 다섯 번째로 높은 봉우리인 마칼루 서봉을 셰르파나 산소통의 도움 없이 오르려 하는 원정에 참여했다. 45일간의 험난한 등반 끝에 능선과 제트바람 위쪽으로 직접 짐을 나르면서 짐과 크리스, 그리고 내가 정상공격을 시도했는데 킴은 부상으로 제외되었다. 우리는 허리 깊이의 눈과 암반 부벽 때문에 정상 150미터 아래쪽에서 멈춰야 했다. 나는 암반 부벽을 올라 혼자서 정상공격을 시도해보기로 했는데, 오후 늦게 성공했다. 크리스와 짐은 폭풍이 다가오고 있는 상황에서 비박을 피하기 위해 내려갔다. 그날 밤 폭풍이 몰아쳤고, 다음날 아침 우리는 로프를 타고 내려와 겨우 빠져나왔다. 아직도 나는 우리 네 명의 마칼루 서봉 등정은 히말라야에서 미국인이 거둔 훌륭한 업적 중 하나라고 생각한다.

짐은 계속해서 8,000미터대의 봉우리를 오르고자 하는 자신의 꿈을 추구했고, 1983년에는 '딕 배스의 일곱 정상 원정대' 라고 더 잘 알려진 미국 에베레스트 원정대와 함께 에베레스트에 갔다. 언제나 그렇듯, 짐은 팀 내에서 가장 강인한 대원 중 한 명이었을 뿐만 아니라 원정기간 내내 24시간 의료서비스를 제공했다. 그럼에도 쿰부의 낙빙지역 안에서 가짜 설면이 무너져 그가 반쯤 묻히게 되었을 때에는 사우스콜 루트에 있는 것은 제정신이 아니라고 의심하기도 했다. 5월 14일 짐은 에베레스트 정상에 섰고, 그 당시까지 정상에 선 몇 안 되는 미국인 중 한 명이 되었다. 1992년 그의 마지막 히말라야 원정에서, 그는 마칼루의 북쪽 능선 위로 힘차게 시도했지만 700미터를 남겨두고 하산해야 했다.

짐은 지금까지 내가 함께 등반해본 어느 누구보다도 체력이 강했지만, 수년간 너무 무거운 짐을 나르게 되자 그의 무릎에 이상이 생겼다. 뛰어난 운동선수이기도 한 짐은 등반에서 해양카약과 자전거 타기로 바꿔 몸매를 유지했고, 두 종목 모두에서 탁월했다. 그는 의학수련을 계속하고 있는 스포캔에서 여전히 살고 있다. 우리는 시간이 흐를수록, 서로 다른 관점에서 우리가 취했던 위험을 평가하게 될수록 더욱 더 서로를 깊이 존경하게 되었다.

루가 난다데비에서 집으로 돌아오자 첫째인 이사벨이 태어났다. 시간이 지나면서 루와 그의 아내 캐시는 세 아이, 즉 크리스티안, 벤자민, 그리고 안나 데비를 더 갖게 되었는데 그들 셋은 대학에 들어가거나 졸업을 했다. 말할 것도 없이, 그들 모두 머리가 비상하다. 막내인 안나 데비는 난다데비 언솔드처럼 삶에 대한 애착과 즐거움이 풍부한 아이다.

난다데비 원정 이후 몇 년의 과정을 거친 후 루는 1978년의 K2 원정과 1983년의 에베레스트 캉충 (동)벽 원정 등 파키스탄과 티베트로의 미국 원정팀에 여러 번 참여했다. 루가 참여한 K2 · 캉충 원정은 매우 성공적이었고, 누구보다도 강인한 루는 둘 다 정상에 올랐다.

그 뒤 루는 미국 히말라야 재단의 이사로 일하면서 그동안 수많은 원정에 나서면서 히말라야 원주민에게 진 빚을 되갚으려는 노력을 소규모로 진행해왔다. 또한 그는 미국 알파인 클럽의 회장을 맡기도 했다.

난다데비 원정 이후 루는 캘리포니아 대학교 샌프란시스코 분교의 조교수로 강단에 섰다. 그는 캘리포니아 대학교에서 계속 일했는데, 이곳에서 그는 초기신경계의 발달을 관장하고 어떤 뉴런을 살리고 없앨지를 결정하는 분자를 연구하고 있다. 나는 그와 함께 텐트에 앉아 있으면 항상 내가 그의 시료가 된 듯한 느낌이 들었는데, 이젠 그것이 사실이었음이 밝혀졌다.

루는 이렇게 썼다.

'난다데비 원정에 관한 내 기억이 환희보다 슬픔을 더 많이 갖고 있긴 하지만, 이 책의 저자를 비롯한 많은 동료 산악인들이 주었던 동료애에 대한 좋은 기억도 계속 간직하고 있다. 나는 또한 난다데비 언솔드와 그녀 아버지의 선행과 에너지, 활력 등에 고무되었다.'

세 명의 원정대원, 즉 앤디 하버드와 엘리엇 피셔, 니르말 싱과는 아무런 연락도 주고받지 못했다. 1981년 미국의 첫 번째 등정 시도 때, 에베레스트 동벽 아래 베이스캠프에서 앤디를 마지막으로 보았다. 우리는 루트 선택과 받아들일 수 있는 위험 등에 관한 이견으로 헤어진 뒤 한 번도 얘기해본 적이 없다. 현재 그가 법학을 공부하고 있는 인디애나로 연락해보았지만 답신을 받지 못했다. 원정 이후 엘리엇과 니르말은 보지도, 소식을 듣지도 못했다.

이 책의 원고를 쓰면서 나는 난다데비 원정을 따라가느라 9개월을 보냈다. 이 원고를 팔려는 나의 노력은 길고 복잡했는데, 몇몇 출판업자가 6개월이 넘도록 붙잡고 있었기 때문이다.

더블데이의 한 편집자가 이 원고에 무척 관심이 있다기에 곧바로 보내주었다. 그로부터 며칠 뒤 나는 다음과 같은 메모와 함께 원고를 돌려받았다.

'제가 깜박했습니다. 우리는 올해 이미 등반 책을 냈기 때문에 당신의 책을 출판하지 못할 것 같군요. 세계무역센터를 오른 조지 윌리그의 책 『혼자서 간다』 말이죠.'

내가 필요한 것은 바로 그것이었다. 만약 많은 사람들이 그것을 '산악 등반'이라고 여긴다면 그들은 내 책이 필요없을 것이었다. 1978년 나는 원고를 파일 보관함에 넣어버렸고 8년간 그 안에 방치했다. 다시 출판해봐야겠다고 결심한 뒤 처음으로 원고를 보여준 출판사인 스택폴도서가 1987년에 책을 출판했다.

난다데비 원정 이후 나는 히말라야 봉우리들을 오르겠다는 나의 꿈을 좇아 그레이트 트랑고 타워와 K2, 울리 비아호, 마칼루, 가우리상카르 등을 등정했고 잘 알려지진 않았지만 험난한 봉우리들을 올랐다. 내가 오르지 못한 유일한 봉우리는 에베레스트였다. 나는 동벽, 서릉, 북릉·북벽 루트로, 모두 티베트에서 시도해보았는데 1984년에 북릉·북벽 루트로 산소통 없이 겨우 8,500미터에 도달했다. 10월 하순이라 너무 추웠고, 비록 올라갈 수 있을 만큼 체력이 남아 있다고 느꼈지만 손과 발에 전혀 감각이 없었다. 손가락이나 발가락, 혹은 내 목숨을 잃느니, 나는 차라리 몸을 돌려 혼자서 고산 캠프로 내려왔다. 산소통을 사용하고 있던 동료 필 에르쉴러는 계속 올라가 그 원정에서 유일하게 정상을 밟았다.

그동안 내가 산에서 보낸 시간을 감안해보면, 여기서 이 책의 발문을 쓰고 있는 나는 매우 운이 좋은 편이다. 나의 좋은 친구들은 그렇게 운이 좋지 못했다. 수년간 로프 위에서 즐거움을 함께했던 수많은 등반 파트너들에게 이 책을 바친다. 나는 또한 루트 선택과 타이밍이 차이를 만들었다고 말하고 싶다. 하지만 우리 스스로 자신의 운을 만든다는 생각을 하고 있음에도 불구하고 운 역시 적지 않은 영향을 주었다. 예를 들어 그 골짜기 속으로 떨어져 내리던 수많은 낙석이 내 앞길에 떨어졌을 수도 있고, 그 많던 설사면 중 한두 개는 몇 분 먼저 휩쓸려 내렸을지도 모르는 것이었다. 그랬다면 지금 내가 여기서 이런 소리를 하고 있지도 못할 것이다.

어쨌든 조이스의 배려 깊은 도움 덕분에, 나는 그럭저럭 곡예를 하듯 내가 필요한 자유를 허용해주면서도 모든 경비를 낼 수 있도록 해준 다양한 직업을 거치면서 세상 끝 오지까지 넉넉한 원정을 다녀왔다. 1976년 이후 나는 세 권의 책과 다양한 잡지 원고를 썼고, 책이나 카탈로그, 잡지 커버 등에 실릴 사진을 팔았다. 텔레비전 광고에도 출연했고, 뒤퐁과 같은 대기업의 마케팅 자문으로 일했으며, 셀 수 없을 정도로 많은 학교와 단체에서 멀티미디어 발표를 했다.

1995년 11월에는 스포캔 지역의 행정관으로 출마해 선출되었다. 1973년 다울라기리로 첫 원정을 떠나기 전에 내 아내 조이스에게 약속했던 것처럼 언젠가는 진짜 직업을 가질 것이다. 글쎄, 얼마나 지속될지 모르지만 이것이야말로 나의 천직이지 않을까.

등반이나 그 어느 정상보다도 소중한 것은 내 가족이다. 조이스와 나는 이제 28년 넘게 결혼생활을 하고 있으며 훌륭하고 재능 있는 돈, 제시, 조던 세 자녀를 두고 있다. 우리는 그들의 풍부한 에너지를 등반 외의 노력에 집중하도록 열심히 돕고 있다.

'가지 마' 라고 한 번도 말하지 않은 조이스는 혼자 남겨진 그 수많은 시간이 지나가고 밝은 날이 왔다고 생각하면서 내가 히말라야의 산들에서 빠져나왔다고 믿는 눈치다. 물론 그녀의 착각이다. 우리 모두는 우리 스스로 만들어가고, 궁극에는 거부할 수 없는 운명에 의해 삶을 함께 이끌어간다. 히말라야의 산들은 나의 운명이다. 나는 지구상의 가장 높은 봉우리들에서 모험을 맛보았기에 내가 돌아가지 않는다는 것은 불가능하다.

2000년 4월 1일 워싱턴 주 스포캔에서
존 로스켈리

1976년 미국-인도 연합 난다데비 원정의 주요 일지

7월 5일 | 스포캔에서 출발해 미국을 떠남

7월 6일 | 인도 뉴델리에 도착함

7월 9일 | 뉴델리에서 출발함

7월 14일 | 라타에서 출발함(트레킹 첫날)

7월 16일 | 마티가 아프기 시작함

7월 17일 | 마티를 디브루게타로 이송함

7월 19일 | 주 원정대가 다음 트레킹 캠프로 출발함

7월 22일 | 마티가 헬기로 후송되고, 베이스캠프에 주 원정대가 도착함

7월 24일 | 루와 존이 리지 캠프를 구축함

7월 29일 | 루, 짐, 그리고 존이 전진베이스캠프를 확보함

8월 22일 | 루와 존이 능선에 올라 캠프 Ⅲ를 구축함

8월 26~29일 | 존이 짐, 루와 함께 부벽을 선등함

8월 31일 | 루, 짐, 그리고 존이 부벽 정상에 캠프 Ⅳ를 확보함

9월 1일 | 사상 다섯 번째로 난다데비 등정에 성공함(루, 짐, 그리고 존)

9월 3일 | 데비, 앤디, 그리고 피터가 캠프 Ⅳ에 도착함

9월 8일 | 데비가 캠프 Ⅳ에서 사망함

9월 14일 | 원정대가 베이스캠프를 떠남

9월 16일 | 원정대가 라타에 도착함

9월 22일 | 워싱턴 주 스포캔으로 돌아옴